山东科技大学学术著作出版基金资助出版

英语文学教研与译介

Anglophone Literature:
Teaching, Research and Translation

高艳丽　李方木　/著

北京大学出版社
PEKING UNIVERSITY PRESS

图书在版编目(CIP)数据

英语文学教研与译介 / 高艳丽,李方木著. —北京:北京大学出版社,2017.10
(文学论丛)
ISBN 978-7-301-28765-1

Ⅰ.①英… Ⅱ.①高…②李… Ⅲ.①英语文学—文学研究—世界 Ⅳ.①I106

中国版本图书馆CIP数据核字(2017)第226845号

书 名	英语文学教研与译介
	YINGYU WENXUE JIAOYAN YU YIJIE
著作责任者	高艳丽 李方木 著
责任编辑	郝妮娜
标准书号	ISBN 978-7-301-28765-1
出版发行	北京大学出版社
地 址	北京市海淀区成府路205号 100871
网 址	http://www.pup.cn 新浪微博:@北京大学出版社
电子信箱	bdhnn2011@126.com
电 话	邮购部62752015 发行部62750672 编辑部62759634
印 刷 者	三河市博文印刷有限公司
经 销 者	新华书店
	720毫米×1020毫米 16开本 15印张 280千字
	2017年10月第1版 2017年10月第1次印刷
定 价	48.00元

未经许可,不得以任何方式复制或抄袭本书之部分或全部内容。
版权所有,侵权必究
举报电话:010-62752024 电子信箱:fd@pup.pku.edu.cn
图书如有印装质量问题,请与出版部联系,电话:010-62756370

前　言

作为高校青年外语教师,教书育人是我们的本职工作,然而"教然后知困"(《礼记·学记》),只有努力从教学中发现科研兴趣点,再将科研成果回馈于日常教学,这样才能够更好地推进教学与科研工作,实现双赢。英语文学是外语教学与科研的一个重要组成部分,读文本与学理论是要常抓不懈的工作,我们应持续关注外国文坛的新动向,及时译介新人新作以及经典大家的新成果。这样一来,我们从事的英语文学教学、研究与译介就可以形成一个体系,简称为教学研译一条龙模式。

英语文学的教学并非单一的知识传授,更多的是要求我们带领学生领略文学作品之美,提高审美能力,升华道德情操。要做到这一点,激发学生的兴趣是首要的前提,西方文化则为我们提供了一个蕴藏丰富的知识宝库。语言现象背后隐藏着丰富的文化内涵:一个简单的阿拉伯数字"86",到了美国俚语中就摇身一变成为动词,这要追溯到20世纪早期美国实行的禁酒令;司空见惯的抽象名词在英语中出现的频率大大高于汉语,这要归结于不同文化群体思维方式的差异,英语为母语的民族抽象思维见长,所以英语中难觅象形的单词。鉴于西方文化的复杂性与重要性,我们通过问卷的方式发现了教学中的弱点与不足,找出了具体的应对策略。面对新形势新挑战,我们及时革新观念,探索了文学教学的新思路、新方案,找准了努力的新方向。

新批评学派倡导的细读(close reading)其实是文学科研的基本方法,不仅重点词汇非常重要,字里行间的语义也非常关键,因此文本细读属于科研的基石与主体。与此同时,经典文本需要我们常读常新——卡尔维诺对经典的定义即是我们不断重读的作品,以期在新的时代与文化语境中继续发扬它们的魅力与价值。按照大的文类划分,我们的文本涉及诗歌、小说、戏剧与短篇故事,关注其中的文学意象、叙事手法、神话原型、宗教元素等,发掘文本的内涵与价值。例如,《多佛海滩》一诗镶嵌着三个特殊的意象,显示出作者融历史典故与社会现实的匠心;有关《大地》和《喧哗与骚动》的解读都是基于原型神话批评的框架,是对女性身体与土地意象之间的原型关联进行阐发;《德西蕾的孩子》的宗教意象掩饰了文本内在的种族主义倾向,整个故事显露出与女性主义者的解读相背离的底色。英语文学自有其内在的传统体系,后世作家从先辈文学遗产中既有继承又不乏新的发展,互文性的存在决定文本比读的重要性,我们从当代美国南方女作家埃伦·吉尔克里斯特的作品中比读出与福克纳文本的异同之处。

文学文本的解读需要内外结合,位于文本外部的副文本信息、文类框架、意识形态乃至文学文化理论都给文学阐释带来重要的启示。英国海洋文学历史悠久,到了19世纪,随着英帝国持续的经济发展与海外拓殖,文学家们不自觉地将帝国意识形态融入文本内部,形成了一种独特的景观。当然,经济、社会大发展的光鲜背后,隐藏着文学家们的苦涩乃至血泪经历,济慈备受肺结核病痛的折磨,以及勃朗特姐们遭遇的性别歧视困扰,都是当时英国社会内部的典型个案。网络女性主义起步较晚,但文化底蕴浓郁、传播速度惊人、影响范围广阔,为我们解读网络空间中的热点文化现象提供了一个好的切入点,还可以应用于更为广义的影视文化研究,发掘电影镜头背后的意识形态话语。

外国文学译介是我国文学文化不断发展的重要推手,作为外语教育工作者与研究者应该不断关注外国文坛的新发展与新动向,结合自己的兴趣爱好将优秀的文学作品及时译介过来。新西兰女作家贝里尔·弗莱彻(1938—)随着网络女性主义这一理论进入我们关注的视野,这里将她早期的获奖短篇故事《御用女裁缝》译出,考察了她女性主义三部曲的叙事特征,并对小说代表作《铁嘴》进行了不同角度的解读。译介学告诉我们,外国文学在世界范围内的旅行受到译入语文化语境的制约,因此在考察福克纳于20世纪30年代初入中国的时候,我们重点分析了五四新文学繁荣发展前后的文化语境。细察福克纳的小说与短篇故事代表作,我们发现他在不同文本中流露出一种将意识流碎片式叙事结构具象化的倾向,暂将其定名为非线性艺术叙事。此外,我们推介了谢尔顿、阿迪切、康斯坦丁、胡赛尼等新人新作,评介了德拉布尔的近作《千金宝贝》,翻译了厄普代克的一个短篇故事。

本书是我们近十几年来从事英语文学教学与研究工作的一个小结,凝聚着我们在该领域中持续探索取得的点滴成绩,其中不乏学术研究上的稚嫩与青涩,恳请各位专家同道们批评指正。本书所列大部分内容已经以论文的形式发表于《外国文学动态》《当代外语研究》《山东外语教学》《上海理工大学学报》《世界文化》等刊物,它们的结集出版得到了山东科技大学外国语学院领导与同事的大力支持,北京大学出版社编辑郝妮娜女士也付出了辛苦的劳动,在此一并表示感谢。

本书作者

2017 年 7 月于山海花园

目 录

第一章 语言文化为切入点 ········· 1
一 美国俚语与抽象名词的文化内涵 ········· 1
1 数字 86 的动词用法溯源 ········· 1
2 英语抽象名词的教与学 ········· 3
二 西方文化的教与学 ········· 8
西方文化教学:现状与反思 ········· 8
三 英美文学的课堂教学 ········· 15
浅谈英语专业英美文学课程教学改革 ········· 15

第二章 文本的细读、重读与比读 ········· 21
一 诗歌细读 ········· 21
1 《多佛海滩》:阿诺德的三次用典 ········· 21
2 《美杜莎》:女性形象与革命意识 ········· 27
3 《雷丁监狱之歌》:一曲三面 ········· 33
二 小说细读与重读 ········· 40
1 《女房客》:框套叙事与性别越界 ········· 40
2 《大地》:土地意象与女性身体 ········· 47
3 《喧哗与骚动》:重释伊甸园神话 ········· 53
4 《马人》:向死而生 ········· 60
三 戏剧与短篇故事细读 ········· 66
1 《看管人》:三个男人一台戏 ········· 66
2 《德西蕾的孩子》:宗教外衣与种族政治 ········· 69
四 文本比读 ········· 74
重塑南方女性:论吉尔克里斯特对福克纳的改写 ········· 74

第三章　文本外部研究 ……………………………………… 84
一　海洋文学与帝国意象 …………………………………… 84
1　英国浪漫主义诗人：大海边的缪斯 ……………………… 84
2　英国海洋文学：想象的殖民地 …………………………… 91
3　《金银岛》：海盗形象与帝国意识 ……………………… 97
二　济慈的肺结核与勃朗特的笔名 ………………………… 102
1　济慈诗歌：肺结核意象三重义 …………………………… 102
2　笔名的力量 ………………………………………………… 109
三　网络女性主义的理论与实践 …………………………… 113
1　网络女性主义的滥觞 ……………………………………… 113
2　木子美、高唐神女与网络女性主义 ……………………… 118
3　影像与暴力 ………………………………………………… 124
4　女性主义艺术的三朵奇葩 ………………………………… 129

第四章　英语文学译介 ……………………………………… 132
一　贝里尔·弗莱彻的译介与浅释 ………………………… 132
1　《御用女裁缝》 …………………………………………… 132
2　弗莱彻的女性主义叙事艺术 ……………………………… 143
3　《铁嘴》：史诗框架与女性意识 ………………………… 152
4　《铁嘴》：双重意识与性别符码 ………………………… 157
二　福克纳初入中国及其非线性艺术叙事 ………………… 173
1　福克纳译介在中国的发生 ………………………………… 173
2　福克纳：非线性艺术叙事的艺术 ………………………… 181
三　文坛新秀、新作与新声 ………………………………… 190
1　《时代》2008年度人物中的作家 ………………………… 190
2　西德尼·谢尔顿："故事大王"的传奇人生 ……………… 192
3　阿迪切：尼日利亚内战史诗的谱写者 …………………… 195
4　卡勒德·胡赛尼：揭开阿富汗的苦难面纱 ……………… 198
5　大卫·康斯坦丁：现代"奥德修斯"的释惑者 ………… 201
6　玛格丽特·德拉布尔的近作《千金宝贝》 ……………… 204

四 译文 …………………………………………… 208
　　父亲的眼泪 ………………………………… 208

参考文献 …………………………………………… 219
后　记 …………………………………………… 230

第一章　语言文化为切入点

一　美国俚语与抽象名词的文化内涵

1　数字 86 的动词用法溯源

我们来看一段电影《勇敢的人》(The Brave One)的对白,一对已离婚的夫妇约在一家酒吧会面:

M: Look at you, all sophisticated. You shouldn't be working this late. (瞧瞧你,穿得这么正式。你不该加班到这么晚。)

F: I had a client dinner. (我和客户吃了顿饭。)

M: Hey, can I get a dirty martini for the lady? (替她调一杯浑浊马丁尼?)

F: You said this was business, Sean. (你说这是公事,肖恩。)

M: It is. Eighty-six that. (没错! 不要调酒了。)

对话中男士提出为对方点一杯鸡尾酒,但女士以公事推脱,所以他也就同意不再点(eighty-six)酒了。数字 eighty-six 是个典型的美国俚语,在这个场合中的意思是"放弃、取消"。早在 20 世纪 20 年代末 30 年代初期,这个说法广泛流行于美国的饭店和酒吧。书面记载最早见于 1933 年 6 月 1 日古巴哈瓦那的《晚间电讯报》,瓦尔特·温切尔在他的美国俚语专栏中提到,"'Eighty-six'means all out of it"。后来,1936 年 2 月份的《美国语言》杂志上正式收录了这个俚语,并将其解释为"item on the menu not on hand"。

关于该俚语的起源众说纷纭,其中一个认为它起源于纽约市格林尼治村的查姆雷餐馆(Chumley's),这是 20 世纪早期美国一家著名的地下酒吧(speakeasy),是一些作家和艺术家经常光顾的地方。因为当时处于禁酒期,该餐馆设有两道门,开在贝德福德大街 86 号的秘密通道仅供私下饮酒的顾客出入。店老板为躲避惩罚买通了警察,让他们在突击检查之前先打电话通风报信。一般情况下,警察在电话里只有一句暗号:"Eighty-six it."进行通报。意思是说,赶紧把酒藏好,让顾客从后门出去。一切准备妥当后,警察也就从正门进来了,自然相安无事!后来,80年代美国餐饮业开始使用销售点情报管理系统(POS=Point of Sale,即我们结算时用来刷卡的 POS 机),该软件中数字 86 即用来删除不正确的或更改了的点菜单。

另外一说也与餐饮有关,那是纽约上流人士饮宴聚会的一家名叫德尔莫尼柯(Delmonico's)的餐厅。这家餐厅生意非常红火,尤其是菜单上编号为 86 的那一款秘制牛排,往往是食客们奔着此菜乘兴而来,但往往败兴而归,因为它太受人欢迎了以至于经常供不应求。从此,eighty-six 也就带上了"脱销、缺货"的含义了。《牛津英语词典》即采纳了这一说法,认为它和源于德语的 nix 押韵,均表示"不,没有"的意思。根据《美国俚语词典》的解释,该词条起源于酒店服务人员之间的暗号,意思是"We're are all out of the item ordered";《兰登书屋美国俚语历史词典》则认为它源于 1926—1935 年间的一出喜剧,其中有位主要人物就是第 86 号服务员。

从"缺货"跨越到"拒绝"是自然而然的事情。美国酒精法第 86 条规定了酒吧服务生可以拒绝顾客的若干情形,其中就有禁止为醉酒者提供任何服务的条款。因此,服务生要拒绝哪位顾客就可以说,"You are eighty-sixed!"于是,这位醉汉就会被强行赶出来,他很有可能会醉醺醺地躺在马路上过夜,据说他稀里糊涂地能够看到的门牌只有第 86 号。无独有偶,据说纽约很多时髦的餐厅只有 85 张桌子,如果哪位顾客不受欢迎,他很可能就会被安排在第 86 张桌上。也有人说,这个俚语和英国的商船有关,英国的航运业曾经异常发达,船员是比较令人羡慕的行业,但一般标准的船员编制是 85 人,如果有哪位不幸被编为第 86 号,那他也只能知趣地离去。1965 年在美国开演的情景喜剧《糊涂侦探》(Get Smart)中,男主人公 Maxwell Smart 是"86 号特工",虽然姓为"精明"却一直稀里糊涂,不过总能阴差阳错地完成任务。显然,这位特工的任务就是 eighty-six(除掉、干掉)那些诸如剧中

KAOS 的犯罪组织。

还有一种说法是,当年纽约曼哈顿东区的第一大道上的公共汽车是从第 14 大街开始,终点站设在第 86 大街上。汽车进了终点站后,售票员就会大吼,"Eighty-six! End of the line! All out!"这和查姆雷餐馆的暗号颇有几分类似。当然,最离谱的当属"墓穴说",据说古时人们挖的墓穴一般尺寸都是 8 英尺长 6 英尺宽(2.44×1.83 米),所以 eight-six 有"终止""结束"的含义。如此说来,现今风靡网络的聊天用语 886(拜拜啦)似乎也有了与此俚语异曲同工之妙。

2 英语抽象名词的教与学

抽象名词在英语中占有十分重要的地位,可以简单地划分为行为、品质和固有三大类,而它们的大量存在又是由英语语言的固有特征决定的,同时反映了英语民族的抽象思维传统。在日常教学中,教师可采取三步法引导学生掌握抽象名词,即辨别、语境中的初步使用和语言产出中的灵活运用。

论音乐,英吉利人不如德国;论绘画,他们比不上法国;但是,他们创造了优美的语言文字——英语。英语以简洁为美,以变化为真,其中的抽象名词就是用来表达看不见、摸不着的抽象概念的一类词,充分体现了英语独特的语言特征。对抽象名词的掌握与运用,能够充分体现学习者的语言素养,而在教学中如何处理抽象名词,又成为英语教师不得不面对的重要内容。

抽象名词分类

根据丹麦语法学家耶斯珀森的分类,英语抽象名词可以分为行为抽象名词、品质抽象名词和固有抽象名词三大类。① 其中,行为抽象名词主要是从动词派生或转化来的,具有动作意义,如动词后加后缀形成的 realization, conclusion, advertisement, exposure 等等。耶斯珀森同时指出,行为抽象名词是表达科学思想的一种工具,有利于阐释深刻的哲理。使用行为抽象名词可以表达更高级的抽象思维,使动作变成抽象的概念,从而带有普遍性,例如:

例 1 The seclusion in which they had kept themselves so long had cut them off from a knowledge of the relation between the nations.

---

① 转引自蔡基刚:《英语写作与抽象名词表达》,上海:复旦大学出版社,2003 年,第 1 页。

句中 seclusion 和 knowledge 的使用让整个句子的抽象性大大加深,不易被外语学习者所理解。

第二大类是品质抽象名词,主要是来自形容词派生的派生名词,和部分表示身份的名词的派生词,如 formality,thoughtfulness,accuracy,readership 等等。此类抽象名词能够使某个带有静态动词的句子显得更加自然,所强调的语义更加突出,例如:

例 2 They admitted the greatness of Milton as a poet, but denied his goodness as a man.

上句通过 greatness 和 goodness 两词,使弥尔顿的性格特征大大前景化了,取得了比单纯使用名词性从句更加精练与深刻的效果。

耶斯珀森划分的最后一类是固有抽象名词,它们不是从某个词类的词派生或者转化来的,而是由英语语言直接形成或者来自希腊语、拉丁语等的外来词,用以表达生活中的抽象概念,如 art,music,reason,opinion 等等。此外,英语中动词短语和介词短语是两种常用的结构,有些用来对事物进行抽象的描述,表达意义抽象而虚泛,用法接近抽象名词,因而也可以称作转化抽象名词。① 例如下句中的 take a turn for 就带有抽象名词的特征:

例 3 His business takes a turn for the better.

抽象名词理据

英语是一种拼音文字,重在表音,音义并不统一。比如 mouth(口)一词,不像汉语似的从字面就能够看出它同嘴巴的象形关系。因此,英语又是一种抽象文字。此外,英语要求简洁为美,能够用词语表达时最好不要使用短语和句子,这也就是说,英语的名词化程度比较高,这就为抽象名词的广泛使用创造了条件。例如要表达看电视太多造成了他学习成绩下滑,我们可以用抽象名词 exposure:

例 4 A heavy exposure to TV makes Thomas lagged behind in his study.

再者,英语重视动词的曲折变化,其使用受到诸多的限制,因此名词的出现频率远远大于动词,因为一般而言,一个英语简单句只能有一个谓语动词。鉴于以上

---

① 余爱菊:《英语抽象名词及其翻译》,《安阳师范学院学报》2001 年第 6 期,第 68 页。

原因,英语中抽象名词远远多于汉语就不足为奇了。

恩格斯说过,语言是思维的物质外壳,而文字对人们思维的影响又最为直接。英语语法比较发达,这与英语民族重逻辑与思辨的历史传统有很大关系。这一传统可以追溯到柏拉图时代,作为西方哲学和文艺理论的奠基人之一,他认为一切知识都是理念的知识,并举例说床有三种:理念的床、木匠制作的床和画家绘制的床。所以说,英语民族侧重抽象思维,擅长使用抽象概念来表达具体事物,而汉民族更习惯于运用形象的方法表达抽象的概念,不大重视纯粹意义上的逻辑思维。① 英语中抽象名词的大量使用也印证了这一点,同时这也是英语中很多语句读来晦涩难懂的原因之一。例如:

例 5 The absence of intelligence is an indication of satisfactory developments.

短短一句话中接连出现 absence,intelligence,indication 和 development 四个抽象名词,让本来不太复杂的语义变得晦涩难懂,其实,它在语义上完全等同于 No news is good news。

抽象名词教学

英语抽象名词的重要性决定了在实际教学过程中,教师应该给予足够的重视,着重培养学生识别、识记并灵活运用抽象名词的能力。中国的不少英语学习者在写作上之所以难以有质的飞跃,一个重要因素就是对抽象名词的掌握程度还远远不够。我们的学生经常写这样的句子:

例 6 She married a wealthy person who comes from an influential and powerful political family.

同时,也有稍好的表达:"She married into a wealthy and powerful political family",因为两个句子中使用的都是具体名词,但是要真正理解或者要他们写出"She married a powerful political dynasty"这样的句子就不那么容易了,因为 dynasty(家族)是个地道的抽象名词。有鉴于此,笔者认为教师可以在如下三个方面加强学生对抽象名词的认知度:

---

① 关世杰:《跨文化交流学——提高涉外交流能力的学问》,北京:北京大学出版社,1995 年,第 102 页。

1. 辨认抽象名词

抽象名词除少部分是英语固有之外，其余的都有其派生与转化的规则可循，尤其是由动词和形容词派生而来的抽象名词。大体上说，记住一些基本的有代表性的词缀就能识别抽象名词，比如行为抽象名词一类中，耶斯珀森便列举了-tion，-sion，-ment，-ence，-ure，-ism 和-ing 等附着于动词词尾的粘着词素。在记住了此类词素后，学习者在遇到带有以上词缀的单词时，基本可以判定它的名词属性并进而划归为抽象名词。这些词缀本身就是英语抽象名词的标记。

在识记阶段，教师可以有选择地挑出某些词，然后给出可能出现于其后的词缀，让学生判断哪个是符合派生规则的抽象名词。例如，形容词 ugly 的抽象名词的可能的构成形式有 uglity，uglyness，ugliness 和 uglyment 等形式，学生可以根据已经获得的构词法的知识进行辨别，从而加深对某些词根词缀的理解。再者，教师给出某个特定的词缀和几个随便组合的派生抽象名词，然后让学生判断哪个不符合派生规则，属于并不存在的捏造词汇。例如，表示身份的词缀-hood 可以与 mother，child 和 adult 组合成 motherhood，childhood 和 adulthood，但英语中没有 youthhood 一词，因为 youth 本身就是一个固有抽象名词。第三种训练是词汇层面上的综合测试，考查学生对各类抽象名词的掌握情况，例如教师可以给出 wisdom，cleverness，stupidity 和 intelligentness 四个词，让学生选择出不符合派生规则的词语。通过这些对抽象名词识记的专项训练，英语学习者应该对能够形成派生抽象名词的词缀有了更加深入的认识，从而掌握抽象名词的构成。

2. 使用抽象名词

在这个环节中，学生应该利用已经掌握的构词法知识，参考耶斯珀森的抽象名词分类，针对某个动词或形容词做适当的派生，并使之能够适用于恰当的场合。教师可以采取填空的形式，考查学生在一定语境中初步使用抽象名词的能力，例如：

例 7 Can you describe the car? The police need a full ____ in order to find it. (description)

教师启发学生找到解答问题的关键所在——需填派生名词的词根，然后让学生根据规则自主做出相应的词尾变化。学习者从此类简单的填空训练中，可以更好地领略英语抽象名词的魅力，知晓名词化的直接结果就是表达的简化与意义的深化。这也为学习者以后能够自如运用抽象名词打下坚实的基础。类似的练习如下：

1) Very few people attended the lecture. The speaker was disappointed at the poor ____. (attendance)

2) The professor never remembered where he had left his keys. He was known for his ____. (forgetfulness)

3. 活用抽象名词

由于思维方式的巨大差异,不少中国英语学习者往往对英语中频频出现的抽象名词一筹莫展,它成为阅读理解过程中的巨大障碍,同时也是制约学习者写作水平提高的瓶颈。汉民族整体上重形象思维,导致人们的认知过程也是从事物的外在形象出发、以形象类比为主,而往往忽略对概念的逻辑思辨。《论语》中有一百多处提到"仁"的概念,但其本义究竟是什么,孔子始终没有给出明确的定义,中国的抽象思维不够发达可见一斑。因此,在抽象名词的使用上,中国学习者应尽量克服来自传统思维的负面迁移,努力做到活学活用。例如:

例 8 The girl suddenly became frightened and fled to the castle, which made her feel safe.

如果要求学生使用名词化改写上面的句子,引导他们找到可以派生抽象名词的 safe,就可以将上句改成:Being frightened, the girl fled to the safety of the castle. 通过使用抽象名词 safety,转换之后的句子显得更加自然、紧凑而深刻。再比如:

例 9 When the White House scandal broke, many said they had respect for what the President symbolizes but not the president himself.

句中 for 之后使用了并列结构,所以我们考虑用抽象名词 Presidency 代替 what the President symbolizes 这一分句。从以上例句可以看出,抽象名词以其灵活多变的形式加深了句子的理解难度,从而给英语学习者带来很大障碍,但同时又提供了十分有利的契机,即学习者如果能够灵活运用抽象名词,肯定会在写作中得心应手,收到事半功倍的效果。

语言与思维的关系十分密切,因此教师在日常教学中就应该阐明不同思维模式的差异及其在语言上的体现,只有这样,学习者才能更好地学习外语。英语抽象名词印证了英语的简洁之美、逻辑之美和变化之美,学习者只有更好地掌握它才能取得更大的进步。

二 西方文化的教与学

西方文化教学:现状与反思

通过问卷对当今大学生的西方文化知识进行调查研究,问卷主要涉及西方文化发展史上的重要事件与重要人物,以及学生获取此类知识的渠道等。研究发现,当前西方文化教学的现状不容乐观,高校教师可以尝试从课程设置、网站建设和校园文化建设等方面着力提高大学生的西方文化知识水平。

北京奥运会的开幕式盛况向世界展示了一个历史悠久、博大精深的中国,这令人回忆起2004年的雅典,那是另一番恢宏壮丽的图景——孕育了整个西方文明的希腊古典文化得到了尽情绽放。在全球化的背景下,在东西方文化不断交融的今天,当代大学生应该积极获取东西方文化知识,深入了解很多西方社会现象。值得欣喜的是,国内很多高校都开设了相当多的西方文化类课程,也陆续有多部西方文化类教材与专著相继问世;同时,也有高校主办了相关的研讨会。这种西方文化教学的良好局面还得益于通识教育在全国范围的推开,北京大学出版社的《名家通识讲座书系》和复旦大学出版社推出的《名家专题精讲系列》都致力于"培养学生健全的人格,拓展与完善学生的知识结构"[①]。

也应该看到,在快餐文化盛行的今天,真正能够静下心来读书的年轻学生越来越少了。这造成很多大学生知识结构失衡(重理轻文),文艺鉴赏能力匮乏,人文素质滑坡等等。因此,有必要对当前西方文化教学现状进行调查研究,本研究有望为广大一线教师尤其是外语教师提供合理有效的教学参考。

研究方法

为深入了解高校当前西方文化教学现状,对在校大学生有关西方文化知识的掌握与接受情况进行具体研究,笔者有针对性地设计了西方文化调查问卷。问卷首先以个别学生为样本,经过多次更改调查内容,最终确定了面向某理工类高校全部在校学生的问卷调查。

---

① 《名家通识讲座书系》总序,朱寿桐:《文学与人生十五讲》,北京:北京大学出版社,2006年,第1页。

本次调查内容主要包括学生年级、西方文化基础知识测验和此类知识获取手段等三部分;具体的测验涉及西方的古典神话、历史、政治、哲学、天文、地理、音乐、美术、文学、电影、法律和经济等学科门类,共设计有 15 道测验题目。本次调查共发放问卷 502 份,回收有效问卷 471 份,有效率为 93.82%,符合一般调查问卷要求;采取在校阅览室随机匿名调查的形式,合理可靠。

调查结果与分析讨论

1. 调查对象的构成

在 471 名调查对象中,大学二年级和三年级学生居多,占了被调查总数的 73.7%,且都已经或正在修某些西方文化类课程——基础必修课程中的《大学英语》和为数不少的选修课。该校规定:《大学英语》课要修满四个学期;从第三学期开始全日制本科生在校期间,应该完成至少 10 个学分的选修课程,包括西方文化史、跨文化交际、英美文学文化、西方音乐欣赏等多门课程;并且,第四学期末要统一参加全国大学英语四级考试,对西方文化知识的获取应该比较充足。另外一点不容忽视,因为本问卷是在阅览室随机进行的,从侧面反映了在阅览室的使用率上,大学低、高年级学生还存在较大差异;而且,从答对题目的数目看,完成比较好的是研究生同学。

表 1 被调查学生的年级构成

	大一	大二	大三	大四	研究生
参与人数	43	217	130	60	21
比例	9.1%	46.1%	27.6%	12.7%	4.5%

2. 问卷涉及的学科与大学生的知识结构现状

根据我国现行的学科划分办法,本问卷涉及哲学、经济学、法学、文学、历史学等五个一级学科;因为西方文化本来就是一个兼容并包的概念,涉及西方诸国家古今发展的各个层面,比如姜守明、洪霞《西方文化史》的第四章"走向现代文明的文艺复兴文化"共包括八节,内容涉及文学、艺术、政治学、空想社会主义、哲学、现代科学技术等。[①] 问卷基本能够涵盖上述学科领域,兼及理学(天文和地理各有一道题目)。

---

① 姜守明、洪霞:《西方文化史》,北京:科学出版社,2004 年,第 123—163 页。

表 2　问卷的学科构成

	哲学	经济学	法学	文学	历史学	理学
设计题数	2	1	2	5	3	2
比例	13.3%	6.7%	13.3%	33.3%	20%	13.3%
平均正答率	26.3%	36.3%	27.2%	34.5%	43.5%	46.8%

从被调查学生的正答率来看,理工类高校大学生当前的知识结构仍然是理学见长,其次是历史学和经济学,最差的还是在哲学领域(这也在意料之中),基本反映了该高校的专业设置和当前整个社会对哲学社会科学不够重视的现实。但是从正答率上看,历史学仅次于理学,这有点让人意外,毕竟西方几千年的历史沿革出现了许多有代表性的历史人物、重大事件,他们对后世有着深远的影响。这应该归因于改革开放以来我国对西方文化有借鉴的吸收,引进了大量优秀的文学、文化以及影视作品。

3. 文学艺术

文学是任何一种文化中非常重要的组成部分,问卷中涉及文学艺术方面的知识共有 5 道,包括戏剧、音乐、美术、文学奖和电影,具体如下表所示:

表 3　文学艺术类题目

	莎士比亚戏剧	贝多芬交响乐	达·芬奇名画	诺贝尔文学奖	经典电影
正答人数	101	273	322	47	69
比例	21.4%	58%	68.4%	10%	14.6%

从调查结果看,完成最好的是关于达·芬奇的名画——《最后的晚餐》,问题是画面中谁紧握钱袋?其实这是一道宗教类题目,要真正理解这幅画作就必须要熟悉耶稣遇难前后的故事,笔者相信没有几位大学生会抱着圣经从头到尾研读一遍,这在外语教师中间都很少见;但是被调查学生正确作答的人数如此之多,笔者认为这与通俗文学的流行是分不开的,《达·芬奇密码》及其同名电影功不可没。同理,多数学生对贝多芬是非常熟悉的,尤其是失聪后的贝多芬仍然要"扼住命运的咽喉"感动了无数人,但真要分清他的九部交响曲绝非易事,这就要看学生受西方文化熏陶的程度了。

纯文学方面的知识在非英语专业学生中还是比较欠缺的(该高校英语专业在

校 13 个班约 400 人,在共计 25,000 本科在校生中不足 2%的比例,所以本研究在样本选择上没有考虑该因素)。每年的诺贝尔文学奖得主,是各个媒体都在争相报道的对象,但要历数各届获奖者还真是有很大难度,尤其是遇到像弗罗斯特、赛珍珠和萨特等作家时。这也给了我们以警示:如何更好地引导学生阅读欣赏优秀的西方文学作品,是当下大学教师必须着重解决的问题。

4. 西方文化知识获取的渠道

被调查者要回答的最后一道题是关于他们如何学习西方文化知识的,具体如下:

表 4 西方文化知识获取渠道

	老师讲	自己读	上网查	看电影电视	其他
选择人数	94	201	16	144	16
比例	20%	42.3%	3.4%	30.6%	3.4%

阅读和看影视剧占了很大的比重(72.9%),一方面表明学生多采取单独的且强调个体的知识获取渠道,另一方面则显示学生对此类文化知识的获取可能更多的是间接的,比如读专业教材、休闲杂志,看好莱坞大片、肥皂剧等的时候偶然遇到。而与之形成鲜明对照的是,听老师讲和上网检索应该是更加行之有效且目的性更强的渠道,比如选修相关课程、请教相关老师、上网查找资料等等。但是,因为近几年大学扩招造成很多课程都是大班教学,无形中疏远了师生之间的关系;再者,由于有些大学生自制能力还不强,一旦处于网络空间容易迷航,往往不自觉地把注意力转移到了吸引力更强的花边新闻、网络游戏中去,这大大限制了网络渠道在西方文化教学上的使用。

在选择"其他"渠道的同学中,不少提到了非常不正式且不可靠的"道听途说",这更证实了学生对西方文化知识没有引起足够的重视;还有几个同学说是"高中学到的知识",持有这种想法的多数是大一新生,他们在如何利用大学学习资源上有待于正确引导;但是高年级学生有如此观念则有点虚度光阴、否定大学教育了。

反思与对策

本次调查研究涉及西方文化的诸多层面,很好地揭示了当代大学生,尤其是理工类高校学生对此类知识的匮乏与缺失的现状,无怪乎有同学直接在问卷上留言说:强烈要求搞个讲座了!反观高校的西方文化教学,在肯定成绩的同时一定要看到存在的问题,探索今后教学的有效策略。

1. 优化课程设置,加大选修比重,强调人文关怀

目前全国大多数高校都在调整课程设置,推行学分制改革、加大选修课程力度等,例如复旦大学的全校通识教育致力于构建"文史经典与文化传承、哲学智慧与批判性思维、世界视野与现代化认识、科技进步与科学精神、生态环境与生命关怀、艺术创作与审美经验"等六大板块的课程体系①。这一模式兼顾古今中外优秀文化、文理互相渗透、兼及人文关怀与艺术修养,值得各高校尤其是理工类院校借鉴。

在加大人文社科选修课程设置的同时,在理工类课程教学中应该大力提倡人文关怀,引导学生潜移默化地接受西方文化知识,提高人文素质;同时,鼓励理工科学生辅修人文社科领域的第二专业,如外语、法律等等。教育工作者在教书育人的同时,一定要贯彻继承弘扬优秀传统文化、批判吸收外来文化的理念,在教育教学实践中努力促进科学教育与人文教育的融合,确立自由而全面的大学本科教育培养模式。

2. 建立课程网站,鼓励在线自主学习

虽然本次调查显示利用互联网不是学生获取西方文化知识的主要途径,但随着外语类考试改革的逐步深入,网络介入课堂是大势所趋。利用校园网优势,整合优秀西方文化方面的文字、图片和影音资料,建立以传播西方文化知识为目的的专门网站。该网络平台可包括多个模块,如"课程学习模块、交互管理模块和资源库模块"②,学生可以阅读相关材料、欣赏音乐绘画、完成习题等,也可以撰写博客、参与论坛讨论、进行信息发布等。充分利用网络平台的交互性、灵活性、信息多维性和立体化把丰富多彩的西方文化知识以生动形象的方式展示给学生。

3. 加强校园文化建设,着力塑造人文精神

梁启超说过,"通其语言文字而不读书,则不过一鹦鹉耳",大学加强校园文化建设,"以校园文化的浓厚氛围培养学生的价值选择、人格塑造、思维方式、道德情感、行为习惯"③。大力倡导各类读书活动、文学沙龙以及社团活动,例如可举办同学间互借书籍的"图书漂流"活动。另外,学校要加大力度进行校园景观尤其是人

---

① 孙有中:《英语教育与人文通识教育》,北京:外语教学与研究出版社,2008年,前言。
② 向平等:《网络多媒体辅助西方文化教学模式》,《中国电化教育》2008年第7期,第90—92页。
③ 甘均良:《试论理工院校开展人文素质教育的途径和方法》,《中国高教研究》2005年第8期,第10—11页。

文景观建设,传承独特的办学理念,塑造浓厚的人文氛围,可以通过树立名人的雕塑画像、张贴名人警句、邀请专家讲座等形式,使学生"感受到先进人物就在身边"①。

大学是人文精神的创造源与传播源,高校应结合自身实际引导学生增强文化知识,拓宽知识层面,提高文学修养,丰富知识储备,明确价值导向。鉴于高校西方文化教学的现状,广大一线教师要高度重视、统一思想、积极行动起来,着力提高大学生人文素质,优化知识结构,为社会培养既专又博的优秀人才!

附:

调查问卷

北京奥运会向世界展示了博大精深的中国传统文化,但2004年的雅典则是另一番恢宏壮丽的图景,相信伦敦奥运也会同样精彩。亲爱的同学,在东西方文化不断交融的今天,你是否准备好了接纳世界各国文化了呢?你是否觉得文化知识的学习非常重要呢?你是否了解很多西方社会现象背后的文化因素呢?下面仅占用你几分钟时间,请实事求是作答(全为单选),谢谢!

0. 你的年级是:

A. 05级　　B. 06级　　C. 07级　　D. 08级　　E. 研究生

1. 希腊罗马神话中,俄狄浦斯杀父娶母的悲剧命运应验了谁的神谕?

A. 宙斯　　B. 上帝　　C. 阿波罗　　D. 维纳斯　　E. 不知道

2. 下列哪项不是欧洲中世纪的典型特征或事件?

A. 经院哲学

B. 十字军东征

C. 骑士制度

D. 资本主义兴起

E. 不知道

3. 下列哪部剧作不是莎士比亚的悲剧?

A.《罗密欧与朱丽叶》

B.《哈姆雷特》

---

① 杨礼富等:《理工科大学生人文素质教育实施路径探究》,《苏州大学学报》(工科版)2003年第4期,第83—86页。

C.《李尔王》

D.《麦克白》

E. 不知道

4. 三权分立思想是由谁提出的？

　A. 伏尔泰　　　B. 卢梭　　　　C. 孟德斯鸠　　D. 康德　　　　E. 不知道

5. 贝多芬的第五交响曲又称什么？

　A. 田园交响曲　B. 命运交响曲　C. 英雄交响曲　D. 欢乐颂　　　E. 不知道

6. 达·芬奇名画《最后的晚餐》中，谁右手紧握钱袋？

　A. 犹大　　　　B. 彼得　　　　C. 马太　　　　D. 雅各　　　　E. 不知道

7. 哥白尼最大的贡献是什么？

　A. 行星运动定律

　B. 地心说

　C. 日心说

　D. 发现新大陆

　E. 不知道

8. 美国的自由女神像是哪个国家赠送的？

　A. 英国　　　　B. 法国　　　　C. 俄国　　　　D. 日本　　　　E. 不知道

9. "上帝死了"是下列哪位著名思想家的言论？

　A. 叔本华　　　B. 斯宾诺莎　　C. 尼采　　　　D. 海德格尔　　E. 不知道

10. 瑞士首都是哪个城市？

　A. 日内瓦　　　B. 伯尔尼　　　C. 布鲁塞尔　　D. 维也纳　　　E. 不知道

11. 下列哪位不是后现代主义思潮的代表人物？

　A. 德里达　　　B. 哈贝马斯　　C. 拉康　　　　D. 利奥塔　　　E. 不知道

12. 下列作家中哪位不是诺贝尔文学奖获得者？

　A. 赛珍珠　　　B. 萧伯纳　　　C. 弗罗斯特　　D. 萨特　　　　E. 不知道

13. 世界第一部民法典诞生于下列哪个国家？

　A. 古罗马　　　B. 法国　　　　C. 英国　　　　D. 古埃及　　　E. 不知道

14. 经济学家凯恩斯最知名的理论贡献是什么？

　A. 古典政治经济学

　B. 新自由主义

C. 国家干预经济

D. 新经济政策

E. 不知道

15. 电影《魂断蓝桥》中女主角玛拉的扮演者是谁？

A. 费雯·丽

B. 玛丽莲·梦露

C. 奥黛丽·赫本

D. 伊丽莎白·泰勒

E. 不知道

16. 你获取西方文化知识最主要的渠道是什么？（单选，如无合适答案请在横线处写明）

A. 老师讲　　B. 自己读　　C. 上网查　　D. 看电影电视　E. 其他：_____

非常感谢你的合作！如果你愿意，请留下电子邮箱，我们会尽快通过邮件把调查结果反馈给你。

电子邮箱：_____

三　英美文学的课堂教学

浅谈英语专业英美文学课程教学改革

　　英美文学作为一门英语专业高年级学生的必修课，在现阶段面临着诸多挑战，传统的教学方式方法已经跟不上时代的发展与形势的需要，亟须从教老师转变思想，进行改革的尝试。笔者针对文学课程教学的现状，提出学生为中心、"大文学"、多学科结合以及贯彻"比较"思想等新举措，通过新的探索让文学课堂活起来。

随着科技的发展，作为"地球村"村民的我们，学习文学到底还有没有现实的意义？网络时代崇尚"眼球经济"，我们现在已经处在名副其实的"读图时代"，网络文学真的能够代替传统的文学教科书吗？这些问题似乎已经远远超出了高校文学教师所关注的范围,然而我们的教学对象——21世纪的大学生——确实在经历着高科技发展带来的学习方式,特别是英语学习方式的变化。过去是学生坐在教室里读书,现在是他们拥进了机房浏览电子书;教室里的朗朗读书声变成了多媒体里传出的电影里的真情对白;本来交上来的应该是书写工整的作业本,现在却是打印机不辞劳苦的结果,当然也就增加了学生偷工减料的可能性。笔者在此并不是反对生活的现代化,只是从文学教师的视角对课程教学进行的重新审视。

毋庸讳言,当前的文化生态令人担忧,传统的纯文学或者称为严肃文学受到了各方面的挑战,所以才有西方后现代主义作家扯起求奇的大旗,重新审视文学的这种困境并探索新的出路。科技(尤其是网络技术)和通俗文学的兴起,让很多人笼罩在一种超前浮躁的氛围中,他们"重应用,轻意识;重技术,轻艺术,……表现在高校外语教学上,便是'重语轻文'现象——因为语言与应用相关,而文学则有点不着边际。"[1]鉴于此,高校文学教师应该正视现实,强化文学的教育意识,让学生们深切体会到"学习外国文学是提高人的整体素质重要且有效的一环"[2]。在全球化大背景下,随着英语成为世界通用语,学习英美文学显得更加必要。随着科技的发展学生接触到越来越多的英美文学作品,作为高等学校英语专业学生的一门必修课,英美文学在英语专业课程体系中有着越来越重要的地位。广大英美文学教师也认识到了肩负的责任,都在为这门课的学科建设做着贡献。英美文学课旨在"培养学生阅读、欣赏、理解英语文学原著的能力,掌握文学批评的基本知识和方法。通过阅读和分析英美文学作品,促进学生语言基本功和人文素质的提高,增强学生对西方文学及文化的了解。"[3]为了在实际教学中更好地贯彻大纲要求,适应新形势的发展,我们文学教师应该相应地在课程教学内容和方法等方面做出新的尝试,大胆进行改革。

长期以来,我国英美文学课程教学取得了可喜成绩,培养出了一批批优秀的文学研究栋梁之材,同时对于非文学专业的英语学习者和研究者也是受益匪浅的。但是,我们也应该看到,这门课的教学还存在着不少问题。比如,大部分英美文学教师反映比较突出的课时偏少的问题,"文学课从教学计划来讲偏少,它占英语专

---

[1] 虞建华:《编后记》,《英美文学论丛》第三辑,上海:上海外语教育出版社,2002年,第404页。
[2] 同上书,第405页。
[3] 《高等学校英语专业英语教学大纲》,北京:外语教学与研究出版社,2000年。

业课程的 2000 学时的 7％"①,因此教师在实际教学中畏首畏尾,讲得太细了只能是厚古薄今,等课程结束时讲授到 19 世纪便草草了事;如果走马观花、只求速度地去讲授,那么即使讲授到 20 世纪战后文学,但因学生没有扎实的古代以及近现代文学基础便无从更好更深刻地理解当代文学作品。这个问题真是压在文学教师心头的无法承受之痛。其次,教材编写相对滞后的问题也十分突出,可能是限于篇幅,国内文学教材大多止步于二战,根本不涉及后现代主义和当今风起云涌的文化研究大潮,大多数教材也没有提及对于分析文学文本比较实用的西方各派文学理论,这样便无法让学生接触到当代最新的文学作品,对于部分致力于研究文学的学生而言不无遗憾。这一弊端在某些高校的研究生复试和毕业论文答辩过程中体现得尤为明显。这恐怕是对学生而言,他们大学学习生活中一个不小的缺憾。再者,传统的教学方法仍然盛行于文学课堂,那种"满堂灌"的填鸭式教学模式一是让文学教师疲惫不堪,再者学生有苦难言,他们中普遍存在着"上课记笔记,下课抄笔记,考试背笔记,考完全忘记"②的问题。这样的教学与学习方式只能是一种疲劳战术,把本来有心认真学习文学的学生拒之于兴趣的大门之外,因为它根本无法全面提高学生的整体素质,无法适应当今社会对复合型人才的需求,这恐怕是现在学生头脑比较现实,甚至是视文学课为弃之可惜,食之无味的"鸡肋"的更深层次的原因。

看来,为了解决这些当前亟待解决的问题,为了优化学科建设,文学课程的教学改革势在必行。考虑到当今社会的诸多因素,笔者对此有如下不成熟的看法,恳请各位专家指正:

首先,教学模式转变为以学生为中心,一改往日文学课堂上教师"独白"的场面。西方的接受美学和读者反应批评理论为我们提供了很好的理论前提。他们认为,对于读者而言,作品是开放性的,有一千个读者就有一千个哈姆雷特存在,作品的意义是读者从阅读中发掘出来的,文学作品本身就是读者的体验。这虽然带有典型的个人主义色彩,但这完全可以让文学教师从一贯说教的模式中解放出来。不用教师去告诉学生狄更斯(Charles Dickens)的作品属于批判现实主义之作,只

---

① 蒋洪新:《大学的理想与英美文学教学改革》,《外国文学》2005 年第 1 期,第 106 页。
② 王学文:《高校英语专业英美文学课教学改革刍议》,《佳木斯大学社会科学学报》2002 年第 3 期,第 122 页。

要引导学生自己去阅读《双城记》(*A Tale of Two Cities*)的开篇便略知一二了;同样,学生通过阅读《老人与海》(*The Old Man and the Sea*),便可以体验海明威(Ernest Hemingway)式的硬汉形象和作者独有特色的简明风格。当然,学生阅读必须是在教师指导下进行的,难度必须掌握在"i+1"①层次上。如果第一堂文学课就让学生硬啃语言晦涩的《失乐园》(*Paradise Lost*),就会在很大程度上挫伤学生的积极性。

  国内学者钱谷融曾经说过,文学是人学。所以,文学课堂应该是弘扬人文主义的殿堂,英美文学教师应当贯彻"教书育人"原则,注重讲授文学作品过程中的德育教育。以人为中心,以育人为准则,课堂上充分调动学生的积极性,拓展他们思维的空间,丰富他们的想象力。著名翻译家余光中就曾经指出,文学教师就应该像巫师一样,口中念念有词,"在神人之间沟通两个世界",一堂课后应该让学生有种"参加了招魂会"的感觉。② 文学课的最终目的,应该是加深学生对社会与人本身的认识。

  其次,贯彻"大文学"观念,一改过去只讲英美的境况。拓宽学生知识面,从文化层面上入手。文学涉及人文社会科学的方方面面,哲学、人类学、社会学、心理学、历史学等学科都与文学有着千丝万缕的联系,因此文学课堂也应该是涉猎以上知识的殿堂。教师应该鼓励学生扩大知识面,合理优化他们的知识结构(对于以前学理科的学生更是如此),多读与文学相关学科的书籍,或者选修诸如西方文化史、文学史、美学和哲学等课程。文学是一个国家或民族智慧的结晶,也是其文化的精髓要义,要学其文学,必先学其文化。文学教师要帮学生树立一个整体观、系统观,不能成为井底之蛙,让他们认识到英美文学的发展变化是与欧美其他国家和民族的文学文化发展是分不开的;同时文学思潮与流派的兴起与哲学的发展与沿革有着直接的关系,因为很多文学家同时也是一位思想家,例如美国超验主义的代表人物爱默生(Ralph Waldo Emerson)和法国存在主义大师萨特(Jean-Paul Sartre)。正如乐黛云指出的那样,"文学是表现文化现象最敏锐的部分,是研究文化现象最重要的资源;另一方面,只有深入了解一种文化才能对其文学有比较全面和深刻的

---

  ① i 是克拉申(Krashen)确定的第二语言习得者可理解性输入(comprehensive input)的难度。
  ② 余光中:《外文系这一行》,《余光中谈翻译》,北京:中国对外翻译出版公司,2002年,第45页。

认识。"①真正的文学课应该是跨学科的,真正的文学教师应该向着季羡林提出的"大师"标准努力,那就是"学贯古今,学贯中西,学贯文理"。

再次,把文学课与写作、阅读和翻译等课程结合起来,全面提高学生的语言综合能力。现在很多高校的写作课在大学二年级开设,时间上与文学课脱钩;任课教师或者直接由外籍教师担纲,或者让刚刚走上讲台的年轻教师独挑重任,结果他们有的只在语法层次上吹毛求疵,有的片面强调行文的篇章结构,学生的写作水平难有质的飞跃。殊不知,巧妇难为无米之炊,没有足够的语言输入何来较高水平的输出(写作)呢?而增加语言输入的一个绝佳途径就是阅读文学作品。随便翻开国外一本写作教材,体例基本都是阅读文学作品然后是对其进行篇章结构的分析以期让学生从中学得写作之道,这足以给我们以启示:文学课完全可以和写作课结合起来,从文学作品中学人之长。另外,阅读课的重要性不言自明,学生对文学文本的鉴赏能力是建立在阅读理解能力之上的,学生如果没有扎实的阅读功底,文学课几乎无法正常进行;同样,对文学文本的广泛涉猎会帮助学生提高阅读速度与理解能力。学生能力提高的另一个关键环节是语言学和文体学等课程的学习,这些课程强化学生对人类语言的本质规律性的认识,特别是对文学语言在独特视角上的独到分析,对于学生更好地认识分析文学作品大有裨益。翻译是两种语言产生联系的桥梁,好的翻译作品不少来自于文学文本,学生在阅读这些文本的时候自觉不自觉地在头脑中进行翻译的实践,可以这样说,翻译与文学课程的同时进行是双赢的结局。文学课就是要集百家之言,成一家之说。

然后,改革传统的课程考核模式,推行多样化的考试形式。传统的文学考试就是一张试卷,选择、填空、简答、鉴赏等题型不尽相同,但都不会脱离对学生所学知识的考查。这大大禁锢了学生的主动性与创造性,也给他们带来了很大的备考负担,同时教师阅卷也会耗去大量时间与精力。因而,我们提倡考核模式的多样化,可以采取写学期论文、话剧演出、诗歌朗诵、精彩段落翻译甚至是小组合作完成的科研小课题,等等。考核的目的只有一个,让学生觉得学有所得,学有所用,因此只要能够调动学生的积极性去更好更认真地学习文学,任何适合的考核形式都可以采纳。学生文学鉴赏能力提高了,对于其他课程的学习兴趣与动力也大了,最终语

---

① 乐黛云:《文化相对主义与比较文学》,《比较文学与比较文化十讲》,上海:复旦大学出版社,2004年,第41页。

言能力也会有质的飞跃。

最后,学生在学习英美文学的同时,一定不能把我们自己的传统文化与文学丢弃一边。一定不忘我们自己的源远流长的传统文化。从通识角度分析,"文学涉及人类的感情和心灵,较少功利打算,而在不同的文化中有着较多的共同层面,最容易相互沟通和理解"①,这些共性之处能够帮助学生更好地理解英美文学作品。文学教师应该强化学生比较意识,于比较之中觅得不同文学作品的共通之处,尽管东西方文学存在着诸多差异,但是我们完全可以用比较的方法加深对外来文学文本的理解,同时又可以强化学生原有的文化积淀,增强学生的民族自豪感和责任感。坚决杜绝学生遇到 Confucius(孔子)和 Mencius(孟子)时就生硬地直译为"孔弗修斯"和"孟修斯",否则我们就会成为西方人口中的笑柄,忘掉自身历史的人最终也只能被历史所抛弃。

另外,电影是学习英语的好工具,对于已经改编并被拍成电影的英美文学名著,学生们可以通过看电影的方式更好的理解。但这应该辩证地去看。看电影代替不了学生自己对文学文本的阅读,因为电影剧本经过编导人员的加工后不能完全体现文学作品的原貌,电影也大大缩小了学生发挥想象力的空间,与阅读文本相比,看电影时很少有人会停下来做笔记。总之,电影观赏可能是语言学习的良方,但对于文学学习而言并不是一剂猛药,我们提倡电影与文本相结合,通过电影加深对文本的理解。

高等学校英语专业的英美文学课程,就应该这样进行,既充分调动学生的积极性与创造性,又可以培养他们对文学的兴趣,提高他们的文学艺术修养,真可谓一石多鸟。德国哲学家雅斯贝尔斯说过,"大学是研究和传授科学的殿堂,是教育新人成长的世界,是个体间富有生命的交往,是学术勃发的领地。"②大学英美文学教师理应占领这样的领地,大胆创新,锐意改革,实现教学大纲中规定的培养目标,为社会培养符合时代要求、一专多能的优秀人才!既然有了客观的必需和主观的意愿,那么高校里的英美文学课堂重新焕发青春的日子还会远吗?

---

① 乐黛云:《文化相对主义与比较文学》,《比较文学与比较文化十讲》,上海:复旦大学出版社,2004年,第39页。

② 蒋洪新:《大学的理想与英美文学教学改革》,《外国文学》2005年第1期,第104页。

第二章 文本的细读、重读与比读

一 诗歌细读

1 《多佛海滩》：阿诺德的三次用典

阿诺德在《多佛海滩》中三次使用典故，只有从互文性角度才能解其深意。断崖意味着诗人新生的开始，同时将手足相残的主题烙入全诗底层；索福克勒斯的哀曲传达着阿诺德斯多葛主义的共鸣，而夜战则综合了人生转折、手足相残、思想混战等义素。阿诺德以手足之情为基点，在文化关切之轴上大而化之为对人性的忧思，寄托了他对人类前途命运的深切关怀。

2005年英国举办了纪念特拉法加海战200周年的系列活动，其中一项是评选国民最喜欢的海洋诗，马修·阿诺德1851年的那首《多佛海滩》成为大热门；虽然最终未能当选，但得票数量却远远超过了柯勒律治的《古舟子咏》，又成为一个不大不小的冷门。该纪念活动表达了英国民众对已经远逝的海洋帝国豪情的眷顾，阿诺德及其《多佛海滩》能够脱颖而出，作为"维多利亚时代最值得纪念的唯一诗作"①成为驻留人们心目中永久的标杆。那么，它的伟大之处在哪里呢？本文试图从这首诗中或隐或现的三次使用典故着手，结合相关文本的互文比读，挖掘它的持久魅力之所在。

---

① 高秀丽：《走向完美：超越诗歌功能的文化建构——文本〈多佛海滩〉的实验分析》，《外语学刊》2007年第5期，第91—93页。

莎士比亚断崖边的思索

多佛是位于英国东南部肯特郡的一个港口重镇,有多佛海峡(及其毗邻的英吉利海峡)连接大西洋和北海,是英伦诸岛中距离欧洲大陆最近的地方,历来为兵家必争之地。公元 4 世纪时,罗马军团正是在这里建造古堡,晴天时凭临古堡就可以看到对岸的法国。所以有了阿诺德在诗的开篇如此描述:"今夜大海一片宁静,/水盛潮平,月明如镜,/朗照海滩;——在法国海岸/银辉闪亮,又渐渐隐灭"。[1]

这首诗发表于 1867 年,但评论界普遍认为它创作于十六年之前,当时新婚燕尔的阿诺德和妻子弗朗西斯·露西·威特曼一起来到这里,完成了一段蜜月之旅。此时的英国正成为世界关注的中心,就在一个月前首届世界博览会刚刚在伦敦开幕,诗歌的开头影射的便是这一盛况空前的事件。事实上,1851 年的英国上下都弥漫着一种非常乐观的情绪。在国内,工业革命促动了资本主义经济的迅猛增长,到处一片欣欣向荣的发展景象;在海外,英国人开疆拓土,大肆进行殖民扩张,在美洲、亚洲、大洋洲等地建立了广阔的殖民地。早在 1829 年,《爱丁堡评论》上就有一个粗嗓门的声音喊出了"时代的征兆":"我们搬走大山,把大海当成平坦的大道,什么也挡不住我们。我们征战不开化的自然;我们的引擎所向披靡,我们总是满载战利品,得胜回朝。"[2]此时的英国可谓一枝独秀,就像阿诺德诗中的悬崖一般,孑然一身:"英国的海岸悬崖,/闪烁而无垠,耸立于幽静的海湾。"这里的"悬崖"指的是多佛海滩南郊的断崖群,其中最突兀的一座因莎士比亚在《李尔王》中的精彩描绘而得名为"莎士比亚断崖"(Shakespeare Cliff)。

在《李尔王》一剧中,李尔的小女儿考狄利娅率领法国军队正是通过多佛海峡来讨伐姐姐、拯救父王的。因而,多佛在莎士比亚剧中人物看来已经是一个满含希望之地:两位忠臣看到老王李尔被两位不孝的女儿逼迫而变得疯癫,迅速安排上马车并派人送到位于多佛的援兵营地。更为重要的是,多佛的断崖在扭转人物命运的问题上起到了关键性的作用:忠臣葛罗斯特万念俱灰意欲轻生时,想到要去多佛的悬崖了结此生,结果却被儿子爱德伽从悬崖边上拉了回来,重燃生命的热情。断崖上的葛罗斯特父子二人,通过一双眼睛看到了它的伟峻:"把眼睛一直望到这么

---

[1] 马修·阿诺德:《多佛海滩》,刘守兰主编:《英美名诗解读》,上海:上海外语教育出版社,2003 年,第 475—482 页。文中凡出自阿诺德《多佛海滩》的引文均选自该书,为免繁复,不再另注。

[2] 克里斯托弗·哈维、科林·马修:《19 世纪英国:危机与变革》,韩敏中译,北京:外语教学与研究出版社,2007 年,第 175 页。

低的地方，真是惊心炫目！在半空盘旋的乌鸦，瞧上去还没有甲虫那么大；山腰中间悬着一个采金花草的人，可怕的工作！我看他的全身简直抵不上一个人头的大小。在海滩上走路的渔夫就像小鼠一般，那艘碇泊的高大的帆船小得像它的划艇，它的划艇小得像一个浮标，几乎看不出来。澎湃的波涛在海滨无数的石子上冲击的声音，也不能传到这样高的所在。"①这种悬崖勒马的转折意蕴反映在阿诺德的诗歌中，变成了诗人通过颇具对话意味的一行诗句"请来到窗旁，夜晚的空气多么甘甜！"来实现关注主题的过渡——从月满海湾的静谧到浪卷沙砾的嘈杂，而甜美的夜晚成了华美开篇的终结，此后便开始了学界普遍认同的"阿诺德是借《多佛海滩》倾泻悲情"②之旅。

此外，葛罗斯特在断崖上的遭遇对于正处于感情和事业十字路口的阿诺德来说有着特殊的意义。29 岁的阿诺德新婚伊始，站上了人生新的起跑线，正值踌躇满志、忧思报国之际；同时，他也满怀激情地展望，自己会像葛罗斯特那样幸运，会有一位智慧的儿子护其左右。此时的阿诺德已经开始关注社会上盛行的自由主义之风以及由此导致的牛津运动的惨败，借由断崖意象他似在阐明自己与自由主义决裂之念，并由此扯起文化救国救民的大旗。需要指出的是，断崖只是个起点而已，诗歌此后的部分出现了与此相叠加、被拓展了的丰富内涵。可以这样说，多佛海滩是阿诺德的福地，他的声名显赫从此首海洋诗歌鹊起，并桥接了更为知名的《文化与无政府状态》。

索福克勒斯的哀曲

断崖意象之后，阿诺德接着描写海浪卷起沙石冲向岸边，似在重复《李尔王》中葛罗斯特父子听到的"澎湃的波涛在海滨无数的石子上冲击的声音"，潮起潮落的节奏"送来一首永恒的哀曲"。本是到多佛与妻子度蜜月，诗人何以从潮声中听到"哀曲"呢？答案仿佛到了诗歌第二节便已揭晓，阿诺德穿越时空，循着西方文化中始终在场的大海这个意象，回到索福克勒斯时代的古希腊："很久以前，索福克勒斯 / 爱琴海曾听到这段歌子，/ 歌声把浑浊的潮汐刻入他心中，/ 也让人间痛苦的浊流在他心里涌动 / 如今我们依然在喧闹声中听到那一缕思绪 / 在这遥远的北方海

---

① 威廉·莎士比亚：《李尔王》，朱生豪译，北京：中国国际广播出版社，2001 年，第 204—205 页。
② 殷企平：《夜尽了，昼将至：〈多佛海滩〉的文化命题》，《外国文学评论》2010 年第 4 期，第 80—91 页。

隅。"这与阿诺德和索福克勒斯所共同持有一种斯多葛主义的人生态度有关,也就是说,在命运面前做出一种忍受的姿态,采取一种淡泊的处世观。①

评论普遍认为,阿诺德在此借用了索福克勒斯的著名悲剧《安提戈涅》第583—591行:"一个人的家若是被上天推倒,什么灾难都会落到他头上,还会冲向他的世代儿孙,像波浪,在从特剌刻吹来的狂暴海风下,向着海水暗处冲去,把黑色泥沙从海底卷起来,那海角被风吹浪打,发出悲惨的声音。"②这是在安提戈涅违反国王禁令,冒死掩埋哥哥尸体并因而被抓进王宫时,歌队合唱中的一段话。《安提戈涅》一剧主要传达渎神会带来严重惩罚之意,克瑞翁执意处死安提戈涅而遭得妻儿去世的家破人亡之下场,所以才会有海浪先知性地发悲惨之声的提法。显然,阿诺德在自己经历中找到了与剧中人物的某些共同点。索福克勒斯悲剧中克瑞翁儿子海蒙的未婚妻就是安提戈涅,而国王却不念亲情执意按照律法将未来的儿媳处死,遭到海蒙的以死抗争;这对于阿诺德的感情经历来说十分吻合。尽管与弗朗西斯两情相悦,但他这位牛津大学的毕业生空有未酬壮志,这段恋情招致岳父威特曼先生的强烈反对。甚至有一段时间,因为家长的反对他与弗朗西斯中断了往来,这对于阿诺德来讲是非常大的打击。幸好后来由兰兹唐勋爵举荐,他接受了教育调查委员会巡视员的一职,因这份稳定而体面但却十分辛苦的工作才得以结婚成家。苦尽甘来,刚刚组建起家庭的他倍感自己幸福生活来之不易,也就想到了歌队的唱曲,想到如若不从神明的旨意可能最终会像克瑞翁一般殃及"世代儿孙"。这正契合了他在《文化与无政府状态》中大力倡导的回归宗教、用文化渡人的人生信条。

另有学者指出,此诗创作前后阿诺德正在读索福克勒斯的另一部剧作《菲罗克忒忒斯》,其中有诗行写到这位古希腊英雄所受到的痛苦:"孤独地生活在这片并不友好的海滩,/这里海浪始终拍岸,暴雨大作,/他怎么能希望或者过得安逸,/在哀愁重压下过着能不痛苦的生活吗?"③菲罗克忒忒斯拥有好友赫拉克勒斯留下的百发百中的神箭,却英雄无用武之地,被奥德修斯遗弃荒岛。新婚燕尔的阿诺德亦有此种感怀,在牛津运动失败后急于亮剑,以己之力企图力挽狂澜,这也正是他与

---

① 钱青:《英国19世纪文学史》,北京:外语教学与研究出版社,2006年,第176页。
② 《罗念生全集》第二卷,上海:上海人民出版社,2007年,第633—634页。
③ Howard Isham, *Image of the Sea: Oceanic Consciousness in the Romantic Century*. New York: Peter Lang, 2004, p. 268.

索福克勒斯心中共有的"人间痛苦的浊流"吧！阿诺德的诗歌恰恰长于表现人类内心的痛苦、悲怆、孤独与死亡，这也构成整个19世纪英国诗歌中普遍存在的论调，乃至古希腊索福克勒斯以降、经由莎士比亚、终到阿诺德心目中始终在场的艺术主题。

愚昧军队的夜战

关于《多佛海滩》一诗，学界争议最大的要属全诗结尾处的夜战意象了："我们仿佛身处黑暗的荒原，/战争和溃逃交汇成一片惊恐和混乱，/愚昧的军队在黑夜中厮杀不断。"阿诺德与新婚妻子相约多佛海滩，本应是甜情蜜意的相互倾诉，就像该诗末节开首的那句："啊，亲爱的，让我们／彼此忠诚。"但全诗却以如此吊诡的夜战意象结束，文本与读者期待之间存在着巨大的信息鸿沟。如果仅从阿诺德的感情经历考量，这句"让我们彼此忠诚"的吁求暗示着他们爱情长跑的终结与婚姻生活的开始，以军队夜战象征着他与岳丈持久的感情对峙的终结，以夫妻彼此忠诚来对抗维多利亚社会表面上道德矜持而实际却多有堕落腐化的风气。但如此浅尝辄止，该诗旷世持久的韵味就理当大打折扣了。据殷企平的考证，关于夜战学界的解读基本可以分为怀念古代战争、思索当代战争和维多利亚时期社会思想混战三种。①

喻指古代战争，最典型的要数修昔底德在《伯罗奔尼撒战争史》中记载的埃皮波莱高地一战，当时雅典军队在黑夜与叙拉古人遭遇："虽有明月，但是他们彼此间所看见的，只是人们在月光下所能看得见的程度；他们能够看见他们面前人物的轮廓，但是他们不能确切知道这些人物是不是属于他们自己一边的。……混乱一开始的时候，马上引起各部分军队互相冲突，朋友和朋友、公民和公民，不但彼此间造成恐怖，并且实际上互相肉搏，费了很大的力量才能把彼此区分开来。从埃皮波莱下来的道路只有一条很狭窄的道路；在被追赶的时候，许多人从悬崖上跌下而丧失了生命。"②正因为夜色的黑暗造成军队大量误伤，与阿诺德诗歌中的描述十分吻合。顺承上述有关莎士比亚断崖的描述，阿诺德在此联想到这一著名高地夜战的实例也不足为奇，更何况《李尔王》中考狄利娅就是趁着夜色横渡多佛海峡征讨英军的。如此看来，殷企平对此种阐释的轻描淡写就有失公允了。另有学者指出，诗

---

① 殷企平：《夜尽了，昼将至：〈多佛海滩〉的文化命题》，《外国文学评论》第2010年第4期，第80—91页。
② 修昔底德：《伯罗奔尼撒战争史》，谢德风译，北京：商务印书馆，1985年，第530—531页。

中的夜战更可能指代英国军队1845年底至次年初在印度打的第一次锡克战争中的两次小型战斗,且这两战的情形与修昔底德的描述有惊人相似之处:战斗都在夜间展开,夜色使军队难以分辨敌我,士兵们几乎是随意迎战,且战斗多是短兵相接的肉搏战等。① 到1846年2月中旬消息传到英国本土时,国内很多报纸杂志连篇累牍地报道这次战争中的诸多场景,例如伦敦的《泰晤士报》就曾经连续三个月登载战争期间发生的故事。而向来热衷报刊信息的阿诺德,不可能忽略类似报道,该事件出现于他的《多佛海滩》中也就不足为怪了。

有关维多利亚时期战争的联想,更多的学者将其集中归结到1848年欧洲各国的革命和1849年法军包围罗马城。结合阿诺德后来出版的《文化与无政府状态》,我们大致可以捋清他新婚时的思想脉络。阿诺德对暴力革命始终敬而远之,称其为群氓的行为,而他却始终倡导以文化人改良救国;所以,站在可以遥看对岸法国的海滩,诗人首先想起的更可能是推翻巴士底狱的法国资产阶级革命。其次,1851年的英国慢慢从宪章运动的阴霾中走出来,全国上下一片欣欣向荣的景象,这从客观上更加坚定了阿诺德反对暴力变革的立场。至于1849年的罗马之围,可以结合诗歌第三节中信仰之海退潮的意象,来阐释阿诺德对当时社会宗教信仰缺失的忧虑。这也就成为一种支持第三种解释的理据:纽曼在1839年提及的当时思想界存在混战,混战的双方是打败牛津运动的自由主义与阿诺德倡导的文化派。"自由主义所信奉的基本信条,从政治上说是1832年的议会选举法修正案以及地方自治;在社会领域,是自由贸易,无制约的竞争,办工业发大财;在宗教上,就是'力陈异见,固守新教'。"② 在科学技术取得巨大进步的维多利亚时代很多人倒向了边沁为代表的功利主义而去崇尚智性与进步,但以纽曼为首的牛津运动则是对国教传统的守护性诉求,尽管"1851年那次绝无仅有的宗教人口普查表明,英国人口中只有约35%的人会去参加星期日的礼拜仪式"③。对信仰、对文化这座在当时看来已处孤立无援、如若莎士比亚断崖般的孤岛,阿诺德却选择了去坚守、去保卫,所以构

---

① Walter H. Kokernot, "'Where Ignorant Armies Clash by Night' and the Sikh Rebellion: A Contemporary Source for Matthew Arnold's Night-Battle Imagery," *Victorian Poetry* 1 (2005), pp. 99—108.
② 马修·阿诺德:《文化与无政府状态》(修订译本),韩敏中译,北京:三联书店,2008年,第26—27页。
③ 克里斯托弗·哈维、科林·马修:《19世纪英国:危机与变革》,韩敏中译,北京:外语教学与研究出版社,2007年,第223页。

成该诗底色的文化命题在此找到了再合适不过的注脚。

让我们再次回到阿诺德的那首诗本身,诗人要与妻子彼此忠诚,而周围却如荒原般,诗人的逻辑本来就是一种现实与隐喻并列的二元格局。那么,对于夜战本身也可以作此理解,从具体的战争上升到抽象的思想混战,二者互相参透,又何尝不是索福克勒斯哀曲的翻版呢?

拉康认为,战争是人性心理中固有的欲望,有了人类社会就存在纷争。既然是战争,就有杀戮、胜王与败寇。埃皮波莱之战中希腊军队遭遇自相残杀,有的甚至还从悬崖上跌落而死;安提戈涅的两位兄长特厄俄克勒斯和波吕涅克斯为了皇权手足相残,并由此引出了妹妹冒死埋葬哥哥的人间亲情佳话;《李尔王》中两位姐姐为求权贵而罔顾人伦常情,终致姊妹之间"愚昧的"手足相残,此外莎剧中忠臣葛罗斯特的两个儿子间亦存有此种争斗。既如此,兄弟姐妹间的相互残杀便构成阿诺德三次用典的一致性主题。莎氏的断崖、索福克勒斯的哀曲,以及意蕴更为丰富的夜战,都表达了阿诺德以手足之情为基点,立足英帝国而放眼寰球,在文化关切之轴上大而化之为对人性的忧思,寄托了一位即将走向神坛的文化伟人对人类前途命运的深切关怀。

2 《美杜莎》:女性形象与革命意识

雪莱的《咏佛罗伦萨美术馆达·芬奇的美杜莎》几乎是一首被遗忘的作品,诗人在该诗中颠覆了美杜莎的传统形象,挖掘了她的目光、头颅和周围空气的象征意义,赋予她革命先导的载体意义,从而昭示了雪莱一贯拥护的革命意识。

美杜莎在希腊神话中是个悲剧性人物①,是传统的男权社会的弱者与牺牲品。进入20世纪后,随着后结构主义的兴起,美杜莎的形象被女性主义理论家赋予了崭新的意义,如埃莱娜·西苏在《美杜莎的笑声》一文中呼吁人们不要再惧怕美杜

---

① 美杜莎是希腊神话中戈尔工蛇发三女妖之一,原本是一位美丽的少女,长着一头披肩的秀发。她对自己的美丽充满自信,与雅典娜比美,结果把这位智慧女神激怒,其秀发被变成无数条毒蛇,同时自己立刻变为面目狰狞的怪物;更为可怕的是,她的两眼闪着骇人的光芒,任何看她一眼的人就会立刻变成石头。后来,宙斯之子珀尔修斯得知了这个秘密,背过脸去借助光亮的盾牌作镜子,找出美杜莎并割下了她的头,献给了智慧女神;雅典娜则将美杜莎的头嵌在了神盾埃癸斯的中央。这张后来到了阿喀琉斯手中的盾也因此变得法力无边,令所有的敌人为之胆寒。

莎:"你要想见到美杜莎,只需直视她。而她并不是致人死命的。她是美丽的,她在笑。"①西苏所关心的,是美杜莎代表的女性整体,是被主流文化忽略已久的女性身体。而早在19世纪浪漫主义时期已经出现为美杜莎正名的呼声,分别来自于1819年站在达·芬奇的画作《美杜莎的头颅》②面前的珀西·毕希·雪莱,和那首名为《咏佛罗伦萨美术馆达·芬奇的美杜莎》(后简称为《美杜莎》)的诗。

这首诗由雪莱夫人在诗人死后于1824年整理出版,但是没有引起评论界与读者足够的重视:据笔者的粗略统计,吴笛的《雪莱抒情诗全集》(浙江文艺出版社,1994年)首次将该诗(译为《在弗洛伦蒂纳美术馆观看达·芬奇的墨杜萨》)收录,此前查良铮(《雪莱抒情诗选》,人民文学出版社,1958年)、杨熙龄(《雪莱抒情诗选》,上海译文出版社,1980年)和江枫(《雪莱诗选》,湖南人民出版社,1980年)等版本均没有翻译介绍这首诗。而后来江枫的《雪莱精选集》(2004)则正式收录了该诗,2006年陈永国所译米歇尔的《图像理论》(原著出版于1994年)对该诗歌从"视觉再现之语言再现"(ekphrasis)角度进行了较为详细的分析。在国外情况亦如此,根据雅各布斯的考证,直到20世纪70年代才有专门论述该诗的文章出现③。该诗之所以如此长时间地被忽略,原因可能在于它充满了不确定性:首先原诗中有三处空白,其次该画并非达·芬奇所作,除此之外从叙述角度、声音和象征意义上看还有更多的不确定性。

通读全诗后会发现,除了题目表明雪莱是在描绘看了达·芬奇画作之后的感受,整首诗的主体部分完全没有明确提及诗人描述的一幅画还是珀尔修斯屠杀现场的美杜莎头颅。这正是雪莱的智慧所在,他作为诗人的身份已经死亡,因为雪莱已经完全被美杜莎的美所震慑,或者说被她变成了一块石头,或者说成为珀尔修斯手中的那面镜子;诗人这种全身而退,造成一种德里达意义上的缺席的在场。雪莱所做的,是把读者推向前台,让他们自己去体验、去感受美杜莎"恐怖"的美;我们不

---

① 埃莱娜·西苏:《美杜莎的笑声》,黄晓红译,张京媛主编:《当代女性主义文学批评》,北京:北京大学出版社,1992年,第200页。

② 文艺复兴时期的意大利艺术家乔治·瓦萨里认为此画为达·芬奇所作,当时的情形是:画家雇佣的一位农民砍倒了一颗无花果树并做成一个圆盾,请求达·芬奇在上面作画。他欣然应允,先后找来蜥蜴、壁虎、蟋蟀、蝴蝶、蝗虫、蝙蝠和其他奇形怪状的动物,比照它们的外表特征,创造出了面目狰狞、奇丑无比的美杜莎形象。他之所以画美杜莎,灵感来自于阿喀琉斯盾牌上的图案。现在普遍认为该画非达·芬奇所作,而是由一位弗兰德人所作。

③ Carol Jacobs, "On Looking at Shelley's Medusa", *Yale French Studies* 69, 1985, p.166.

禁要问,读者面对的是一首诗、一幅画还是美杜莎本身?从艺术创作的角度看,从美杜莎到读者要经历如下审美历程:

[美杜莎]→[达·芬奇]→ 达·芬奇的画 → 雪莱 → 雪莱的《美杜莎》→ 读者

这基本符合爱布拉姆斯的艺术创作的四维结构,即世界、作者、作品和读者;但是"世界"一维被无形扩展,这是一个艺术再现的对象问题,是一个艺术之真的问题。重新认识美杜莎的形象,还需要我们细读雪莱的这首述画诗①。

> 她躺卧着注视着午夜的天空,
> 　仰望着云雾缭绕的高山峰顶;
> 下面,远方的原野似乎颤动;
> 　她的恐怖和美,都庄严神圣。
> 在愤怒而憔悴的眼睑和嘴唇,
> 　仿佛有着一抹妩媚的阴影,
> 它们闪耀出挣扎在内心深处
> 极度烦恼和死亡引起的痛苦。②

　　诗歌开始,雪莱便把观察的视角打乱:美杜莎"躺卧着注视着午夜的天空",这似乎是诗人看画的角度;而接下来的"下面,远方的原野似乎颤动"诗句中,观察者则无可辩驳地转变为屠杀现场的珀尔修斯,因为诗人视野受到限制,无法看清画作以外的东西。但是,"颤动"本身又表明,美杜莎的头颅给作者带来的心灵上的震撼,并促使他去积极地想象。这种震撼其实是诗人矛盾心理的折射,因为美杜莎的"恐怖和美"让所有(男性)注视者既想窥其全貌但又害怕变为顽石,她成为19世纪英国文学比较盛行的"夺命夫人"(la femme fatale)母题的雪莱版本。那"一抹妩媚的阴影"仿佛又传达出艺术(既指达·芬奇的画作,还可以是雪莱自己的这首诗)的

---

① 述画诗,即前文提到的 ekphrasis,陈永国翻译为"视觉再现之语言再现",笔者认为作为一个名词如此译法不妥,它虽准确传达出了该词的含义但有失简洁,而"述画诗"则从诗人创作的角度进行限定,同时借鉴了中国传统文化中的题画诗。述画诗在英国浪漫主义诗人中比较盛行,比较著名的除了雪莱的这首诗外,还有济慈的《希腊古瓮颂》《圣亚尼节前夜》中对窗台的描绘以及华兹华斯的《览美丽的图画有感》等。
② 江枫:《雪莱精选集》,北京:北京燕山出版社,2004 年,第 160 页。江枫翻译了该诗的前五节,笔者使用其译文,而最后一节由笔者自译。原诗中有三处空缺,依次为第三节第二行、第五节第五行和第六节第四行,译文亦以空格标示。

本质魅力,即艺术之美可以掩盖审美对象的丑陋,或者用波德莱尔的话说,即使从粪土之中也可以找出美感来。美与丑的交织,恐怖与妩媚的交融,意味着雪莱的萌生于欧洲主流社会的革命思想,是一种不折不扣的针锋相对:恐怖对应民众,而美则是革命的化身。

> 使注视她的生灵变成石头的,
> 　更大程度上是美而不是恐怖,
> 那石头上刻画着死者最后的
> 　容貌,乃至于那种表情仿佛
> 固有,思想已不能追溯缘由;
> 　那是美妙旋律般的色彩涂布,
> 涂在黑暗痛苦凝视的目光上,
> 人性化、和谐化了那种紧张。

进入第二节,雪莱继续表现美杜莎的摄魂夺魄之美,并更加直白、站在更高的角度表达艺术之美——"美妙旋律般的色彩涂布",音乐与绘画的元素开始融入该诗。但是从原诗看,"人性化、和谐化了那种紧张"的,不是"色彩涂布"而是"黑暗[和]痛苦凝视的目光";这里的"紧张",完全是诗人创作该诗时的困境,所以唯有黑暗和痛苦才可以更好地传达出艺术家创作的艰辛。而这种困境又通过美杜莎作为牺牲品的形象表现出来,"那石头上刻画着死者最后的容貌","思想已不能追溯缘由"。在这一节中,雪莱把表现的中心置换为美杜莎的观察者,并把遭遇女妖的那一刹那变化定格为永恒。这里,美杜莎以其夺人心魄的目光,象征着无坚不摧的革命势力,雪莱已经联想到法国大革命中被推上断头台的国王,神圣同盟联合剿灭拿破仑,以及1819年发生在英国曼彻斯特的彼得卢惨案。

> 从她头上像从一个身体长出,
> 　像从潮湿的岩石长出[　]青草,
> 长出的头发都是毒蛇,卷曲
> 　伸展,细长的身躯彼此缠绕,
> 在永不休止的扭动中显示出
> 　它们鳞片的光泽,像要炫耀
> 它们带来的死和惨烈的煎熬

多齿的颚像要锯开空气的锯条。

第三节仿佛是革命之后暂时的平静,诗人回过头来细致刻画美杜莎的蛇发,或者说他在有意模仿屠杀现场,所有的"生灵"已经被转变为石头,他(它)们能做的只能是返照美杜莎的面容。但是不确定性再次出现,看似青草的蛇发到底是"从她头上"还是"从一个身体长出",况且末节中还有"没有躯干的头颅"一说?雅各布斯认为,在雪莱诗歌中,这种类比并不少见,可以忽略其中差别。① 这里的差别并不能忽略不计,"身体"可以理解为已经被美杜莎征服了的窥视者,毕竟美杜莎的面容已经烙印于石头之上,况且他们的精神也已被凝固;这样一来,两者可以拼凑成一个完整的象征意义上的人。原诗中到此为止,雪莱一直以"它"而不是"她"来指代美杜莎,也可以说美杜莎正在被抬升为人。"多齿的颚像要锯开空气的锯条",可以说是一种形象的挣扎,拨除周围迷惑与恐惧的迷雾,走向一种象征意义的新生。

> 一块石头旁的一条有毒蜥蜴
> 　把蛇发女怪的眼睛懒懒偷觑;
> 一只阴森的蝙蝠被吓得逃离
> 　这可怕的明光照射进的洞穴,
> 昏头昏脑在半空中飞来飞去,
> 　他急匆匆飞来就像灯蛾急于
> 向烛光扑去;那午夜的天上
> 　闪出比晦暗更令人胆寒的明光。

观看美杜莎有两种方式,正如第四节中的蜥蜴和蝙蝠所示:一种是"把蛇发女怪的眼睛懒懒偷觑",只要不被她注视就可以延续生命;另一种则是"被吓得逃离",成为她的牺牲品。诗人仿佛对两者都不满足,如果把美杜莎视为革命的化身,那么"懒懒偷觑"就等同于置身度外,漠不关心,而"昏头昏脑"则只能导致革命最终的失败。只有像珀尔修斯那样,积极利用各种可以依靠的力量,才能最终把罪恶斩首。此外,"可怕的明光"意指什么?我们知道,美杜莎的世界是黑暗的,现在这道不明的光束已经打破了既有的旧秩序,就像前一节中"要锯开空气"的蛇舌,它象征着雪

---

① Carol Jacobs, "On Looking at Shelley's Medusa", *Yale French Studies* 69, 1985, p.171.

莱所期盼的革命时代的前奏,这也就解释了"令人胆寒"的接受者只能是除诗人之外的、对革命普遍持有惊恐态度的平民大众。

> 这是一种恐怖的摄魂夺魄之美;
> 　　由于一种无法解释清的幻觉:
> 那些蛇射出来的注目凝视光辉
> 　　能使得空中颤动的雾气氛围
> 变成[　　]闪烁不定的镜面
> 　　映出那里所有的恐怖和美——
> 一个以蛇为卷发的女人面孔,
> 从潮湿的岩石上死盯着天空。

在第五节中,美杜莎的威慑力进一步扩散,不只是"生灵",而且还包括"空中颤动的雾气氛围",都变成它的牺牲品——"闪烁不定的镜面"。这里,弥漫的"氛围"无疑就是法国大革命后遍布欧洲中产阶级的革命恐惧感,雪莱正是从美杜莎身上看到了革命的精神。"用女性形象象征革命,这在十九世纪的图像中是常见的"。[①] 同时,全诗中雪莱首次把美杜莎当作"女人",似乎表明只有在死后,只有建立在注视者变成顽石、成为象征意义上的躯体后,美杜莎才能获得完整意义上的女性身份,一种真正意义上的人的存在。

> 那是一个女人的面孔,还在喘息
> 带着永久的美貌,显得那么神圣
> 高山峰顶,暴雨即将来袭,
> 她仰卧注视着[　]夜晚颤动的空气。
> 那是一个没有躯体的头颅,脸上
> 生死交融,但生命的确存在于死亡中
> 血液已冰冷——但不羁的自然
> 看起来要斗争到最后,甚至没有喘息之机
> 这个未曾被创造出来的造物的片段。

雪莱在最后一节中试图赋予美杜莎以生命,重现她被砍头的场景,那时美杜莎

[①] W. J. T. 米歇尔:《图像理论》,陈永国、胡文征译,北京:北京大学出版社,2006 年,第 162 页。

"还在喘息";这无疑是一种精神的萌动与升华,因而周围的空气开始"颤动",象征着一种新生力量——革命势力的来临。此外,美杜莎的死同时意味着生,"生命的确存在于死亡中",经典神话中美杜莎的血液四溅之时飞出一匹白马,即珀加索斯。诗中"不羁的自然"所代表的,正是这匹飞马,象征着革命之后获得自由的欧洲人民。但是最后一个诗行重又把读者拉回现实,"这个未曾被创造出来的造物的片段"只是美杜莎的头颅而已,在经历了从现实到理想再回到现实的浪漫主义历险之后,雪莱(和读者)带着一种崭新的认识回到社会现实。

雪莱被恩格斯称为"天才的预言家",他的革命思想在著名的《西风颂》《麦布女王》和《伊斯兰的起义》中有着淋漓尽致的体现,在创作思想上一贯坚持拥护社会变革,对人民为自由而斗争的光辉前景持有坚定信念。但是在这首《美杜莎》之中,雪莱找到了象征革命力量的理想载体——美杜莎,并充分挖掘了她的目光、头颅和周围空气的象征意义,表达了他对欧洲革命的认识,是研究雪莱革命思想的一部不可或缺的作品。

3 《雷丁监狱之歌》:一曲三面

王尔德是一个谜,他最后一部作品《雷丁监狱之歌》又仿佛给我们提供了某种线索。这首诗主要记录了囚犯们悲惨的监狱生活,但同时又从一个死囚身上昭示了诗人鲜为人知的内心世界:对同性恋生活的欲罢不能,和对早年夭折的胞妹的无限哀思。从这三个角度来看,该诗给读者展示了一个更深刻、更全面的王尔德。

奥斯卡·王尔德在《狱中书》中坦言:"我一生中有两个大的转折点,一是父亲送我上牛津,二是社会害我下大狱。"[1]诚然,这位文学天才在牛津大学以诗歌起家,此后蜚声文坛,但在创作的巅峰时期却锒铛入狱,最终声名狼藉郁郁而终。但其收山之作《雷丁监狱之歌》在1898年出版之时便大受欢迎,至次年6月已经再版7次,成为王尔德晚年落魄生活的一大亮点。《星期天号外报》曾评论说,自从《古舟子咏》问世以来,英国民众还没有见过如此怪诞、迷人和高超的民谣叙事艺术。

王尔德在给好友哈里斯的信中指出,这首诗"发自我内心深处,是一种痛苦的

---

[1] Oscar Wilde, *The Complete Works of Oscar Wilde*. London: Collins, 1984, p.915.

呐喊,一种马西亚斯的呐喊,而非阿波罗的歌声。"①希腊神话中森林之神马西亚斯是个悲剧人物,他曾经拿笛子与阿波罗的七弦琴比赛演奏,但因失败而被活活剥皮。该诗的弦外之音也尽显其张力,监狱生活其实只是冰山的一角,在此之下深藏着王尔德心中举足轻重的两个人物:同性恋男友道格拉斯和早年夭折的妹妹艾索拉。由此,《雷丁监狱之歌》便可以离析出三个不同的层面:对监狱生活的控诉、殉道者的忏悔和对兄妹情的追忆,分别以三张不同的面孔为代表:伍德里奇、道格拉斯和艾索拉。与王尔德同时代的诗人兼评论家西蒙兹就指出,这首诗"根本就不是一首民谣,……关键是其题外话,而非故事本身"②。

狱囚的血泪控诉

这首诗歌的开头写有"纪念 C. T. W."的字样,这个人便是查尔斯·托马斯·伍德里奇(Charles Thomas Woodridge),这位曾经的皇家骑兵队卫兵,因谋杀妻子而被判入狱,于 1896 年 7 月 7 日执行绞刑。因而,该诗大部分是在追述这位死囚的牢狱生活,诗人通过他的遭遇真实再现了当时恐怖的监狱生活。在维多利亚女王统治时期,英国的监狱体制还很不健全,"设置监狱的目的不是让犯人们如何再融入社会之中,而只是把他们禁闭在那里。犯人们每天被关在监室的时间长达 23 个小时,仅有的一个小时放风时间,还根本不允许讲话。"③

在开篇交代了伍德里奇的罪责后,诗人以旁观者的视角描绘了这位囚犯的与众不同之处——"脚步看起来很欢畅……依恋地朝阳光凝望"④,面对死神能有如此的坦然开始让"另一个圈子里"的王尔德大惑不解。继而,从第 10 节开始连续七节均以"他不……"开头,以及第 22 节中接连出现三个"真异样",这些都大大提高了本诗的悬念指数。到底是什么让他的行为如此怪异?随着叙事的展开,答案昭然若揭:是单调的监狱生活,是恐怖的监狱生活,是抛弃他们的冷漠虚伪的人世社会!出于维多利亚时期严格的道德约束力,伍德里奇和王尔德的罪责难逃法网,因为"这人杀了他心爱的人,/所以说他难逃一死。"这既像是杀人者的忏悔,又似在为他的罪责开脱,因为王尔德正是这样充满矛盾的人物。他在伍德里奇身上发现了

---

① 《王尔德全集》第六卷,常绍民、沈宏等译,北京:中国文学出版社,2000 年,第 511 页。
② Anne Varty, *A Preface to Oscar Wilde*. Beijing: Peking University Press, 2005, p. 83.
③ Stephen Waba, "Oscar Wilde: The Ballad of Reading Gaol," http://www.referate10.com/referate/Englisch/21/The-Ballad-of-Reading-Gaol—Oscar-Wilde-reon.php.
④ 《王尔德全集》第三卷,杨烈、黄杲炘等译,北京:中国文学出版社,2000 年,第 266 页。

自己的影子——那个标新立异、不可一世的浪荡子。同为社会的弃儿,共同的经历让彼此找到了最大公约数,形成了强烈的心灵共鸣——对生命的绝望。

  对于这样一位纨绔子弟而言,监狱就如同地狱,王尔德在出狱后就曾"感到自己从地狱又回到了人间。"①单从对牢房的描写来看,诗人就使用了诸多不同的名词来指称,如小屋、洞穴、死囚的监房、坟墓、耻辱的密室、监室、地狱以及厕所等等。可以看出,诗人对监狱生活深恶痛绝之极:除厌恶牢房空间的极其狭小之外,他已经把自己的不幸入狱当成一次死亡。狱中的王尔德已经意识到是他用自己的双手葬送了大好前程——至少是在文学创作上,此时的他万念俱灰,抱定生不如死的念头。巧合的是,他早在美国巡回演讲期间就曾看到过那里囚犯的悲惨遭遇,谁曾想十几年后蹲在里面的变成了他自己!但两年的牢狱生活给了他难得的体验生活的机会,《雷丁监狱之歌》就是其真实的写照,尽管这与他一生倡导的"生活反映艺术"的唯美主义信条大相径庭。铁窗里的囚犯穿着囚服,脚戴镣铐,饮用咸涩带泥的水,吃食充斥着白垩和石灰的苦面包。物质生活的低劣甚至匮乏直接催生了囚犯们精神上的极大空虚,他们大多数人忍受着失眠的煎熬,有些逐渐变得弱智甚至是疯癫。此外,残暴的狱吏更是让他们过着非人的生活,"他们吊死[伍德里奇]像吊牲畜,/甚至也没有敲丧钟——/……只是匆忙地把他弄出去,/再把他藏进一个洞。"所有这一切都在王尔德心目中打上了深深的烙印,出狱后他便投书《每日纪事报》细述个中苦衷,这封署名为"《雷丁监狱之歌》作者"的信直接促成了英国《监狱法》的通过。②

  王尔德与好友罗斯讨论该诗时说,它"遭受互异风格整合之难。……有些是诗,有些是口号。"③他所谓的"口号"正是呼吁监狱进行人性化的改革!诗中叙述者的角色(王尔德)在不断泛化,从最初单独的个人视角,到与伍德里奇"在风暴中偶然相遇"从而找到了心灵的交汇点,再到他绝望的反诘——"什么宽慰话能在/精神上帮一位兄弟",最后诗人引《圣经》中该隐杀弟的典故来暗喻人类的手足相残:这是伍德里奇的绝望情绪像瘟疫一样迅速蔓延的过程,同时也是王尔德由点到面

---

① 《王尔德全集》第六卷,常绍民、沈宏等译,北京:中国文学出版社,2000 年,第 267 页。
② 维维安·贺兰:《王尔德》,李芬芳译,上海:百家出版社,2001 年,第 115 页。
③ 《王尔德全集》第六卷,常绍民、沈宏等译,北京:中国文学出版社,2000 年,第 421 页。

逐步将诗歌主题升华的过程。因此,这首诗足以成为他"最具说教性的作品"[1]。

殉道者的悲歌

王尔德看完《雷丁监狱之歌》出版后的《每日纪事报》,曾经对那些短评心怀满意之余而又不无遗憾地说,"诗中除了宣传监狱改革之外,还有更多的东西。"[2]诚然,一旦我们抛开这一层面,就会发现诗人在伍德里奇之外倾注了更多的笔墨。他不是一名普通的杀人犯,他用手中的利刃杀死的是自己心爱的人,属于那种王尔德所说的最仁慈和勇敢的人。他的逻辑是,与其让爱人与外面的世界同流合污,不如就此用死亡留住她的天真。反观王尔德,他手中握有的只是一支笔,他所能做的也只是利用辛辣的笔锋去成就所愿,他绝不会像拜伦那样积极投入革命战斗。但他同样拥有这样一颗心,"不能够拿起刀枪去战斗,因此才与那些斗士们结盟"[3]。当然,前提必须是王尔德认同自己杀死了心爱的人,事实也一再证明他入狱的后果是家破人亡:母亲病故,妻儿隐姓埋名客走他乡,道格拉斯也在犹疑徘徊。所以,王尔德对于伍德里奇的受刑寄予的不仅仅是同情,更多的是对他那种义无反顾、大义凛然精神的钦佩,称他是一位殉道者。诗中把绞架说成是"带耻辱之绳的使者",而"使者(herald)"一词另有"先驱"的含义,作者在此暗示他已经把伍德里奇划入先驱者的行列。先驱者是不被世俗所理解的,因为他们是超越自己所处时代的。王尔德如此煞费苦心,为这位杀人犯树碑立传,影射出他一直暗藏心底的一直钟爱的道格拉斯的幻影。其实,王尔德的创作一直"注重描绘男性美,着力展示男性的魅力"[4],这一倾向彰显了这位同性恋者的性取向。

维多利亚后期的英国,对同性恋依然讳莫如深,以至道格拉斯不得不将他与王尔德的恋情称作"不敢说出自己名字的爱情"(语出道格拉斯的一首十四行诗)。从创作时间上看,《雷丁监狱之歌》酝酿于雷丁监狱之中,成形于王尔德出狱后的寄居地法国贝尔讷瓦勒,定稿于他和道格拉斯在意大利那不勒斯旅游期间,可以说它的整个创作过程都有道格拉斯的影子。尤其是在后期加工润色期间,道格拉斯无时

---

[1] Karl Beckson and Bobby Fong, "Wilde as Poet," in Peter Raby ed., *The Cambridge Companion to Oscar Wilde*. Shanghai: Shanghai Foreign Language Education Press, 2001, pp.57—68.

[2] 《王尔德全集》第六卷,常绍民、沈宏等译,北京:中国文学出版社,2000年,第505页。

[3] Melissa Knox, *Oscar Wilde: A Long and Lovely Suicide*. New Haven: Yale University Press, 1994, p.80.

[4] 吴学平:《同性恋损害了王尔德的艺术才华》,《外国文学研究》1995年第3期,第66—69页。

无刻不在审读它,"很多个星期里,它是[他]们谈论的唯一话题"①。可以看出,王尔德尤其珍惜赏识道格拉斯的文学才华,他们之间并非单纯的传统意义上的肉体之恋,"他对[道格拉斯]的爱可能抑制了他的性欲望"②。其实无论压制与否,这种"有伤风化"(法庭给王尔德定的罪名)之事他不得不向所有亲朋好友隐瞒,直到被捕,他生活的这一面才放诸众目睽睽之下。一旦败露,他毅然选择了自我毁灭——尽管在被捕之前他有足够的时间选择流亡——义无反顾地走上同性恋的不归路,并最终为其殉道。

正是从伍德里奇身上他找到了自己这种自杀式毁灭的理据:因为杀了自己心爱的人,所以难逃一死。他"心爱"的道格拉斯名誉扫地,并未遭遇死亡,但在诗人的内心深处,由此产生的内疚已经可以与谋杀画上等号。而他过的这种双重生活——"和谐的夫妻生活的背后是同性恋的潜流"③——在诗中最强有力的体现就是:"那种最强烈的后悔/和像血一样的滴滴汗珠;/没有谁比我更领会"。这里诗人使用了双关语——"最狂烈的"(wild)与其姓氏(Wilde)同音——来表现诗人分裂的生活与人格,同时"像血一样的滴滴汗珠"表现了王尔德对疾病的恐惧,他所患的正是同性恋者常发的梅毒④,而梅毒在王尔德生活的那个时代还是不治之症。

王尔德曾经心不在焉地说过,《雷丁监狱之歌》并不是描述他的监狱生活,而是他在意大利的同性恋生活。⑤ 可能是由于已经认识到他肮脏卑下的监狱生活很像他与道格拉斯在那不勒斯的放荡生活,而又不忍回顾过去,只能出此言论。同时,这也验证了加尼亚在《市场的田园诗》一书中所言,"监狱中男犯人所组成的社区,筑成一幅他们被文明社会驱逐的场景。"⑥狱囚被社会遗弃,同性恋为民众唾弃,两者在诗中实现了象征意义上的重叠。落魄的王尔德已经忘记了他在狱中对道格拉斯的愤恨,对发妻断绝其生活费的耿耿于怀,甚至听到她的死讯时的无动于衷:他

---

① Melissa Knox, *Oscar Wilde: A Long and Lovely Suicide*. New Haven: Yale University Press, 1994, p. 19.

② Ibid., p. 13.

③ Karl Beckson and Bobby Fong, "Wilde as Poet," in Peter Raby ed., *The Cambridge Companion to Oscar Wilde*. Shanghai: Shanghai Foreign Language Education Press, 2001, p. 67.

④ Melissa Knox, *Oscar Wilde: A Long and Lovely Suicide*. New Haven: Yale University Press, 1994, p. 135.

⑤ 《王尔德全集》第六卷,常绍民、沈宏等译,北京:中国文学出版社,2000 年,第 550 页。

⑥ Stephen Waba, "Oscar Wilde: The Ballad of Reading Gaol," http://www.referate10.com/referate/Englisch/21/The-Ballad-of-Reading-Gaol—Oscar-Wilde-reon.php.

是想彻底地自暴自弃。"因为,活上二度生命的人,/他的死也不止一回。"既然入狱是他一次象征性的死亡,那他也不会在乎再来一次,因为他相信"告别生命就像离开宴会"①那样浪漫。人世间他唯一留恋的,便是道格拉斯了。在最初受审期间,他就下定决心"献身于爱,接受任何迫害而不反抗"②,只要能够拥有道格拉斯;因而出狱后他即迫切地重修旧好。早在《狱中书》中他就提及,能取得如此成就要归功于道格拉斯对他的"性奴役"③,而正是这种奴役毁了他的前程。命运如此安排,与其说是惩罚,倒不如说是殉道。《雷丁监狱之歌》所演绎的,正是这种马西亚斯的呐喊,是这位同性恋殉道者的悲歌。

悼亡妹的挽歌

王尔德一家中有三位女性,即母亲珍、妻子康斯坦丝和早年夭折的妹妹艾索拉,她们对王尔德有着深远的影响。母亲盼女心切,在怀王尔德时便误认为是女儿,结果王尔德长到两岁时仍被她打扮得像个女孩一样穿着裙子。艾索拉在家中备受宠爱,妹妹的死给王尔德带来的是毁灭性打击,尽管那时他还不到13岁。"妹妹的幽灵,因对她有过性好感而产生的内疚,以及对可能由此导致其早逝的恐惧,这些都萦绕在他的心头。"④作为兄长的王尔德,因未能尽到保护妹妹的责任而自责,这种持续一生的负疚感让《雷丁监狱之歌》中该隐杀弟的典故增添了一层新的含义;在象征层面上,难道王尔德不就是该隐吗?

诗中不乏哥特式的恐怖描写,比如在处决伍德里奇的前夜,监狱里精灵在舞蹈、歌唱,要"唱醒那死者";这里的"死者",我们可以理解为已经麻木不仁、如同行尸走肉的狱囚(包括王尔德),更可以是王尔德已经失去的母亲和妹妹。这种说法再一次出现,是在诗人对照伍德里奇杀死妻子时,他发现自己"杀的是死人"!当然,这里王尔德仍在自责:自己的银铛入狱让已在九泉之下的亲人们蒙羞,也就是他所谓的"这种人是二度犯罪:/唤醒死灵魂来受苦"!他对胞妹之死负有深深的内疚,加之他和道格拉斯的"有伤风化"的恋情,完全可以称得上"二度犯罪";也正是这种恋情唤醒了他久藏心底的那段天真的兄妹感情。二度犯罪的人,"他的死也不

---

① 《王尔德全集》第六卷,常绍民、沈宏等译,北京:中国文学出版社,2000年,第487页。
② 同上书,第19页。
③ Melissa Knox, *Oscar Wilde: A Long and Lovely Suicide*. New Haven: Yale University Press, 1994, p.91.
④ Ibid., p.16.

止一回"。这看似诅咒的话语,正是王尔德的绝唱,是他由衷的忏悔。

王尔德死后,友人们在他的遗物中发现一个信封,上面是个顽童的简笔画,并写有"她不是死了只是睡着"等字样,而里面装的是几缕头发。① 艾索拉的头发他珍藏了一生!他早年曾专门为亡妹写了首《安魂曲》,诗末两句"我的一生已在此埋掉——/把土堆上去",完全可以作为《雷丁监狱之歌》中"二度犯罪"的注脚,也更好地诠释了把牢房当成"地狱"和"坟墓"的隐喻。另外,诺克斯还从王尔德早期的另一首诗《妓女的房子》中,找到了与《雷丁监狱之歌》中相同的元素——有关死亡舞蹈的描写,来重现王尔德心头时时在场的艾索拉。② 妹妹的死是王尔德心中永远解不开的结,直到把它带进了坟墓,而《雷丁监狱之歌》算得上是他揭开这个谜底的最后一次尝试。

一代文坛怪才王尔德是一个具有双重性格的人,正如他在《道连·葛雷的画像》中刻画的道林一样。王尔德在给友人的信中也提到,他的作品就像其个性一样已经四分五裂,自己只是一个强烈意识到自身痛苦的人。③ 作品也好,个性也罢,看其一面就会有失偏颇,就如同王尔德批评的有关《雷丁监狱之歌》的短评一样。文本阐释只有放在一个更广阔的语境下,才会有更大的意义。监狱生活确如他描写的那样恐怖,但浅尝辄止者就不会从伍德里奇身上生发出去,看到一个更全面的王尔德:同性恋折磨得他声名狼藉,但他沉溺于其中而不能自拔;妹妹的夭折早已作古,生活中的他却仍在为这不争的事实而内疚不已。这首诗正是以伍德里奇为支点,撬起了一个王尔德鲜为人知的内心世界,其中道格拉斯和艾索拉像车轮一样碾压着他的肉体与灵魂。《雷丁监狱之歌》的三张面孔,对应的是王尔德的分裂人格。这位"过日子用的是天才,写文章不过靠本事"④的不羁文人,在自信与自责中不知不觉地消费着自己的天才与本事,直到食不果腹,直到江郎才尽。王尔德因为有了《雷丁监狱之歌》而完整,世界因为有了王尔德而精彩。

---

① 维维安·贺兰:《王尔德》,李芬芳译,上海:百家出版社,2001年,第9页。
② Melissa Knox, *Oscar Wilde: A Long and Lovely Suicide*. New Haven: Yale University Press, 1994, pp.11–13.
③ 《王尔德全集》第六卷,常绍民、沈宏等译,北京:中国文学出版社,2000年,第528页。
④ 维维安·贺兰:《王尔德》,李芬芳译,上海:百家出版社,2001年,第1页。

二　小说细读与重读

1　《女房客》:框套叙事与性别越界

　　安妮·勃朗特的《女房客》对维多利亚时期的性别认同形成了极大挑战,小说通过作者与男性叙述者、叙述者与受述者之间的跨性别现象,阐释了性别本身的不确定性与可操演性。这种跨性别叙事完成了一次冲破传统意识形态的框约、进行女性主体建构的尝试,宣示了作品的前瞻性与美学价值,促其成为女性主义文学的经典文本,作者安妮也因成功操刀消解小说文本内外的性别符号,由名不见经传而跻身文化精英的行列。

　　自盖斯凯尔夫人1857年出版《夏洛蒂·勃朗特传》起,英国文学史上天才三姐妹的神话开始传布,此后勃朗特研究的趋同性始终存在,比如肖瓦尔特把"勃朗特崖"[①]划为英国女性小说四座地标之一,布鲁姆认为她们"共同创造"了北方传奇文学[②]。但三姐妹的知名度绝非等同,《简·爱》和《呼啸山庄》的接受度要远远好于其他五部小说。这些小说出版之初即遭到诸多恶评,再版时夏洛蒂主观取舍将几部小说搁置,小妹安妮的第二部小说《女房客》就此埋没。进入20世纪,《女房客》重受关注,乃至被奉为妇女解放运动的宣言书,重要性甚至"超过《简·爱》,和《呼啸山庄》并驾齐驱"[③]。女性主义者看中里面的平权思想,从中读出了颇多激进的元素,如安妮在序言中声称,"所有的小说都是或者应该是写给男女读者共同阅读的,我无法理解的是,为什么男人可以随心所欲地写些真正有损女性尊严的事情,而女人写了任何在男性看来再合适不过的东西就要受到批判呢?"[④]

　　事实上,作者在《女房客》的文本内外罗织了一张庞大的性别之网,尝试模糊自己的性别身份;框架叙述者为男性,以异性眼光反照男女不平等的社会现实;将女

---

①　Elaine Showalter, *A Literature of Their Own*: *British Women Novelists from Brontë to Lessing*. Beijing: Foreign Language Teaching and Research Press, 2004, p. iii.
②　转引自李维屏等:《英国女性小说史》,上海:上海外语教育出版社,2011年,第167页。
③　赵慧珍:《重读〈房客〉话女权——论海伦的离家出走》,《四川外语学院学报》2006年第1期,第60—64页。
④　Anne Brontë, *The Tenant of Wildfell Hall*. Beijing: Foreign Languages Press, 1993, p.31.

主人公的抗争包装于框套叙事结构之中,缓冲个人思想的激进性。小说涉及作者与叙述者、叙述者与受述者、叙述交流与人物呈现之间的复杂关系,而性别研究的视角为我们提供了一条走出安妮叙事迷宫的线索。

女作家与男叙述者

《女房客》以阿克顿·贝尔为署名出版后,很多评论家对作者的真实身份进行了种种猜度,《沙普伦敦杂志》上的文章颇具代表性:一方面认为只有男作家才能如此"明目张胆""肆意妄为"地使用粗野的语言,另一方面又将"疲弱到卑鄙"又"荒唐可笑"的男性人物归咎于女作家,最后只能推测该小说是由一位女作家在丈夫或其他男性朋友的帮助下完成的[①]。之所以出现如此荒谬的结论,源于维多利亚时期根深蒂固的性别歧视:女性应主要在家庭内部活动,服侍全家饮食起居、料理家务、相夫教子,在经济与心理上完全是依附者的角色。然而,19世纪中期开始兴起一股女性从事文学创作的热潮,这给精英男作家们垄断的文学市场带来巨大冲击,让他们焦虑、恐惧,进而堂而皇之地开始从女性的生理以及阅历上寻找借口,指责女作家长于情感表达与细腻观察,却无法实现男作家的宏大叙事与雄浑笔触。[②] 这种性别偏见倒逼勃朗特不自觉地进行身份裂变,一面是名为阿克顿·贝尔的女作家,另一面是安妮·勃朗特本人,这种身份的双重性反而为小说家开启了方便之门。

女性作家进入文学市场并非易事,性别上的劣势促使她们诉诸语言的工具,使用男性笔名或者匿名发表成为当时盛行的做法。夏洛蒂这样解释姐妹三人取男性笔名的原因,"女作家可能会遭受偏见;我们注意到有时评论家对作家的人格进行严厉谴责,至于褒奖与奉承,又显得不是那么真心实意"[③]。毋庸置疑,笔名为来自弱势群体的作家们提供了一个创作梦想的通道,这样就可以名利双收,同时为作家本人以及亲友屏蔽不良影响。勃朗特姐妹将笔名当作一种处事策略,"一种自我赋权",希望通过笔名可以让她们三人来"对抗整个世界"[④]。从本质上说,笔名是一

---

① Miriam Farris Allott, *The Brontës: The Critical Heritage*. London: Routledge and Kegan Paul, 1974, pp.263—265.

② Elaine Showalter, *A Literature of Their Own: British Women Novelists from Brontë to Lessing*. Beijing: Foreign Language Teaching and Research Press, 2004, pp.73—90.

③ Charlotte Brontë, "Biographical Notice of Ellis and Acton Bell, 1850," in Anne Brontë, *Agnes Grey*. Hertfordshire: Wordsworth, 1998, p.156.

④ Juliet Barker, *The Brontës*. London: Abacus, 2010, p.679.

种诗学行为,是与作品正文连接在一起的创作行为;小说家的身份本来就是现实生活中的一种建构物,这种笔名出版策略构成对维多利亚时期既定性别角色的极大挑战。

此外,叙述者的性别身份同样可以由作者自主选择,并根据需要适时转换不同叙述者的性别表征。广义上的叙述者其实是一个把叙述文本和现实世界割裂开来的"框架","一个体现了框架的人格"①。通常情况下,人格化的小说叙述者在女作家作品中多以女性人物出现,但有时作者与叙述者之间也会出现跨性别现象。安妮的《女房客》即是一部偏离常规之作,将女叙述者海伦嵌入丈夫的外围叙述框架,从而给人一种夫唱妇随的假象。无独有偶,夏洛蒂的《教师》同样采取这种跨性别的叙述手法,但与《女房客》的一时大热形成鲜明对照的却是它屡遭出版商退稿。可以推测,1850年夏洛蒂将妹妹的作品再版时并未收录《女房客》的原因,除了上文中提到的评论者攻击,是否有鉴于《教师》在叙述者层面上的"失败"而心存考量?

"你得和我一起回到1827年那个夏天。"②《女房客》的男性叙述者吉尔伯特·马卡姆就这样开始了故事讲述,受述者是他的好友兼妹夫杰克·哈尔福德。叙述者的写信人身份时刻宣告着受述者的缺席,不可否认这属于书信体小说的固有特征,从另一层面看也透露出女作家与外界进行交流的强烈渴望,同时为她提供了阐发个人理想、评论社会现实的平台。老马卡姆夫人曾经这样教育女儿,"在全部家务事之中,我们只需考虑两件事,首先,什么是该做之事,其次,什么是最合家里男人们心意之事——而女人嘛,怎么着都行。"(78)已经对海伦心生好感的马卡姆,驳斥说将来会"更乐意于让自己的妻子感到幸福和舒适",夫妻双方"互相承担责任",这让老妈妈大为震惊。叙述者由此向受述者发问,"那也是你家庭美德的限度吗,你那位幸福的妻子不企求更多吗?"(79)显然,这些疑问与前述序言中作者对男女有别的讨伐有着异曲同工之处,叙述者的性别跨越只是包裹"思想炮弹"的那一层糖衣,这种女作家与男叙述者之间的跨性别叙事凸显为作者反驳男权、主张平权、倡导女权的叙事工具。

---

① 赵毅衡:《论"伴随文本"——扩展"文本间性"的一种方式》,《文艺理论研究》2010年第2期,第2—8页。

② Anne Brontë, *The Tenant of Wildfell Hall*, p. 35. 后文中凡出自本小说的引文,除特别说明外只随正文用圆括号标示出页码,不再另注。

框套结构的性别编码

包含框套结构的小说总体上呈现为框架与嵌套两个叙事层次,分别由不同的人物担纲叙述者,两者的性别身份可能不同,《女房客》就是典型一例。整部小说由两封书信构成,主要描述了马卡姆追求海伦·亨廷顿(故事开始时名为格雷厄姆夫人)并最终娶她为妻的经历;第二封信中又包含长达 29 章的日记,真实记录了海伦早年那段凄苦的婚姻经历。总体来看,马卡姆讲述的故事为外层框架,海伦日记则为嵌套故事。热奈特区分了不同的叙事层次,并指出任何叙事中故事层与次故事层之间可能存在多种关系类型。① 对照《女房客》我们发现,海伦日记记录的是 1821 至 1827 年间她的初婚经历,而马卡姆的框架故事回忆的是 1827 年海伦入驻怀尔德菲尔庄园之后两年内发生的事情,两者并不存在时间上的交集。马卡姆的出现终止了海伦的日记书写,同时也终止了前者的阅读体验,求偶心切的他读到此处时惊呼"多么残忍啊!"(400)此时此地,叙事的主动权已经发生了变化,从马卡姆转移到嵌套层的聚焦人物海伦身上。从篇幅判断,外层框架故事只占全文 45% 的篇幅,而内部嵌套叙事则占据了剩余的 55%。② 可见,安妮关注的重心在于嵌套的海伦叙事,而非外部的框架。

这种框套式叙事结构在文学史上渊源已久,阿拉伯故事集《一千零一夜》是典型的叙事案例,薄伽丘《十日谈》、玛丽·雪莱《弗兰肯斯坦》以及《呼啸山庄》等经典作品也有之。③ 对于熟读 18 世纪书信体小说的安妮来说,这种结构更有利于调节艺术与现实的美学距离,帮助她借由过去的文学传统以包装自己激进的女权思想。然而,评论家们对《女房客》的叙事结构诟病颇多,认为是一种"非常不熟练的构造"④,"笨拙的设计",日记"将故事分割为两半"⑤等。其实,维多利亚时期流行直线型叙事风格,即讲故事要遵循开端、发展、高潮、退却和结局的弗莱塔克"金字塔

---

① Gérard Genette, *Paratexts*: *Thresholds of Interpretation*. Cambridge: Cambridge University Press, 1997, p. 54.
② 赵慧珍:《简论安妮·勃朗特及其代表作〈怀尔德菲尔山庄的房客〉》,《社科纵横》1997 年第 2 期,第 76—78、80 页。
③ 张静波:《〈女房客〉:"房中天使"的觉醒》,《文学与文化》2012 年第 1 期,第 76—83 页。
④ Miriam Farris Allott, *The Brontës*: *The Critical Heritage*. London: Routledge and Kegan Paul, 1974, p. 255.
⑤ Winifred Gérin, "Introduction," in Anne Brontë, *The Tenant of Wildfell Hall*. Beijing: Foreign Languages Press, 1993, pp. 13—14.

式"五段论模式,任何违背这种主流创作模式的作品都被认为是有缺陷的。① 显然,《女房客》的框套结构与此相抵触,被视为异端也就顺理成章;诚然,这种指控存在明显的偏误。

叙事框架一方面有其严格的确定性,另一方面看又是极其片面与武断的,存有先天的不稳定性,容易被重构入另一个更为宽泛的框架。② 也就是说,外层框架的约束力往往在叙事进程中就被解构掉了,《女房客》就是个很好的例子。马卡姆自称是借用"我的某本褪色老旧日记本"向哈尔福德"完整且忠实地叙述""我生命中最重要的事件"。(34)事实上,这本日记属于妻子海伦,20 年前她为了消除马卡姆对于自己与劳伦斯之间兄妹往来的误解,才将其抛出,并当场约定"不要向任何一个活人透漏里面的一丁点儿信息"。(146)这里,马卡姆在履行男人间契约的同时,践踏了他与妻子(当时是恋人关系)订立的契约,履约与毁约这两个截然不同的行为显示了男女主角在知识归属权上的争夺。知识意味着权力,多年前他为揭开海伦身世之谜而屈尊去阅读日记;然而,这一姿态延续到写信之时,他选择在"家人都外出串门"时才找到"非常适合的心境"(34)来兑现自己的承诺,可以想象出再婚后海伦与丈夫之间的关系绝非传统的男主女从。马卡姆未选择与哈尔福德当面讲述这个故事,难道不是说他需要征求妻子意愿吗?他在妻儿外出时"窃取"海伦的隐私而为己有,难道不是说 20 年前的契约持续发挥效力吗?可以看出,马卡姆的外部框架虚有其表,海伦日记才是安妮文本的真正聚焦之所在。

然而,小说的框架叙事到底发挥着怎样的作用呢?根据雅各布斯的观点,首先,该叙事结构证实了作者和读者需要借壳外部官方的说法才能绕到舆论并不认可的事实背后;其次,它显示了家庭内部事实可以通过传统的意识形态层级包装而有所遮蔽;最后,它复制了现实中男性和女性生活空间的分裂,而这至少构成亨廷顿悲剧的一个诱因。③ 显然,安妮借用马卡姆的叙事外壳,目的就是保藏海伦的日记叙事,彰显了作者建构女性主体的努力。作为出道不久的作家,安妮需要借道传

---

① L. M. Birden, "Frank and Unconscious Humor and Narrative Structure in Anne Brontë's *The Tenant of Wildfell Hall*," *Humor* 24. 3 (2011), pp. 263—286.

② Brian Richardson, "Introduction: Narrative Frames and Embeddings," in Brian Richardson, ed. *Narrative Dynamics: Essays on Time, Plot, Closure, and Frames*. Columbus: The Ohio State University Press, 2002, pp. 329—332.

③ Naomi M. Jacobs, "Gender and Layered Narrative in *Wuthering Heights* and *The Tenant of Wildfell Hall*," *Journal of Narrative Technique* 3 (1986), pp. 204—219.

统的叙事手法,揭开主流意识形态忽略或不愿承认的社会现实。本来看似插曲的、"形式上去中心化"的一段故事,不经意间成功博取上位,在重要性上"取代外围的框架"。① 换句话说,框套结构一旦贴上性别的标签,一定是为其开放性与颠覆性服务的,而非固守传统的封闭模式。

女性的抗争与自我认同

海伦日记中的核心事件是女主人公的离家出走:当丈夫将情妇以家庭女教师的身份请进门,海伦再也无法忍受这种精神凌虐,愤然夺门而去,曾有评论家指出摔门的那砰然一声"响彻维多利亚时期的英格兰"②。从易卜生的《玩偶之家》,到阿特伍德的《女仆的故事》,再到弗莱彻的《铁嘴》,女性离家出走这一话题在西方文学作品中并不鲜见;但从创作时间上判断,《女房客》"大概是文学史上最早将女权意识付诸实践"③的作品。

在性别壁垒高筑的维多利亚社会,海伦出走虽然惊世骇俗,却也绝非无源之水,她从内心深处经历了"从沉默到觉醒的成长历程"④。海伦与亚瑟的相遇颇有一见钟情的色彩,自幼由姑妈抚养的她带着几分大家闺秀的任性,在男方看来本是不经意的交往却让她"不能忘怀"(148),并不顾姑妈的多次劝诫匆匆答应了他的求婚。很快,不谙世事的海伦发现了未婚夫的颓废堕落,却天真地坚持认为自己能够"拯救他少犯错误"(166)。后来,海伦以一位年轻少女对爱情的真挚渴望,对亚瑟的玩世不恭一再忍让。婚后的生活验证了姑妈的判断,海伦并不幸福,这时的她"有意无视"(215)丈夫的丑恶本性,直到亚瑟给她讲起与有夫之妇私通的经历时,海伦的抗争意识萌醒,当晚就把丈夫锁在卧房之外,让他知道"我的心灵并非他的奴隶"(223)。此后,夫妻二人的婚姻关系名存实亡,亚瑟忙于社交、打猎、游玩而不肯回家,偶尔归家却设宴会友,沉迷酒肉之乐。在无望的等待中,在日记的倾诉中,海伦对丈夫由思念转为排斥,视之为"我最大的敌人"(318),最终被迫选择离开。

与此同时,海伦作为一个孟母式的人物,把全部精力倾注于儿子身上,她立志

---

① Terry Eagleton, *Myths of Power: A Marxist Study of the Brontës*. Basingstoke and New York: Palgrave MacMillan, 2005, pp.135—136.

② Winifred Gérin, "Introduction," in Anne Brontë, *The Tenant of Wildfell Hall*. Beijing: Foreign Languages Press, 1993, p.19.

③ 赵慧珍:《简论安妮·勃朗特及其代表作〈怀尔德菲尔山庄的房客〉》,《社科纵横》1997年第2期,第76—78、80页。

④ 张静波:《〈女房客〉:"房中天使"的觉醒》,《文学与文化》2012年第1期,第76—83页。

要让他免受来自父亲的负面影响。她似乎在证明一个当时是很难听闻得到的理念——父亲角色在家庭生活中可有可无。海伦的专心教子，其实是她早年企图"改造"(reform)前夫意识的一种延续。应该说，作者与后来的阿诺德在文化观念上取得了共鸣，文化可以用来感化和转变人心，帮助被称为野蛮人的贵族走向人性的美好与光明，成为"最优秀的自我"①。其实，安妮·勃朗特非常重视自己小说的道德说教功能，她写作《阿格尼斯·格雷》是为了让"为人父母的从中得到哪怕一点有益的暗示，或者某位不幸的家庭女教师由此获取一丁点儿益处"；②而《女房客》前言中作者亦称"如果我能警示一位鲁莽青年不去步［故事人物］的后尘，或者阻止一位草率的姑娘重蹈我的女主人公的覆辙，这部书就算没有白写。"(30)作者强调小说的教育意义与她自身的家庭女教师经历是分不开的，曾经有两次、长达六年的执教经历给了她足够的自信心，将母亲与家庭女教师的双重身份捏合在海伦一个人物身上。至此，作者在海伦身上找到了强烈的自我认同感。

　　换个角度看，海伦在叙事中实现了另一种觉醒，从一位情窦初开的少女蜕变为声色俱厉的女家长的过程中，她不仅从生活上而且是在美学地位上逐渐抬升，实现与男性平权甚至超越他们。《女房客》中有两个细节不容忽视：马卡姆没有亲口讲述自己的婚恋故事而是付诸纸笔，当年海伦也没有选择面谈而是抛出日记本来让他读。书写而非讲述，是早期评论家指责小说叙事结构的"硬伤"所在，为什么不让叙述者直接讲出来呢？这与叙述者的美学位置有很大关联。兰瑟将叙述者划分为公开型与私下型两种。③ 所谓公开型叙述，就是面向文本世界外的受述者进行故事讲述，也就是说受述者可以等同为普通读者；而私下型叙述则是面向故事内部的某一位人物，普通读者通过这个人物间接地对故事内容进行解读。在《女房客》中，因框架受述者哈尔福德始终未露真容，他的美学价值其实等同于文本外的读者，所以可以认定马卡姆是一种公开型叙述者。而海伦的受述者依次为日记本、前夫亨廷顿、追逐者马卡姆以及哈尔福德（普通读者），这个逐渐拓展的读者圈实际上是海伦个人隐私不断泛化的过程，尤其是马卡姆经历了由叙述者降格为受述者的美学历程，而海

---

① 马修·阿诺德：《文化与无政府状态》（修订译本），韩敏中译，北京：三联书店，2008年，第76页。
② Anne Brontë, *Agnes Grey*. Hertfordshire: Wordsworth, 1998, p. 28.
③ Susan S. Lanser, "Toward a Feminist Narratology," in Robyn R. Warhol & Diane Price Herndl eds. *Feminisms: An Anthology of Literary Theory and Criticism* (Revised Edition). New Brunswick: Rutgers University Press, 1997, pp. 674－693.

伦始终是信息的源头,她的叙述本质上说是私下型的。女性在现实生活中难以实现自己的话语权,在公共空间公开陈述己见几乎成为一种奢求的情况下,她们只能诉诸看似封闭的日记、书信式的书面交流,从而间接实现对话语的自我赋权。书写要比讲述更加有效,甚至具有疗愈效果,海伦就曾写道:"我写出来,心里就感觉平静多了。"(186)从这个角度看,安妮在文本中并未让马卡姆和海伦诉诸口述也就有理有据了。

从安妮·勃朗特的男性化笔名,到作品中的跨性别叙述者,再到挑战性别规约的女性人物,这是一条女性作家对自我、叙述者以及故事人物的性别身份进行演绎的道路。笔名作为一种副文本,将作品内部人物的性别越界现象延伸到艺术的框架之外,烘托出一个极佳的背景氛围。作者安妮把海伦与马卡姆的叙述者身份相互对调,即框架叙述者马卡姆成为嵌套叙事的受述者,其关注的核心人物海伦到了嵌套故事中变为叙述者;更为隐蔽的是,框架叙述者与嵌套叙述者的性别气质实现了隐性置换,尤其是在女性人物身上闪现着强烈的异性色彩。因此在安妮笔下,性别,尤其是社会性别看似一成难改,实际上具有较强的可塑性与未完成性,个体可以自由选择性别面具。

安妮·勃朗特模糊作者以及叙述者性别的写作行为,就像勇于冲出藩篱、离家出走的海伦一样,实际上完成了一次冲破传统意识形态的框约、进行女性主体建构的尝试。海伦的日记书写及其丈夫的阅读行为,显示了作者强烈的创作动能,因为现实生活中女性作家并不具备牧师布道式的公共话语平台,她们通过抛却自己的性别劣势,用小说创作去追求虚构世界里的话语权威。《女房客》的跨性别叙事宣示了作品的前瞻性和美学价值,促其成为女性主义文学的经典文本,作者安妮也因成功操刀消解小说文本中的性别符号,由名不见经传而跻身文化精英的行列。

2 《大地》:土地意象与女性身体

赛珍珠的《大地》获得了巨大的成功,大地意象在其作品中反复出现;而同时她对妇女地位的深刻反思,又反映出她是一位不折不扣的女权主义者。本文试从文学原型的角度解读《大地》,破译土地和女性身体在该小说中的象征性联系。

赛珍珠以其"对中国农民生活的丰富而真实的史诗般描写"[①]而荣获 1938 年

[①] 瑞典学院常务秘书佩尔·哈尔斯特龙宣布的赛珍珠作品的诺贝尔文学奖获奖评语。

度诺贝尔文学奖,从而成为获此殊荣的第一位美国女作家。她的代表作《大地》三部曲,自出版以来一直倍受广泛关注,据联合国教科文组织在1970年的一份调查表明,她的作品先后曾被翻译成145种不同的语言和方言出版。① 赛珍珠凭借着她对中华大地以及祖祖辈辈生活在这片土地上的中国人民的深厚感情,为自己在江苏镇江的中国邻居著书立传——我们完全可以找到《大地》中各主要角色的原型,像王龙、阿兰、荷花、黄家地主等等,他们都曾经是赛珍珠中国生活的一部分。

作为首部曲的《大地》(*The Good Earth*,伍蠡甫译为《福地》),描述了旧中国典型的农民形象王龙从农民到地主的"乌鸡变彩凤"式的故事,作者在此勾勒了"以农人的生涯为经,而以水旱兵匪的灾祸为纬"②,以土地和女性为焦点的中国农民生活的历史画卷。小说中频频出现的"土地"意象,与阿兰为代表的女性角色相映成趣。显然,作者在这里构建了"女性身体=土地"这一文学原型,反复再现了西方文化中的这种"集体无意识"。

列维-布留尔把在集体中世代相传,在每个成员身上都留有深刻烙印,同时根据不同情况引起个体对存在物产生尊敬、恐惧、崇拜等感情的意识片断称之为集体表象,③受其影响,荣格把这些人类共同的遗产——原始意象总称为集体无意识。而原始意象作为集体无意识的一部分,在本质上是一种神话形象,在人类文明发展史上反复出现于创造性作家的作品中。弗莱进一步发展了这一理论,认为这些典型的重复出现的形象就是原型④,它存在于各时期所有文化的文学形式之中,是文学创作的源头。本文借助原型理论以及叶舒宪对地母神的阐发,解读充斥着土地和女性描写的《大地》,重现作者和故事主人公王龙所一直关注的两个话题及两者间的象征关系,并分析作者如何通过原型把两者结合起来。

大地上的庄稼汉

中华民族有着几千年的农业文明史,土地对于先民们而言有着至关重要的作用,农业生产力水平直接关系到当时社会的发展。赛珍珠在与中国农民长达40年的亲密接触之中,深刻体会到土地在农民生活中的核心地位,培养了深厚的土地感

---

① 张宏等:《跨越太平洋的雨虹——美国作家与中国文化》,银川:宁夏人民出版社,2002年,第217页。
② 刘龙:《赛珍珠研究》,昆明:云南人民出版社,1992年,第479页。
③ 列维-布留尔:《原始思维》,丁由译,北京:商务印书馆,1981年,第5页。
④ Zhang Zhongzai et. al. *Selective Readings in 20th Century Western Critical Theory*. Beijing: Foreign Language Teaching and Research Press, 2002, p.117.

情。这也让长期漂泊的赛珍珠找到了根基,油然而生一种家的亲切感。土地成了她的一种心灵归宿,所以经常作为中心意象出现在她的作品中。

在半殖民地半封建的旧中国,土地是农民、地主及其家族的命根子。小说开篇交代了王龙结婚当天清晨的喜不自持后,转而描述"大地就要结果实了"[①]。这里的寓意不言自明,王龙结婚成家即将有子,阿兰的到来肯定会给王家带来好运气。果然,婚后的她勤俭持家,为丈夫尽可能地节省下每一枚铜板;中国农民别无他路,只能靠土地维持生计,养家糊口,只有土地才能给他们带来财富。从经济角度讲,自给自足的自然经济把农民束缚在土地上;从政治上看,封建统治阶级推行重农轻商政策,通过对土地的控制达到稳定其统治的目的[②]。反映到王龙身上,他没有了别的追求,除了在土地的积累中逐步翻身做土地的主人;因此,土地对他来说是一种标志和象征。

地在人存,地无人亡,这是处于水深火热之中的旧中国农民持有的根深蒂固的理念,也是地主阶级家道兴衰的试金石。当天灾人祸来临时,王龙有着宁可赔上自己的亲生骨肉也不变卖土地的念头,老秦在丧失妻女后仍不言放弃播种的希望,但黄姓地主则是卖了侍女又卖地,到头来只落得个人去楼空的结局。农民就是有着如此一股与土地割舍不断的情缘,土地甚至成为他们心目中的图腾。然而,中国农民对土地神灵的崇拜充满着功利性[③],小说中提到王龙真正的结婚时刻是与新娘站在土地庙前等香烧完,而当大孙子出生难产之时王龙近乎诅咒地祈求:"如果生的不是男孩,我就再也不供奉你们了"(239)。可见,王龙对土地神灵的崇拜只是心存侥幸,一旦难关度过就抛之脑后,而非虔诚的宗教信徒。旧中国农民的这种宗教意识的残存片断,也正反映了他们关心的现实生活中实际的地产,土地才永远是第一位的。

半边天下的女性

赛珍珠是一位积极的女权主义者,自从在美国上女子高中开始就时刻关注并

[①] 赛珍珠:《大地》,王逢振、马传禧译,桂林:漓江出版社,1998年,第3页。后文中凡出自本小说的引文,均以圆括号标示出页码,不再另注。

[②] 《后汉书》卷二四上,《食货志上》:"驱民而归之农,皆著于本,使天下各食其力,末技游食之民转而缘南亩,则蓄积足,而人乐其所矣。可以为富天下,而直为此廪廪也!"参见《跨越太平洋的雨虹——美国作家与中国文化》,第222页。此外,夏镇认为《大地》是一部基督教的劝善书,其思想性在于维护阶级社会的长存。参见《赛珍珠研究》第190页。

[③] 刘龙:《赛珍珠研究》,昆明:云南人民出版社,1992年,第209页。

争取女性应有的权利,从她自身来看敢于冲破世俗的观念去逃脱索然无味的第一次婚姻,这就是一个女权主义者最好的明证;她母亲在经历了半生的沉默后也毅然走上了维护女权的道路,对作者也有着烙印般的影响。所以,女性地位和身份就成为赛珍珠作品中时常关注的焦点,她笔下的女性靠着勤劳与智慧支撑起男权世界里的另一半天空。

"一个女人真正的一生,是从嫁给一个男人才开始的,"① 母亲卡洛琳如此教导赛珍珠,赛珍珠笔下的人物也重复着如此信条。小说中阿兰曾经是地主家的丫环,当她过门后,"这个有三间屋的小房子到处都堆得满满的"(34),而此前这屋子自从王龙母亲去世后就总是显得空荡荡的。赛珍珠无意中把女性与房屋并列,她们为其中的王家人遮风挡雨,是她们撑起了王家的半边天,有了女人的家庭从此收获着希望。土地有了好的收成,阿兰也在生儿育女,土地与女性身体相协调的这种周期性变化在此彰显。人不嫌多,地不厌广,阿兰的生育能力与土地的收成是成正比例的:大旱之时阿兰娩下死胎,之后的好年景中她又生下了对双胞胎。斯普瑞特奈克说,"大地和子宫都依循着宇宙的节奏"②,周而复始,循环往复,"人类中的女性曾最早地充当神话思维中生命不死或死而复生的象征符号,"③ 而这正是大地与女性身体间的相似性。女性身体的这种周期性变化,让人们相信:"大地母亲是一切生命的本源,人类妇女的怀孕同样是依赖于地母的无限生育能力,或者是直接从地母那里获取生命再生产之神秘功能的。如果把地母的无限生育能力看作是神力的本源,那么妇女的怀孕则是在较小的规模上重现了地母神特有的神力。"④ 从这种意义上说,王龙对土地的眷恋,就是对大地母亲的依恋,对女性或是母性的不舍。

当阿兰完成了生儿育女的重任,她的悲剧也就随之开始,从丈夫的无端指责到感情上被抛弃,从性生活的权利被剥夺到被彻底拒之于亭台楼榭的后院之外,她被无情地边缘化了。如果说阿兰此前以自己的生育能力客观上占据了家庭的中心地带,毕竟能够传宗接代对于封建农民来讲是至孝,那么此时的王家彻底进入了夫权时代,正如人类社会由母系社会发展到父权制社会一样。但是,"父权制社会把远古女神宗教从正统意识形态中驱除,这并不意味着女神宗教的彻底灭绝,它必然因

---

① 刘宏伟:《中国恋情——赛珍珠的故事》,北京:中国青年出版社,1992 年,第 131 页。
② 转引自左金梅:《〈千亩农庄〉的生态女权主义思想》,《外国文学评论》2004 年第 4 期,第 99—103 页。
③ 叶舒宪:《高唐神女与维纳斯》,北京:中国社会科学出版社,1997 年,第 19 页。
④ 同上书,第 85—86 页。

意识的压抑而潜化为集体无意识。"①王龙一时迷恋的只是荷花的貌美,或是出于他自身的情欲,而当有一天"一个比爱情更深沉的声音在他心中为土地发出了呼唤"(168)时,潜藏于意识深处的土地崇拜从此觉醒,从而对曾经的发妻也逐渐改变了看法。这里唤醒浪子回头的,与其说是土地,不如说是对地母神的天然依恋,是向着原始的母系社会回归的集体无意识。但此时的王龙已无力回天,阿兰的死给王家带来的是比她到来之前更糟糕的烂摊子:既有游手好闲的叔叔一家寻衅生事,又有大儿子的挥霍无度,还有儿子与王龙情妇的私通等等,真是塌了半边天。

此外,小说人物的姓名提供给读者足够的想象空间。王龙拥有一个非常普通、非常传统的中国名字,由此可以看出他父母(尽管小说中年迈的父亲形同虚设)望子成龙的期盼。而当我们从右向左读时,便可以得到一个了不起的人物——中国传统文化里能呼风唤雨的龙王,他既能给百姓风调雨顺以润泽大地,当然也能够带来水旱灾害而坑害黎民。他的位置有点像基督教中的耶和华,是男权世界里权威的象征。女性形象中阿兰、荷花和梨花的名字都原本是土生植物,永远无法逃脱大地母亲的怀抱,同时也是大地母亲美与力的象征。她们都曾是王龙的贴身女性,而对于他而言,女伴的增加与土地的积累是成正比的。至于侍女们,除了杜鹃(也只是依附于荷花),其他均无名无姓,但他们的存在使王龙和阿兰大大前景化了,体现了旧中国的社会阶级层次性。无论王龙的力量多么强大,他都要依附于大地,依赖于大地而生存,他承认大地的原初能力与无尽的创生力,就等于承认了母性乃至女性的伟大。不管是妻子、情妇、还是侍女,女性的存在让王龙得以不断地聚敛土地,踏上翻身做地主的坦途。可想而知,一个没有女人的男人,何以在兵荒马乱的旧中国立足?

土地与女性身体的原型关联

卡西尔从文化哲学的角度研究神话,他发现是同一个生命力(即大地)引起了植物和人的生成,并用著名的"田野婚床"习俗②作例证,"巫术中的男子是使土地多产之雨水的对应者,女子的子宫是农田的对应物:有此方就有彼方。"③同样,美国比较神话学家坎贝尔也认为,"对于(原始的)耕种者来说,作物是播种到地母身

---

① 叶舒宪:《高唐神女与维纳斯》,北京:中国社会科学出版社,1997年,第55页。
② 卡西尔这里提到的是一种原始人的巫术表演,他们为了祈求来年获得好的收成,男女采用比较夸张的动作在田地里模仿人类的性行为。
③ 恩斯特·卡西尔:《神话思维》,黄龙保、周振选译,北京:中国社会科学出版社,1992年,第209页。

体中的：耕地是一种性交，作物的生长则是生育。"①熟谙中国传统文化的赛珍珠不会不知道，神通广大的龙王正像巫术表演中的男子一样，用雨水滋润大地使其多产，而希腊神话中极尽拈花惹草之能事的宙斯同样如此。原始的神话思维已经在土地和女性身体间建立了象征性的联系，这构成了后世文学作品中的一个常见的原始意象，或者称之为原型。这里，我们把女性身体提喻为女性，是看到了人类对女性的认知在人类社会的初始阶段开始于对她们身体的认知。女性身体的原型在神话思维里追溯到了对地母神的崇拜，对大地母亲无限创生力的顶礼膜拜，所以我们可以得出：从原型意义上说，女性身体＝土地。而这一原型在弗莱那里同样得到了验证，他认为花园（伊甸园）是夏娃出现以前的象征性女性，理所当然地成了亚当的象征性配偶，当然这位新娘是由大地母亲转变而来的，土地拟人化为新娘了。②从大地母亲到新娘，在西方文化的宗教背景下阐释这一原型，弗莱让它有了更丰富的理据。

《大地》这个充斥着土地意象的文本中，女主角阿兰在多个场合的出现都伴有对土地的描写，女性身体的原型无法割舍地落在土地身上。小说中王龙在新婚次日便躺在床上享受生活，这时萦绕在他脑际的只有交替出现的土地和新娘：有地有妻，这恐怕是穷苦农民能够想到的最完美的生活了！当阿兰首次出现在麦地时，作者用一句话便完成了对"女性身体＝土地"这一原型的再现——"她像个土人，浑身成了和土地一模一样的褐色"（24）。后来，阿兰边劳动边照看孩子，她的"奶水渗入土里，形成一小块柔软、黑色的沃土"（34）。母乳与黑土地浑然一体，暗示着女性继承了大地母亲永不枯竭的创生力，生活在大地上的子民将世代生息，永不陨灭。所以，耕种土地的农民是最接近大地母亲的人，像王龙这样有过暂时脱离土地经历的人，必将很快就会全身心地回归土地，与土地达成最亲密的接触——他忘我地劳作，全然不顾自己已经"浑身沾满了泥土"（189）。这正是原始人的性爱表演的现代版演绎。

土地和女性，是赛珍珠的创作永远游离不出的两极，而原型理论正是串联这两极的或隐或现的丝线，是我们更好地理解赛珍珠作品的有力工具。《大地》的成功，是"女性身体＝土地"这一原型存在于西方乃至整个人类全部作家的集体无意识中

---

① 叶舒宪：《高唐神女与维纳斯》，北京：中国社会科学出版社，1997年，第59页。
② 诺斯洛普·弗莱：《神力的语言》，吴持哲译，北京：社会科学文献出版社，2004年，第211—217页。

的又一铁证。

从原型角度解释艺术创作，荣格说："创作的过程，就是在能涉及的范围内，从无意识中激活原型意象，然后加工制作，使它成为一部完整的作品。通过这个加工的过程，艺术家把它转换成了我们今天的语言，从而让我们有可能发现一条返回生命的最深的源泉的道路。"①像赛珍珠这样的文学家所做的，正是从集体无意识当中汲取源源不断的素材从而能够完成作品的创作。

面对土地这一人类社会中最原初的劳动对象，西方文化通过其文学想象不断重复"女性身体＝土地"这一原始命题。而赛珍珠以其近四十年的中国生活的独特经历，痴迷地在作品中再现中国农民对土地的眷恋，以期在文学创作中寻找她因长期漂泊于东西方文化的夹缝中而缺失的家的归属感。远离了大地母亲，也就无法找到家庭的温暖和亲人的关爱，无法得到祖国母亲无私的庇佑。赛珍珠通过对土地感情的升华，把自己对中国的热恋融入作品中的人物，从而把中国农民生活推到了历史的前台，放在了世界的聚光灯下。赵家璧对此有很高的评价，她认为赛珍珠的小说是"自马可·波罗以来真正改变了西方人眼中的中国形象的、真实地描述了中国历史与现状的文学作品。"②赛珍珠由此成为"沟通东西方文化的桥梁"③，而其作品中的土地与女性之间的桥梁，则要由原型理论来架设。赛珍珠在这个文本中所要建构的女性身体的原型，我们可以循着荣格和弗莱的思路追溯到原始社会的巫术表演，追溯到堕落前的人类始祖亚当和那个象征性的女性——伊甸乐园，追溯到史前文明中对大地母亲的顶礼膜拜。

3 《喧哗与骚动》：重释伊甸园神话

在神话原型视域下探讨福克纳的《喧哗与骚动》，可以发现一个重释的伊甸园神话。小说着重描写了对康普生家族影响重大的两件事——凯蒂母女的失贞和家族田产的丧失，两者共同导演了整个家族的没落与崩溃，并分别演绎着夏娃与伊甸乐园的原始遭遇。土地与女性的象征符码在神话原型的烛照下

---

① Zhang Zhongzai et. al. *Selective Readings in 20th Century Western Critical Theory*. Beijing: Foreign Language Teaching and Research Press, 2002, p.233.

② 郭英剑：《论中国 20 世纪的赛珍珠研究》，虞建华主编：《英美文学论丛》第三集，上海：上海外语教育出版社，2002 年，第 223 页。

③ 尼克松和埃德加·斯诺都曾对赛珍珠有过如此高的评价。

得以彻底显现，福克纳以此为基点赋予伊甸园神话崭新的现代意义，并融入鲜明的人道主义观念。

福克纳以披露美国旧南方的腐败及其对人性的摧残为己任，因而遭到不少传统卫道士的攻击，其中就有《飘》的作者玛格丽特·米歇尔，这位同胞"为了北方佬的臭钱背叛了南方"①。与极力美化南方的《飘》不同，福克纳的《喧哗与骚动》描绘的是一个晦暗幽郁、没落腐朽的世界，唯有凯蒂及其私生女小昆丁不甘于命运的安排，积极与世俗抗争，成为福克纳笔下新女性的代言人。凯蒂母女过早失去童贞让她们成为家族和镇民的众矢之的，伴随着家族领地的逐步变卖，康普生家族的荣耀地位最终垮塌。在此，失地与失贞构成小说的两条事实主线。

该小说诞生80多年来，有无数学者从主题、叙事、文体等各个角度进行过阐释，但是对家族失地的挖掘显然不足，同时对女性与土地的原型关系更是无人问津。弗莱指出："在创造夏娃之前，那个唯一具有意识的人至多仅能从象征意义上说才是男人，如果这样认为是对头的话，那么夏娃出现之前足以象征女性的必定是拥有树木及河流的花园。"②从神话学的角度看，女性与花园在象征意义上有着密切的关联，女性不仅在夏娃身上找到了原型，而且在伊甸园这个花园本身也找到了某种相似性。

女性与土地的原型关联

首先，女性与土地的关系可以从人类学上得到佐证。20世纪考古学家们在欧洲大陆陆续发现史前石器时代的多尊女性雕像，经考证被普遍认为是原母神③的对象化表现。考古学家汉森注意到"多数的早期女像的造型特点是肥胖异常，某些部位极度夸张"④，这里原母神的肥硕和"极度夸张"的生殖部位充分显示了其强大的生命力，也是原始文明中生殖崇拜的主要成因。而进入农耕文明后，人类社会依靠农业来维系，因为农作物是从土地中生长出来的，人们普遍认为农业收成的好坏来自于土地的恩赐，于是土地便成为生命的又一赋予者，土地崇拜成为一种必然。根据原始思维的类比经验，女性先是因其身体的周期性变化与四季更替等自然现

---

① 转引自肖明翰：《大家族的没落——福克纳和巴金小说比较研究》，桂林：广西师范大学出版社，1994年，第111页。
② 诺斯洛普·弗莱：《神力的语言》，吴持哲译，北京：社会科学文献出版社，2004年，第211页。
③ 关于原母神的详细论述，参见叶舒宪：《高唐神女与维纳斯》，西安：陕西人民出版社，2005年，第一章。
④ 转引自叶舒宪：《高唐神女与维纳斯》，西安：陕西人民出版社，2005年，第10页。

象类似而被神圣化,其后便自然而然的与春华秋实的大地有了象征性认同关系,因而催生了遍布世界各地的"大地母亲"的观念,至此"女性—土地"的等式在象征意义上得以成立。

弗莱在对《圣经》原型的读解中,发展了人类学上的类比认知法,成功破译了女性与土地关系的符码,为文学文本的原型阐释开辟了新的路途。伊甸园在弗莱看来位于"世界之轴"①的第二层次,代表不曾堕落或新生的自然秩序;堕落之前,亚当和夏娃在伊甸园中不由自主地保持童贞,因而童贞与最初的伊甸园存在着特别密切的关系,单就处女地(virgin land)一语便可窥豹一斑。而作为现代主义作家的代表,福克纳继承了19世纪以来美国小说创作的隐喻传统,"《喧哗与骚动》展示了广阔的社会背景,使用的手段主要有间接、推论与类比。"②这种"间接、推论与类比"具体说来就是一种原型象征,小说中不乏与圣经和基督教有密切关联的意象,这些意象以其独有的象征意义大大深化了小说的主题。

循着弗莱的脚步,可以发现福克纳文本中两个典型场景真实再现了"土地—女性"这一原型隐喻的巨大张力。童年的昆丁在一个雨天与纳塔丽玩模仿性爱的游戏,被妹妹凯蒂发现,结果兄妹俩在雨中打了个泥架:"[昆丁]从腿上擦下点泥巴,然后往她湿漉漉的身体上抹去"③。如果说经历了与纳塔丽的性爱游戏后,昆丁在心理与生理上达到了与凯蒂同等成熟的话,那么这次掺杂了雨水与泥水的打架更像是一种成功的乱伦,这里浑身沾满泥巴的凯蒂再现了人类学家的隐喻等式,诠释一种现代意义上的性爱仪式。后来,与妹妹这一仗发展成为昆丁与杰拉德打架,昏迷的昆丁脑海中浮现一幕景象:"我躺在那里,感觉到泥土从我的衣服中穿过"(142),这里的"泥土"再明白不过的象征着昆丁幻想中的乱伦新娘,即凯蒂,这又是一次象征意义上的性爱历险。上述两个片断揭示了福克纳在无意识之中搭建的女性与土地的原型关系之桥,康普生家的牧场及其代表的南方种植园经济统治下的

---

① "世界之轴"是弗莱建构的四个层面的基督教神学宇宙观,从上至下依次为:上帝所在的天堂,人类堕落前的自然秩序,芸芸众生堕落的自然,以及处在自然界以下的魔怪世界。详见弗莱《神力的语言》,北京:社会科学文献出版社,2004年,第五章。

② C. Lester, "Racial Awareness and Arrested Development: *The Sound and the Fury* and *the Great Migration (1915—1928)*," in Philip M. Weinstein ed. *The Cambridge Companion to William Faulkner*. Shanghai: Shanghai Foreign Language Education Press, 2000, pp. 123—145.

③ William Faulkner, *The Sound and the Fury*. New York: Penguin Books, 1992, p. 125. 后文出自该小说的引文将随文标明页码,不再另注。

土地是以伊甸园为原型的,而凯蒂母女则是两个现代版的夏娃;凯蒂母女的失贞在前,家族的分崩离析在后,可以说康普生家族的遭遇浓缩着人类失乐园的堕落历程。女性与土地在小说中均承载着失落的主题意义,而且两者通过原型紧密相连。失乐园的故事首先表明女性性意识的觉醒与贞洁的丧失,然后是理想家园的沦丧。但描绘失落与堕落不是福克纳的初衷,《喧哗与骚动》通过凯蒂的放逐与小昆丁的逃亡留下了人类奋起的曙光。

作为夏娃的凯蒂母女

凯蒂作为小说中的一个影子人物,她只是被抽象化了的一个想法,一种她兄弟们脑海中的眷恋,一位被彻底剥夺了发言权的女性。福克纳曾经多次提到,凯蒂是他最喜欢的人物,整部小说围绕着凯蒂母女这两个失落的女性展开。童年时代的凯蒂不拘礼数,我行我素,把家长的权威与家族的声望抛于脑后。在老祖母去世那天,她先是带领孩子们在河中戏水,入夜在花园玩耍时执意要爬到树上偷看葬礼。树下的孩子们"看到了她的满是泥迹的内裤。然后不见了,只听到树叶沙沙作响。"(41)凯蒂沾满泥迹的内裤,预示着她日后的行为不羁与过早的失去贞洁,在当时的美国南方这与其贵族后裔的身份是格格不入的,必然招致社会各方的声讨;而树下的男孩们在看到了她脏内裤的同时,开启了一种象征意义上的性启蒙。凯蒂消失在小伙伴们的视野中,消失在对欲望的不懈追逐中,这表明她注定将完全打破南方淑女风范的行为模式,走上一条反叛世俗的不归路。这场景可以说是伊甸园中夏娃偷吃禁果的翻版,童年凯蒂对成人世界(与死亡)的好奇堪比伊甸园里夏娃对智慧果的好奇,而两者同被驱逐的悲剧命运是如此的相似,可以说凯蒂就是夏娃原型在20世纪西方文学中的一个转型,两者在堕落上找到了最大公约数。

随着故事的深入,这幅凯蒂爬树看葬礼的图景逐渐被她的婚礼场面所取代,集中体现在昆丁部分的叙述中。昆丁自杀前脑海里总是萦绕着婚礼的场面,那是"做新娘的好日子,那声音响彻"(74),这里显然借用了约翰·凯波尔的圣歌《神圣的婚礼》的句子:"那声音响彻于伊甸园上空,/人间最早一次婚礼,/最最原始的祝福,/依然没有过时。"①昆丁自幼对妹妹关爱有加,视保护凯蒂为自己的天职,宁愿与她一同下地狱,昆丁对妹妹的乱伦般的爱可与亚当、夏娃的故事相对应。嫁为人妇的

---

① See Stephen M. Ross and Noel Polk, *Reading Faulkner: The Sound and the Fury*. Jackson: University Press of Mississippi, 1996, p. 47.

凯蒂从昆丁的自我本位中彻底走出,这成为压垮骆驼的那最后一根稻草,昆丁选择了自溺。除了"新娘"的隐喻再次出现,是婚礼前的那个晚上兄妹两人的长谈中,昆丁观察到"在朦胧的月光中窗帘随着苹果树的香气飘了进来……新娘的衣服放在床上她鼻子旁边"(98);"苹果树"意象在西方文化中历来就是伊甸园中智慧树载体,它大大强化了凯蒂即夏娃的象征等式,凯蒂即昆丁假想的新娘。婚后的凯蒂被彻底边缘化:丈夫发现凯蒂未婚先孕的真相后毫不犹豫地把她扫地出门,而康家不准她回来,甚至连凯蒂这个名字都不能提。凯蒂成为一个漂泊的能指,在文本中变得更加的隐晦。从情节结构的发展来看,福克纳有意把伊甸园神话神秘化,把凯蒂隐匿于叙述者的意识深处,"凯蒂则从心理上、美学上乃至道德上失落了,她成为福克纳世界里失落的象征——这些失落包括天真、正直、时间、性格和戏剧统一性,还包括他想象中艺术规划的所有不确定的美德。"①夏娃原型隐退于现代文学经验的集体无意识,正如婚后的凯蒂游离于康氏家族之外而又经常神归故里一样,同根同源的神话与文学在福克纳的笔下再次得到共鸣。

  小昆丁自幼缺乏母爱的滋润,在冷漠、歧视、愤恨与监视的环境中长大,成为南方清教妇道观的又一个牺牲品。早期的评论家把她当作事实上的女主角,也是不无道理的:从故事发生的自然时间上看,她的反抗与出逃是小说文本的显性主线。她很早就搽脂抹粉、逃学逃课、幽会男友、当众脱衣,最终与戏子私奔,每一步都是对其母亲凯蒂行为的复制并放大;但同时,她也喊出了一直压抑在凯蒂心底的话:"我是坏,我会下地狱的,可我不在乎。我宁愿去地狱而不是和你[们]待在一起。"(171)她最终逃离了那个没有爱与亲情的大宅,尽管物质上可能没有在康普生家来得容易,但她拥有的是自由、爱情并可能找回自己的母爱(当然这是福克纳没有提及的)。小昆丁敢于蔑视权威、挑战世俗而追逐理想,已经是伊甸园里的夏娃无法企及的了,但她们的命运却是相同的,可以说是夏娃的另一种翻版。敏特曾经指出,福克纳有种强烈的对妇女的不信任,因为"对于他而言一位年轻姑娘从青春期走向性成熟期,几乎是人类堕落的缩影。"②这种强烈的厌女症倾向,部分地证明了福克纳小说中那么多堕落与反叛的女性形象的来由;但这些女性是不能简单地定

---

  ① Edmond L. Volpe, *A Reader's Guide to William Faulkner*. New York: The Noonday Press, 1964, p.10.
  ② David Minter, *William Faulkner: His Life and Work*. Baltimore: John Hopkins University Press, 1980, p.109.

性为恶魔的,天使蜕变为魔鬼的根本原因在于那个"否定妇女的权利、压制她们的欲望、扭曲她们的人性"①的旧社会,作家从不同角度塑造的这些叛逆者的角色正是对这种控制、压迫和摧残妇女的传统观念的否定。

作为伊甸园的牧场

圣经中的伊甸园是人类家园梦想的最理想载体,《喧哗与骚动》中的牧场便承载了这样的意义。康普生家族系美国旧南方的名门望族,祖上从印第安人那里得来的这一平方英里处女地,地处杰弗逊镇中心,建有马棚、厨房、草地、亭台以及步行道,有小河流淌,有梨树参天;康普生家的孩子们在这里度过了衣食无忧、天真无邪的童年生活。在旧南方种植园经济盛行的时代,这俨然构成一幅自给自足的天堂图景,堪比人类堕落前的伊甸乐园。福克纳要告诉世人,以康普生家孩子们玩耍过的牧场为代表的旧南方的荒野,象征着人类文明的童年时代那种简朴的农业文明,因而以种植园经济为主体的旧南方比工业文明盛行的北方更贴近自然。从某种程度上讲,康普生家的牧场就是整个美国南方历史的一个缩影。

艾略特开创了现代主义荒原文学的先河,而福克纳很好地继承并完善了这一文学母题,其小说中并存着两种荒原:一种是约克那帕塔法县的精神荒原,另一种则是一个现实意义上的荒原——没落的、理想化的、农业为主的旧南方,自给自足、种植园盛行、人依附于自然之上的偏远南地,一种没有机器轰鸣与商业投机的原始文明。当然,这第二种荒原更确切地说是荒野。小说中最初的一平方英里处女地,后来被来自北方的资本主义工厂、高尔夫球场甚至是旅馆所取代,原有的牧场只能遁入记忆。未开垦的荒野被资本主义文明的表征物取代,换句话说,旧南方被工业化程度更高的北方无情蹂躏而丧失了其原有的面貌,正如亚当夏娃创生后伊甸乐园就丧失原貌并被打上的人类印记。这种赛义德东方主义的思维,在福克纳式的知识分子那里站稳脚跟,他们对过去的文明文化持特有的保守乃至怀旧的心态,并以其独有的方式投射于文学作品的创作中,记载着人类社会为发展付出的代价。

作为人类童年时代的产物,伊甸园神话表明人类必然从蒙昧走向文明,而人类文明从童年走向成熟也是一种必然,就像凯蒂必然从幼年走向所谓的堕落一般。从童年到成年,从天真到经验,这是亚当夏娃的堕落之路,也是康普生子女的成年之礼。昆丁离家上大学,凯蒂结婚生子,杰生外出学徒,往日的顽童现在都已长大

---

① 肖明翰:《威廉·福克纳研究》,北京:外语教学与研究出版社,1997年,第196页。

成人,旧南方也被北方先进的资本主义文明所吞噬,从围栏内苦等姐姐的班吉身上可以捕捉到南方势力衰退的影子。因家道中落,康普生先生为了供昆丁上大学,也要给女儿办个体面的婚礼,他迫不得已变卖了这最后一块田产,也就是现在的高尔夫球场。正是这块田产的丧失,让小说中几乎所有的人愤愤不平,尤其是凯蒂,她婚礼前对班吉和父亲依依不舍中折射内心深处的愧疚与自责,以及对整个家族前景的深深忧虑。小说中的失地记录了康普生家族堕落的历程,成为除凯蒂失贞之外的另一条隐性主线。

康普生家族的领地经历了由盛而衰、从有到无的沧桑变迁,杰弗逊镇民对它的称呼记载着这样的历程:从初期的康普生领地、州长之宅,到康普生家,再到杰生四世把大院卖给旅店主,但人们仍然煞有介事的说是"老康普生家"。这块领地的分崩离析,代表了旧南方大种植园制度逐步没落直至最后的崩溃。福克纳很清楚"掠夺……的幽灵徘徊于这片土地,它对白人是有敌意的,因为它本身就是以一种非正义的方式从伊凯摩塔勃及其民众那里得来的。"① 从美国历史来看,殖民者进驻荒野的使命是一种要把人类的统治权凌驾于自然之上的意志。在西方人传统的主客二元对立的思维模式中,自然成为人类要征服的对象,后来的历史也表明:以先进的生产力为主要推动力的人类社会的每一次进步,都是以破坏甚至完全消灭原有文明为代价的。福克纳的家族谱系小说所记录的,正是新旧势力交替时代在美国偏远南地所发生的故事,"荒野在福克纳那里有两个作用,""首先,它是道德与精神真理的老师;再者,它又是盎格鲁-撒克逊强取豪夺的牺牲品。"② 这种"道德与精神真理的老师"让作者从中悟出了生命的真谛,超脱了地方主义的局限,从而得以放眼整个人类社会,康普生家的那块牧场便成了整个人类社会进程的缩影。也就是说,南方种植园意识形态"本身是一种经常提及的那种比较宽泛的、抽象而纯粹自由的美国梦,它游离于地域、阶级、历史、限制、情感或责任之外。"③ 美国梦的实质,即是通过先进生产方式的逐步入侵实现个人利益的最大化,实现经济社会的现代

---

① Arthur F. Kinney, "Faulkner's Other Others," in Donald M. Kartiganer and Ann J. Abadie, eds. *Faulkner at 100: Retrospect and Prospect*. Jackson: University Press of Mississippi, 2000, pp. 195-203.

② Otis B. Wheeler, "Faulkner's Wilderness," in Louis J. Budd and Edwin H. Cady, eds. *On Faulkner: The Best from American Literature*. Durham: Duke University Press, 1989, pp. 1-10.

③ Richard Moreland, *Faulkner and Modernism: Rereading and Rewriting*. London: The University Press of Wisconsin Press, 1990, p. 93.

化,它浓缩了人类文明进程的基本程式,康普生家族的领地上便演绎了这样一场美国梦的文明闹剧。

福克纳的伟大之处,就在于他没有局限于南方传统的庄园文学模式,没有把南方美化成绝对意义上的完美的初始,而是"能够超越自己对旧南方的眷恋之情而看清其奴隶制和种族主义的罪恶本质,并通过自己的艺术创作来驳斥和批判把旧南方理想成人间乐土"①的观念,这也正是他的人道主义精神的闪光之处。

在《喧哗与骚动》中,福克纳重释了基督教的伊甸园神话,赋予其典型的现代性特征,即利用凯蒂母女的抗争置换传统的受害者夏娃的原型,通过康普生领地的逐步沦丧影射资本主义工业文明对旧南方人眼中乐园式的种植园经济的蚕食与并吞。文本中的失地与失贞这两个要素在神话原型的关照下统一于伊甸园神话,展现了作者所忧虑的走出伊甸园的人类在 20 世纪前期所处的精神生态境况。福克纳通过描写凯蒂母女这两个叛逆性的人物,进一步发掘了当时社会普遍存在的邪恶、憎恨与虚无及其对人类心灵的极端扭曲与巨大伤害,作者不仅超越了自身对旧南方的眷恋,而且通过原型的运用唤醒无意识的沉淀,把康普生一家的命运进行放大,把对家乡的热爱升华为对全人类未来的关切。

站在诺贝尔文学奖的领奖台上,福克纳说:"人是不朽的,并非在生物界唯独他留有绵延不绝的声音,而是由于他有灵魂,他又能够同情、牺牲和忍受的精神。写出这些东西是诗人和作家的责任。"②福克纳在凯蒂母女身上倾注了莫大的同情,同时呼唤着更多的人来关注她们,他对人的未来充满了希冀与乐观。他宣扬的人性的复活与回归,并非一种等待戈多式的虚空,而是传承着历代文学家素有的人类重返伊甸园的心灵守望,是一种对人类命运与前途的终极关怀。

4 《马人》:向死而生

《马人》是厄普代克早期作品之一,故事叙述中穿插希腊神话故事这一手法堪称经典,但其中透漏的主人公对死亡的蔑视甚至是渴望,是厄氏多部作品中的一贯主题。本文在对该部作品的细读中,从环境、人物与作者人生观等角

---

① 肖明翰:《威廉·福克纳研究》,北京:外语教学与研究出版社,1997 年,第 92 页。
② 转引自朱振武:《在心理美学的平面上——威廉·福克纳小说创作论》,上海:学林出版社,2004 年,第 282—283 页。

度发掘死亡这一主题在该小说文本中的展现,从中折射出现代人精神生活的空虚,以及对回归原始的英雄时代的渴望。

一提到约翰·厄普代克的名字,很多中国读者都会联想到他笔下不停奔跑的"兔子"哈利。厄普代克是位多产作家,到 2004 年 10 月出版《村庄》(*Villages*)①为止,他已经发表了 21 部长篇小说和一百多部短篇小说,以及不少的诗集、剧本和评论集等等。《马人》(*The Centaur*)发表于 1963 年,可以说是厄普代克早期"最为得意"②的作品,被认为是作者的一部佳作,也正是由于该小说的巨大成功让他捧得了次年的全美图书奖。这部小说讲述了一位高中教师乔治·卡德威尔三天之中一连串的倒霉事,同时以他儿子彼得的视角展现这位不走运的小人物的内心世界。但这部小说最独特之处在于它嵌入了古希腊神话中有关客戎的内容,涉及的神话人物达一百多位。神与人的命运在这里交汇,神话与现实生活相得益彰,共同演绎了厄普代克笔下经常出现的死亡主题。③ 盖洛维(Galloway)曾评论说,"乔治的经历几乎完全是心理上的……但正是这些经历构成了他对生活虚无性强有力的反叛"。④ 因此,乔治的凡人小事在神话人物客戎的映衬下得以放大,他成了全美乃至全世界普通民众的缩影,也许正是出于这种考虑,胡顿(Houghton)把《马人》和"兔子"系列前四部合称为"凡人五部曲",并进而把《马人》当作这五部曲的"序幕"。⑤ 事实上,主人公乔治在乏味的工作生活中深感痛苦绝望,抱定生不如死的念头。本文试图解开主人公乔治如此渴望死亡的谜团,解开作者心目中如此痴迷的"死亡情结",从而阐释这部小说中的死亡主题。

故事模仿古希腊神话中的客戎的经历,这要从创世神话说起。普罗米修斯抟泥土造人,并教会他们如何生活与劳动,而天神宙斯拒不传给人类赖以维持生命的火种。但机智的普罗米修斯趁其不备,成功盗得火种并带到人间,宙斯为此恼羞成怒。他先是把潘多拉的盒子送给人类,让人世间充斥着灾祸;继而又把普罗米修斯

---

① Updike Homepage. http//:userpages.prexar.com/joyerkes. 2005.05.27.
② 黄铁池:《当代美国小说研究》,上海:学林出版社,2000 年,第 354 页。
③ 例如,在《兔子,跑吧》中表现出的"生意味着死,生不如死"的思想,以及短篇小说《弑父》中的"世界需要死亡,正如世界需要生命一样"等悲观主义论调。
④ Luo Changbin, *John Updike and Others*. Zhengzhou: Henan People's Publishing House, 1997, p. 60.
⑤ Ibid., p. II.

缚在高加索山的峭壁上，并派一只鹰啄食其肝脏。从此普罗米修斯忍受着永远的煎熬，直到有人心甘情愿地替他献身。而马人则是一种人头马身的怪物，其中最著名的叫客戎，他为人正直，乐于助人，还教导过赫拉克勒斯、伊阿宋和阿喀琉斯等英雄。但在一次与人类的混战中，客戎却误被其学生赫拉克勒斯射伤，毒箭造成的是永不愈合的伤口，而他是永生的。从此客戎生活在极端痛苦中，无奈浪迹天涯，宁求一死。后来大力神赫拉克勒斯在寻访赫斯珀里斯途中遇到普罗米修斯，就把心甘情愿做替身的客戎留下来抵偿普罗米修斯的窃火之罪。后来天神革去了客戎永生的权力，让他像凡人一样死去。最后宙斯把他扶入猎户星座的众星之中。而小说中的乔治可谓与客戎同病相怜，主人公的角色在这两者之间来回切换，实现了现实与理想的绝佳对接。①

小说中马人故事的开端就颇有几分戏剧性。中学教师乔治站在讲台上讲课，踝部被搞恶作剧的学生一箭射中，他的痛苦遭遇却引来学生们哄堂大笑。显然，乔治在这里扮演的是古希腊神话中阿喀琉斯的角色，是这位英雄在整部小说中为数不多的几次客串。阿喀琉斯的致命要害便是脚踵！这似乎已经定下了整个故事的基调，死亡是弥漫于主人公四周的，这时候的乔治已经是悲观消极到了极点。二战后他依靠亲戚帮助成为一所乡村中学的教师，但屡经校长刁难已处于被解雇的边缘，尽管他为了养家糊口一直在埋头苦干。乔治找医生看牙，却意外得知自己患上了"癌症"（事实证明是场误会），从此他更加消沉，一直庆幸自己活过了五十岁。他觉得活着就是痛苦，叔本华的话语在时刻告诫着他，生活就像钟摆，在痛苦与绝望之间不停摇摆。死亡就像一张大网，罩在乔治头顶的蓝天上，罩在他冰冷的内心深处。

主人公乔治的周遭环境仿佛始终蒙着一层死亡的阴影。在他供职的学校门口，正值隆冬季节的松树"颜色是凝滞、呆板、病态、不自然的"②；脚下的"沥青拱坡地面百孔千疮，到处掉皮起泡，像一片火山岩浆流的遗迹"(6)；乔治的办公楼上也是"死气沉沉的一抹黄色的墙壁"(29)；周围环境的毫无生机昭示着死神的即将到

---

① 古斯塔夫·施瓦布：《希腊古典神话》，曹乃云译，上海：译林出版社，1995 年，第 3—8 页。See also Ma Jianjun ed. *A Coursebook on Greco-Roman Mythology*. Guangzhou: Guangzhou People's Publishing House, 2004, p. 247.
② 约翰·厄普代克：《马人》，舒逊译，北京：外国文学出版社，1991年，第5页。后文中凡出自该小说的引文，一律随文用圆括号标出页码，不再另注。

来。正是在这样压抑得令人窒息的环境中,乔治度过了十五个春秋,怎么能不让他心灰意冷呢? 此外,乔治的儿子彼得对住所也颇有微词,他们"住的那座拉毛水泥墙面的立方体释放出像最后一段梦境似的一缕在紫色林木的背景上发蓝的烟雾"(67),在他看来最后的梦境到底是什么样子我们无以知晓,但可以肯定一觉醒来的人类发现自己身处的已经是世界末日。乔治去诊所看病,看到的是似乎长期无人居住而死气沉沉的候诊室,这里更像是通向地狱的必经之路,是死神经常光顾的地方。而当三天中的麻烦事都已过去,乔治有了一种超脱的感觉,"马人的眼神所到之处是一片白,她是白的,死亡的颜色,光谱的总和"(273)。他仿佛看到了通往天堂的道路,终于可以了结自己向死而生的生命。所有这些环境描写,都给整个故事覆上了一层悲凉的色彩,而主人公的悲剧命运在这样的环境中也大大前景化了。主题在读者心中突显出来,似乎乔治一心向死的愿望合理化了许多。

乔治驾驶的汽车经常抛锚,这是他在十多年前以极低的价格买来的,原本出殡用的灵车,尽管它"没有装死尸的地方"(15)。当然,生活的拮据让乔治不得不成为旧货店里的常客,从那里买来的楼梯栏杆,买来打了折的红色塑料电钟,甚至还从学校垃圾筒里捡回来一顶蓝色毛线帽:这些都在驱使他面向解脱、选择死亡。就连他写出来的粉笔字,那些一连串的"零字瞪着眼,每个像一个伤口在往出冒着'毒'字"(34)。其实,小说中的汽修厂、私人诊所和教室的意象无不让人联想到死亡,想到治病:汽修厂治汽车的"病",诊所治病人肉体上的疾病,而教室则是医治人类心灵的地方(比如学生中脑筋不灵的裘娣等)。其实,作者早已给乔治规划好了人生轨迹:马人应对人生的方法是,驾上辕就不停地跑,直到最后精疲力竭而死去。①

乔治在课堂上把刚刚在地球上现身的人类说成是"预感着死亡将至、一种悲剧式的动物"(43),他和周围的人组成的小圈子里,也弥漫着死亡的气息,与他痛苦至极的内心形成强烈的共鸣。关于汽修厂的亨迈,故事中有这样一段描写:"当他俩互相走近时,卡德威尔有一个滑稽的想法:感到自己在向一面镜子走去。亨迈也跛着脚,由于幼时摔伤,他一只脚比另一只短。他有些苍老、苍白、驼着背,近年来这位机械师衰老了。"(7)岁月的沧桑都烙印在这两位"跛脚"人身上,生意的不景气更显亨迈心灵的苍老与孤独。医生阿波顿面对死亡也很坦然,他似乎在安慰但又不

---

① Luo Changbin, *John Updike and Others*. Zhengzhou: Henan People's Publishing House, 1997, p. 160.

无戏谑地对乔治说,"没有死亡……就不可能有生命"(148)。然而最具神秘色彩的,要数乔治父子在汽车抛锚时所住小旅馆的店员了,虽然这位驼背人声称"大概我们这些人都死不了"(154),但第二天"他从办公室后边站起来,走进男厕所,就死在地上了。"(182)这样一来,这家小旅馆更像是通向地狱的入口,充满着恐怖气氛。另外,乔治还有一个杞人忧天式的担心——"克雷默老爹还没从楼梯上摔下来吧?"(275)但他不忍心失去自己的老岳丈,尽管多次以黑色幽默似的话语来调侃。乔治最似客戎的地方也就在于此,用自己的死亡来为所有人赎罪。所以,乔治发现当"他把他自己的生命献给他人时,他进入完全自由的天地"(50)。这也就触及到了西方文化的底蕴——基督教的原罪意识,人生来就是有罪的,这种由来已久的集体无意识在乔治身上得到了淋漓尽致的再现。

彼得的视角也在诠释着其父视死如归的心路历程。"他过去总是说他活不到五十岁"(85),父亲的唠叨肯定对儿子有着潜移默化的影响,让他过早地对人生抱有悲观的态度,不爱说话,羞于见人。但是彼得很懂事,父亲是家里的顶梁柱,他害怕失去父亲,"他的死亡,……第一次对我来说,似乎形成了一个可怕的严重威胁。"(105)但他又在安慰自己,"大人们互相说笑的这个世界,不是死亡这样又绝、又怕人的事情能够介入的地方。"(126)而从阿波顿大夫那里出来时,他也会预感到"父亲的死像从那很远的边缘外围过来的一条蟒蛇"(214),直到被压迫得惶恐不已,接近窒息。而作为父亲,他所认为的灵丹妙药就是死亡,唯有死亡才足以成为驱除痛苦的捷径,因为他坚信自己已经属于上帝,而"上帝喜欢高高兴兴的死尸"。即使彼得与心仪的姑娘潘妮在一起时,他仍然不会忘记父亲内心深处的死亡的念头。

无论是环境还是人物,都渗透着死神的气息,都给乔治的内心涂上了一层沉重的底色。死亡在小说中尽显张力,让我们不得不把死亡与人的本能联系起来。弗洛伊德在其后期著作《超越快乐原则》中定义了死的本能,说它是"活的有机体中先天存在的一种倾向"[①],而"生命的目标……是活的有机体很久以前就保留下来的,并通过一切迂回的发展道路又回到了这个出发点。……一切生命的目标就是死亡。"[②]也就是说,我们的生活无非是通向死亡的条条迂回曲折的道路,不管它是多

---

① 西格蒙德·弗洛伊德:《超越快乐原则》,杨韶刚译,车文博主编:《弗洛伊德全集》第四卷,长春:长春出版社,1998年,第28页。

② 同上书,第29页。

么的漫长。此后不久,这种本能论便在乔治·奥威尔的小说《1984》中得到了响应,"痛苦就其本身而言,并不永远是足够的。在某些场合,一个人能够在痛苦面前坚定不屈,甚至不怕死亡。但是对每个人来说都存在着某种无法忍受的事情——这件事甚至想都不能想。这里并不牵涉勇气和怯懦……这只是一种无法抗拒的本能。"我们可以这样认为,乔治正是因为生活的虚无与痛苦,而愿意用死亡来结束自己的痛苦,实践了所谓的"本能"。由此,我们也可以窥见作者的内心世界。

厄普代克是一位怀疑论者,一位悲观主义者,一位存在主义论者。在1970年的一次采访中,他坦言,"从根本上说,正是我的成长经历,家庭状况和附近的教堂,让我在二十几岁时就喜欢上了克尔凯郭尔。"① 而克氏被公认为存在主义精神之父,他的孤独本体论主张个体通过体验自身的孤独把自己从公众中间区别或间离出来,去更好地理解与他人的关系,达到与上帝的联系。② 这是萨特"他人即地狱"的前奏,也是被后来的存在主义论者奉为至尊的信条。这种超越他人、崇尚孤独的精神在厄普代克心中打上了深深的烙印,他所塑造的人物形象也大多倍感孤独,兔子四部曲中的哈利用逃避现实来寻求孤独,《马人》中乔治虽有妻室但无法摆脱心中的孤独,以致转化为他"活不过五十岁"的绝望情绪。还是克氏说得好,"人之所以绝望,是因为他不能消灭自己,而令自己成为他物。"③ 神话中的客戎是永生的,但为了救助普罗米修斯而让渡了永生的权利,直面死亡;小说中的乔治对死亡也达到了某种迷恋的地步,他是绝望的,而"绝望的自然走向就是死亡"。④

美国诗人梭罗说过,大多数人都是静悄悄地在绝望中活下去。之所以是在忍受绝望,是因为人们对生命的无限热爱。"对生命的不可毁灭的统一性的感情是如此强烈,如此不可动摇,以致到了否定和蔑视死亡这个事实的地步。在原始思维中,死亡绝没有被看成是服从一般法则的一种自然现象。它的发生并不是必然的而是偶然的,是取决于个别的和偶然的原因,是巫术、魔法或其他人的不利影响所导致的。……在某种意义上说,整个神话可以被解释为就是对死亡现象的坚定而

---

① Luo Changbin, *John Updike and Others*. Zhengzhou: Henan People's Publishing House, 1997, p. 24.
② 张首映:《西方二十世纪文论史》,北京:北京大学出版社,1999年,第375页。
③ 同上书,第378页。
④ 同上。

顽强的否定。"①厄普代克正是利用了希腊神话中的这一主题,结合乔治的遭遇对其进行了人类社会步入 20 世纪后的阐释。现代人在科技高速发展的洪流中仿佛已经迷失了方向,只能从远古时代的英雄身上寻找精神上的寄托,渴望英雄精神的回归。无论是客戎还是乔治,都生活在绝望中,而绝望激发了死的本能,他们无悔地滑向了死亡的深渊。《马人》中的乔治受伤后,"脑子里的飞蛾驱使着他的高大、优美、复杂的身体向这青蓝色的光团奔去。"(4—5)这只扑火的飞蛾,向着光明勇敢地飞去,尽管付出的代价就是自己的生命。等待它的是天堂中生命的涅槃,是上帝对救世英雄的盛赞。

三 戏剧与短篇故事细读

1 《看管人》:三个男人一台戏

品特早期的戏剧《看管人》里有三位人物,他们性格各异,但都有其自身的本质弱点,从性格分析的角度入手可以揭示该剧隐藏于荒诞因素背后的人生真谛。

2005 年 10 月,年届 75 岁的英国剧作家哈罗德·品特登上了世界文坛最高的领奖台——荣膺当年诺贝尔文学奖,成为继塞缪尔·贝克特之后英国第二位获此殊荣的荒诞派剧作家。正如瑞典皇家文学院在颁奖公告中所说,"他的作品揭示了日常闲聊中的威胁并强行打开了压抑者封闭的房间,"因为品特能够很有创见地把威胁和喜剧成分很好地融合在一起,从而其剧作被称为"威胁戏剧"或"品特式戏剧"。②

《看管人》是品特 1960 年的作品,当时在伦敦艺术剧院首演时便引起极大轰动,其后久演不衰,正是该剧成就了他在战后英国戏剧史上的重要地位,被评论界誉为萧伯纳之后英国最重要的剧作家。这是一部三幕戏剧,剧情并不复杂,共有三个人物:二十八九岁的小商人米克,他善良却有点迟钝的哥哥阿斯顿,和自负的老流浪汉戴维斯。阿斯顿从酒吧带回来无家可归的戴维斯同住,次日他外出时房子

---

① 恩斯特·卡西尔:《人论》,甘阳译,上海:上海译文出版社,1985 年,第 107 页。
② 侯维瑞:《英国文学通史》,上海:上海外语教育出版社,1999 年,第 725 页。

便交由戴维斯看管；自然戴维斯喜出望外，在四处翻动之时被米克撞见，后者宣称房间归他所有；戴维斯随之见风使舵向他说尽了阿斯顿的坏话，企图挑拨离间而从中渔利；当阿斯顿再次抱怨戴维斯打扰他休息之时，戴维斯却以主人身份自居来驱赶哥哥，结果被兄弟联手逐出家门。

三个男人中戴维斯是中心人物，即作品标题中的"看管人"。他居无定所，深得阿斯顿怜悯，但最离奇之处在于他说不清楚自己的身份：剧中他先是说名叫戴维斯，但又改口声称多年来一直使用詹金斯这一名号；关键的证明其身份的文件却在十几年前就留给了西德卡普的一位男子。而当被要求取回文件时，他多次托词没有合适的鞋子不能成行；为他买回鞋子后却又吹毛求疵，说天气恶劣无法启程。这样戴维斯的来历就成了个谜，从表面上看观众或读者对如此一位没有过去的人无法真正了解。但品特在该剧公演之前就告诫人们："进行核实的愿望是可以理解的但是并非总能实现。在真实的东西与不真实的东西之间，没有明确区别……一个舞台上的人物，他可以不表现关于他过去的经验、他现在的行为和他的意愿的令人信服的证据或者信息……体验越是尖锐，则表达越是含糊。"①而戴维斯正是这样一个人物，品特用他诠释了自己不可知论的世界观。人们的好奇心无以得到满足，却能从戴维斯身上体验到更为深刻的东西：当阿斯顿抱怨戴维斯夜里说梦话时，他却嫁祸于隔壁的黑人，可见其不负责任且充满偏见；一旦被委以看管房子的"重任"，他贪婪之心暴露无遗；而当阿斯顿出于信任向他透露有过在精神病院接受电击治疗的经历时，作为正常人的优越感让他得意忘形而起挑拨离间的邪念，所有这些弱点促成了他悲惨的结局。文学源于生活又高于生活，舞台上的戴维斯代表的已经不是他自己，只不过是"人类弱点的化身"②或载体而已。"荒诞派戏剧并不反映具体的事件、人的具体的经历和命运，而旨在揭示人类的生存状态。"③从而，该剧带上了很深刻的形而上的色彩。在人生的舞台上，在荒诞的世界里，现代人迷失了方向，失去了自我，其自身的弱点导致了最终的悲剧命运。

哥哥阿斯顿是房间的居住者，是一位彻头彻尾的孤独者。多年前，无论在工厂还是咖啡吧，他都能说会道，但当他突然发现别人的反应总是保持沉默甚至是冷漠

---

① 马丁·艾斯林：《荒诞派戏剧》，华明译，石家庄：河北教育出版社，2003 年，第 163 页。
② 同上书，第 167 页。
③ 曾艳兵：《西方现代派文学研究》，天津：天津人民出版社，1993 年，第 196 页。

时,他认识到"我讲得太多了。这就是我的错。"①当他自认为是能够清晰地识别事物的时候,却被别人无情地贴上了"幻觉症"的标签并被送往精神病院,这种有口难言的处境将他击垮,而母亲在文件上签了字等于默认的事实彻底堵上了他徒劳辩解的嘴巴,从此心灵的大门向外界闭锁,可怜的阿斯顿生活在不被人理解的深渊中。可以说,"阿斯顿是一个诗人,社会用它的法律形式和官僚机构的重量压碎了他……他寻求满足的方法与我们这个富裕社会中的大多数公民从生活中获得诗歌的方法一样,就是修补房屋。"②所以,剧中我们经常看到他摆弄电源插头和各种锯子,俨然是一个默默无闻的、万事不求人的能工巧匠。戴维斯可以说是他在电疗之后有兴趣结交的第一个人,他的出现给阿斯顿封冻的内心世界带来一丝春意,但戴维斯丑陋的本质又让他心田中刚刚萌生的新芽彻底枯萎,阿斯顿对人生绝望了。如果说戴维斯代表的是现实生活中的流浪者,而阿斯顿的现状则反映了他精神上的无家可归,用加缪的话说即"一旦世界失去了幻想与光明,人就会觉得自己是陌路人。他就成为无所依托的流放者,因为他被剥夺了对失去的家乡的记忆,而且失去了对未来世界的希望。这种人与生活之间的距离,演员和舞台之间的分离,真正构成荒诞感。"③

弟弟米克的角色在剧中的刻画略显苍白,但我们仍然可以从他对待上面两个人物的态度中获得启发。作为商人,他花钱为哥哥买下这幢破败不堪的房产,可是只有一间可以居住并且屋顶漏雨,还口口声声地宣称房子归他所有,而阿斯顿只有居住权,再者剧中自始至终他与哥哥同时出现在舞台上的时间很少,很像是两个轮流上岗的哨兵,手足亲情在这里变得如此暗淡无光。尽管他是房间的拥有者,但对闯入者一概采取敌视态度,即便是对待哥哥领回家的朋友,也要拿金钱来衡量:"我打算要降低你的租金,只收名义上的一点,直到你安顿下来为止。"(46)对金钱与物质生活的追求还表现在他大谈重新装饰房间的计划那一段,戏剧评论家艾斯林说他是"从一堆当代商标的胡言乱语变成了一个满足愿望的梦幻世界"(168),他要把这间老房用金钱堆砌成一座"宫殿"(60)。第三幕中他对戴维斯严厉斥责:"自从你一进屋,带来的只有麻烦。真的。你的话我一概不信。你说的每一句话都会有不

---

① Harold Pinter, *The Caretaker*. London: Eyre Methuen, 1960, p.54.
② 马丁·艾斯林:《荒诞派戏剧》,华明译,石家庄:河北教育出版社,2003年,第169页。
③ 曾艳兵:《西方现代派文学研究》,天津:天津人民出版社,1993年,第186页。

同的解释。"(73)米克就是这样一个铁石心肠的人物,这也正是他与阿斯顿的互补之处。

有评论家指出,《看管人》是一出现代寓言剧,表现的是人类因为自身的过失而被上帝逐出伊甸园的历程,这种说法不无道理。① 戴维斯是如此渴望得到一个立身之所,这是处于困境之中的他本能的生存愿望,这种愿望与实现人自我完善的自由生存的愿望一起构成了处于极限的人的生存困境的张力,而正是这种张力构成了西方现代悲剧精神的实质②。舞台上三个男人为了自己的一个房间而斗争,彰显了现代人为取得属于自己的生存空间而进行的苦苦挣扎,在这个过程之中各人又都充分暴露出自己封闭的内心及其致命的缺陷。这间小屋象征着人类堕落之前的伊甸乐园,"象征着'处在存在边缘'的人所有的唯一一处可触知的现实,象征着温暖和安全;而屋外则是一个不可理喻的世界,一个弥漫着威胁与恐怖、令人惶惶不可终日的世界"③。

从这个意义上说,戴维斯是个失败者,他不得不再次独自面对房间外面荒诞不经的世界。但是阿斯顿和米克也算不上胜者,因为对戴维斯来说,至少还存在有找回自我的一线希望,而他们兄弟二人中哥哥已不可能恢复往日的精神状态而绝望,弟弟则沉浸在物质追求之中不能自拔,他们都彻底失去了自我。上帝已经远去,但人还是要继续活下去。三位小丑似的主人公,最终演绎了一场不欢而散的悲喜剧,虽然观众看不到台上横尸遍野,却也不无沧桑与凄凉之感。这不正是现代人的生存困境吗? 能够如此发人深思,这也是品特作品的艺术魅力之所在。

2 《德西蕾的孩子》:宗教外衣与种族政治

肖邦在《德西蕾的孩子》中借用圣经中上帝与撒旦冲突的神话原型人物形象,将美国南方白人与黑人分为宗教意义上的两大敌对阵营,传达出她宗教外衣下的褒奖白人、贬低黑人的种族主义立场,可以说该短篇故事是一部彻头彻尾的为奴隶制辩护的种族主义作品。

在19世纪下半叶的众多美国女性作家中,凯特·肖邦"表现最突出、文学成就

---

① 张中载:《当代英国文学论文集》,北京:外语教学与研究出版社,1996年,第345页。
② 任生名:《现代西方悲剧论稿》,上海:上海外语教育出版社,1998年,第24—27页。
③ 张中载:《当代英国文学论文集》,北京:外语教学与研究出版社,1996年,第347页。

最高"①,她以抒写女性情感与爱欲体验见长,长篇故事《觉醒》即是这样一部女性主义文学的扛鼎之作。肖邦早年的短篇小说亦不乏经典,初刊于美国《流行时尚》(Vogue)杂志1893年1月14日创刊号上的《德西蕾的孩子》备受瞩目,多次入选各类文学选读教材。

《德西蕾的孩子》讲述了一个凄婉的爱情与婚姻悲剧故事。德西蕾自幼遭遗弃,幸好白人夫妇瓦尔蒙德膝下无儿女,好心收养并抚育她成人。邻人阿尔芒是拉贝种植园的继承人,对德西蕾一见钟情并迅即完婚。婚后两人虽互相恩爱,但儿子的降生给他们带来欣喜之余,更多的则是灾难:因为孩子长得像个黑白混血儿,其肤色昭示父母一方必有黑人血统。这在当时的美国南方白人看来是一个致命污点,尤其是对于阿尔芒这样一个名门望族来说更如晴天霹雳。他想当然地归咎于身世不明的妻子,并毅然决然地将妻儿赶出家门,德西蕾母子而后圣徒就义般投水自尽。几周后,就在阿尔芒将德西蕾母子的遗物付之一炬时,偶然发现了自己父母的通信残片,家族的秘密终大白天下:阿尔芒之子的混血来源于祖母的黑人血统,正是阿尔芒本人导演了这出家族的悲剧。

多数学者认为,德西蕾母子的遭遇缩影了美国旧南方黑人妇女罹受男权与种族政治的双重压迫;但深究作者的种族意识后发现,肖邦文本中多处出现圣经中上帝与撒旦的人物形象,传达出作者宗教外衣下的褒奖白人、贬低黑人的种族主义立场,可以说它是一部彻头彻尾的"为奴隶制辩护"②的作品。

站在白人一边的上帝

在这个故事中,肖邦四次使用"上帝",其中有三次直接将之安排在白人一边,为白人佑护祈福,瓦尔蒙德夫人即是生活于上帝光影中的典型白人女性。对于弃儿德西蕾的身世,她不顾众人猜度,坚信是"仁慈的上帝见她没有亲生骨肉,便把德西蕾送来做她的孩子,享受她的爱怜。"③这显然是一种博爱天下的基督徒情怀,白人假借上帝的意旨来"爱怜"这个无家可归的婴儿;况且,谁都始终无法排除德西蕾带有黑人血统的可能,这样黑人就被预先放置于白人家长制的框架之内。另一个

---

① 徐颖果、马红旗:《美国女性文学:从殖民地时期到20世纪》,天津:南开大学出版社,2010年,第235页。
② 申丹:《叙事、文体与潜文本》,北京:北京大学出版社,2009年,第132页。
③ 凯特·肖邦:《德西蕾的孩子》,陈亚丽译,《外国文学》2010年第5期,第11—13页。后文中引文除个别说明外,皆出自该短篇故事,为免繁复不再另注。

不争的事实是,多数白人对于血统有着较为高傲的认知,他们十分歧视混血儿,因为"一个貌似白人的人如果有一滴黑人血液,也会被打上黑人的标贴"[1]。这似乎更加突出了瓦尔蒙德夫人品德境界之高,尤其是在德西蕾被丈夫推定有黑人血统后,上帝般的她对重又沦为弃儿的女儿再次抛出了橄榄枝,力排众见、毫无怨言地去接纳所谓的混血母子:"我亲爱的德西蕾,回家吧,回到瓦尔蒙德。回到爱你的妈妈这里,带着你的孩子一起来。"简单地说,白人自视高人一等,将黑人当作孩子一样照料,黑人种族的从属地位可窥豹一斑。

上帝角色的扮演者中还有拉贝庄园的老奥比尼,他"平生为人随和,对黑人颇为宽容";与之形成鲜明对照的是,少爷阿尔芒则"有严格的规章,在他的管束下,他的黑人都忘了怎么去找乐"。这样一位宽容大量的老人在其有生之年,得到上帝无限的关爱,这点可在妻子的残信中觅见端倪:有着黑人血统的妻子"日日夜夜感谢善良的上帝,对我们的生活做了这样的安排"。有色妻子如此悦纳分居的生活,折射出这个群体的依附性和逆来顺受意识。肖邦似乎对于种族偏见导致的妻离子散并非讨伐,反而罩以上帝仁爱的宗教光环,极力维护其合理合法性,即使以牺牲混血女性的幸福乃至生命为代价。

年轻一代中德西蕾倍受上帝眷顾,婚后的她生活于甜情蜜意中,对阿尔芒有着无法自拔的爱:"只要他眉头一皱,她就会惶恐哆嗦,可她还是爱他。只要他微微一笑,她就不再奢求上帝赐给她更大的幸福。"德西蕾秉承夫为妇纲的封建礼教观念,赢得了无数女性主义者的同情;但必须指出的是,她始终对自己的白人身份深信不疑,自认与阿尔芒门当户对,倍感受惠于白人上帝般的庇护,不再欲求"更大的幸福"。德西蕾珍惜的这种休戚与共的患难夫妻情,是以白人丈夫阿尔芒和黑人妻子德西蕾为预设的;同时,它与阿尔芒的休妻之举构成鲜明对比,更能烛照出黑人手足相残的劣根本性。此外,她以投水自尽这种耶稣受难式退场来结束母女的生命,以捍卫白人的终极身份,更加渲染了黑白两个种族的水火不容。虚构与真实的种族身份在德西蕾身上无限纠结,凸显了人性的两面:一半是天使,作为白人的她可举案齐眉亦会以死相争;另一半是魔鬼,黑人的标贴又使其懦弱卑微、忍辱求全。

除了百般爱护瓦尔蒙德母女之外,上帝还不忘德西蕾的孩子——这个黑白混

---

[1] Ellen Peel,"Semiotic Subversion in 'Désirée's Baby,'" *American Literature* 2 (1990): pp. 223–238.

血的豪门后裔,在血统之谜没有正式揭开之前他睡的红木床"像是一个奢华的王座,上面有一个镶着段子的半边华盖"。显然,肖邦在这里埋下伏笔,没有让仁慈的上帝再次出现,而是暗示性地使用了"王座"一词;此意象颇具双关色彩,它既可能属无上的上帝,又可能归属撒旦。在其不满一岁的生命历程中,肖邦带他经历了冰火两重天:先是被白人母亲扶至上帝的位置,但不久又被黑人父亲逐出家门,并进而落得种族政治陪葬品的结局。归根结底,悲剧源于其混血身份。弥尔顿《失乐园》中的撒旦即是如此人物,他被上帝打入地狱后群集同党谋求反叛,曾于高座跌落而成巨蛇。后来之事无用赘言,他向上潜入了伊甸园。

被撒旦攫住灵魂的黑人

小说中唯一一处明确提到"撒旦"是在德西蕾察觉丈夫的言行举止发生了"怪异而可怕"的变化之后——"他对待奴隶又变得凶狠起来,好像他的灵魂突然落到了撒旦的手里"。一个人被撒旦攫住灵魂,也就等于成了魔鬼的门徒,走向上帝的敌对阵营,正因如此德西蕾才会感觉到"空气当中飘着一种威胁她的安全的东西"。小说文本中正是以"撒旦"一词的出现象征着孩子混血身份的最终确认,从而将两者象征性地画上了等号。同时,白人与黑人间的和谐共处就此终结:初为人父的阿尔芒曾一改往日骄横跋扈而对奴隶内格里翁的诈伤颇有宽容,但迅速回归常态,对他们重又凶狠起来。两大阵营的对立壁垒在故事的后半段愈加清晰,就像主子与奴隶分而居之一样,类似线索还有:瓦尔蒙德夫人在确认婴孩混血后不再走进拉贝庄园,"几个住得很远的邻居忽然造访"后永远地避而疏之,老奥比尼终其一生地将黑人妻子远匿巴黎,等等。

这种空间上的分立显然隐喻着美国社会当时森严的种族隔离,而作为撒旦化身的阿尔芒(当时美国南方奉行的"一滴血"原则终究让他背上黑人的标贴)则可自由游走于两界之间,是其黑白混血身份促成了这样的越界。第一次越界是在有色母亲过世后被老奥比尼接回庄园,8岁来到种植园的他可认为是卧底探营;经年之后的他游刃于白人世界,骑马邂逅德西蕾之时"就像雪崩,就像草原烈火"一样疯狂爱上了上帝阵营中的这个白人女子,并娶她为妻从而壮大队伍,增加筹码;最后,通过将妻子驱逐出门,逼上绝路而兑现企图,实现"他最后的致命一击"。综观整个过程,阿尔芒对白人领界的入侵看似无心,实则蓄谋已久、步步为营;换言之,阿尔芒如此作为是对白人世界实施的一种恶意报复,他逐妻出门"不过是在用同样的方式来回敬上帝",正像当年白人阵营中的老奥比尼将阿尔芒母亲远拒巴黎一般。与母亲在巴黎相依为命的八年确应锻造一个苦大仇深的阿尔芒,种族尊卑的思维在阿尔芒身上得以延续,白人媳妇亦重蹈黑人婆婆的悲剧命运,但有过之而无不及:婆婆苟且偷生,媳妇却义起殉节! 就像杀父娶母的俄狄浦斯,阿尔芒深陷种族歧视的泥沼而不能自视,思忖自己何以类似的轨迹失去母亲与妻儿之际,唯余"全能的上帝待他真是很残忍,很不公正"之谬误论调,所以报复势在必行。

先有地狱般的巴黎童年,继而迷情德西蕾,终将母子逼上绝路,阿尔芒的报复之路像极了圣经中的撒旦通过引诱亚当夏娃偷食禁果而对上帝的报复。循着这种隐喻思维,即可离析出肖邦文本中的宗教空间观:黑人和混血人口处于相当于地狱的社会底层,白人则生活在相当于人类堕落前的伊甸乐园(这一点正是受基督教熏染的南方白人奴隶主贵族所竭力宣扬和维护的),最上层即是天国亦即上帝之所。加拿大神话原型批评理论家弗莱在对西方文化的读解中发现了如此一条"世界之轴",即基督教神学的宇宙观自上至下的四个层面:上帝所在的天堂、不曾堕落或新生的自然秩序、芸芸众生的堕落的自然,以及魔怪的世界。① 可以说《德西蕾的孩子》便是对这一轴线的极佳诠释。任何企图冲破这种基督教意识形态的人都将遭遇挫败,任何试图推翻南方蓄奴制的人就像小丑般的阿尔芒,必将家破人亡走向毁灭,这就是肖邦通过讲述德西蕾的故事而传达的守旧意识。本已昭昭的种族主义主题一旦戴上了宗教的神圣光环,自然加重了西方的基督教信徒对黑人群体的不满与敌意。

此外,故事中作者巧妙使用对比鲜明的颜色,与主要人物的身份地位相得益彰。拉贝种植园在阿尔芒的经营下败落,瓦尔蒙德太太始有"毛骨悚然"之感——"这房子的屋顶坡面陡峭,黑得像个蒙头大斗篷,一直伸到宽大的走廊外面。黄泥灰粉刷的房子被走廊环绕着,旁边生长着几棵硕大的深黑色橡树,枝叶繁茂,向外延展,树荫就像一片棺材布罩,盖在房子的上方。"一个拥有着路易斯安娜最古老、最荣耀的姓氏的富家大户,府邸却阴森得像地狱,反复出现的黑色与"黄泥灰"的色彩影射了混血主人以及黑人奴隶拉布朗什孩子的肤色。同时,恋爱之中的阿尔芒有着"黧黑而俊俏的脸庞",德西蕾出走时穿着"洁白的薄裙",家中雇佣"黄皮肤的女保姆"赞德琳,手色发白的拉布朗什等等,这些都是与其特殊的种族身份相呼应的。

---

① 诺斯洛普·弗莱:《神力的语言》,吴持哲译,北京:社会科学文献出版社,2004年,第187页。

瓦尔蒙德夫人对德西蕾母子的接纳,老奥比尼对混血儿子的认同,均勾勒出常以救世主自居的白人在黑人面前极尽家长式言行之能事的版图。阿尔芒母亲未尽妇道,女保姆孤傲无理,内格里翁狡诈怠惰,阿尔芒更是冷酷无情至极,黑人在白人眼中是那样的不负责任与不通人情!作为白人的德西蕾与夫婿相敬如宾,但一旦触及血统的红线,双方则会以死相争;黑人的标贴又使其下意识地懦弱卑微、忍辱求全。身份的缺失导致德西蕾人格的分裂,这场上帝与撒旦的较量注定没有因她的早亡而终结,反而必将助推种族歧视与冲突走向高涨。这就是凯特·肖邦和她不得不说的德西蕾的故事!

四　文本比读

重塑南方女性:论吉尔克里斯特对福克纳的改写

埃伦·吉尔克里斯特在《天使报喜》中改写了福克纳小说的女性人物,将南方骑士文化与淑女风范融合起来,塑造出一个敢于冒险、追求自由的女骑士形象。她的作品既突出了与福克纳的《喧哗与骚动》及《野棕榈》的互文性,又从历史意识、宗教用典和女性视角上再现了不一样的南方社会与历史。女主角阿曼达既是南方文化的继承者,又在很大程度上破除了传统道德的禁锢,成为战后南方女性文学中一个具有里程碑意义的人物形象。

埃伦·吉尔克里斯特(Ellen Gilchrist, 1935—)是继"奥康纳和韦尔蒂之后出现的又一位杰出的美国南方女作家"[1],她的作品"文笔既幽默生动,又暗含讽刺"[2]。小说首作《天使报喜》(*The Annunciation*, 1983)讲述了一个充满女性主义色彩的故事:阿曼达与表哥早恋,14岁生下私生女,但是家人的宽容谅解依然无法抚慰她身心的创伤;多年平庸的婚姻生活过后,她重燃奋斗的激情,选择离家去追求事业与爱情。小说在阿曼达分娩、情人遭遇车祸的场景中结束。这部小说取材于二战之后的美国南方社会,在故事题材、叙事手法以及人物塑造上都受到同样来自密西西比州的著名作家威廉·福克纳(William Faulkner, 1897—1962)的深刻影

---

[1] 金莉、王炎:《当代外国文学纪事(1980—2000)·美国卷》,北京:商务印书馆,2015年,第145页。
[2] 虞建华:《美国文学大辞典》,北京:商务印书馆,2015年,第559页。

响。鲍尔认为该作与《喧哗与骚动》(*The Sound and the Fury*,1929)有很强的互文性,"还给凯蒂·康普生一个反击的机会"[1];胡珀指出这部小说与福克纳的文本不同,它侧重于再现"女性探索成为独立个体"的艰难成长历程[2]。其实,阿曼达的形象还存有福克纳另一部小说《野棕榈》(*The Wild Palms*,1939)女主人公夏洛特的痕迹,后者在与命运抗争、追求自由爱情的激情上不输凯蒂。概言之,吉尔克里斯特与福克纳文学遗产、美国南方乃至整个欧美文学传统之间的关系是一个复杂的问题,她在文学传统内部受到了丰厚的滋养,同时也推进了南方文学的进一步发展。

楔入南方文学传统

美国现代派诗人T.S.艾略特重视历史与传统,认为作家应时刻"感受到荷马以来整个欧洲以及本国文学在整体上是同时存在的,构成统一的秩序"[3]。D.H.劳伦斯在1918年的《地方精神》一文中也指出,美国经典文学作品的象征性根源于"正统欧洲观念在美洲大陆上的延续"[4]。因此,美国文学未从根本上脱离欧洲文学创作传统的影响,其中典型的一抹底色就是中世纪的骑士传奇(the Chivalric Romance)及司各特的历史罗曼司(the historical romance)。美国短暂的国族历史反而成为文学家们热衷于历史题材的抓手,这种对历史的过度关注在内战之前的南方文学中尤其盛行,马克·吐温曾贬之为"瓦尔特爵士病"[5],它令南方民众怀旧气息浓郁,保守观念盛行,社会文化停滞不前。

到了南方文艺复兴时期,福克纳站在欧美现代主义和美国南方文学传统的交汇点上,创作出了特色鲜明、主题深刻的小说作品。他擅长历史题材的挖掘,笔下人物大多"执迷于个人、家族或地域的过去"[6]。福克纳"理解和处理过去"[7]的特定

---

[1] Margaret Donovan Bauer, *The Fiction Ellen Gilchrist*. Gainesville: University Press of Florida, 1999, p.101.

[2] Brad Hooper, *The Fiction of Ellen Gilchrist: An Appreciation*. Westport, Conn: Praeger, 2005, p.32.

[3] Frank Kermode, *Selected Prose of T. S. Eliot*. London: Faber and Faber, 1975, p.38.

[4] D. H. Lawrence, *The Symbolic Meaning: The Uncollected Version of Studies in Classic American Literature*. Armin Arnold, ed. London: Centaur Press, 1962, p.19.

[5] 转引自 Tison Pugh, *Queer Chivalry: Medievalism and the Myth of White Masculinity in Southern Literature*. Baton Rouge: Louisiana State University Press, 2013, p.17.

[6] Carl Rollyson, *Uses of the Past in the Novels of William Faulkner*. Lincoln: iUniverse, 2007, p.1.

[7] Richard H. King, *A Southern Renaissance: The Cultural Awakening of the American South, 1930—1955*. Oxford: Oxford University Press, 1980, p.7.

方式在文学史上产生了深远影响，弗兰纳里·奥康纳曾形象地将他比作"迪克西有限公司号列车"①，成就几乎无人匹敌。其实，对于以奥康纳为代表的当代女作家们而言，文学传统是把双刃剑，"现有经典作品本身已形成一个理想的秩序，真正新颖的作品再出现时，该秩序就会发生改变。此前秩序是完整的，加入新花样后就必须以变化求完整，不管这变化是多么细微"②。也就是说，新兴作家不仅受到经典作家的被动影响，而且还会在对后者的解读上产生一种或强或弱的反作用力，进而波及到经典在传统中的定位。那么，吉尔克里斯特为美国南方文学的历史书写传统带来怎样的源头活水呢？

  吉尔克里斯特和福克纳的小说均涉及家族和个人的过去经历，都专注于再现人物的历史意识，但是各自关注的角度不尽相同。《喧哗与骚动》侧重于康普生家族前后两百多年的历史，与此紧密相连的是这家子女对个人童年经历的迷恋，昆丁、班吉和杰生三人都无法接受凯蒂在爱情面前毫不顾忌家族荣耀的做法，将家道中落的责任推脱到"对罪恶天生具有一种亲和力"③的凯蒂身上，该作强调家族史与个人过去的互动。而《野棕榈》则更关注个人过去的经历：哈利和夏洛特这一对为爱私奔的情侣，虽无沉重的家族历史包袱，但窘迫的经济条件成为压垮骆驼的最后一根稻草。作为福克纳小说体系中凯蒂"虚构的后裔"④，《野棕榈》中的夏洛特虽然性情同样奔放，但依然没有走出传统道德的约束，她在谈及自己的过去时曾说："我最喜欢大哥了，但不能和哥哥睡在一起啊"。⑤ 在这一点上，《天使报喜》的作者抛弃了夏洛特的顾虑，以阿曼达的个人记忆为切入点：幼时的阿曼达与表哥同床，懵懂的兄妹情谊预示着性早熟以及不伦情感。阿曼达与凯蒂都是不拘贵族淑女风范的人物，两部小说中他人对女主人公行为失范问题的反应却有着天壤之别：康普生家人对凯蒂施之以道德谴责，最后发展到逐出家门的地步；但麦卡梅家族对

---

  ① Margaret Donovan Bauer, *William Faulkner's Legacy*: "*What Shadow, What Stain, What Mark*". Gainesville: University Press of Florida, 2005, p. 1.
  ② Frank Kermode, *Selected Prose of T. S. Eliot*. London: Faber and Faber, 1975, p. 38.
  ③ William Faulkner, *The Sound and the Fury. Novels 1926—1929*. New York: The Library of America, 2006. p. 950.
  ④ Robert W. Hamblin and Charles A. Peek. *A William Faulkner Encyclopedia*. Westport, Conn.: Greenwood Press, 1999, p. 329.
  ⑤ William Faulkner. *If I Forget Thee, Jerusalem. Novels 1936—1940*. New York: The Library of America, 1990. p. 521.

此"没人介意"①,即使在发现阿曼达意外怀孕后也表现出了极大的理解与包容。这种价值观念上的差异源于作者观察和阐释历史的不同角度,正如托尼·莫里森所言,福克纳为后世作家们指明了一条艺术化地再现过去的道路②,女作家们显然捕捉到了曾经被历史遗忘的一个剖面。

福克纳与吉尔克里斯特小说人物的人生观存在较大差异。凯蒂与夏洛特性格反叛,却依然无法与强势的传统力量抗衡,沦落或死亡的命运似乎不可避免,透露出一种悲观的人生哲学。阿曼达则不同,她勇于走出过去的阴霾,冲破男权的藩篱,表现出异常豁达的精神。《天使报喜》的第一部分之所以题为"重负"(Cargo),是因为阿曼达早年的经历给身体带来的伤害,将自己变成一艘负重航行的船只。在阿曼达看来,盖伊等同于过去本身,摆脱他就意味着走出过去而真正进入现实,她深信"只要一息尚存,谁也别想让我干不愿意的事"(37)。福克纳的人物是因为对过去的依恋而产生逃避的心理,阿曼达同样选择了逃离——第二部分的标题正是"放逐"(Exile),但两者逃离的对象截然相反,一个是现实而另一个则是过去。阿曼达多年后再遇盖伊的时候,面对依然不肯放手的表兄,她奋然反驳道:"我曾经以为过去就是现在,我们永远不能忘却,永远无法丢弃。扯淡!过去就是过去。你可以沉迷其中,当然也完全可以继续前行"。(293)这是整部小说中音高最强的一句话,表现了女主人公发誓摆脱个人记忆纠缠的决心,流露出对个性自由的强烈渴望。这恰恰是吉尔克里斯特与福克纳在历史意识上最主要的分歧之处,后者的小说着重再现南方纠结于历史与现实的复杂情感,而新生代作家显然已经走出了历史的圄圆,发力探索广阔的现实素材。就这样,吉尔克里斯特从人物的个人记忆切入南方历史,通过扭转人物的命运发出女性自己的声音,跻身南方文学创作者的行列。当然,她还有另一个道具,那便是宗教。

宗教作为叙事策略

宗教对美国南方的影响根深蒂固。早在哥伦布发现新大陆不久,就有西班牙、法国等欧洲大陆的天主教徒陆续移民而来,后来随着大批英国殖民者前来定居,新教势力逐渐强盛起来,这让美国南方地区的宗教氛围变得更加纷繁复杂。在殖民

---

① Ellen Gilchrist. *The Annunciation*. Boston: Little, Brown and Company, 1983, p. 6.
② Toni Morrison. "Faulkner and Women." in Doreen Fowler & Ann J. Abadie, eds. *Faulkner and Women: Faulkner and Yoknapatawpha, 1985*. Jackson: University Press of Mississippi, 1986, p. 296.

地初创时期,基督教以其对上帝的选民、再造伊甸园、修身寡欲、勤俭创业等教义的宣传,对经济发展、社会进步确实起到了巨大的推动作用,广泛渗透到南方人的思维与认知模式之中,并与种植园经济、蓄奴制、骑士文化融合起来,成为一种维护旧南方社会制度合理性的有力武器。总体而言,宗教传统一直以来作为"美国南方文学内聚方式和主导形态"①而存在。福克纳作品中的宗教题材,及其运用宗教典故的写作手法,都是为人物塑造和道德评判服务的。② 通常,福克纳小说中既有对基督徒虔诚信教的褒扬,也含有对道貌岸然的伪君子的猛烈抨击,《喧哗与骚动》中的老女奴迪尔西显得伟岸正直,而康普生夫人却打着宗教的旗号放弃监管子女的职责,更为极端的是《圣殿》和《八月之光》中狂热的基督徒们令人发指的私刑行为。福克纳的宗教用典基本分布于两个层面,一个是宏观层面上的结构对位,如《喧哗与骚动》从时间安排上看与基督教复活节周末暗合;另一个是微观层面上,包括作品与人物的命名,以及个别场景、事物的象征意义。

吉尔克里斯特同样是从人物出发,揭示宗教带给女主人公成长的巨大阻力,由此凸显阿曼达的坚强意志和必胜信念。她在《天使报喜》中并未像现代主义作家那样构建一个宏大的神话对位结构,而是更多地趋向于微观层面上引用圣经典故,突出作品的现实意义。"天使报喜"的典故源于新约《路加福音》,天使长加百列给玛利亚报喜说她要怀孕生子,当时身为处女的圣母十分平静地领受"圣灵降恩"这一讯息。吉尔克里斯特借此表现阿曼达生命历程的重大转折:年届 40 的她意外得知怀有身孕,不禁自问:"[医生路加]会是报喜的天使吗?""[威尔]会是那个为我牵驴的约瑟吗?"(279)怀胎一事意味着阿曼达身体的复原,意味着心灵走出痛楚的记忆,为她接纳自己的头胎私生女提供了前提。基于母女互认的潜在情节需要,作者进一步挪用了这个宗教典故,让阿曼达失散多年的大女儿芭蕾特成为领报人,威尔则担纲报喜人:"当[阿曼达]谈起你时,听起来就像当年十四岁时候的样子","为了与你说上话,她已经等了三十年"(334—335)。威尔最终说服了芭蕾特,使得母女二人冰释前嫌。小说的最后,阿曼达直接援引《路加福音》中的话,自豪地宣称:"我的旨意得以成全"。(353)更为重要的是,吉尔克里斯特赋予了女性正当而体面的

---

① 李杨:《欧洲元素对美国"南方文艺复兴"本土特色的构建》,上海:同济大学出版社,2015 年,第 87 页。
② Fredrick L. Gwynn and Joseph. L. Blotner. *Faulkner in the University: Class Conferences at the University of Virginia, 1957—1958*[Z]. Charlottesville: University of Virginia Press, 1959, p.52.

职业,而不像凯蒂那样出卖肉体,也非夏洛特式的偶尔兼职。《天使报喜》中有一处暗引,或者说是圣母领受喜讯的隐喻:阿曼达为了拿下雷诺阿①十四行诗的翻译权,主动迁居异地,这次的天使扮演者乔丹很快给她带来了好消息,帮助她实现了愿望。后来,他还促成了阿曼达从译者转变为作者,走上文学创作的道路,获得事业上的转型。因此,吉尔克里斯特通过三次援引"天使报喜"的典故,一改福克纳女性人物的他者地位,让她们通过自身努力,结合周围男性的助力,升格为自我命运的主宰。

宗教作为一种叙事策略,其重要性还蕴含于作者的反讽之中。20世纪的美国南方宗教派别林立,天主教与基督教各派系又有一个质的不同,即它还受到罗马天主教廷的管辖,这另一重障碍更多地体现于吉尔克里斯特的作品中。从小说人物的经历来看,作者将主要矛头指向天主教对人身心的约束与摧残,虽然教会本身承载着社会服务的职责,但实际效果常常事与愿违。阿曼达的身体伤害就是由于教会医疗机构有限的条件和人为的疏忽造成的,作者的批判态度是经另一位医生之口传达的:他得知病情后义愤填膺,想象着"炸掉罗马",毁灭教廷的情形(42)。另外,吉尔克里斯特还通过古今对比,揭示女性令人痛心的历史与现实。在18世纪的法国,雷诺阿失子之后很快自尽,这场悲剧与教会势力的阻挠有很大关系;到了20世纪的美国南方,女性成长的外部阻力依然强大,阿曼达的早期经历就是明证。这是促成阿曼达与雷诺阿由认同走向反对的根源所在。此外,阿曼达与盖伊在宗教认识上的意见相左也彰显了作者的性别关怀。有关昔日旧情,盖伊声称自己曾经"跪地两天以求上帝饶恕我们",却遭到阿曼达反驳说"根本就没有什么上帝"!(35)这种异教论调与《野棕榈》里哈里对宗教的蔑视异曲同工:"如果耶稣回到当今的话,我们也会为了保护自己而不得不将他钉上十字架的"。② 这里强调的正是宗教在爱情与婚姻上对人的道德约束力,彰显了主人公挣脱宗教禁锢的决心。不管是《野棕榈》中夏洛特的丈夫弗朗西斯,还是《天使报喜》中阿曼达的丈夫马尔康姆,

---

① 伊莱娜·雷诺阿(Helene Renoir,1713—1734)是作者虚构的女性历史人物。根据小说中介绍,雷诺阿早年与恋人私奔,后来私生子被人抱走,她因无法承受舆论压力和失子之痛而自尽,多亏女仆冒死力争才将生前诗稿《伊莱娜·雷诺阿佚失婚曲集》保存下来。乔丹通过贿赂教会人员,从梵蒂冈墓地中盗取这份手稿,使得阿曼达能够有机会阅读与翻译。

② William Faulkner. *If I Forget Thee, Jerusalem. Novels 1936—1940*. New York: The Library of America, 1990. p. 587.

尽管事实上的夫妻感情已经不复存在,两位丈夫均拒绝与妻子离婚,然而妻子主动选择冲破婚姻藩篱的事实意在反衬男性的守旧,宗教约束更多地存在于男性身上,这是一种彻头彻尾的反讽!

那么,既然女性人物是反对宗教桎梏的,《天使报喜》中浓厚的宗教色彩又作何解释呢?这正是吉尔克里斯特的高明之处。"天使报喜"题材的艺术作品都有一个共通之处,即加百列言行虔敬卑微,而圣母却尽显娴静尊贵。①吉尔克里斯特精准调用圣经中为数不多的此类反转传统性别角色的事件,破除男权叙事框套去讲述女性人物自己的成长故事。当然,这一转换也与当时的社会历史背景有关。二战后美国的民权运动风起云涌,期间女权主义者扮演了十分重要的角色,而女性主义神学家们凭着对圣经文本颇具新意的阐释,积极进行声援。特莱宝在对《创世纪》的重新解读中认为,"亚当"一词在希伯来文中是人的通称,并不特指男性,上帝通过创造夏娃而创造了性别本身,并不是女人!②由此看来,吉尔克里斯特小说中的宗教色彩与阿曼达的反宗教观念并不矛盾,宗教完全可以作为女性反击男权、自我赋权(self-authorization)的一种有力武器。以宗教为基本出发点,对女性生活题材进行深入挖掘,成了作者这部小说的一大特色。从叙事话语上看,吉尔克里斯特在小说中淡化男性角色,启用女性视角,逼真再现了女性对话语权威的自觉追寻。

  转向女性叙述视角

《天使报喜》中明确提到福克纳的地方只有一处,即在作者首次亮明马尔康姆身份之时,他是一位"在耶鲁大学研究福克纳的学者,这对他的生活产生了很大的影响",作者不无讽刺地指出他娶阿曼达仅仅是为了"走进书中他喜欢读的那个世界"(47)。这里,吉尔克里斯特批判了维多利亚时期以来小说中常见的一个细节:男性结婚的目的主要是为了攫取女方的家族财产,如《简·爱》中罗切斯特的初婚、《押沙龙,押沙龙》中萨特潘的再婚等。马尔康姆代表了福克纳及其小说所再现的世界,而阿曼达早早地离开了他,这就证实了吉尔克里斯特重写南方的必要性。以阿曼达主动离弃马尔康姆为表征,吉尔克里斯特改写福克纳小说人物的性别图谱,

---

  ① Margaret Donovan Bauer, *The Fiction Ellen Gilchrist*. Gainesville: University Press of Florida, 1999, p. 31.

  ② Phyllis Trible. "Eve and Adam: Genesis 2—3 Reread." in Kristen E. Kvam et al, eds. *Eve and Adams: Jewish, Christian, and Muslim Readings on Genesis and Gender*. Bloomington: Indiana University Press, 1999. p. 432.

如前述莫里森之言,女性作家发现了历史不曾表现的问题,勾勒出另一个新南方。

两位作家再现南方历史与社会时出现的差异,从根本上说源自于历史的文本性特征,即历史可以从不同的角度,"基于特定的立场或观点以话语的形式建构出来"①。福克纳没有选择凯蒂讲述家族故事,没有启用夏洛特的视角回忆相恋经历,这与欧美小说写作传统中的叙述规约有关。女性主义叙事学家凯斯认为,男性小说家较少使用女性叙述者,一个重要的原因在于:主流意识形态认为女性叙述者不能把自身经历讲得连贯而有意义,在文本中只作为见证者存在,应将编织情节的任务拱手交给异性。② 当这个叙述规约得到作者的遵从时,大多数读者也是赞同的,至少是在无意识层面;相反,如果作者有意背离了这个规约,读者也能从对其长期的内化中将女性叙述者拉回到她固有的审美他者位置上。福克纳的凯蒂和夏洛特均无法自主掌控个人命运,在叙述层面上没有话语权,在故事层面上又仅仅表现为男性的欲望对象。相比之下,吉尔克里斯特在面对福克纳的文学遗产时,选取女性主义文学批评家倡导的对抗式阅读法,在创作中转向女性视角,从故事人物的眼光出发以第三人称全知模式进行故事叙述。应该说,这种叙述眼光与叙述声音分离的做法,使得作家更容易把握不同人物的内心世界,必要时还可以视角越界——借助意识流进入人物的内心,拉近彼此间的心理距离。

在《天使报喜》与《喧哗与骚动》的互文性这一问题上,鲍尔认为两作最典型的相似之处是兄妹恋,均聚焦于这种乱伦情感。③ 然而,兄妹乱伦仅仅作为吉尔克里斯特小说的起点,构成女主角早年悲剧的根源,作者很快将重心后置于阿曼达如何忘记过去这一点上。如此一来,《天使报喜》更趋近于福克纳的另一部小说《野棕榈》。从人物命名上看,吉尔克里斯特似乎有意暗示本作与《野棕榈》的互文性,威尔的名字(Will)很容易让人联想起《野棕榈》中哈利的姓氏"威尔伯恩"(Wilbourne)。更为重要的是,阿曼达继承了夏洛特的反叛性格,同时又更加理性化,自我塑造为一位知识女性的形象。通过继承外祖母的庄园,阿曼达获取强大的

---

① Kenneth Millard. *Contemporary American Fiction: An Introduction to American Fiction since 1970*. Beijing: Foreign Language Teaching and Research Press,2006,p.43.

② Alison A. Case. *Plotting Women: Gender and Narration in the Eighteenth- and Nineteenth-Century British Novel*. Charlottesville: University of Virginia Press,1999,p.13.

③ Margaret Donovan Bauer, *The Fiction Ellen Gilchrist*. Gainesville: University Press of Florida,1999,p.109.

经济支撑,扭转了此前的被动局面,从根本上解决了女性的后顾之忧,实现并超越了伍尔夫主张的女性对一间房的基本诉求,拓展了她们的生存与发展空间。阿曼达投身于文学翻译与创作,本身就代表了女性主动谋求话语权的姿态①,无论是对于阿曼达还是作者自己而言,创作实现了她们对话语权的追求。有书评家认为,《天使报喜》算得上是一部"热切拥护女性、拥护人"的小说②。但需要指出的是,吉尔克里斯特在处理男性人物及其承担的社会责任方面,似乎走了极端。阿曼达的父亲早亡,造成男性家长的持久性缺位,客观上催生了她对表哥的不伦恋;婚后,丈夫并不能满足阿曼达的情感需求,导致她另寻婚外寄托。根据他们与女主角的位置关系,男性角色分裂为家庭内部的丈夫和婚外的情夫,主体身份被降解了。到小说最后,威尔像《野棕榈》中的夏洛特一样为爱罹难③,这也凸显了吉尔克里斯特不同于福克纳的性别立场。

福克纳小说的男性视角是由南方淑女的社会地位及其在文本内的位置关系决定的,吉尔克里斯特对文本内外的男女性别关系进行整合,提出了一种基于性别身份"混杂性"④的折中方案。与凯蒂的被动出逃和夏洛特的私奔之旅不同,阿曼达的人生轨迹从密西西比的种植园出发,经由弗吉尼亚神学院、新奥尔良的豪宅到阿肯色州艺术家聚居地,貌似单纯的地理空间位移,实际上整个过程记录了阿曼达从依赖性强的"小公主"历练为自主自立女性的成长经历。这种离家追梦的奋斗过程,与中世纪传奇中的骑士冒险具有很大的相似性,可以说她在故事中扮演了一个"女骑士"的角色。阿曼达离开丈夫时主动抛弃了"上层社会里的公主"(93)身份光环,独自去追求实现自我的途径,在想象中建构了另一番理想化的图景:和吟游诗人(troubadour)一起簇拥于"金雀花王朝的一位国王"(185)左右。阿曼达对雷诺

---

① Susan S. Lanser. *Fictions of Authority: Women Writers and Narrative Voice*. Ithaca: Cornell University Press, 1992, p.7.

② Margaret Donovan Bauer, *The Fiction Ellen Gilchrist*. Gainesville: University Press of Florida, 1999, p.107.

③ 该小说中没有明确威尔死亡与否,只是说在交通事故瞬间,"他双手松开了方向盘,小汽车随即旋转起来,进入绵软而白茫茫的半空中"(351)。在作者后来出版的短篇故事集《光既能是波又可为粒》中,威尔健康地回到阿曼达和两个孩子身边。这种打补丁的写法也算得上福克纳式的:在马尔康姆·考利(Malcolm Cowley)编纂《袖珍福克纳读本》(*The Portable Faulkner*,1946)时,福克纳专门撰文《附录:康普生家族》以重述康普生家族的故事。

④ Patricia Yaeger. *Dirt and Desire: Reconstructing Southern Women's Writing, 1930—1990*. Chicago: The University of Chicago Press, 2000, p.31.

阿认识上的转变——她"理应去把自己的孩子找回来而不是自杀"(182),充分体现了她行侠仗义的胸襟,也促使她最终接受自己的长女。当然,这个女骑士形象离不开保守的传统文化土壤——"由绅士和淑女领导下的理想南方世界"①,体现出历史的另一重价值,即过去通俗化的人物形象经过理性修正完全可以服务于截然不同的价值取向。正如有的评论家所言,作者在创造女性形象时,可以通过模糊人物性别符码的手段建立"南方骑士制度的另一种模型"。② 如果说吉尔克里斯特小说中圣母领报的意象依然没有摆脱传统的性别角色定位的话,那么女骑士形象的诞生则实现了超越,意味着男女性别身份的跨越与消解,这是吉尔克里斯特基于福克纳的凯蒂与夏洛特两个形象,在人物塑造方面的一大改进。

正如吉尔克里斯特另一部作品的标题《光既能是波又可为粒》(*Light Can Be Both Wave and Particle*, 1989)所示,文学传统虽源源不绝自成体系,但其本身是由一系列的作家个体构成的,不同历史时期的作家之间既有传承又存在一定的背反关系。福克纳创造出了一系列诸如凯蒂和夏洛特这样的反叛女性角色,尤其是在凯蒂身上倾注了很多的情感与心血,然而出于时代和观测角度的差异,这些女性人物的生命轨迹或多或少地投射了他的性别偏见。吉尔克里斯特则从当代美国南方的女性生活现实出发,借助于再现过去、宗教用典以及女性视角等不同的叙事策略重新审视南方的骑士与淑女文化传统,对福克纳的经典作品从一位女性读者兼作者的角度进行重新解读和修正式改写,尤其是对《野棕榈》的夏洛特这个人物形象进行有选择的扬弃,保留了她追求自由的热情,同时注入更强的自立精神,塑造出阿曼达这样一个崭新的女骑士形象。阿曼达作为一位掌握了经济和知识双重武器的女骑士,既是南方文化传统的继承者,又在很大程度上破除了淑女风范的条框约束,见证了女权运动取得的丰硕成果,成为战后南方女性文学中一个具有里程碑意义的人物形象。

---

① 李杨:《欧洲元素对美国"南方文艺复兴"本土特色的构建》,上海:同济大学出版社,2015年,第23页。
② Tison Pugh, *Queer Chivalry: Medievalism and the Myth of White Masculinity in Southern Literature*. Baton Rouge: Louisiana State University Press, 2013, p.183.

第三章 文本外部研究

一 海洋文学与帝国意象

1 英国浪漫主义诗人:大海边的缪斯

在浪漫主义盛行的时代,海洋精神得到空前的张扬。在英国浪漫派诗人那里,大海既有静谧又可咆哮,触发了复杂的人类情感;浪漫派诗人以其独特的自然主义笔调描摹了大海的可爱,从而让人类中心主义不攻自破,那种回归自然的冲动得以顺理成章;此外,大海还在浪漫主义的鼎盛时期承载了爱国的政治意义,这为后来的帝国叙事奠定了基础。

作为海洋文化理论的始作俑者,黑格尔在《历史哲学》中不无诗意地说:"大海给了我们茫茫无定、浩浩无际和渺渺无限的观念;人类在大海的无限里感到他自己的无限的时候,他们就被激起了勇气,要去超越那有限的一切。"[①]黑格尔发掘出了荷马时代以来西方文化的一股潜流,强调它是以海洋为基础的动态的文化,时刻激励人们去开拓、去征服,这当然充满了东方主义的论调;但其理论内核却揭示了西方文化的海洋特色,为我们进行海洋文学研究提供了很好的借鉴。

海洋是文学创作中无以回避的审美客体,海洋的广阔浩瀚、雄浑深邃、超越时空等特质为历代文学家提供了不竭的运思宝库,对于占据独特地理位置的英国人来讲尤其如此。勃兰兑斯认为对大海的热爱应该列为

---

① 转引自徐晓望:《妈祖的子民——闽台海洋文化研究》,上海:学林出版社,1999年,第3页。

英国气质的首位,他进而指出:"英国的作家们一直是大海景色最佳的描绘者和解释者。在这个国家一切最优秀的诗歌里,都洋溢着大海那新鲜和自由的气息。"①在浪漫主义盛行的英国,海洋精神得到空前的张扬;在浪漫派诗人那里,大海有着独特的审美意义,引发了丰富的想象,具备崇高的美感,同时又承载了独特的政治意义。

大海与想象的超越

浪漫主义诗歌创作基本遵循这样一个公式:从现实生活中的 A 点,通过观察思考产生联想,思维到达超越现实的 B 点,最后带着一种崭新的心境回到现实 C 点。从艾布拉姆斯文论的角度看,一首诗包含作者、世界和文本这三方。大海作为自然界的一部分,其恒定不变的海水和永不停歇的波涛具备了超越时空的品格,是表现人类社会深层本质的最好艺术媒介。因此,大海在浪漫主义诗歌中有着惊人的张力,成为诗人们举头景仰的对象,并传达着不同的主题意义。

"湖畔派"的头领华兹华斯对自然有着独特的体验与认知,他认为喧嚣的市井生活使人们远离了自然,因而久违了心灵的宁静,而大海的浩瀚无际则提供了他审美客体最好的参照:

"向月亮袒露胸怀的这浩瀚大海,

可以无休止地呼吼而此刻已经

消歇的风,正像熟睡的花一样自在……"②

"可以无休止地呼吼"的大海本身成为人们理想生活状态的一种映像。19世纪之初的英国工业经济虽然取得了长足进展,但是普通百姓的生活水平并未有实质性的提高,大多数人依然为生计所迫,为理想奔波,而不能像大海、风和花一样"自在"。华兹华斯所毕生追寻的,正是这样一种大海带给人们心灵的宁静与自由。

在济慈的诗歌中,大海意象的使用则体现了英国浪漫主义诗歌主题的另一个维度——对古典神话的借鉴与再造。同是自由的使者,大海在济慈笔下更带上了些许神话的色彩,比如在《咏大海》一诗中,诗人既看到了大海狂暴汹涌的一面,又

---

① 勃兰兑斯:《十九世纪文学主流:英国的自然主义》,徐式谷等译,北京:人民文学出版社,1984 年,第 10 页。

② 同上书,第 42 页。

捕捉到了狂飙之后宁静的一面,大海那清新自然而又神秘莫测的特性让诗人获得另外一种体验:

"啊!若你的眼睛厌倦、困惑,
让它们饱览大海的广阔无际;
啊!若你的耳朵苦于喧响,
或为甜蜜的歌声感到厌腻,
请坐在古老的洞口沉思默想,
直到你一惊,似听海妖在唱歌!"①

1817 年的济慈不过 22 岁,但独特的生活经历已经让他遍尝人生五味,既对前途充满希冀,就像"大海的广阔无际",又对未来抱有一丝幻想与畏惧,因为"海妖"的歌唱会麻木人的斗志,最终让人走向灭亡。这些要素都通过大海意象传达了出来。

柯勒律治的《古舟子咏》是诗人以优美的诗句营造的幻想大厦。他成功地制造了一种神秘的气氛——那可怕的浓雾,那血红的夕阳映照下的酷热的、古铜色的天空,大海的喜怒无常和令人心惊胆战的浩瀚无垠。大海的凶险和变幻莫测,常常预示着灾难的降临,因为错杀一只信天翁,老水手受尽精神上的折磨和肉体上的痛苦,备受良心的谴责:

"孤独呵孤独,我独自一人
在那辽阔无际的海面!
没有一位神明曾对我
心灵的痛苦表示哀怜。"②

大海这种令人恐怖和战栗的情景可谓达到了极致,是济慈"海妖"形象的极端体现,大海彻底走向了以老水手为代表的整个人类的对立面,成为不可战胜的公敌。一种由来已久的敬畏海洋传统在这里得到了淋漓尽致的体现。正是这凶险的一面,培养了人类的冒险精神和战胜困难的勇气,因而柯勒律治诗中渗透着阳刚之气,具有崇高的艺术美感。

无论是华兹华斯、济慈还是柯勒律治,大海都寄托着他们理想中的彼岸世

---

① 顾子欣:《英诗 300 首》,北京:国际文化出版公司,1996 年,第 339 页。
② 同上书,第 219 页。

界,成为各自审美诉求的传声筒;同时它也触发了浪漫主义诗人复杂的人类情感,在作者独特的审美体验中幻化成不同的形象,为这些作品的经典化铺平了道路。

人与大海的融通

18世纪60年代以后,随着英国工业革命的深入开展,人类进入工业文明时代,自身成为自然的主宰;从此,在科学与理性的旗号下,人类开始了对自然掠夺式的开发。人与自然处于二元对立的层面上,这是长期以来人类中心主义思想影响的结果,直接导致了当今人类遭大自然遗弃并报复。自然与人类之间生来就应该是一种休戚与共的伙伴或母子关系,人类从大自然中获取维持生存和发展的一切物质资源,可谓自然母亲。英国浪漫派诗人正是看到了这一点的智者,他们用不朽的诗歌歌颂了人与大海相依相偎的关系,通过对大海与人关系的深入思索,表现出深刻的社会和人生哲理。

拜伦的《恰尔德·哈罗尔德游记》详细记载了一位青年贵族周游世界各国的游侠骑士般的经历,他忧郁孤傲,却又热情博学、敏慧善辩,拜伦通过叙述者的经历再现了他在葡萄牙、阿尔巴尼亚、土耳其、希腊和意大利等国游览时的见闻,描写了大多数英国人神往的旖旎的自然风光,揭示了他对欧洲大陆现实生活的真实感受。诗中有不少对海上历险的描述,第四卷中有两节著名的"咏海诗":

> "你是辉煌的宝鉴;全能的上帝的威容,
> 赫然呈现于你的镜面,在狂风暴雨之际;
> 或在任何时候:不管你安静或者激动——
> 被微风吹着,在烈风中,在暴风雨里;
> 在北极结成冰块;或者掀动黑黝黝的波,
> 在酷热的地方。你无穷无尽,无边无际,
> 而且庄严。你是'永恒'的肖像,神的宝座。
> 你的水底产生蛟龙,万国九州服从你;
> 你永远令人敬畏,深不可测,而且孤独。
>
> 我一直爱你,大海!在少年时期,
> 我爱好的游戏就是投进你的怀抱,

> 由你推送我前进,像你的浪花似的。
> 我童年起,我就爱玩你的波涛——
> 我多少喜欢它们;如说汹涌不止的海洋
> 使他们显得可怕,那也可怕得令人高兴。
> 因为我,打个譬喻吧,就像是你的儿郎,
> 完全信赖你的波涛,不论远或近,
> 敢于抚摸你的鬃毛,就如我现在这样。"①

诗人把大海看成是自由和解放的象征,以极大的热情歌颂大自然浩瀚雄伟的力量;他没有单纯地着力于海洋风貌特色的外部描摹,而是在抒发他对大海的赞美与眷恋的同时,引发种种富有哲理色彩的议论。前一节展现大海磅礴之势如同威严的君王("辉煌的宝鉴""'永恒'的肖像""神的宝座"等),它令人敬畏,深不可测,却又孑然一身,不无几分忧郁,这让读者联想起"拜伦式的英雄",这里的大海分明就是诗人自身的写照。后一节是主人公对童年时代的回忆,他在大海的怀抱里成长,"就像是你的儿郎",俨然一幅大胆活泼的少年成天在浪花中玩耍的欢乐场面;这里大海不仅是与诗人有着许多惊人的共同之处,而且拥有一种无容不包的心胸,进而彰显了作者试图与大海合而为一的欲求。这样一种欲求在后来对哈罗尔德的描述中明白无误地展现了出来:

> "哪里有波涛翻滚的大海,哪里就是他的家园……
> 沙漠、森林、洞穴、浪花上飞溅的泡沫,
> 都是他的伴侣;他们所说的是一种共同知晓的语言,
> 比用他的本国语写就的典章文籍更加清晰……"②

拜伦笔下的大海是一个人化的大海,有着许多人的气质、个性和面貌,他把自己的渴望与希冀,理想与热情,奔放不羁的性格,独立与解放的追求全部注入了大海之中。

大海的这种崇高美感激励着诗人们去追求物我合一的精神境界,雪莱便是这

---

① 转引自吴主助:《海洋文学名作选读》,北京:人民交通出版社,1992年,第93—94页。
② 勃兰兑斯:《十九世纪文学主流:英国的自然主义》,徐式谷等译,北京:人民文学出版社,1984年,第362页。

样的一位诗人。他热爱自然,对她庞大宏伟的气势和形象毫不畏惧,对各种奇异而强大的自然力熟悉而亲昵,他以大海的心旷神怡之力而达到陶醉的境地。在题为《无题——写在那不勒斯附近心情抑郁之际》的诗中,诗人的目的不是展示给我们大海的外貌和色彩,而是大海之中那些最纯粹的精神的东西,雪莱叹道:

"绝望在此刻也显得柔和,
甚至像流水,像清风,
我似乎可像困倦的孩子般躺卧,
在哭泣里消磨尽净
必须忍受的忧患人生,
直到死亡像睡眠无声降落,
我在温馨的空气中
觉得面颊渐冷,听大海在我
垂死的头上送来最后单调的音波。"①

人就这样"躺卧"在海边,与自然合二为一,让大海也富有诗性与灵动。人与自然浑然一体的原初状态跃然纸上,你中有我,我中有你,人们只有放弃人类中心主义的思想,回归自然,融入自然,才能真正感悟到自然的神奇与美妙,才能从中获取生命的真谛。

大海与民族感的融合

浪漫主义诗人创作的鼎盛时期,正是拿破仑谋求建立一个遍及欧、亚、非洲乃至全球的帝国的时期,"所有遭受威胁的民族……都在从本民族的生活源泉中汲取使自身重新振作起来的活力"②。在英国,人们对在滑铁卢之战中打败拿破仑的威灵顿公爵和著名的海军舰队司令纳尔逊充满了膜拜之情,是他们通过从尼罗河一直打到滑铁卢的一系列战争,维护了英国历来已久的海上霸主地位。所以,在诗人们中间,爱国主义情绪同样高涨。

大海首先意味着对陆地的隔离,彼岸就是故乡,这对远在异乡的游子来说是个颠扑不破的真理。海岸寄托着诗人对故乡和祖国的深深思念,华兹华斯在《我曾在

---

① 勃兰兑斯:《十九世纪文学主流:英国的自然主义》,徐式谷等译,北京:人民文学出版社,1984 年,第 273—274 页。

② 同上书,第 1 页。

海外的异乡漫游》一诗中做了如此的诠释：

> "那忧郁的梦早一去不回！
> 我不愿再次离开你——
> 不愿再离开你海岸，因为，
> 看来我越来越爱你。"①

另外，大海还可以寄托着诗人的政治信仰与关切。在华兹华斯自认为写得最好的一首十四行诗中，基于法国的拿破仑扶植瑞士傀儡政府的事实，诗人发出这样的感叹：

> "有两个呼声；一个来自山岳，
> 一个来自大海；都非常强有力。
> 你一直为这两者而感到欢喜，
> 自由女神哪，这是你选的音乐！"②

这里"山岳"比喻山地国家瑞士，而"大海"比喻海洋国家英国，大海的意象作为自由的化身出现。华兹华斯认为，瑞士屈服于法国，这使欧洲的自由国家现在只剩下了英国，凸显了在拿破仑的威慑力下，他对民族自由的关注程度是多么强烈。当然，华兹华斯在这里所谓的自由只不过是"摆脱外国统治的自由"③，与革命派诗人们所赞颂的真正的行动自由是截然不同的。

无垠的大海易于激发人们丰富的想象力，扩大了人类放飞心灵的自由空间，通过艺术家的审美再造，大海以其开阔的境界、博大的胸襟成为人类生生不息进取精神的象征体。苏格兰诗人托马斯·坎贝尔是一位充满激情的爱国者，他把对苏格兰的爱和英国素有的海盗精神结合起来，成为一种独特的爱国主义情结。他的《英国水手歌》中，通过歌颂英国水手的英雄主义精神，唱出了自己对祖国的赞歌：

> "不列颠不需要堡垒，
> 不需要沿着峭壁筑堡设防；

---

① 华兹华斯：《华兹华斯抒情诗选》，黄杲炘译，上海：上海译文出版社，2000年，第164页。
② 同上书，第276页。
③ 勃兰兑斯：《十九世纪文学主流：英国的自然主义》，徐式谷等译，北京：人民文学出版社，1984年，第99页。

她进军在山峰般的波涛之上，
　　辽阔的海洋就是她的家乡。
　　来自她故土的船舰发出雷鸣般的轰响，
　　威武雄壮，咆哮着拍打海岸的惊涛
　　也只能在她的脚下俯首投降；
　　看不列颠所向无敌，海上称强……"①

在这首诗中，坎贝尔把对家乡的爱扩大至整个不列颠，甚至宣称"辽阔的海洋就是她的家乡"，"不列颠所向无敌，海上称强"。"西方主要国家大多为海洋民族，他们的民族兴衰，时代更替，都与海洋有着千丝万缕的联系，海洋锻造着海洋民族的精神品格"②。当然，这种"精神品格"从某种意义上说容易导向一种霸权主义情结，一种以自我为中心的东方主义思维，这在19世纪中后期的维多利亚文学中尤为明显。可以说，坎贝尔诗歌中的爱国主义情绪是后来的英国海洋文学帝国叙事的前奏。

　　大海作为共同的审美反映对象，在英国浪漫派诗人那里从不同的美学层面见出迥异的形象与意义。它在诗人们的想象中既有静谧又可咆哮，触发了复杂的人类情感；浪漫派诗人又以其独特的自然主义笔调描摹了大海的可爱，从而让人类中心主义不攻自破，那种回归自然的冲动得以顺理成章；此外，在拿破仑帝国的威胁下，大海还在浪漫主义的鼎盛时期承载了爱国的政治意义，这为后来的帝国叙事奠定了基础。大海在英国浪漫主义诗歌中展现出的绚丽色彩，成为海洋文学万花筒中的独特一隅。

2　英国海洋文学：想象的殖民地

　　从后殖民主义角度看，英国海洋文学中的殖民地意象可以得到全新的阐释，文学文本中它表现出多元性：探险的目的地、财富的映射物、殖民征服、宗教教化等等。文学家不觉中成为政治的传声筒，为殖民主义摇旗呐喊，助推英帝国的殖民扩张政策与海上霸权的建立。

---

　　①　勃兰兑斯：《十九世纪文学主流：英国的自然主义》，徐式谷等译，北京：人民文学出版社，1984年，第231页。

　　②　曲金良：《海洋文化概论》，青岛：中国海洋大学出版社，1999年，第201页。

海洋文学是"人类对海洋的理解、对海洋的感情、与海洋的生活对话的审美把握和体现,作为人类的海洋生活史、情感史和审美史的形象展示和艺术记录"[①]。海洋文学并非单纯意义上的海洋意象描绘,还包括审美维度下文学创作主体对海洋叙事、海洋精神及其海洋情怀的追求与探索。英国因其独特的地理环境,有着悠久的海洋文学与文化传统,英国古今一大批作家都有着割舍不去的海洋情结。用勃兰兑斯的话说,他们一直是海洋景色"最佳的描绘者和解释者"。但从另一个角度看,他们记录的是英国走向海洋帝国的历程:从《贝奥武甫》、乔叟、莎士比亚和笛福作品中海上探险的雄心壮志,到华兹华斯、拜伦、济慈和丁尼生等在大海面前的感叹与幽思,再到勃朗特姐妹、狄更斯、吉卜林和康拉德等为殖民主义摇旗呐喊,一个强大的海洋帝国在文学文本中逐渐显影并定形。在英国历史上,帝国霸业是建立在对广大海外殖民地的掠夺与奴役之上的,文学家们从不同的角度再现了同胞们的殖民活动。

出海探险与财富迷梦

寻找与探险是西方文学中一个具有普遍性的母题,从荷马史诗到《贝奥武甫》,从亚瑟王传奇中的寻找圣杯到《尤利西斯》中的精神探险,都诠释着英吉利民族追求好奇与冒险的欲望。在最早期的英国,海洋可以说是很多人的衣食之源,基本的生存需求催生他们探海与斗海的欲望。创作于10世纪前后的古英语抒情诗《航海者》中写道:

> "现在我心潮起伏,
> 渴望试试大海的激流,到那惊涛骇浪戏耍的地方去。
> 我心中的强烈欲望总在鼓动我的心灵外出漫游,
> 到遥远的异国乡土去寻找那游子的家园。"[②]

这里的"航海者"满腔激情地憧憬着彼岸的世界,渴求海上历险。这在中古时期的西方文学作品中是十分常见的。在《坎特伯雷故事集》中,乔叟不仅对英国早期航海业的发展进行了翔实的记录和描绘,并融入了水手等以海洋为谋生手段的职业;同时,他还借骑士侍从之口,描绘了我国元朝时期的富庶:"成吉思汗穿戴起皇冠盛

---

① 曲金良:《海洋文化概论》,青岛:中国海洋大学出版社,1999年,第172页。
② 李赋宁、何其莘:《英国中古时期文学史》,北京:外语教学与研究出版社,2006年,第25页。

服,高坐宫廷,华筵礼庆,世上再没有这样华贵的了"①,当然还有珠宝、珍馐、铜马、魔镜、宝剑等辅佑其偌大的帝国基业。面对东方世界的无尽财富,西方人垂涎已久,按捺不住的殖民企图在乔叟之流的文学想象中被无限激活,更加助长了英吉利民族固有的冒险激情,这成为英国后来的海外扩张的先声,而"英国人特具的冒险精神则成为海洋文学繁荣的动力"②。

伴随着15世纪末的地理大发现和开辟新航道,海洋及其彼岸的世界成为英国人发财致富的理想场所。于是,持久的资本主义原始积累开始了,殖民主义者一手进行海外贸易,一手在大西洋彼岸和东方世界进行疯狂的殖民掠夺。而这时候的文学家们,都毫不例外地沉醉于海外殖民的迷梦之中。笛福的《鲁宾逊漂流记》堪称真正意义上的英国第一部海洋小说,第一部殖民小说,它"一方面确立了欧洲中产阶级的价值观和工作伦理,另一方面又建构了最初的欧洲殖民话语,明确地表达了资产阶级征服非西方世界的思想"③。可以说,鲁宾逊是帝国文化培育出来的第一代典型的殖民者,他以海外经商发家,后来辗转到了巴西开庄园,在从事买卖奴隶的途中船只失事,在一座孤岛上生活了28年。他成了英帝国的英雄,一个文化超人。这部小说使海外扩张的思想得以明晰,其叙事风格与形式都与当时的探险旅行这种奠定大英殖民帝国的基础的东西有直接的联系。

帝国霸业的热情与唱和

作为一个老牌殖民帝国,英国在16世纪已成为世界贸易中心,17世纪取得了海上霸权,18世纪在爱尔兰、美洲、加勒比、亚洲和澳洲都建立了广阔的海外殖民地。事实上,维多利亚时期的所有作家都或多或少、有意无意地宣扬作为帝国子民的荣耀,理所当然地把英帝国的海外殖民地当成英国本土的延伸。比如,《简·爱》中的罗切斯特靠着来自西印度群岛的财富发家,《呼啸山庄》中希斯克利夫到美洲淘金后成功实施报复计划④,《远大前程》中的罪犯马戈维奇在澳大利亚致富后回馈恩人,《道连·葛雷的画像》中贫苦农人也寄望于到澳洲发家,等等。正如萨义德所说,这些作家"把为社会所需要和授权的故事空间安排在英国或欧洲,然后,通过

---

① 杰弗雷·乔叟:《坎特伯雷故事》,方重译,上海:上海译文出版社,1993年,第203页。
② 郭讯枝、徐美娥:《浅谈地理环境与英国海洋文学》,《宜春学院学报》(社会科学版)2004年第5期,第96页。
③ 塞昌槐:《西方小说与文化帝国》,武汉:武汉大学出版社,2004年,第97页。
④ 张学义、李方木:《论〈呼啸山庄〉中复仇的可接受性》,《怀化学院学报》2009年第4期,第72页。

编排设计动机和故事的发展,把遥远的或边缘的世界联系起来。出现这些地方虽然是故事的需要,但却是处于附属地位的。"① 显然,他们把英国(确切地说是伦敦)当作圆心,以海外殖民地为半径画着帝国疆界的圆圈,他们的笔调是那么的自然,信心是那么的自足。

既然海外有无尽的财富,而英国人又有着海上历险的传统,那么海洋在文学家眼中就带有了极强的政治色彩,成为他们进行爱国主义教育的极好载体,当然殖民地便成为他们下意识的盘剥对象。苏格兰著名诗人坎贝尔是一位充满激情的爱国者,他把对苏格兰的爱和英国素有的海盗精神结合起来,酿成一种独特的爱国主义情结。他在《英国水手歌》中,通过歌颂英国水手的英雄主义精神,唱出了自己对祖国的赞歌:

"来自[不列颠]故土的船舰发出雷鸣般的轰响,
威武雄壮,咆哮着拍打海岸的惊涛
也只能在她的脚下俯首投降;
看不列颠所向无敌,海上称强……"

在这首诗中,坎贝尔把对家乡的爱扩大至整个不列颠,甚至宣称"不列颠所向无敌,海上称强"。当然,强者的对立面就必须"俯首投降",意即海洋及其彼岸的柔弱民族沦为他者。这种"斗志昂扬"的爱国论调在1897年维多利亚女王登基60周年的钻石庆典上达到了顶峰,一位诗人非常直白地喊道:

"让我们为盛装的女王欢呼吧,
她一只脚踩在加拿大,另一只伸到澳大利亚。"

西方主要国家大多为海洋民族,他们的民族兴衰与朝代更迭都与海洋有着千丝万缕的联系,海洋锻造着他们的精神品格。当然,这种精神品格从某种意义上说容易导向一种霸权主义情结,一种以自我为中心的东方主义思维。可以说,坎贝尔诗歌中的爱国主义情绪是英国海洋文学中帝国叙事的变体。同理,如果从后殖民主义的角度反观维多利亚时代著名诗人丁尼生的作品,我们也可以十分容易地读出其东方主义论调。《尤利西斯》一诗展露了古典神话英雄在家庭团圆之后,不甘于平静生活的尤利西斯仍然倾向于再次出海,并自我鼓励说:

---

① 爱德华·W. 萨义德:《文化与帝国主义》,李琨译,北京:三联书店,2003年,第70页。

> 尽管被时间消磨,被命运削弱,
> 我们的意志坚强如故,坚持着
> 奋斗、探索、寻求,而不屈服。(飞白译,参考书库网)

"探索、寻求"的目标只可能是一个——海外贫弱的部族与国度。诗人更重要的目的恐怕还在于给大英帝国的海外扩张披上美丽的外衣,为欧洲资产阶级进击海洋的全球战略开辟航道。

土著民的奴役与改造

英国文学从其源头《贝奥武甫》开始,就充斥着一个征服的神话,对象包括魔怪、大海和殖民地土著民等等。《坎特伯雷故事》中除了有对成吉思汗王国财富的觊觎,还通过隐喻性描述古希腊罗马君王对外邦的征服(像亚历山大、恺撒等在亚非地区建立的霸业),影射出一幅英吉利人自己的帝国蓝图。此外,乔叟还借叙述者之口极大地传扬了基督教文明,如律师故事中的叙利亚苏丹为了迎娶罗马公主宁可抛弃穆罕默德而信仰基督。这是欧洲白人种族优越论的影响下必然结出的恶果,他们循着主客对立的二元论思维,一方面无限抬高自身的价值,另一方面又极大地贬低土著民及其宗教传统,可以说"宗主国从对边远殖民地的价值的贬低和剥削中使自己的权威达到很大程度"①。

这种种族主义论调在《鲁宾逊漂流记》中表现得更加露骨。在登上荒岛之前,鲁宾逊就已干起了贩卖黑奴的海盗勾当,参与书写了早期殖民史上最为黑暗的一页。来到岛上,他实现了建立一个父权帝国的梦想。首先,了无人烟的荒岛满足了他对土地的占有欲,鲁宾逊时刻不忘"我是这儿的地主,如果我乐意,我可以称自己是这块土地的国王"②。后来,他通过奴役土著人星期五使小岛实现所谓的"文明化","他们共同享受着没有女性恩泽的田园牧歌,主与仆的宗法关系构成了文明社会的最初形式。"③最后,鲁宾逊开始抹除土著民的原有文化痕迹——教星期五学说英语并引导他皈依基督教,后者"从上帝的语言中轻而易举地理解了上帝和耶稣基督拯救世人的意义。仅仅读一下《圣经》,我就能明白自己的责任——义无反顾

---

① 爱德华·W. 萨义德:《文化与帝国主义》,李琨译,北京:三联书店,2003年,第79页。
② 塞昌槐:《西方小说与文化帝国》,武汉:武汉大学出版社,2004年,第101页。
③ 同上书,第103页。

地担起赎罪这一伟大任务。"①就这样,以鲁宾逊为代表的西方文明彻底颠覆了他者的语言与宗教,并承担起了灵魂"救赎"的重任。

《简·爱》让我们认识了一位追求独立自主的白人姑娘和被她当成怪兽与悍妇的牙买加女郎伯莎·梅森,在故事结尾作者还颇有用心地安排了一个传教印度的情节。她强迫圣约翰抛弃迷人的奥利弗小姐,并为他找到了一个神圣的职业——传教。圣约翰口口声声地说去印度传教是他的天职,其实,爱情失败后他无奈地选择了上帝;从帝国中心到殖民地,本质上这是一种文化侵略,是宗主国的意识形态对土著民文化的践踏与同化。而在作者眼中,东方殖民地毫无争议地被分派扮演了个本体论的、政治的、经济的以及文化的"他者"角色,是理应被教化的民族。为了增强文本的殖民主义说教,体现作者对帝国主义事业的肯定与推崇,作者在最后让已为人母的主人公给圣约翰奉上袅袅颂歌——"他的希望是可靠的,他的信念是坚定的"②。就这样,经典作家无意中助长了英国的殖民事业:殖民地在遭受物质财富掠夺的同时,原有的传统也被宗主国文明蚕食殆尽,承受着双重的压迫。

文学文本中的殖民主义幽灵延续到了 20 世纪,法国人哈曼德竟然说:"征服土著的基本合法性存在于我们对自己优越性的信心,而不仅是我们在机器、经济与军事方面的优越性,还有我们的道德优越性。"③这种所谓的优越性在 20 世纪前期之前的英国经典文本中经常遇到,它直接催生出了殖民主义的洪流,给广大殖民地人民带来无穷尽的痛苦与灾难。

历数英国的海洋文学作品不难发现,文本中的殖民地意象随着帝国的一步步建成而走向成熟与多维:海洋召唤着英吉利人去探险,探险的结果是发现新的城邦、土地与财富,继而殖民统治开始,意识形态逐步渗透。早期的文学家对海洋无不敬畏有加,而 18 世纪开始随着资本主义的兴起,他们喊出了征服海洋的口号,文学客观上成了政治的传声筒,为殖民主义摇旗呐喊,助推英帝国的殖民扩张政策与海上霸权的建立。进入 20 世纪,昔日的帝国霸主在风起云涌的殖民地独立浪潮中成为历史,而帝国叙事中的殖民地想象则仍然沉淀于英吉利民族的文学记忆中。后殖民主义为我们解读英国海洋文学中帝国叙事的殖民地符码提供了一个绝佳的

---

① 蹇昌槐:《西方小说与文化帝国》,武汉:武汉大学出版社,2004 年,第 105 页。
② 同上书,第 188 页。
③ 爱德华·W. 萨义德:《文化与帝国主义》,李琨译,北京:三联书店,2003 年,第 20 页。

理论参照系,文学经典的伟大作家们才得以走出神圣的殿堂,回归真实。

3 《金银岛》:海盗形象与帝国意识

《金银岛》是一部地道的海盗文学作品。海盗的黄金时代过后,博恩斯和西尔弗等各色海盗在主流意识形态的排挤与管控下他者化,幻化成人性中阴暗面的投射,并成为吉姆人格成长的一部分。在皇家海军强盛之前,海盗群体助推了英帝国的建立,但史蒂文森等文人却在极力掩盖其功绩,急于翻过帝国这页不光彩的历史。

史蒂文森的《金银岛》自1883年出版以来,一直以其跌宕起伏的探险寻宝情节吸引着各类读者的关注,被陆续翻译成多种语言,并且至少有五次被搬上电影银幕。学界对该作品的关注多从后殖民角度入手,分析金银岛及岛上财宝代表的被东方主义扭曲了的他者形象,且多把《金银岛》当作儿童文学来读,忽略了它作为海盗文学的价值。而随着2003年《加勒比海盗》系列电影的陆续公映,史蒂文森的这部小说值得重新解读。基于此,本文试图在英帝国海外殖民拓展的历史背景下分析海盗群体对帝国发展的促动性,还原海盗在殖民史上的真正地位与作用。

历史语境中的海盗群像

1494年的《托尔德西利亚斯条约》将世界划分为东西两个半球,由正处于鼎盛时期的葡萄牙和西班牙分别统治,而加勒比海地区则属于两国势力范围的灰色地带。17世纪60年代至18世纪20年代前后几十年间,该地区海盗活动的猖獗程度达到顶峰,历史学家称这段时期为海盗的黄金时代,而正是英国人"把海盗行业发展到最完善的地步"①。光荣革命结束后,英国经济取得长足进展,海上贸易增长迅猛,促使其积极拓展海外殖民地,谋求海上霸权,为此英国有时不得不依靠走私和海盗活动。其实海盗活动由来已久,曾被称为"继卖淫和行医之后,人类第三个最古老的职业"②,可以说是自从人类开始出海航行的那一刻起就伴随着海盗的不断侵袭,在荷马史诗中即已出现对海盗活动的精彩描述。

在西方人的东方主义思维中,早期的海盗是那些活跃于大西洋东部和地中海区域的来自亚非国家的私劫船员(corsair),他们强登上西方的商船谋财害命,因而

---

① D. 博廷:《航海的人们·海盗》,卢龙译,北京:海洋出版社,1984年,第18页。
② 同上。

在资本主义发展初期西方人对之谈虎色变,视海盗行为作违天逆理。在这些海盗的威逼利诱下,有些英国商船上的水手会加入他们的行列,走向基督教和国家的双重叛徒,历来是官方打击的对象。在《金银岛》中虽然没有出现东方的私劫船员及变节的西方水手,但仍然可以看到基督教徒身份对他们的重要意义。当寻宝的队伍登岸后,吉姆就曾遇到了被海盗们抛弃于荒岛上的冈恩,而后者的第一句话便是:"我已经有三年多没有和一个基督的信徒说上句话了。"[1]冈恩在后来的夺宝过程中起到了关键性的作用,所以有学者称之为"金银岛上的祭司王约翰"[2],是他提前转移了宝藏并指引代表正义一方的吉姆等人成功挫败了同船海盗们的图谋。独处荒岛的三载对冈恩来讲是难熬的,而这段时间恰好给他提供了反思过错的良机,并得以将功补过,甩掉判教叛国的恶名。即使他在成功分得部分财宝并迅速挥霍一空后,虽生活难以维系但作者仍然安排他不忘参加宗教活动,让他可以重新归化为一位帝国的居民。

为了使自己的海上力量迅速强盛起来,英国政府公然征集所谓的武装民船(privateer)针对敌国和东方商船进行海上劫掠活动,海盗们得以堂而皇之地为帝国服务。其实,这种武装民船就是原先的普通商船,它们在和平时期得到政府的默许进行以非法盈利为目的的海盗活动,如若发生战争则成为"招之能来的辅助战斗力量"[3]。当然17世纪的英国忙于发动争夺海外殖民地的诸多战争,和平年代成为一种虚谈,海盗活动在皇室的授意下顺理成章地披上了合法的外衣,猖獗程度无以复加。"金银岛"上有一处被称为"基德船长下锚处"的港湾,这位基德船长于1689年英法争夺西印度群岛的战争爆发时应征作了武装民船的船长,曾得到北美殖民地纽约总督贝雷蒙特爵士等人的特许而打击海盗,因屡立战功还得到英国皇室的嘉奖。可是后来受到手下的蛊惑转而为盗,直到1701年被绞死在泰晤士河边,自始至终他都自认为是清白的。历史在基德是海军英雄还是海盗的问题上没有给出明确答案,它涉及了海盗的合法性问题,在那个特定的历史时期这本来就是一个无解的谜题。

---

[1] Robert Louis Stevenson, *Treasure Island*. Stockholm: The Continental Book Company, 1946, p. 126.

[2] 陈兵、牛振宇:《〈金银岛〉:西方人的"东方幻象"》,《安徽大学学报》(哲学社会科学版)2008年第2期,第79—83页.

[3] Glen O'Hara, *Britain and the Sea*. Basingstoke: Palgrave, 2010, p. 43.

在海盗的行列中，还有一群被称为皇家或绅士海盗（buccaneer）的，主要指17、18世纪活跃于西印度群岛劫掠西班牙商船的海盗。他们与上述武装民船的唯一区别就在于特许证的授予者不同，这里换成了英国皇室；当然也有历史学家更倾向于将所有从事私掠活动的武装民船都称之为皇家海盗，这在《金银岛》中可以得到验证，对博恩斯、黑狗、皮尤和西尔弗等人都如此称呼。据粗略统计，在英法七年战争期间英国经授权的皇家海盗船只共1678艘，到了美国独立战争期间则达到了巅峰时的2676艘。① 随着英国皇家海军的逐步壮大，这些官方的海盗势力也彻底退出了历史舞台，遁入维多利亚人的记忆。《金银岛》的第一章即为"老皇家海盗"，这位大高个、刀疤脸、手皲裂的水手在孩子的眼光中是位非常伟大的英雄，吉姆曾经不厌其烦地听他讲述海上历险的经历；此外，作者借乡绅之口表达了宝藏主人弗林特船长的溢美之词，说是西班牙人非常害怕此人，而乡绅则"有时因为他是个英格兰人而倍感自豪"(62)。与之相对应的是，代表没落封建小农势力的吉姆的父亲则对海盗的入住非常抵触，害怕因此毁坏了自己旅店的名声与生意。出现这样的相左意见，基本反映了史蒂文森自身及其同胞对海盗群体纠结的心态，从而为他后期转向反殖民主义写作埋下伏笔。

海盗对吉姆的教育意义

在维多利亚人的心目中，最伟大的海上英雄当属1815年打败拿破仑的威尔逊将军，他足可以成为所有父母教育孩子的最好榜样，当然父母的选择中还会包括史蒂文森的《金银岛》。其实小说中的父亲就是个很好的例证，他把自己的旅店命名为"本葆将军"，显然这位17世纪末期英国著名的海军中将就是威尔逊的化身，代表着父亲对海洋的敬畏以及对海军的敬佩，足以激励着儿子吉姆走向成熟。

作为一部不折不扣的成长小说，小主人公通过探宝、夺宝和得宝的复杂历程，俨然成长为一个真正的男子汉。吉姆的成长首先来自于一种强烈的对财富的占有欲，而这种欲望是由皇家海盗博恩斯激发的。他整日神出鬼没，并承诺吉姆如能留意独腿水手的出没，就会每月付他一枚四便士的金币。年纪尚幼的吉姆虽然备受噩梦的困扰，他通过自己的劳动（打探独腿水手行踪）而获得财富，倍感自豪。很快，父亲带着自己的小农思维郁郁而终，反证了吉姆选择的正确性。随后，他就找到了另一个盟友——自己的母亲，其实吉姆的探险从母子两人返回旅店的那个晚

---

① Glen O'Hara, *Britain and the Sea*. Basingstoke: Palgrave, 2010, p. 44.

上就已经开始了,因为他们的目标是搜索一间停了博恩斯尸首的屋子。探险既已开始,博恩斯"作为一个启蒙者的使命"①也就结束了,也可以说海盗身上的探索精神在吉姆身上得以延续,所以才有学者发出后者是绅士还是海盗的疑问②。到了后来,吉姆通过参加组船寻宝而发家致富,毅然步入了资产者的发家轨迹。从宏观角度讲,海盗的非法敛财行为已经超脱了鲁滨逊式的自我开疆辟土,代表着资本主义发展到了新的历史时期。

吉姆的成长还得益于他有意无意闯入成年人的内心世界,尤其是几次偷听得海盗西尔弗的谈话。在发财梦的光晕烛照下,他没有表现出独占财富的贪婪,而是非常理性地去找医生和乡绅,甚至表现得比乡绅更加冷静沉着。在寻宝船上,吉姆本想去找个苹果吃,却无意听到了以西尔弗为首的海盗团伙蓄谋哗变,并深深感到"船上所有诚恳之人能否活命就只能靠我自己了"(95);结果可想而知,船长等人事先做了充分的准备以应对海盗的图谋。第二次是在吉姆冒险登岸后再次遇到西尔弗等人,看清了他们的残暴本质,可以说是向成人的黑暗面又靠近了一步,自此幼小的心灵里立下了斩除海盗的誓言。弗洛伊德告诉我们,人格的成长历程都要经历俄狄浦斯情结阶段,吉姆的父亲虽已去世,但船上以西尔弗为代表的恶势力显然占据着父亲的位置,吉姆只有经过殊死搏斗才能满载财富而归,回到母亲怀抱。搏斗的结果,就是人格的成长,而其过程,不妨当作成年礼吧!

史蒂文森在小说的序言中提到,这是一个"适合男孩子看的故事"(13),他显然是想写出这样一部激励斗志的成长小说,我们从吉姆身上读出来的也正是那种不畏艰险、持之以恒的精神气质。客观上说,《金银岛》这一类的冒险故事为维多利亚男性追求的帝国霸业提供了意识形态支撑,它们灌输给年轻读者的是充满自信的英国绅士形象,有效地将殖民奋斗的意念印入未来殖民官员的脑海。③

海盗们的边缘化之路

在很多研究者看来,西方殖民文学中的他者主要由备受盘剥的殖民地人民来

---

① 熊艳:《重读〈金银岛〉:反"东方主义"的成长》,《宁波大学学报》(人文科学版)2010年第4期,第28—32页。

② 黄剑秋:《绅士还是海盗——论〈金银岛〉中吉姆·霍金斯的人物双重性》,《长沙铁道学院学报》(社会科学版)2011年第4期,第45—47页。

③ 艾勒克·博埃默:《殖民与后殖民文学》,盛宁、韩敏中译,沈阳:辽宁教育出版社,1998年,第88—89页。

承担,而这样一群人在《金银岛》中是不在场的,或者说是被他们制造的财富掩盖了。当众人进入藏宝的洞穴后,吉姆不禁感叹:"积聚这堆财宝需要多少人付出生命,流过多少血泪、经历多少苦楚,要有多少坚船沉没,有多少英雄好汉铤而走险,要冒着多少枪林弹雨,还要经受多少凌辱、欺诈和残暴"(273)。值得称奇的是,令吉姆发此感慨的是积累财富而不是创造财富的人,亦即以船长弗林特为首的海盗们而非海外殖民地的劳动人民。如此一来,作者就轻而易举地将劳动转嫁到海盗身上,顺理成章地据财富为帝国所有,而海盗则边缘化为他者。

　　海盗们遭遇到诸多意识形态控制,多是来自代表所谓正义的帝国国家机器。博恩斯去世的当夜,瞎子皮尤率众抢夺藏宝图,遭到法官手下以及税收官的声讨,最终命丧马蹄之下。一旦帝国的利益受到海盗的势力威胁时,他们就会拿出法律的尚方宝剑,将异己者送入坟墓。在吉姆探险寻宝的过程中,小说呈现给读者的正是以医生兼法官为代表的正义力量和以西尔弗为代表的海盗势力的较量。狡猾的西尔弗坚持到了最后,带着一袋价值三四百基尼的财宝不辞而别,很大程度上是慑于因自己的海盗经历而被绞死的威胁,亦即法律的威严。除却法律,吉姆等人还坐拥上帝的庇佑,多少次在寻宝船上化险为夷,而海盗们则只能幻想上帝的垂青。前面提到的冈恩面对即将回归上帝的怀抱感激不已,而被吉姆等人遗弃荒岛上的其他三位海盗则未能如此幸运,面对远去的航船只能无望地祈福"看在上帝的份上,要仁慈些"(278)。吉姆等人挥舞的正是法律和宗教的两根大棒,从而能在与海盗的对决中取得决定性胜利,从一个侧面印证了海盗的黄金时代早已过去,帝国的航船必将驶向更加广阔的彼岸。

　　不可忽视的是,吉姆等人的身份与海盗的身份时而出现重叠,突出表现在小说最后对三位海盗的处置上。"我们召开了一个理事会,会上决定要把他们遗弃到这个荒岛上"(277),尽管给海盗们留足了给养,但我们仍然不禁要问:这不还是让他们重复冈恩荒岛独自求生的命运吗?更具讽刺意味的是,刚刚脱离苦难、定有感同身受的冈恩竟然对此决断表现出狂欢而非同情。这不能不让人得出结论:所谓的帝国勇士、上帝的子民以及法律的代言人,其实与那些劫船掠财的海盗一样都有着残酷的脾性!在吉姆、法官和乡绅等为代表的绅士身上,我们发现了与表面形象截然对立的海盗品质;换句话说,人本来就是天使与魔鬼的聚合体,而海盗性代表的只不过是吉姆等人的阴暗面罢了!这在他们心中是要绝对抵制的,是要沉降入无意识底层的,从而进入他者的阴影之中。对于英国的绅士而言,如何在帝国文本之中制造一块遮羞布掩盖这段并不光彩的发家史,成为史蒂文森一类文人们的潜意识追求。

英国人对海盗的认知始于地中海地区的阿拉伯异己,但英国开始海外殖民扩张初期的特殊历史境遇却让他们一手造就了其民船及商船亦官亦盗的特殊身份:战时招之即来,而一旦皇家海军羽翼渐丰,英国政府则立即调转矛头,开始对海盗进行清洗。在宗教和法律的庇护下,在爱国主义旗号下,他们对海盗们劫掠来的财富进行重新分配,而对这些劫掠者或者诛杀(如瞎子皮尤),或者改造(如冈恩),或者流放(如遗弃岛上的三海盗),或者像西尔弗一样让他们藏匿于帝国一隅,自生自灭。到史蒂文森创作《金银岛》时的19世纪后期,海盗只有活在维多利亚人的记忆中了,成为一页英国人急于翻过去的历史。英国殖民主义的背后,不仅是被贩卖受剥削的黑奴,还有更鲜为人知的海盗们的血泪。

历史不会重演,社会的和谐发展需要我们在不断向蓝色海洋这座无尽的宝库要效益、要财富的同时,更应该善待曾经创造、积累财富的劳苦大众,要用多元的视角探索合理开发海洋、利用海洋、保护海洋的新途径、新方法,在更加和谐的人文环境中走向人与自然的和谐融通。

二 济慈的肺结核与勃朗特的笔名

1 济慈诗歌:肺结核意象三重义

济慈诗歌中,肺结核病患者的意象反复出现,成为一种具有三重意义的审美客体:现实的载体、爱情的变体和死亡的代言人。肺结核这种疾病作为爱情与死亡的等价物,被诗人赋予了丰富的美学内涵。死亡获得了某种道德意义,而疾病则从现实世界跨越到审美领域,为济慈诗歌美学增添了又一层绚丽的色彩。

同为唯美主义的先驱,波德莱尔以女人忧郁的面容为最有意义,埃德加·爱伦·坡则把美人之死视为最美,而约翰·济慈诗学中的一个重要原则可以概括为美人迟暮:肺结核患者形体瘦削、面容苍白的病态美,在以"丰富而感性的意象"[①]

[①] Zuo Jinmei et al. *An Introduction to English and American Romantic Poetry*. Qingdao: China Ocean University Press, 2006, p. 190.

为特征的济慈诗歌中反复出现。年仅 26 岁的济慈死于肺结核,此前他的家庭中已有母亲、两位舅舅和弟弟汤姆相继被该病夺去了生命,多人英年去世充分说明了当时该病的流行程度。在 19 世纪肺结核还是不治之症,工业革命带来的诸如人口飞速增长、生活节奏加快、工作生活环境恶劣以及卫生状况极差等负面效应,给该病以可乘之机并迅速蔓延开来,"当时伦敦每 4 个人中就有 1 个被它夺去生命"①。

疾病与每个人的健康乃至生命息息相关,浪漫主义作家自然也不会完全置之度外,他们已然厌倦了当时动荡不安的城市生活和基督教禁欲主义的道德约束,不懈歌颂着世俗之外的清新事物、奇异之美,他们投身自然、探索梦境并进而反思人类生存境况②。他们发现患病者其实有一种美,并刻意去描绘,去模仿;正如法国作家齐奥菲勒·戈蒂埃所说,"当时在浪漫派中流行一种风气,尽可能使自己带有一种苍白、甚至青灰色的、几乎像死人一样的脸色……(以)证明他们受到热情的折磨和良心的谴责,使他们赢得女人的青睐。"③年轻气盛的济慈当然也不例外,基于罹患恶疾的不争事实,他总爱把肺结核患者的形象有意无意地纳入自己的诗歌创作视野之中,使之成为一种审美对象。从无意识角度看,"没有一个作家是为表达时代精神而开始写作的。他是为自己或多或少受到压抑的无意识寻找出路,同时又会按流行的文学时尚予以掩饰。"④总的来说,济慈诗歌中肺结核意象有三重意义:现实的载体、爱情的变体和死亡的代言人。

济慈没有受过大学教育,但有过五六年的从医经历,在文学方面也受到了很好的熏陶。他早已认识到自己会从母亲和弟弟那里染上这种呼吸道传染病,对这种疾病肯定是有所了解的,所以 1818 年夏在英国北部旅游首次出现肺结核症状时,济慈并不惊讶,在给朋友的信中他即预感到自己可能就要停止呼吸。结核病在当时医疗条件极不发达的情况下不容易确诊,因为很多前期的征兆看起来都与健康人无异:情绪高涨、胃口大增、脸色苍白时而潮红,以及性欲旺盛等等;其实这些都是假象,病人一旦确诊就已经到了晚期,任何灵丹妙药都无法阻碍他走向死亡。就是在这样的疾病威胁之下,济慈仅有五六年的时间进行诗歌创作,但成就丝毫不逊于华兹华

---

① 傅修延:《济慈评传》,北京:人民文学出版社,2008 年,第 26 页。
② Zuo Jinmei et al. *An Introduction to English and American Romantic Poetry*. Qingdao: China Ocean University Press, 2006, pp. 33—46.
③ 余凤高:《飘零的秋叶——肺结核文化史》,济南:山东画报出版社,2004 年,第 191 页。
④ 阿尔伯特·莫德尔:《文学中的色情动机》,刘文荣译,北京:文汇出版社,2006 年,第 189 页。

斯、柯勒律治、拜伦和雪莱,可谓旷世奇才。初出茅庐的济慈踌躇满志,在《初读贾浦曼译荷马有感》中声称"游历了很多金色的国度",在《睡与诗》中疾呼如果有十年时间就"可以大有作为"。但是,肺结核偏偏就是这样一种与天才和创造力有某种联系的病患,尤其眷恋济慈这样的感情强烈而又细腻的艺术家。同为肺病患者的雪莱一语中的,他这样安慰济慈,"痨病是一种偏爱像你一样妙笔生花的人的病"[①]。

浪漫派诗人是抬头望天的,他们将浓烈的思想感情寄托于某件自然界的事物或者是艺术品之类的东西,期望超脱人世间的残酷现实,基本遵循"逃遁—回归"这样一个创作模式[②]。在著名的《夜莺颂》中,我们看到的是一个心力交瘁的济慈:《恩底弥翁》的发表招来评论家们的无情嘲笑与恶毒攻击,弟弟汤姆于1818年12月1日去世,而与芬妮·布劳恩的恋情因诗人自身肺病的逐步加剧让他焦虑难耐。济慈在布劳恩家花园的一株梅树下写成的这首著名的颂诗中,有不少有关疾病的描写:

> 远远地、远远隐没,让我忘掉
> 你在树叶间从不知道的一切,
> 忘记这疲劳、热病和焦躁,
> 这使人对坐而悲叹的世界;
> 在这里,青春苍白、消瘦、死亡
> 而瘫痪有几根白发在摇摆……(第3节1—6行)

诗中的"疲劳、热病和焦躁"以及"苍白、消瘦、死亡"正是一般的肺结核病人共有的症状,指向的正是诗人济慈自己:疾病在这里被大而化之地与残酷的社会现实之间画上了等号,鉴于其强大的威慑力以及对现实的不满与焦虑,济慈要做的只能是逃离,借助夜莺的歌声遁入艺术的乌托邦。

脸色"苍白"这一特征在济慈诗歌中多次出现,大多用来呈现人物的病态并投射于作者自身。在描写中世纪爱情故事的《无情的妖女》一诗中,诗人对抵挡不住妖女诱惑而被俘获的骑士表现出了深深的同情:

> 骑士啊,是什么苦恼你,

---

① 苏珊·桑塔格:《疾病的隐喻》,程巍译,上海:上海译文出版社,2003年,第31页。
② Zuo Jinmei et al. *An Introduction to English and American Romantic Poetry*. Qingdao: China Ocean University Press, 2006, p. 216.

这般憔悴和悲伤?

……

你的额角白似百合

垂挂着热病的露珠,

你的面颊像是玫瑰,

正在很快地凋枯。

妖女的洞穴中"还有无数的骑士,/都苍白得像是骷髅",骑士(们)病态的面容昭示着疾病强大的威力;同时,他们在这里无可争议地成了一种女性力量的牺牲品,这契合了 19 世纪文艺创作中流行的夺命夫人母题。有学者指出,妖女形象的塑造折射出济慈思想中根深蒂固的基督教传统观念①;此外,它还表明济慈早年对女性的态度是敬畏有余,"敬而远之"②。济慈对杀伤力极强的肺结核还是相当恐惧的,无异于年少时对女性的敬畏;所以诗人最终在肺结核身上找到了女性的对等物,这种时髦的疾病在诗歌这个"金色的国度"里幻化成一种现实世界的载体,成为诗人急于逃离现实的一种推动力或者跳板。

如果说骑士因妖女而患病,那么这种病患只能从爱情那里寻找根源了。长篇叙事诗《圣亚尼节前夜》讲述了一对恋人冲破世俗阻碍而成功私奔的故事,当潜入深闺的波菲罗用笛声惊醒了女主人公梅德琳,这位罗密欧式的恋人"脸色苍白,就像平滑的雕塑一般",而梅德琳所看到的与梦中的白马王子竟然是有如此的天壤之别:

你的声音刚才还那么甜蜜,

你的誓言还在我耳边缭绕,

那多情的目光多么神采奕奕。

呀,你怎么变了!这么苍白、冰冷!(第 35 节 2—4 行)

在女主人公眼里,理想与现实的巨大反差最初她是无法接受的,但很快被苍白憔悴的波菲罗所打动,仿佛诗人的浪漫情怀同时附体于这两位恋人,犹如耶稣基督的道成肉身:济慈既羡慕被热恋着的波菲罗,同时又与梅德琳一样无法正视眼前的事

---

① 马月兰:《从"无情的妖女"看济慈的宗教观》,《世界文学评论》2008 年第 1 期,第 35—37 页。
② 傅修延:《济慈评传》,北京:人民文学出版社,2008 年,第 54 页。

实。在济慈笔下结核病就这样被想象成爱情的一种变体,爱情让人形容枯槁,这与疾病殊途同归,正如我们在《伊莎贝拉》中看到的为情所困的一对年轻人:

> 整个长长的五月处在这悲切境地中,
> 到了六月初他们的面颊更惨白(第4节1—2行)

在这首作于罹患肺结核的弟弟床榻边的叙事长诗中,诗人使用了 sad plight(悲切境地)来指代对面手难牵的爱情,又何尝不反映了备受病痛折磨的弟弟的真实处境呢?"面颊更惨白"形象地说明了结核病人每况愈下的健康状况。当罗伦佐鼓起勇气要表达爱情时,"那如潮的热血窒住了他的声音",而对面的伊莎贝拉则"看到那额头十分苍白阴沉,立刻满脸通红";这"热血""苍白"与"满脸通红"正是发生在肺痨患者身上的咳血、憔悴面容与因低烧而引发的潮红等疾病症状。

这种潮红在某种程度上是肺结核病人的旺盛情欲的返照,"结核病既带来精神麻痹,又带来更高尚情感的充盈,既是一种描绘感官享受、张扬情欲的方式,同时又是一种描绘压抑、宣扬升华的方式。"① 而它在济慈这位感性见长的诗人那里找到了突破口,在一首名为《灿烂的星》的十四行诗中,济慈写道:

> ……我只愿坚定不移地
> 以头枕在爱人酥软的胸脯上,
> 永远感到它舒缓地降落、升起;
> 而醒来,心里充满甜蜜的激荡,
> 不断,不断听着她细腻的呼吸,
> 就这样活着,——或昏迷地死去。

相比医生开出的外出疗养的药方,济慈更情愿接受自己开出的情爱这剂良药:与其坐以待毙,不如及时行乐。但他又是犹豫不决的,与恋人芬妮彻底分手后,济慈在1820年11月1日寄自那不勒斯的一封伤心欲绝的信中写道,"即使万一我有望康复,这种激情也会置我于死地。"肺结核就是这样一种恶性循环,低烧的病体催生旺盛的性欲,而性欲过多只可能加剧病情;但是这种情欲的纵情表达在19世纪还是为人不齿的,所以性压抑也就顺理成章了。

继而在《希腊古瓮颂》中,济慈描绘了这样一个被历史定格的画面:树下少年笛

---

① 苏珊·桑塔格:《疾病的隐喻》,程巍译,上海:上海译文出版社,2003年,第24页。

声悠扬,已经接近了自己的情人,但他"永远、永远吻不上"。精神分析学家告诉我们,济慈这首著名的颂诗来自于诗人固有的性压抑,得益于他把"性压抑转化成了对美的热爱"①。济慈对芬妮的爱正像这古瓮上刻绘的那对情侣,因为被时空隔离而拥有一种超凡脱俗的柏拉图式的精神恋爱,这种恋情——

> 不会使心灵餍足和悲伤,
> 没有炽热的头脑,焦渴的嘴唇。

诗人在这里使用了 cloy(餍足)一词,它本意指的是因吃得过多而厌食;而胃口大增正是结核病人的症状之一,加上下文中的"炽热的头脑,焦渴的嘴唇",共同罗织出一个肺痨病人的憔悴形象。但是正如桑塔格所指出的那样,贪食是不符合19世纪的审美标准的——"胃口好成了粗鲁的表现;而看上去病恹恹则成了荣耀"②。这也反证了《圣亚尼节前夜》中波菲罗拿来珍馐来招待空腹入睡的梅德琳,尽管这只是一种迷信性的仪式;同时,《秋颂》中的累累硕果也暗示了诗人及其同病相怜的读者可能拥有出奇好的胃口。在1818年与朋友徒步远足期间,济慈曾经不无戏谑地写信给自己未成年的妹妹,从中也可以看出结核病人贪食的痕迹:

> 现在我是如此饥饿——一只火腿顶不多大事儿,禽肉在我就像是只小雀儿——一炉面包对我来说犹如一片薄姜饼,我能吃下一只公牛头,就像过去吃牛眼睛那样轻松——我把整条猪肉香肠送进肚子,容易得就像一口吞下花一便士买的胡椒薄荷——啊,天哪,等我与那些高原人为伍时,我肯定很快就要胃口大到每日三餐吃一到两英亩那么大的燕麦饼,喝一大桶牛奶,吃一大篮子鸡蛋。③

浪漫派诗人们所向往的对象正是肺结核病人憔悴的形象,他们戴着有色眼镜来审视这种病态美,所以雪莱眼中的济慈总是"带着那副肺痨病人的病容"④。余凤高指出,"肺结核病标志着才华和智慧,意味着多情善感和优雅纤细的感情,而且还被认为有比较强的性欲望,这三方面都是爱情所不可或缺的精神和肉欲的要

---

① 阿尔伯特·莫德尔:《文学中的色情动机》,刘文荣译,北京:文汇出版社,2006年,第202页。
② 苏珊·桑塔格:《疾病的隐喻》,程巍译,上海:上海译文出版社,2003年,第27页。
③ 傅修延:《济慈评传》,北京:人民文学出版社,2008年,第202页。
④ 苏珊·桑塔格:《疾病的隐喻》,程巍译,上海:上海译文出版社,2003年,第27页。

求。"①这样,对病态美的热衷在济慈的诗歌中便与爱情无形中结成了同盟,成为抒情诗所表达的强烈感情的变体。

既然肺结核病人只能不治而终,拥抱死亡也就自然而然地成为病态美的最终归宿。在1817年出版的《诗集》里名为《初见埃尔金壁石有感》的十四行诗中,济慈写道"我必将死亡,像仰望天空的一只病鹰"。这样一只"病鹰"走向死亡的路并非坦途,肺结核作为一种消耗性疾病,把病人的身体在相对漫长的时间之内销蚀为痰、黏液和最终的血液。在残篇《海拔里安之亡》中济慈把一位名叫蒙尼塔的女神写得不同一般:

  我看见一张憔悴的脸
  白得如漂过的水,不因人间哀愁而瘦,
  由于一种病,永远治不了但又不叫你死……（第一章259—261行）

就像是在做某种总结,女神蒙尼塔被济慈赋予了一位结核病患者典型的症状:苍白的面容和瘦削的形体,并且无药可治。这种病态美再次获得了崇高的审美意蕴:女神是没有"人间哀愁"的,是不会死去的;但又是欲死不能的,正是这种"病"让她代言着死亡,因为患上了结核病就被宣布了死亡。

回望诗人济慈本人,他曾经挣扎在那个哈姆雷特式的生死悖论中:"我每日每夜都在盼望着死,以便使我从这种相思之苦中得到解脱;可是我又希望死神离开,因为我一旦死去,就连这种总比虚无要好一些的痛苦也将失去"。② 但是最终,在济慈心目中爱情与死亡完成联姻,美的东西终将陨落,正如他在《忧郁颂》中写道:

  ……美呀,有着必死的劫数,
  还有欢乐,总是将手指放在唇间,随时
  准备飞吻道别;毗邻的还有痛楚的愉悦,
  只要蜜蜂来吮吸.它就变成毒汁。

如果美(想象)的东西必然灭亡,再联系《希腊古瓮颂》结尾那句著名的"美即是真,真即是美",那么真的东西也将必然灭亡,这便走上了西方人那种典型的悲观哲学之路,也就更坚定了济慈要逃离现实、向往死亡的信心了。

---

① 余凤高:《飘零的秋叶——肺结核文化史》,济南:山东画报出版社,2004年,第188页。
② 余凤高:《呻吟声中的思索》,济南:山东画报出版社,1999年,第49页。

到此,我们基本可以列出济慈诗学的一个基本公式:肺结核＝爱情＝死亡。肺结核这种疾病成为爱情与死亡的等价物,成为爱情与死亡的交汇点,也就被诗人赋予了丰富的美学内涵:患病是美的,如爱情般甜蜜,又如死亡般自然。象征生命的血液被病人一口口咳出之后,然后几乎没有痛苦地安静地死去,"这样的死消解了粗俗的肉身,使人格变得空灵,使人大彻大悟。"①死亡因而获得了某种道德意义,而疾病则完成了从现实世界到审美范畴的跨越,为济慈诗歌美学增添了又一层绚丽的色彩,这也正是我们探索济慈诗歌中肺结核意象的真正意义所在。

2 笔名的力量

笔名作为一种副文本,在文学批评中占有重要地位,但往往并未被重视。以安妮·勃朗特的《女房客》为例,分析维多利亚时期笔名盛行现象背后的性别因素,认为安妮使用笔名的行为其实是一种处世策略,代表着女作家对自我身份的主动操控,意味着性别是不确定的,是具备操演性的,女性作家可以破除现实生活中的既定性别角色,诉诸文学创作寻求话语权威。

19世纪四五十年代,英国文坛出现了三位传奇姐妹作家——夏洛蒂、艾米莉和安妮·勃朗特(Charlotte, Emily, Anne Brontë),尤以大姐夏洛蒂的知名度最高,她的《简·爱》一经出版便名声大噪,很快成为与萨克雷、狄更斯等齐名的批判现实主义小说大师,有学者称其为"帝国之鹰"②。然而,勃朗特神话的缔造并非她一人筑就,灰姑娘式的小妹妹安妮起的作用也不可小觑:1846年5月三姐妹合作出版的处女作《诗集》中收录她的诗作最多,"风格温婉,真诚朴实,皆散发着浓厚的宗教倾向和自传性质"。③安妮的小说首作《阿格尼斯·格雷》得到出版许可的时间要早于《简·爱》,而夏洛蒂的处女作《教师》直到她去世后两年才付梓出版。此外,《简·爱》在评论界掀起的余波未平之时,安妮先于两位姐姐推出个人第二部小说《女房客》,推动了外界有关三姐妹身份猜测的持续发酵。

初涉文坛时,身为女性作家的勃朗特姐妹约定使用不同的笔名出版作品且不能向外界透漏自己真实的个人信息,她们分别选取了柯勒、艾力斯和阿克顿·贝尔

---

① 苏珊·桑塔格:《疾病的隐喻》,程巍译,上海:上海译文出版社,2003年,第19页。
② 蹇昌槐:《西方小说与文化帝国》,武汉:武汉大学出版社,2004年,第159页。
③ 李维屏等:《英国女性小说史》,上海:上海外语教育出版社,2011年,第138页。

(Culler, Ellis, Acton Bell)。三人如此署名,保留了她们真实姓名的首字母但替换了其余信息,这种扬弃代表了她们"对男权社会的一种沉默的隐秘的反抗"。① 笔名成为她们参与外界交流的名片,成为三姐妹与评论家们交锋的第一战场,在维多利亚时期喧嚣的文坛上演了英国文学出版史上一段有名的假面情节剧。那么,安妮·勃朗特是如何利用笔名掌控自己真实性别身份的呢?

文学文本的意义生成主要依赖于作品正文,但诸如作品的作者署名、书名标题、前言序言等信息亦不可忽略,其重要性并不亚于正文本,作家的笔名便是其中非常具有代表性的一环。笔名这类位于正文框架之外且与该文本密切相关的成分一般称为副文本或伴随文本。热奈特从 70 年代开始在《广义文本导论》《隐迹稿本》和《门槛》等著述中详细考察了这些通往正文本的一道道"门槛"及其与正文本的相互关系,从而"创造性地把文本边缘纳入叙事学的考察范围","为分析小说叙事结构提供了新的批评工具"。② 国内学者也认识到了这类显露在文本表层上的伴随文本的重要价值,认为它们"积极参与文本意义的构成","参与到符号表意之中,与符号本身合起来构成了文本"。③

使用笔名出版作品的历史由来已久,最早可以远溯到印刷术普及之后的中世纪欧洲,19 世纪达到鼎盛时期,后来随着影视媒体的崛起而逐渐式微。④ 笔名现象在维多利亚时期的英国年轻女性作家中间尤其普遍,肖瓦尔特认为这种盛行的做法具有标志性意义,开启了英国女性文学创作的新阶段。⑤ 勃朗特三姐妹的神话正是在这个阶段诞生的。夏洛蒂曾经这样解释姐妹三人取男性笔名的原因,她"有种模糊的感觉,女作家可能会遭受偏见;我们注意到有时评论家对作家的人格进行严厉谴责,至于褒奖与奉承,又显得不是那么真心实意"。⑥ 毋庸置疑,笔名为来自

---

① 黄海泉、钱莉娜:《〈简·爱〉书名及作者笔名的女性主义解读》,《湖北第二师范学院学报》2009 年第 9 期,第 10—12 页。

② 朱桃香:《副文本对阐释复杂文本的叙事诗学价值》,《江西社会科学》2009 年第 4 期,第 39—46 页。

③ 赵毅衡:《论"伴随文本"——扩展"文本间性"的一种方式》,《文艺理论研究》2010 年第 2 期,第 2—8 页。

④ Carmela Ciuraru, *Nom de Plume: A (Secret) History of Pseudonyms*. New York: Harper Perennial, 2011, p. xxvi.

⑤ Elaine Showalter, *A Literature of Their Own: British Women Novelists from Brontë to Lessing*. Beijing: Foreign Language Teaching and Research Press, 2004, p. 19.

⑥ Charlotte Brontë, "Biographical Notice of Eliis and Acton Bell, 1850," in Anne Brontë, *Agnes Grey*. Hertfordshire: Wordsworth, 1998, p. 156.

弱势群体的作家们提供了一个进入精英文化领域的通道,这样她们就可以吸引评论界的关注,同时为作家自己以及周围的人屏蔽不良影响。勃朗特姐妹将笔名当作一种处世策略,"这其实是一种自我赋权",希望通过笔名可以让"她们三人来对抗整个世界"。① 从根本上说,笔名的使用可以看成是一种"诗学活动"②,是与其作品正文连接在一起的创作行为,它代表了作者对自己身份的所有权与自主处置的权力。

在热奈特的跨文本研究体系中,还有一个重要的概念即元文本,也就是文本生成后所出现的影响意义建构的各种评论以及环境因素。具体到小说阐释领域,在小说文本产生之后,很多报纸杂志会相继刊出各类书评,而这些评论以先入为主之势大大影响着普通读者对该小说文本的接受。同时,元文本的存在还给予作者或其他批评家一定的"压力",他们或接受,或排斥来自元文本的这种外力③,元文本也印证了笔名作为抵御外来影响之盾的价值。《女房客》出版后,很多评论家从小说主题、语言以及作者身份等角度向安妮发难:有的说小说中包含"令人作呕的寻欢作乐场景"④,也有人告诫女性读者"不要受到诱惑而去读它"⑤,甚至还有的宣称作者"对粗野有着病态的喜好"⑥。追根溯源,这些元文本其实是维多利亚人持有性别偏见的必然结果,一旦作者性别并不明朗时,无论是专业评论还是普通读者中间便注定产生种种离奇的猜度:阿克顿·贝尔到底是男是女?《沙普伦敦杂志》上的纠结性评论颇具代表性:一方面认为只有男作家才能如此"明目张胆""肆意妄为"地使用粗野的语言,另一方面将"疲弱到卑鄙"又"荒唐可笑"的男性人物归咎于女作家名下,最后只能推测该小说是由一名女性作家在丈夫或其他男性朋友的帮助下完成的。⑦ 生性内敛的安妮面对这些评论时显得异常平静,夏洛蒂曾不无幽默地记录了这样一幕:"阿克顿在做针线活,什么事情都不能撬开他的嘴皮子,所以

---

① Juliet Barker, *The Brontës*. London: Abacus, 2010, p. 679.
② Gérard Genette, *Paratexts: Thresholds of Interpretation*, trans. Jane E. Levin. Cambridge: Cambridge University Press, 1997, p. 54.
③ 赵毅衡:《论"伴随文本"——扩展"文本间性"的一种方式》,《文艺理论研究》2010 年第 2 期,第 2—8 页。
④ Miriam Farris Allott, *The Brontës: The Critical Heritage*. London: Routledge and Kegan Paul, 1974, p. 267.
⑤ Ibid., p. 265.
⑥ Ibid., p. 250.
⑦ Ibid., pp. 263—265.

他只是笑笑而已,听到自己写的人物被评价得如此晦暗的时候,仅仅抛出一两句不关痛痒的话语罢了。"①总的来看,《女房客》的早期评论家们对作者性别过于关注,其实是他们对作品中主要人物性别行为失范持批判态度的一种延伸。书里书外,都弥漫着一种森严的男女有别的社会气氛。

既然作者的性别身份如此重要,那么现实生活中的女性作家会本能地去竭力掩饰自己作为弱势群体的性别符号,她们的作品自然会对这种性别不公的社会现实进行揭露与批判。安妮在《女房客》再版序言中对当时充满性别偏见的文学审查机制进行了强有力的回应:"所有的小说都是或者应该是写给男女读者共同阅读的,我无法理解的是,为什么男人可以随心所欲地写些真正有损女性尊严的事情,而女人写了任何在男性看来再合适不过的东西就要受到批判呢?"②事实上,令安妮困惑的是维多利亚社会对男女性作家不同的评判标准,而文学圈里的这种性别意识形态差异又根源于维多利亚人在性别角色上的固有偏见,这样就可以得出女性小说家"首先是女人,然后才是艺术家"的无理推导。19世纪中期兴起的女性创作热潮,无疑给男性作家垄断的文学市场带来巨大冲击,令他们产生饭碗不保的潜在恐惧心理。进而,他们堂而皇之地开始从女性的生理以及阅历上寻找借口,达成一种衡量男女作家作品的"双重标准":女性作家长于情感表达与细腻观察,无法实现男性作家的宏大叙事与雄浑笔触。③

小说评价领域的双重标准倒逼女性作家不自觉地进行身份裂变,一面是拥有男性称呼的阿克顿·贝尔的女性作家,另一面是唤作安妮·勃朗特的女人。同为女性作家的盖斯凯尔夫人在安妮的身上找到了共鸣,她深知这两种角色"很难调和",但非常值得像传主那样去尝试:"一个女人生命中的主要工作几乎不能由她自主选择,也不能放下本该由她自己承担的家务活,假如只是为了实现上帝赋予她最为杰出的才能的话。她更不能在拥有的才能面前退缩,而是要勇敢地承担起这份额外的职责。"④在盖斯凯尔夫人看来,勃朗特这样的女作家应具备强烈的使命感,

---

① Margaret Smith, *Selected Letters of Charlotte Brontë*. Oxford: Oxford University Press, 2007, p. 123.
② Anne Brontë, *The Tenant of Wildfell Hall*. Beijing: Foreign Languages Press, 1993, p. 31.
③ Elaine Showalter, *A Literature of Their Own: British Women Novelists from Brontë to Lessing*. Beijing: Foreign Language Teaching and Research Press, 2004, pp. 73—90.
④ Elizabeth Gaskell, *The Life of Charlotte Brontë*. London: Penguin, 1997, p. 259.

充分发挥杰出的文学天赋,定能开辟一片属于她们自己的天地。

事实上,《女房客》关注的核心事件是女主角海伦在日记中记录的自己与前夫亚瑟·亨廷顿失败的婚姻生活,前后大约历时六年的时间。现存资料显示,安妮写作这部小说的灵感来自于自己的亲身经历,作者有感于自己任家庭女教师时男主人奢靡生活,以及亲弟弟勃兰威尔的酗酒成性并因之丧命。海伦日记记录的就是英国贵族阶级的腐败堕落,后来吉尔伯特·马卡姆通过两封长信,记叙自己追求携子潜逃的海伦的过程,并将海伦的日记嵌入其中。这样,艺术与现实在作品中巧妙融合在一起,同时日记以及书信撰写还有额外的意义。海伦日记作为女性写作的代表,之所以要镶上一层男性叙事的外衣,是与作者借用男性笔名掩盖自己的性别身份是十分吻合的。因此,两位主人公的书写行为显示了作者强烈的创作动能,而现实生活中女性作家并不具备牧师布道式的公共话语平台,她们通过掩盖自己的性别劣势,用小说创作去追求虚构世界里的话语权威。

总之,小说家的身份本身就是现实生活中的一种建构物,安妮的男性化笔名策略构成了挑战维多利亚时期既定性别角色的一条径途,成为漂浮于正文本框架之上的一个亮点。在女性主义者看来,性别尤其是社会性别是一种后天建构之物,其建构过程受到主流意识形态话语的持续性影响,而话语又是主体在不断变化的语境中产生的,所以性别始终处于未完成状态,本质上是一种带有表演性质的且以改变世界为目的的行为。① 安妮·勃朗特使用笔名的现象明白无误地表明,性别操演具备可行性,任何个体均有权自由选择在世人面前的性别面具。作者这种超前的性别意识也成为《女房客》被长期埋没的一个因素,直到20世纪后半段女性主义者将之发掘出来,一个标志性事件就是1985年正式跻身"企鹅经典"的行列。

三 网络女性主义的理论与实践

1 网络女性主义的滥觞

网络女性主义借势信息与网络技术而繁荣,其背后有着深厚的人文传统积淀。基于电子人概念的社会科学意义,网络女性主义经历了科技与人文传

---

① 都岚岚:《西方文论关键词:性别操演理论》,《外国文学》2011年第5期,第120—128页。

统的融合,并从科幻小说中汲取营养。对早期女性科学家的发掘亦给力网络女性主义者,致其在20世纪90年代盛极一时,于维纳斯母体组织、老男孩网络和世界网络女性主义大会的助推中走向全球。

20世纪80年代以后,后女性主义有了新的发展,融合了信息网络技术与女性主义传统的网络女性主义(cyberfeminism)[①]应运而生。它是西方女性主义传统在经后结构主义浸染后的自觉升华,同时借势当代信息科技、国际互联网以及新媒体技术而繁荣开来。然而,网络女性主义盛极一时的背后有着深厚的西方人文传统积淀。

网络女性主义的科技与人文传统

网络女性主义彰显着西方科学技术与人文传统的融通之痕迹。Cyber一词来源于古希腊语,意为舵手或管理者;后来,美国科学家维纳应信息科学发展需求,造cybernetics(控制论)一词,用于人与机器之间信息传输科学的界定。随着控制论与信息技术的进一步繁荣发展,美国科学家曼弗雷德·克林斯在1960年发表了一篇名为《人机共生》的论文,他指出人与计算机之间形成合作关系的必要;后来,为了表达通过技术手段对宇航员身体性能进行强化这一层含义,他与同事心理学家内森·克莱恩从cybernetic和organism(有机体)两词中各提取前三个字母,创造了cyborg(电子人)一词。他们认为,为了更好地适应外太空的环境,人类完全可以利用药物、机械和外科手术等手段对人类的身体性能进行某种程度的改进。也就是说,电子人最初指涉这种生理机能在特殊环境下得到加强的人体。简单说来,人们可以通过安装假牙、义肢等手段,修复本已损坏的牙齿和肢体及其功能,可以通过医疗手段进行抽脂减肥、注射式隆胸,等等。人体已经走下造物主的圣坛,经现代技术的侵蚀、休正与殖民,身体业已超越生理意义而走向与科学技术结合的杂糅体。

进入80年代,通俗文学中向来比较活跃的科幻小说中衍生出赛博朋克(cyberpunk)这一亚类,赛博空间(cyberspace)一词的创造者小说家威廉·吉布森(William Gibson,1948—)颇具代表性。他在1984年出版的小说《神经漫游者》(Neuromancer)中有一个生活在真实世界中的主人公,他的一个朋友去世后变成一个虚拟的人,作为另一个主要人物而与真实世界的人对话,并且常常使人将虚拟

---

① 国内学者倾向于音译该词,如黄鸣奋的"赛伯女性主义"等。尽管该思潮早期注重的是单机环境下的虚拟空间,但笔者注意到网络在该派理论作品中占有着越来越重要的地位,故采用"网络女性主义"译法。

的现实与真实的现实相混淆。这是一个虚构出来的故事,暗示出技术进步将为人类塑造出一个"电子交感幻觉"的世界,亦即哈贝马斯意义上的另一个公共领域。在吉布森的赛博空间中,人们的知觉可以摆脱身体的束缚独立存在和行动,具备穿越时空的能力;该空间的主体是信息、数据和符号,进入其中意味着人类的神经系统和计算机网络融合起来,因而能够以纯粹的精神状态而在赛博空间中达到永恒。吉布森让"人脑与计算机合一,形成一个崭新的奇幻领域"[①]。

后来,美国女性主义者唐娜·哈拉维把电子人概念引入社会科学领域,使它带上了新的文化内涵。她致力于将科学话语应用于女性主义研究,在1985年的论文《电子人宣言——二十世纪八十年代的科学、技术和社会主义女性主义》中把cyborg引申为有机体与机器,特别是电脑的一种混合共存的方式,是理论化的和拼凑而成的机器和有机体的混血儿。哈拉维的电子人之说模糊了人与动物、人与机器以及自然与非自然的界限,构建一种多元、杂糅、复合的新主体概念,解构了西方人文传统中的二元对立思维。因而,女性可以借助计算机与网络以实现这种混合,从而消解现实生活中的男权文化。网络女性主义者得益于哈拉维电子人学说,主张虚拟空间中身份的流动性,从而为女性在其中超越父权制、现代性、殖民主义赖以生存的二元论思维而获取话语权提供可能性。正是基于这个宣言,哈拉维喊出了女性主义者在网络时代的心声:"有别于弗兰肯斯坦的希望,电子人并不指望它的父亲通过复乐园将它救赎;也就是说,通过为它打造一个异性伴侣,通过在一个完美的整体、一个都市和宇宙中将它来完成,来拯救它。……电子人不承认伊甸园,也不能梦想尘土轮回。"[②]网络女性主义者充分认识到电子人的颠覆性,从哈拉维手中的接力棒迅速传递下去。

网络女性主义、艾达与织女

女性主义文学的传统之一就是对女性作家的不懈挖掘,从而让世人了解到一个更完整的作家创作版图;网络女性主义者因循此传统,在科学技术发展的历史长河中发掘出了鲜为人知的史料,从而壮大了其理论根基,为颠覆科技发展中根深蒂固的男性传统奠定了坚实的基础。

---

① Allen Lloyd Smith, *American Gothic Fiction*. New York: Continuum, 2004, p. 62.
② Donna Haraway, *Simians, Cyborgs and Women: The Reinvention of Nature*. London: Free Association Books, 1991, p. 151.

西方社会主流认为科学技术从本质上讲是男性的,他们主要由男性创造、为男性服务、体现男性特点、易于为男性所接受。然而,网络女性主义理论家普朗特(Sadie Plant)指出:在女性和现代机器之间存在着由来已久的亲密关系,世界上第一个话务员、第一个接线员、第一个计算执行员都是女性,"女性在数码机器产生的过程中的作用并非微不足道……她们是数码机器的模拟者、组装者和程序设计员。"她的著作《零和一》翔实记录了第一位程序设计员的经历:著名诗人拜伦的女儿艾达年仅17岁时遇见了巴贝奇和他的差分机,并从那时候起产生了浓厚的兴趣,"在硬件被建立起来的100多年之前,艾达已经树立起了后来被称为计算机编程的第一个榜样"。① 通过对艾达这位在计算机发展史上鲜为人知的女科学家的挖掘,普朗特粉碎了女性是技术变革中的牺牲品这一神话,有力地证明了网络技术并非男性掌控的天下,只是她们的成就在男性掌握话语权的科学技术界被掩盖了。

既然女性对计算机与网络的发明与发展功不可没,那么传统的女性标志性工作——纺织——与现代网络技术又有什么联系呢?从人类历史上看,可以说在任一种传统文化中,"所有的纺织者都是女性,而且在所有神话体系中,纺织技术都是由一位女性神创造的"②。比如希腊神话中的阿拉克尼因与雅典娜比赛绣花而被变为蜘蛛,荷马史诗中忠贞不渝的珀涅罗珀有织不完的布匹,我国早在《诗经·葛覃》中即有织机经纬线记载,以及后来织女的传说以及《木兰辞》等等,所有这些都强化了女性织布的社会角色分工。因而,电脑前的女性很容易让人联想起织布机前的妇女:"电脑总是织布的一种仿象,1和0的丝线密织入地毯,犹如赛博空间中永恒运动的屏幕上的仿真线。它把女性联合起来,并充当人与物、身份与差异、1与0、真实与虚拟之间的一种界面。而这一界面不觉中已然升华,从此不再有虚空、鸿沟或者不在场,原有的面纱也已被控制论化了。"③据此推断,现代电脑技术从某种意义上说起源于妇女的纺织劳动,而纺织又是男性所承认的唯一一项技术发明,所以女性与电脑之间应该存在一种天然的亲密关系。普朗特进而断言:"机

---

① Sadie Plant, *Zeroes and Ones: Digital Women + the New Technoculture*. London: Fourth Estate, 1997, p. 105.
② Amy Chan Kit Sze, "When Cyberfeminism Meets Chinese Philosophy: Computer, Weaving, and Women," *Gender, Technology and Development* 3 (2003): 379−397.
③ Sadie Plant, "The Future Looms: Weaving Women and Cybernetics," *Body and Society* 3−4 (1995): 45−64.

器越先进,劳动力大军就越女性化。"①

网络女性主义实践潮

网络女性主义是以网络为载体,通过一个虚拟的、数字化的网络文化传播平台,为我们打破地域、种族、文化的藩篱,重新定位一种区别于传统价值观念的新女性主义形式。从本质上说,网络女性主义根源于法国的第三次女性主义浪潮和后结构主义,借鉴哈拉维电子人理论把女性与电脑和网络的密切关系提升到意识形态层面,同时开展了波澜壮阔的虚拟与现实实践。

澳大利亚的维纳斯母体(VNS Matrix)组织在20世纪90年代初期发布了自己的第一个网络女性主义宣言。这是个由阿德莱德四位女性媒体艺术家组成的群体,尽管有着作家、摄影师、行为艺术家和电影制片人等不同背景,但她们志同道合,共同发表了这份21世纪的网络女性主义宣言,宣称:"我们以自己的肉体看待艺术,我们以自己肉体制造艺术;我们信仰享乐、疯狂、神圣与诗歌。我们是混沌新世界的病毒,从内部颠覆一切象征意义;我们是大父权电脑文化的破坏者,阴蒂直达母体。维纳斯母体——道德密码的终结者。"这一宣言在网络中广为传布,并被译成多种语言。正如成员之一皮尔斯所说,网络女性主义"就像一个自发的模因,几乎在全球同时出现,成为一种当时流行的诸如'赛博朋克'之类观念的回应。从那时起,这个模因得到快速传播,当然成为一种广受女性欢迎的理念,只要是从事技术理论和实践的妇女,无不受到它的影响。"②

1997年在德国卡塞尔召开了第一届网络女性主义大会,与会者不以传统的"先生"和"女士"相称,而是像大会主席致辞中所说的那样使用"面孔"(Dear Faces)。会议的一大成果就是用一百个否定句来界定网络女性主义,这显示了与会人员对之保持的尽可能开放的态度,"每个成员都同意以各自的科学论著或艺术作品回答什么是网络女性主义的问题,""同意在全球范围内共享与支持旨在丰富这一术语的潜在努力,而不必在其细节上争议不休。"③因而,网络女性主义在外延

---

① Sadie Plant, *Zeroes and Ones: Digital Women + the New Technoculture*. London: Fourth Estate, 1997, p. 39.

② Susan Hawthorne and Renate Klein, "CyberFeminism," in *Cyberfeminism: Connectivity, Critique and Creativity*. North Melbourne: Sphinix, 1999, p. 3.

③ 黄鸣奋:《赛博女性主义:数字化语境中的社会生态》,《吉首大学学报》(社会科学版)2008年第5期,第91—97页。

上始终是开放的,始终将女性主义当作出发点,视性别和信息技术为核心关怀,探索身体、身份、文化和技术的互动。

同时,号称第一个国际网络女性联盟的"老男孩网络"在柏林建立,它致力于建构网络女性主义得以研究、实验、交流与行动的空间,包括只允许女性参与的"脸书"邮件社区等。如今,它包含有多个项目组,每个组由三名以上成员组成,每个成员都自称"妇女"。该群体认为:网络女性主义不是一种身份,而是一种活动,只要从事相关工作就可以称为网络女性主义者。它关注世界女性主义者之间的关联性,注重相互之间的互动。

正是因为网络空间去中心化的乌托邦特质,部分网络女性主义者暴露了过于激进的一面,甚至被指斥为有流于网络色情之嫌。近年来随着木子美网络日志《遗情书》的传布,越来越多的个人隐私在网络空间得到有意无意的展示,如陈冠希的"艳照门"事件。这种将个人经验带入网络这一公共空间的行为,通过对性欲情色的大胆表白,虽颠覆了传统意义上的道德伦理观念,但另一方面也确实给人以恶俗之感,也体现出网络女性主义发展中的某些弊病。网络女性主义者的终极关怀在于女性主体意识的觉醒与抬升,绝非仅从身体角度的自恋或者重回被注视的他者轨迹。

网络女性主义风靡的背后有着深厚的科学与人文传统的积淀。它给世人以不同的视角观看被视为男性专属的信息与网络技术,矫正了网络空间中女性的他者身份,为女性主义者颠覆现实世界的男权传统提供了有力武器,为女性主体的真正树立奠定了坚实基础。

2 木子美、高唐神女与网络女性主义

木子美等网络写手们继承了"美女作家"们的写作传统,并进而推向更加前卫的"身体写作",甚至是"液体写作"。女博客的电子书写引来声讨一片,但这种现象值得从网络美学的角度进行反思。事实上,她们迎合了多数男性网民的文化消费心理,与欧美国家出现的网络女性主义的新潮流遥相呼应,代表着女性对自身的再认识的开始。同时,她们可以被看作是中国的爱与美的女神在网络空间的复活,代表了网络环境下女神文明复归的趋势,代表了高唐神女正在向大众的意识层面挺进的努力。

20世纪末,卫慧以一本《上海宝贝》加入了"身体写作"的新潮流,一时间名声大噪;继而,棉棉等人一呼百应,她们均是女性作家,因而被冠之以"美女作家"的名号。她们的作品以大胆写实见长,将东方女性压抑了几千年的性快感跃然于纸上,从这个意义上说她们足可以被称之为"先锋派"。也正是出于此,"美女作家"们赚足了关注的目光,让沉寂多时的文坛荡起阵阵舆论的涟漪。但很快,在新千年伊始之时,这些曾经的前卫作家会发现自己已经大大落伍了:一些新近在网络上红极一时的"反偶像"写手们与她们相比有过之而无不及。木子美的网络日记《遗情书》把她与无数男人的一夜情经历在某家博客网站上以自然主义手法还原,着重再现她的性体验;而芙蓉姐姐、竹影青瞳等这些"美女"博客写手们则除了大胆露骨的博客创作外更是把激情四溢的写真照片传上网去以"飨"网民。这样,女性文学中关于隐私主题的再现呈现出越来越开放、越来越"低"的态势:隐私→女性隐私→身体隐私→下体隐私。① 如此,木子美把"身体写作"向前推进了一步称之为"液体写作",她说她的写作纯粹是一种生理性的内分泌,任快感的液体在纸(电脑屏幕)上流淌。② 在马斯洛看来处于最低层次的"需求"和弗洛伊德意义上的"本我",被女性写手们剥掉了最后的遮羞布——夏娃身上那片仅有的无花果叶子,推向了众目睽睽的前台。

自然,这种"木子美"现象在极度招惹人们眼球以至网络塞车的同时,也招来口诛笔伐声一片,说她们败坏了几千年的中华文明与道德传统云云。其实在网络时代,大众文化的普及让传统意义上的精英文化走向边缘甚至衰落③,古登堡以来印刷出版物所塑造的作者权威也被电子书写的平民化与大众化所消解;同时,传统意义上的读者所固有的作为批评家的身份,也将逐渐隐退而让位于网络环境下人际间平等的对话与交流。网络空间作为一个虚拟平台,是一个充斥着各种不同的声音的多元的世界,而后现代社会的一个显著特征就是反传统与消解中心。木子美们的声名鹊起,正是得益于她们利用了网络这一新兴媒介,得益于她们敢为天下先

---

① 王澄霞:《情色话语:男权与女体——当代大众审美文化批评三题》,《扬州大学学报》(人文社会科学版)2004年第2期,第22—26页。
② 余虹:《"身体"的大写,什么东西正在到来——兼谈"身体写作"》,《中南大学学报》(社会科学版)2005年第5期,第556—558页。
③ 蒋荣昌:《消费社会的文学文本:广义大众传媒时代的文学文本形态》,成都:四川大学出版社,2004年,第29页。

的勇气,说她们道德败坏未免过于唐突,且有失偏颇。其实,"网络本身作为实用的网下生活的一个隐喻,在体制上就是游戏性的或文学性的。"①说这些女博客们的创作不利于青少年的身心健康发展,确实如此,但是现实生活中不是也有少儿不宜的禁区吗?互联网络的虚拟性,让大众有了倾诉自我、释放激情与吐露隐私的空间;电脑的那一端你不知道是人是狗,比尔·盖茨早就给网民们吃了颗定心丸。"木子美"现象的出现,正是代表了这样一种来自现实社会的边缘的声音,她们要为女性这一整体进行抗争。但还应该看到,尤其是在中国这样的发展中国家,目前网络使用者中以男性居多,网络文化因此更多的是带有男权社会的标贴,有意无意地去满足男性潜藏心底的偷窥的欲望(即使一些大的门户网站也在打这种文化心理的擦边球)。于是很多网民掩耳盗铃地以为他们眼前的屏幕就是一个对准他人私密空间的摄像头,一个插入他人心灵深处的内窥镜,把他人的隐私在审美的掩盖下尽情放大,其自身被压抑的剩余利比多(弗洛伊德对性欲的界定)在网络窥视中逐渐释放。从这个意义上讲,木子美们的自觉行为激活了大众对性爱女神的想象,满足了网民对美对色进行文化消费的欲望,正如高唐神女以其幻化之美满足了楚襄王的欲望一样。

楚人宋玉在《高唐赋》里讲述了中国的这位爱与美的女神的故事:"昔者,先王尝游于高唐,怠而昼寝,梦见一妇人曰:'妾,巫山之女也。为高唐之客,闻君游高唐,愿荐枕席。'王固幸之。去而辞曰:'妾在巫山之阳,高丘之阴,旦为朝云,暮为行雨,朝朝暮暮,阳台之下。'"这就是高唐神女,其"旦为朝云,暮为行雨"的形象为古代的文人志士提供了丰富的想象空间,是后世作品中性爱母题的原型,即"巫山云雨"在中国文人的集体无意识中是性爱的代名词。她就是在神格上与西方的维纳斯齐名的中国的爱与美的女神,但中国的这位爱神并没有以裸体雕塑或者古典绘画的明确造型固定于文化的意识层次,而是以若隐若现的梦幻形式依稀潜存于中华民族的集体无意识之中。② 究其根本原因,主要是由于中国传统而强大的伦理道德影响,正统的意识形态正是在"存天理,灭人欲"的旗号下将这位性爱女神压制于潜意识领域,她只能依赖于作家的文学想象而不断得以激活,留存至今。在网络

---

① 蒋荣昌:《消费社会的文学文本:广义大众传媒时代的文学文本形态》,成都:四川大学出版社,2004年,第169页。
② 叶舒宪:《高唐神女与维纳斯》,北京:中国社会科学出版社,1997年,第312页。

环境下,网民们也会像楚襄王唤宋玉作赋以解心中苦闷那样,通过木子美们的博客创作聊以慰藉自己内心深处的欲望,通过违禁的方式感受自我的强烈存在①,让压抑的剩余欲望得以在读图中得以抵消。高唐神女就是如此在网络空间中复活,她抓住后现代社会大众文化消费的契机,通过撩人的文字与热辣的图片向大众的正统价值观念发起挑战。

但这只是一种来自遥远的古代夫权社会的后现代性回响,一种来自美杜莎的笑声。木子美们以博客创作为女性的基本生理需求摇旗呐喊,喊出的是女性压抑了几千年的性快感,其魄力甚至超出了"自荐枕席"的高唐神女。即使是将摄像头对准了自己的胴体,那也只是女性进行自我认知的一种途径,是女性对自身美的认识所必须经历的"镜像阶段"。正如竹影青瞳所言,"我把光打在身上,然后我发现,我实不该长久以来为它的跟随感到可耻,我实不该长久以来如此漠视它的物体的美丽。"②对自己身体的认识,是女性自我认同与提高的开始。法国的西苏作为以女性身体为基础的体验式、直觉式写作的倡导者,在20世纪80年代就喊出了类似的声音,"女人的身体有一千零一道火热的门槛,一旦击碎枷锁的禁忌,她就会通过自己的身体向四面八方喷涌意义,使老掉牙的母语回响起多种语言。"③中国的高唐神女,已经不甘默默潜藏于文人想象时空中的命运,而是找到了"喷涌意义"的突破口——网络空间,在木子美们身上我们已经看到了她向意识领域挺进的努力。

网络上的"木子美"现象在现代西方早已司空见惯,可能是因为西方文化中积淀已久且早已定格的维纳斯形象,使受这种文化熏陶的大众更容易接受网络空间中的"维纳斯"们。早在1991年,澳大利亚四位女性自发组成"维纳斯母体"组织,开始了她们激进的网络女性主义实践。她们在宣言中这样说,"我们是混沌新世界的病毒,从内部颠覆一切象征意义;我们是大父权电脑文化的破坏者,阴蒂直达母体。维纳斯母体——道德密码的终结者。"④由此可见,网络女性主义者通过对网络空间里男性霸权文化的颠覆,以期实现她们在现实生活中的身心解放。无独有

---

① 周志强:《我点击,我存在:网络》,昆明:云南人民出版社,2004年,第155页。
② 竹影青瞳网络日志,http://www.tianya.cn/New/PublicForum/Content.asp?flag=1&idWriter=1200671&Key=411511726&idArticle=140625&strItem=free。
③ 埃莱娜·西苏:《美杜莎的笑声》,拉曼·塞尔登编:《文学批评理论:从柏拉图到现在》,刘象愚等译,北京:北京大学出版社,2003年,第556页。
④ Sadie Plant, "On the Matrix: Cyberfeminism Simulations," in Rob Shields, ed. *Cultures of Internet: Virtual Spaces, Real Histories, Living Bodies*. Sage: 1996, pp. 170—183.

偶,美国的珍妮弗·林莉在1996年还是一名在校大学生时就把日常生活中的自己通过摄像头传到了网上,她试图通过自己这样一位普通女性的平凡生活来置换网络中清一色的妩媚妖艳的女性形象。① 她让世人看到了真实的女性形象,而非男权社会中男人想象的产物——男性内心欲望的心理投射与抽象,其视觉消费的对象。国外的这些网络女性的言行已经难以用"激进"二字来进行概括,她们代表了女性主义在晚近的网络时代的最新进展;而与她们相比,中国的木子美们中庸得多了,完全可以感叹"小巫见大巫"了。

麦克卢汉说过,媒介是人的中枢神经系统的延伸。他通过对人的意识能动性的肯定,似乎已经预感到网络带给人的翻天覆地的影响。网络作为一种媒介,给人类的远距离交流提供了极大的便利,同时也让人们在屏幕面前开始了新一轮文化产业的异化生产。女性的身体一旦被传输上网就被数字化了,而这种数字化的身体在男性网民的注视及其欲望的满足之中又成为他者,女性在网络空间中同样重复着现实生活中自身被边缘化的命运。这根源于网络空间作为现实生活的镜像,它只能如实地复制男权为中心的社会,甚至以更虚伪的方式再现现实(比如色情网站对男性欲望的极端描绘)。女性主义者要想有所作为,必须充分利用而不是过分依赖网络媒介,认识到"性别差异被表述为一种身体差异的同时,'人'在'自我—他者'的建构层面上被切割、异化"②;因而,网络的存在让木子美们的身体成为脱离所指的能指,在电脑屏幕上浮动。结果,人就如此被异化为"非人",或者说,人已经进入"后人类"时代。以木子美为代表,大众对内心欲望的书写离不开网络,从而已经时时刻刻都离不开这个虚拟空间,他们已经心甘情愿地被网络化了③。网络书写的异军突起也正凸显了人与电脑、与网络之间的界限趋于模糊甚至是消解,也就是说,写作的主体被消解在后现代的时空混杂之中。可以说,以破坏机器为代表的"路德派"早已成为历史,人类已经形成一种与机器密不可分的关系,而女性要紧赶这一潮流,信心十足地步入堂娜·哈拉维所说的"电子人"(cyborg)时代。女性也只有与以电脑和网络为代表的新科技相结合,利用网络这一扩大了的虚拟公共空间对抗现实社会中打有男权深刻烙印的公共领域,才能完成对现实男权社会的既

---

① 唐纳德·辛德尔:《镜头前的女性——生活在屏幕》,戴维·冈特利特编:《网络研究:数字化时代媒介研究的重新定向》,北京:新华出版社,2004年,第121页。
② 周志强:《我点击,我存在:网络》,昆明:云南人民出版社,2004年,第154页。
③ 孟建、祁林:《网络文化论纲》,北京:新华出版社,2002年,第24页。

定规则和性别角色的解构,完成网络时代女性的一次"再社会化"①。哈拉维在《电子人宣言》中说,"电子人并不认可伊甸乐园;它不是用泥土做的,不会有回归泥土的梦幻。"②电子人是无所畏惧的,其前世今生都不受传统的限制束缚,所以电子人创作(像中国的木子美们的网络书写)完全可以"击碎枷锁的禁忌",开辟一片属于她们自己的自由时空,构建属于她们自己的精神家园。

"神女应无恙,当惊世界殊。"如果高唐神女真的存在,那么她会感激木子美们的付出的。不管这些女博客创作的初衷如何,她们都代表了中国的爱神高唐神女在网络空间里复活,网络中的大众文化消费正在向着女神文明复归,而电脑屏幕是女神向着意识领域延伸的重要堡垒。心理学家荣格曾指出,文学作品中乃至商业广告中一切美女都受人欢迎,其根源在于男性无意识心理中女性气质的投射作用。③ 这个原则同样适用于网络空间:显示屏前的男性网民,眼球会不自觉地被美女图片所吸引,这种心理被网站设计人员抓住,成为网络消费文化的最大卖点。想当初,楚襄王的"昼寝"成功地躲过了伦理道德的讨伐,其根源就在于颇识时务的宋玉在《高唐赋》和《神女赋》中打着审美的旗号赞颂性爱女神的美轮美奂,神女由此在男性注视的目光中忍受着性别的暴力与压迫,默默沉淀在中国人的无意识的底层;而今天,网络上每张美女图片的背后,都有着高唐神女的影子,她正冲着每一双色咪咪的眼睛发愣:怎么几千年后还有那么多"楚襄王"呢!? 网民们正是通过这种披着合理化外衣的偷窥来消费剩余的欲望,这种窥视在昭示世人:女性仍未摆脱他者的身份,女性的身体依然是男性注视的对象,而注视本身就意味着一种不平等④。所以,只要这些楚襄王似的网民存有如此动机,传统的意识形态的约束力量就会站在他们一边,而代表了女性固有的自然欲求的木子美们,受到质疑与非议便成为必然。

英国文学评论家伊格尔顿曾经如此调侃英国对激进思潮的排斥与吸收上的相对滞后:文坛批评家就像码头上的移民局官员,大凡是带有爆炸性影响的理论并且

---

① 卜卫:《生活在网络中》(下篇),北京:中国人民大学出版社,1997年,第159页。
② Donna Haraway, "A Cyborg Manifesto: Science, Technology and Socialist-Feminism in the Late Twentieth Century," in Robert Con Davis & Ronald Schleifer eds. *Contemporary Literary Criticism: Literary & Cultural Studies*. London: Longman, 1986, p.569.
③ 叶舒宪:《高唐神女与维纳斯》,北京:中国社会科学出版社,1997年,第409页。
④ 周小仪:《消费文化与审美覆盖的三重压迫——关于生活美学问题的探讨》,申丹、秦海鹰编:《欧美文学论丛》(第三辑 欧美文论研究),北京:人民文学出版社,2003年,第202页。

可能会冒犯中产阶级的利益,就直接装进下班船原装退回。① 新事物由产生到被普遍接受总有个渐进的过程,激进的网络书写是网络文明发展的必经阶段,其出现是必然的,只有这样女神文明才能在根深蒂固的传统伦理道德中找到立足之地,才能找到女神得以复活的精神空间。正如著名性社会学专家李银河在谈到木子美时所说,她有受法律保护的人身自由和言论自由的权利,"木子美"现象的出现标志着"在中国这样一个传统道德根深蒂固的社会中,人们的行为模式发生了剧烈的变迁","中国社会已经开始向第三阶段过渡了(不仅男性享有性自由,女人也将享有)。"② 也就是说,她并不反对木子美们的博客写作,并认为这代表了女性网民作为一股新生力量在中国的迅速崛起,她们以前卫的电子书写挑战传统的伦理道德,触探着大众所能够容忍的道德底线。这些网络写手们以实际的行动做着反抗,反抗女神在传统的伦理道德压制之下的幻化身影,反抗审美名义下的性别暴力,伸张女性整体的自然欲求,呼唤高唐神女登堂入室,跻身于供奉着神像的壁龛,而不再只是文学想象的产物。中国的爱神正在走向解放,网络空间正在向女神文明复归,而木子美们功不可没。

3 影像与暴力

海德格尔预言的图像时代已经来临,但是个充满审美暴力的时代,旧的男权话语依然盛行并统治着审美行为。男性无意识中的心理投射,人通过镜像认识自身,这两者共谋了审美暴力的形成;而影像传播的副产品使女性陷入更深层的不平等审美关系中。只有真正提高女性社会地位才能够解决这一美学悖论。

海德格尔早就有预言,我们正在遭遇一个世界图像时代。这位先哲的话在今天变为真实,读图时代已经到来,在技术层面上图像霸权取代传统印刷文字的权威成为不争的事实。人们越来越依赖图像来理解周围的世界,视觉已经变得不堪重负;鉴于此,有人抛出"视觉疲劳"一语激发文化工业不断生产新的视觉消费对象。但是,影像生产的主要优势在于它能够扩大受众的视野,赋予他们见其所未见的能力。回想过去,十年"文化大革命"时期民众的娱乐主要是看寥寥几部"红色经典"

---

① 盛宁:《文学:鉴赏与思考》,北京:三联书店,2003 年,第 183 页。
② 李银河:《我看木子美现象》,http://www.xie-tong.com/lx/2005/8785.html。

样板戏,偶尔有人能有台收音机听听评书那就是贵族享受了,后来先富起来的国人搞到台进口彩电,从此露天电影对大众的吸引力就开始逐渐下滑。到了90年代,随着有线电视的普及和网络的盛行,越来越多的娱乐终端不断提升民众的视听享受:随身听升级到了可以看电影的MP4,手机进入到了4G时代,笔记本电脑也在影像视听功能方面武装到了牙齿。在这个视听日趋多样化的过程中,传统的印刷文明塑造的审美空间被影像不断殖民,美学想象被影像取代成为主导思维工具。但是,在影像的背后依然是人们意识底层的根深蒂固的审美暴力统治的王国。

拍摄于50年前的电影《毕业生》中有一个经典的特写镜头:当时鲁宾逊太太在泰伯旅馆与不经世事的本杰明幽会,导演迈克·尼克尔斯把镜头对准了她那穿着黑色丝袜的修长大腿,而把女主人身体的其他部分全都隐藏幕后,背景是本杰明呆若木鸡地站在旁边享受这突然降临的视觉盛宴。尽管画面上的女性在故事中占尽主动权,但在这里女性的身体被摄像机镜头按照(男)导演的意图任意切割,成了被男性注视的对象。人的个别身体器官就这样幻化成为审美行为的客体,"鲁宾逊太太那条性感、撩人的大腿是女性被物化了的标志性象征"①,女性身体被男性的目光像案板上的鱼肉般无情分割。该电影的卖座在一定程度上取决于该镜头的经典,电影制作者有意把它放在宣传海报和影碟封面上,这似乎迎合了大众文化消费的某种心理欲求,从而铺平了《毕业生》的经典化之路。

以弗洛伊德为首的现代心理学认为,人在社会化的过程中要经历俄狄浦斯情结阶段,小男孩很早就发展了对母亲的一种对象性关注而对父亲采取排斥态度;随着社会道德约束的内化,超我开始形成并发挥作用,一般的孩子都会与父亲认同而把对母亲的深情关注埋藏于心底。这样,随着俄狄浦斯情结的解除,男孩性格中的男子气就会增强,但对母亲的固恋并没有消除,即童年时期开始带有的一种雌雄同体或者称之为双性化的心理趋向。弗洛伊德进而从人类的性机能和性心理的发展演变中推导出人类的性分化是从同性中逐渐演变而来,"受阻的一性只留下微少残迹"②,这些微少的沉淀并未从此沉睡,而是在后来不断地从冬眠中被激活而进入意识领域。荣格把这种双性同体发展为人无意识领域中的异性气质投射,认为文学作品乃至商业广告中一切美女都受人欢迎,其根源就在于男性无意识心理中美

---

① 谷晓:《评电影〈毕业生〉中女性角色塑造的失真性》,《电影评介》2006年第19期,第40页。
② 朱红:《文明的隐私——弗洛伊德与精神分析法》,太原:北岳文艺出版社,2005年,第58页。

人原型的投射作用。这样,《毕业生》中的美腿镜头就找到了其存在并广受欢迎的心理理据。

　　影像时代处处充斥着这样一种"见物不见人"的美学,女性在很多场合都是以其身体上某个具有诱惑性的部位出现的,就像《毕业生》中的腿部与丝袜来指代鲁宾逊太太一样。这样的影像只可能是一种身体言说,是一种在主导意识形态的夹缝中顽强存活下来的暗流涌动的欲望叙事,它根本无视被观赏的女性自身的话语权力。当然,影片正面渲染的受害者是本杰明,但鲁宾逊太太作为反面角色的悲剧命运正好反衬了女性在父权制文化中的从属性地位,从另一个角度讲她能够站出来以自己的身体来争取本来属于自己的追求美丽性感的权利,已经是20世纪六七十年代在美国风起云涌的女权主义浪潮的折射了。

　　在消费文化领域,女性及其身体被物化的趋势被反复强化,正如某化妆品的广告词所说"你看不见我,但你看得见我的美丽。"①影视传媒对这种女性及其某些身体部位的外在形象过分渲染,强化了女性被观赏、被注视的命运,使女性陷入被男性目光左右的桎梏之中。劳拉·玛尔薇在《视觉快感与叙事电影》一文中指出,"在一个性别不平等的世界中,看的快感已被分裂成主动的/男性和被动的/女性。决定性的男性注视将其幻想投射到女性形象身上,她们因此被展示出来。女性在其传统的暴露角色中,同时是被看的对象和被展示的对象,她们的形象带有强烈的视觉性和色情意味,以至于暗示了某种'被看性'"。②这样一来,在看或者称之为凝视的这种司空见惯的活动中,其实隐含着深刻的意识形态内容,不可避免地存有某种霸权,某种隐藏在审美旗号下的暴力,这在网络环境下体现得尤为明显。网络空间作为现实生活的影像,更多的带有男权社会的标贴,所以网络内容有意无意地去迎合男性潜藏心底的偷窥的欲望,即使一些大的门户网站也在打这种文化心理的擦边球。于是网民们把自身被压抑的剩余利比多(弗洛伊德对性欲的界定)在审美的掩盖下尽情放大,"在化装的美学形式之中完成了一次心理排泄"③。其实,这种自私的审美暴力行为也得到了主导意识形态的默认,网民们的读图行为是一个通过

---

　　① 转引自周小仪:《消费文化与审美覆盖的三重压迫——关于生活美学问题的探讨》,申丹、秦海鹰主编:《欧美文学论丛》(第三辑 欧美文论研究),北京:人民文学出版社,2003年,第201页。
　　② 转引自周宪:《读图,身体,意识形态》,汪民安主编:《身体的文化政治学》,开封:河南大学出版社,2004年,第131页。
　　③ 南帆:《影像时代》,《南方文坛》2000年第6期,第8页。

看的快感来消费自身欲望的过程,是一个压抑的剩余欲望在读图中逐渐被解构的过程。

剩余欲望的存在与消解是主导意识形态双重作用的结果,因为它既要时刻维护其统治地位又给被压抑的本能欲望留有足够的空间。从宋玉笔下的高唐神女,到蒲松龄聊斋里的狐仙女妖,再到网络时代造就的反偶像明星木子美、芙蓉姐姐,自始至终都存有美人梦幻的痕迹。20 世纪的一大创造就是开始了前所未有的影像生产,而影像缩短甚至"取消了与实在世界之间的外在距离"①,超越了传统意义上的美学空间,人不再需要想象便可与影像之间进行几乎触手可及的交流。影像生产满足了主导意识形态之下的单方面审美欲求,由此发展为一种暴力,一种霸权,但它会在影像的映照下变得欲盖弥彰。女性形象在观看者那里发生着裂变,一方面是正统道德宣扬的温顺天使,而另一面则是他们内心深处扭曲变形、无视伦理、根本不能兼容于文明社会的堕落妖妇,天使与魔鬼在女人身上得到了悖论式的统一。影像作为"与梦境最为相似的形式"②,男人们特别需要置身其中"期遇与现实中不同的女性形象,希望她们体现出那种未经礼教摧残和扭曲的自然天性,尤其是在性和情感方面的主动与奔放"③。这种潜藏于无意识的本能冲动,激活了双性同体中的弱势一方并投射于主体意识,在影像的消费中冲破了主客体之间的审美距离,让人自以为是地认为自己与欲望的客体同在,"甚至朦胧地构思自己与欲望对象的种种生动情节"④,审美主体得以在传统的美人幻梦中继续进行着欲望消费。

拉康的镜像阶段理论指出,六到十八个月的婴儿会通过镜子之中的人像来认识自我,也就是说人必须通过自身以外的客体来完成主体观念的建构。从这个角度来看,人类是悲哀的,我们并不具备俄狄浦斯的一双慧眼,无法自己解开"我是谁"这个斯芬克斯之谜,但同时也给由来已久的主客二元对立的思维加了个很好的注脚:优势的一方是与生俱来的,是上帝的恩赐,客体是注定要被认识被改造的。在自我认知的过程中,主体意识在镜像与人本身之间自由游离,而女性就是这样在无处不在的影像中发现并不断修正自我,但女为悦己者容,被观赏的他者地位客观

---

① 南帆:《影像时代》,《南方文坛》2000 年第 6 期,第 5 页。
② 同上,第 8 页。
③ 叶舒宪:《高唐神女与维纳斯》,北京:中国社会科学出版社,1997 年,第 444 页。
④ 南帆:《影像时代》,《南方文坛》2000 年第 6 期,第 7 页。

上促使她们卷入追求外在形体美的漩涡,因为"大众传媒为女性制造了无懈可击却绝不真实的女性形象"①。影像中的这些女性形象传播的是一种身体意象,而这种身体意象是"作为隐含的意义信息传达给观众的"②,这种符合主导意识形态利益的信息是具有霸权性质的单方面交流,它无视受众的感受,所以女性在被动接纳后就会自发做出传媒所预期的一种"自我建构意识"③,即把自我纳入霸权一方的行为轨道。于是,当下我们看到了女性对身材、美容、丰胸等产品的趋之若鹜,看到了她们推崇的唯一的美的标准——性感,她们"在对美的追求的同时也陷入了美的陷阱"④。女性在取得了一定程度上的解放之后,她们又走向了胜利的反面,不知不觉中在审美暴力的注视下为自己铸造起了另一座新的巴士底狱。

哪里有压迫,哪里就有反抗。网络上的"木子美"现象撞击着传统道德的底线,她们追求的是身心的完全解放,毫不顾忌地喊出了自己的性快感。在现代西方这早已司空见惯,1991年澳大利亚四位女性成立"维纳斯母体"组织,开始了她们激进的网络女性主义实践。她们在宣言中这样说,"我们是混沌新世界的病毒,从内部颠覆一切象征意义;我们是大父权电脑文化的破坏者,阴蒂直达母体。维纳斯母体——道德密码的终结者。"由此可见,网络女性主义者是想通过对网络空间中男性霸权文化的颠覆,以期实现她们在现实生活中身心的彻底解放。但是,应该看到,认识到了自己身体的重要意义并不等于完全意义上的女性意识的真正觉醒,女性被观赏的他者地位没有发生根本性改变,就木子美们而言反而被审美暴力的实施者所利用,继续着他们霸道的堂而皇之的审美行径。女性主义者要想真正有所作为,必须重建现实生活中平等的话语关系,从关心女性的受教育、就业和社会保障等基本权利入手,而单纯依赖电脑和网络等现代技术无以从根本上提升女性的社会地位,无以改变审美活动中的被动态势。

影片《毕业生》中占据上风的鲁滨逊太太也许永远不会意识到,她的一条美腿会昭示着潜藏太深太久的审美不平等,表面愚钝的本杰明会在欲望消费上比自己大大超前了一步——在她还没有主动表态的时候已经成了他白日梦里审美暴力的

---

① 骆晓戈:《女性学》,长沙:湖南大学出版社,2004年,第179页。
② 陈月华、郑春辉:《生成的身体与身体意象——影视传播中的虚拟人物》,《山东社会科学》2007年第2期,第82页。
③ 刘建洲:《我消费,我存在——影像生存及其问题》,《当代青年研究》2004年第1期,第29页。
④ 袁曦临:《潘多拉的匣子——女性意识的觉醒》,上海:上海译文出版社,2005年,第183页。

牺牲品了。但影像中再现的她符号化身体已经说明了一切,这是个充满敌意的男人的世界,是个欲望消费的时代,是个肉身被解构的时代,是个编织着美丽谎言的影像时代。

4 女性主义艺术的三朵奇葩

女性主义艺术发端于西方女权运动的第二次浪潮,在30多年的发展史上经历了从强调两性差异的社会原因转变到运用诸文化理论研究不同社会和民族的女性生存境况,逐渐成长为后现代主义艺术思潮中不可忽视的一部分。女性主义艺术的早期发展史上,一个困扰性最大的问题是没有形成固定的团体或组织,他们的艺术活动是互相隔绝的。20世纪70年代开始,很多艺术家积极行动起来,自发组成一系列的艺术组织,对女性角色进行重新审视与定位,组织了许多标新立异的艺术宣传。其中,比较有名的艺术团体有游击队女孩、女同行动机和毒奶妹。

游击队女孩(the Guerrilla Girls)是以大众化的媒介和幽默直观的语言介入公众生活的最具代表性的女性主义艺术团体,由著名的艺术家、作家和电影人匿名组成。她们从未在世人面前露出真实面目,而是身着短裙、长袜和高跟鞋,头戴大猩猩面具。在英语中,gorilla(大猩猩)和guerrilla(游击队)字形接近,而gorilla在俚语中更有"打手、暴徒"之义。这群艺术家正是利用游击队战术的流动性、灵活性和攻击性来反讽艺术世界中的男性霸权。她们带着笔刷和糨糊在大街上贴充满统计数字的海报,把艺术界检查制度和艺术基金会的偏狭公之于众,唤起公众的关注。

游击队女孩最著名的"战役"源于1984年6月的纽约现代艺术博物馆举办的一次展览,参展的169名艺术家中仅有13位是女性。她们把安格尔的《大宫女》重画,让这个历来被认为是理想女性美的典型形象戴上大猩猩的面具,龇牙咧嘴与观众相对而视,成为一个挑战而非诱惑的形象。人物的上方印着黑体字向观众质问:妇女必须裸体才能进入大都会博物馆吗?现代艺术中不足5%的当选艺术家是妇女,但85%的裸体画都是女性。

从那以后,她们拿起海报、广告牌、宣传册等武器抗议艺术界的性别主义和种族主义,以统计学的方法从展览空间的平等方面向当代艺术史的撰写与研究置疑,向社会揭示在展览、收藏和基金赞助中对有色人种和女性艺术家的排斥。她们的活动受到了国际公认,成为西方世界尽人皆知的组织,并被邀请到全欧洲和加拿大、南美和澳大利亚演讲。她们的活动对当代女性艺术的发展产生了深远影响。

1991年,当游击队女孩将抗议的矛头扩展到艺术以外的领域时,凯莉·莫耶和苏·沙夫纳因为应对同性恋活动组织和整个社会对女同性恋的"恐惧"心理而共同组建了女同行动机(the Dyke Action Machine,简称 DAM!)。英语中 dyke 指同性恋关系中扮演男性角色的一方,该组织使用这个词有自我指涉之意,她们以自己的行动致力于揭穿社会对女同性恋的文化误读,质疑她们在大众传媒中的缺失,反驳主流的广告策略并将女同形象融入其中,从而为女同性恋者这一边缘群体争取一席之地。她俩采取了与游击队女孩类似的替换策略——把美国青少年时尚服饰品牌盖普的广告画中的名人换成了一位年轻的女同性恋者,从而给公众观者带来一种意想不到的愉悦之情。

女同行动机的经典"战役"要数"直通地狱"的海报了。当时,克林顿上任不久便以第一号总统行政命令强迫美军全面允许同性恋者从军,但很快迫于各方舆论的压力而抛出对美军中的同性恋问题"不问不说"政策。有鉴于此,该团体模仿时下流行的低成本动作电影海报,为一部根本不存在的电影创作了一幅海报:画面上方三位男性化的同性恋者摆着很酷的"型男"造型,印有:"她身份暴露了,因而被军方开除。现在,她要大开杀戒了……";下方是一条空旷的巷道,一对女同性恋者正相拥着看着观众。如此形象生动的视觉语言打动了无数的民众,以至于上千人拨打海报上的电话(当然也是不存在的)咨询电影的上映时间。此后,女同行动机乘胜追击,设计了同性恋婚姻、女孩网络、女同泡沫等主题活动,并于1998年将两人的真实形象公之于一张明信片上,彻底抛弃"游击"策略而进入公众视野。

在商业广告领域得胜之后,女同行动机组织及时意识到了非主流女同身份被商品化的风险,她们进而转向网络空间的新战线。受益于早期的"女同电视"以及"女孩网络"等网站,女同行动机于1999年开始创办互动网络游戏网站"妇女殿堂"(Gynadome)。它从美国女同性恋文化史上截取一个片段,植入未来主义的场景,从女性角度反思数码与网络带给人类的危害,很容易让人联想到经典系列科幻电影《终结者》。在她们张贴于加州的灯箱招贴画上,我们可以看到这样一段文字:"没有电能,没有电脑,没有男人。"游戏利用视频、动画、实时聊天、超文本等形式展示了一个后启示录时代的地球,俨然已经变成了一个数码垃圾站,仅仅剩下一群女性技术抵抗者捍卫着地球,她们是新时代破坏机器的"路德派"。虚拟现实营造的逼真场景让玩家大呼过瘾,正如它要告诫的:"在妇女殿堂,你要准备进入后数码世界,电池早已用完,剩下的唯一交流方式只能是原始的喊叫。"这种对技术狂热分子无情的讽刺挖苦，在幽默与夸张的表演中灌输给了每一个人，传达出女同行动机对技术依赖性和人类生存境遇的深深忧虑。

与游击队女孩和女同行动机相比，毒奶妹（the Toxic Titties）则是更为活跃的女性主义艺术团体。创始人希瑟·卡希尔斯、克莱芙·李尔瑞和茱莉亚·斯坦梅茨在2000年时还是加利福尼亚艺术学院的研究生同学，在攻读美术硕士期间创办了该组织，她们把艺术、女性主义和行动主义结合起来，利用一系列行为策略来颠覆主流文化中的性别、性欲和阶级观念。她们以多种身份出现在公众面前，如营地顾问、警员、军队、同性恋新娘、影视新星、赞助商、人体模特等，意在冲击公众对同性恋的固有偏见。2002年的洛杉矶户外媒体艺术节上，毒奶妹组合自发"承担"了安保任务，以警员身份出现的她们不无滑稽的表演描绘了一个"姐在照看哥"的未来世界。后来，在墨西哥城举办的另一次艺术节上，毒奶妹组织了"有毒部队"，她们招募一群女性艺术家从美国大使馆"行军"至特雷莎博物馆，她们红黑相间的军服着装对男性军人精神进行了滑稽戏仿，展示了对女性力量的憧憬，墨西哥城区变成了对抗男性霸权的战场。

毒奶妹最有名的"战役"与意大利行为艺术家比克罗夫2001年在洛杉矶进行的一次表演《VB46》有关。她用真实的女性身体描绘出群体"雕像"，把招募来的时装模特或"群众演员"随意安排在舞台上，毫无表情与动作，也不和观众进行交流。毒奶妹的两位成员有幸参加了这个表演，当时还是学生的她们在校园里看到一则海报称招收"20到30名裸体模特，18岁以上，有骨感，身材高挑……男孩子气、短发或金发者优先"。比克罗夫意在批判时装产业中的拜物教趋势，揭示大众文化中无所不在的女性身体被物化的倾向。然而，毒奶妹推翻了比克罗夫的版本，她们让参与者全裸上台并谈论比克罗夫作品的创作过程，尤其提到那则招募广告，对其潜藏的剥削女性身体思想进行了辛辣的讽刺。毒奶妹的这个名为"介入比克罗夫"的活动成为女性主义艺术史上著名的抗争活动之一。

这三个女性主义艺术群体将关注的矛头从最初的美术馆、广告传媒逐步扩展到网络、电影制作以及戏剧演出等各个艺术领域，以大胆甚至是激进的策略、以其极具感召力的社会活动挑战社会传统对于女性特质、女性美强加于女性的要求，挑战社会性别对女性的限制，成为现代西方女性主义艺术发展史上的三朵奇葩。

第四章 英语文学译介

一 贝里尔·弗莱彻的译介与浅释

1 御用女裁缝

[新西兰]贝里尔·弗莱彻

贝里尔·弗莱彻(Beryl Fletcher, 1938—),新西兰女作家,第三代英国移民,现居惠灵顿。她出生于奥克兰一个工薪家庭,在姐弟四人中排行第二,早年做过校医,后来改学歌剧,结婚后移居澳大利亚。然而婚姻生活并不幸福,在经历了长达11年的孤寂与隔阂后,弗莱彻毅然选择了离婚,带着两个孩子回到新西兰。弗莱彻自幼酷爱读书,尤其是在澳大利亚期间积累了大量的读书笔记,同时也不断进行小说创作,她写出的第一部短篇小说《玻璃女孩》("The Glass Virgin")本是参加创作大赛并获奖的作品,入选1973年版《澳大利亚新作》(*Australian New Writing*)。回国后的弗莱彻刻苦自学,成功进入怀卡托大学学习社会学,最终拿到硕士学位,毕业后留校任教一年,在此期间积极从事女权主义活动,后转为专职作家。长篇小说处女作《烧词者》(*The Word Burners*)于1991年正式出版,翌年便为她赢得南亚及南太平洋地区英联邦作家奖最佳首作奖。此后,弗莱彻陆续出版了《铁嘴》(*The Iron Mouth*, 1993)、《硅舌》(*The Silicon Tongue*, 1996)、《红木部落》(*The Bloodwood Clan*, 1999)以及回忆录《卡拉穆的小屋》(*The House at Karamu*, 2003)。其中,有两部已经被翻译成德语和韩语。1994年,弗莱彻代表新西兰参加了美国衣阿华大学的"国际写作项目",并于2005年进入美国勒迪希国家写作之家的访问作家行列。

弗莱彻的小说以女性主义为核心，关注科技发展背景下女性生存环境的变化以及由此带来的知识焦虑、心理失衡、意识滞后等问题，强调女性自立自强以及姐妹情谊的重要性。小说涉及失语症、性暴力、女同性恋、网络朋克、部族仇杀等诸多社会热点话题，弗莱彻从中记录着新西兰的时代变迁，以及变迁中的人，尤其是女性主体意识的萌醒历程。

本篇《御用女裁缝》("Dressmaker to the Queen")收录于卡西·邓斯福德主编的《颠覆性行为》(*Subversive Acts*, 1991)。它以年轻姑娘莫莉的眼光记录了名叫科亨小姐的女裁缝的一段人生经历，莫莉在与她的交往中经历了自我意识的觉醒与蜕变，学会撒谎是莫莉人格成长历程中的第一课，成为女性求生的必备技能。科亨小姐教导莫莉那句"生存才是王道"的话余音绕梁，耐人寻味。

一

大厅里靠近父亲办公室的门廊上，莫莉正拿着鸡毛掸子摆出一副清扫画框的架势。她看到科亨小姐一身长款粗花呢大衣下面露出系得紧紧的棕色鞋子。这位小姐想要住进来，父亲正在和她面谈。莫莉就盼着能接纳这位身材小巧、衣装整洁、笔直地坐在椅垫上的女人。

莫莉心里明白，父亲并不赞同女性前来寄宿，在他看来女人们把浴室弄得乱糟糟，嫌到处脏兮兮，还会对饭菜质量说三道四。母亲去世三年来，还没有一个女的住过这里。母亲在世时，她会让这样的女人交点钱住下来，但不会像对待男客人那样称她们为寄宿客，这些女人通常都是由于或这或那的原因而遭抛弃的，她们实在是穷困潦倒、走投无路了。母亲会说："这次破例吧，克利福德。就行个好，看她那可怜样。"一旦安顿下来，他就无计可施了，整天价儿嘟囔因为母亲的慈悲和房客的"可怜样"，才生活在她们的暴政之中。

"我们这里是供干活的工人寄宿的，"他对科亨小姐说。"你可能觉得不太中意吧。"

"看起来蛮不错的地方嘛，基布雷斯先生。"

父亲一下子来了精神。"那当然，我就想打理成这样。"

"知道你不情愿，可我不会说一丁点儿假话的。因为家庭原因，我最近刚从英格兰家里出来,可能过几个月才回去,当然还要看我能不能过得舒心才行。"

"家庭原因?"

"没啥见不得人的,是这样:我哥哥是奥克兰这边的律师,他老婆生病了,我来就是给嫂子做个伴儿的。听说过科亨先生吧?"

"当然了,他在这边大名鼎鼎。"

莫莉的鸡毛掸子在同一个画框上已经拂了好多遍了。她自言自语道,这下你逃不过了,爸爸,说不出"不"了吧。

父亲问科亨小姐为何不住在哥哥家里。她说这可是绝对保密的,嫂子是个很苛刻、难对付的女人。她深信,基布雷斯先生会体谅自己的难处的。

她从黑皮夹里掏出些钞票。"你看,我不会少你钱的,"她说。

父亲显得有些窘。"别这样,很荣幸科亨先生的妹妹来我这里寄宿,我女儿会领你去房间。"

莫莉带着客人上了楼,进到二楼那个很大的空房间。她很是兴奋。科亨小姐打开窗户,大口吸着上午的清冷空气。

"好的,莫莉,"她最后说。"我们总算到了。"

莫莉不太明白她的话。"还有什么事吗?"

"去告诉你爸爸,这间房非常适合我,还有些东西得周末才能运过来。"

莫莉走到门口停了下来,她想看着科亨小姐打开他的棕色皮箱,里面肯定是裙子、礼服、香皂等女性用品的世界,而这些行头会让新客人在这家男性寄宿店里鹤立鸡群。莫莉上班时间就忙活那些男人用的物品了:灰法兰绒衬衣扔得到处都是,还有马甲、靴子、毡帽、修面刷、磨剃刀的革砥、厚羊毛袜、棕皮带等等。她早已厌倦了这样的生活。

科亨小姐对莫莉微笑了一下,似乎明白了她的心思,便让莫莉把粗花呢大衣和海军蓝外套挂到杉木橱里,再把几件乳色丝质短袖衫和长袖睡衣折叠整齐,放进高脚柜。尽管莫莉对科亨小姐这些朴素且又实用的衣服感到有些失落,但接下来看到的东西还是让她宽慰了很多。那是些科亨小姐称之为"命根子"的东西:一个漂亮的带小镜子的珍珠母粉饼盒,一套毛刷,还有些精致的小盒子和各种瓶瓶罐罐。

二

科亨小姐受到贵宾似的礼遇。父亲允许莫莉在每餐过后给这位新客人送茶点到前厅,而男人们则只能待在餐厅喝点波尔多红酒、抽根派卓牌香烟。

这些男人们不敢有怨言。基布雷斯先生最近已经把每周的食宿费用减到了30先令,毕竟大家都降薪了,很多人还丢了工作。他们把这位中年未婚女子的到来,看成是日子难熬的又一个信号。他们有意无意地开她的玩笑,拿她寻开心,但这么做并无恶意,就好像在行使一种仪式似的职责,人们本来就是要男人们这样对待女性的。

有个吉米·贝内特先生,游戏玩得有点过头。他假装成寄宿客中暗恋科亨小姐的一个,有时会趁着走过她身边去找餐位的空儿,在耳边讲几句甜言蜜语。她是从来不理会的,但有时也会觉得脸红。

科亨小姐非常干练,穿戴整洁,能说会道。她所接触过的东西对于莫莉来说都具有特别的意义:像装甘油和玫瑰香水的瓶子啦,蓝白相间的雪花膏罐子啦,午睡后涂在眼睛周围淡褐色眼影的盒子啦。莫莉得到许可,在严格指导之下试用有些"命根子",这些都是她从没接触过的玩意儿,也只有在科亨小姐在场指导的情况下,她才可以使用。过后,莫莉会仔仔细细地洗干净脸,不让父亲看见她这样子。他说过正当女人是从来不用化妆的,一旦看见有擦脂涂粉抹口红的痕迹,他就会亲自用冷水和卫宝香皂给她擦洗个干干净净。

莫莉弄不明白,新客人总是满面潮红、樱红小嘴亮闪闪的,他怎么就没留意过这些令人生疑的地方呢。莫莉问及个中原因时,科亨小姐笑开了怀。"我可善施三十六计,亲爱的。为了生计,女人必须要机灵,生存才是王道,再没别的了。"

科亨小姐的东西用一辆黑色小型福特卡车运了过来,两个穿着粗布围裙的男人把一个大木头箱子抬上楼。基布雷斯先生从办公室出来,喷云吐雾中带着愠怒。又上来一把盖有碎花织锦的大扶手椅,小心翼翼地挪动着经过科亨小姐门口。接下来是张橡木伸缩桌;然后是个裁缝用的假体模特,上面严严实实裹了一层原色布料;满满几盒茶叶,生锈的饼干罐,许多用棕色纸包好的扁平包裹,一大包盖着粉色缎子的衣服架子,一个皮面记事本,还有一堆米色蕾丝窗帘。

最后一个慢慢抬上楼的大件是台比尔牌缝纫机,华丽的铁脚踏轮前后摆动、吱嘎作响。莫莉禁不住地兴奋起来。

父亲生气了,莫莉可以从他那吞吐烟雾的样子中感觉出来。她是个观察、揣测父亲心情的行家,别人不会知道他的怒气发作将会是疾风骤雨式还是阴雨连绵式的。莫莉抢先发话了。

"这不很好吗,爸爸?她可能会教我缝纫呢。"

"那个混蛋在哪?"

科亨小姐走出房间,下到楼梯平台上,手里拿着个很大的棕色纸包裹。莫莉真想她没听到父亲的那句话。

他站在楼梯底端,抬头望着她说,"科亨小姐!和你说句话,要是行的话。"

"我这会儿正忙着呢。"

他大步走上楼梯,正对着她。"这是怎么回事?客人只许带小件个人财物,不能满屋子摆的都是家具。"

科亨小姐马上答道,"这都是些必备的呀,基布雷斯先生。没有这些东西,我的生意做不下去啊。"

"生意?"

"上周和你说过的。我是个女装裁缝。"

"我怎么记不起你告诉过我这事。"

莫莉站在父亲身后,双手紧紧交叉着放在背后。她闭上眼睛,祈祷科亨小姐同他讲话能温柔点。没什么能比一位女士扯高嗓门或者言语粗鲁更让他生气的了。

科亨小姐微笑了一下。"是我错了,我必须得道歉。还以为你当时完全听懂我的话了呢。"

"什么?"

"你允许我在这间房里开展业务的。"

"我允许你了?"

"哎,原谅我这么说,你天天晚上喝红酒,而且都是醉醺醺的。"

"她确实告诉过你,爸爸,我在场的。"莫莉的表现令她自己都很震惊,要是父亲发现她说了谎话,会揍她的。

科亨小姐说,"谢谢你,莫莉。"

莫莉寻思着,科亨小姐眼神中透露出的怜爱,真能让她赴汤蹈火。

父亲显得有些愧疚了。他知道有时说过的话自己记不了那么清楚,尤其是晚上说的那些,可还是用疲惫和焦虑而搪塞了过去。

"还要你帮一个忙,基布雷斯先生。能不能找个工人把这个挂到门柱上?"她打开包裹,拿出一尊维多利亚女王的半身铜像,正面还镶着个小黄铜匾牌。

父亲念着铜牌上刻的字。莫莉简直不敢相信接下来发生的事。他向科亨小姐道歉,说是尽管有点不寻常,他又想不出不让她在寄宿店里经营小型缝纫生意的理由。年景不好,必须做出让步的。

他走下楼梯,双手恭敬地捧着那尊铜像。

莫莉说,"我对爸爸撒谎了……"

科亨小姐将一根指头放在莫莉嘴唇上。"嘘。你做得对。"

"可说谎话就是不对嘛。"

"你讲的是实情啊。"

科亨小姐打开一个扁包裹,里面露出一块亮闪闪的薰衣草与杏花相间的布料,科亨小姐拿到灯前。"啊,真丝的,多好啊。"她把包裹一一打开,沉浸在发现的喜悦里。"这块上面是富士山。快看!柞蚕丝的,一路从印度运来的呢。"又拿出一块玫瑰色的丝绸让莫莉摸摸。"看看多么鲜亮,漂亮,太漂亮了,蚕儿造福人类的果实。"她仰过头去,笑了又笑。

莫莉真是入迷了,看着科亨小姐在房间里走来走去,将一盒盒一包包东西扔到床上,对着书上、照片上、一捆捆裁剪纸样上那些雅致的正面女性素描像叫喊着。

科亨小姐捧起一块孔雀蓝的绸布料。"莫莉,这块颜色适合你,我给你做件衣服吧。"

莫莉兴奋得说不出话来。科亨小姐拉起她的手,领她到堆放纸样的桌子旁。"在这里头找找,看看有没有你相中的。"

莫莉注意到,纸样上写有不同女性的姓名和地址。

科亨小姐笑着说,"别怕啊,莫莉,这些确实都属于我。"

莫莉赶紧答话,"我可没那么想。"

"你这个年龄,看什么事情都太死板。总有一天你会明白,事情从来不是看起来的那个样子。"

"就像说谎话这事?"

"哦。"她走到窗边,看到楼下麻雀啄篱笆上的红莓,面包店的厢式货车慢腾腾地爬着山坡。"诚实的表现方式有很多种。"

"我不明白。"

"真话就是那些有利于他人的话。你帮了我,你也就说了真话。"

莫莉这才宽下心来。向父亲撒谎的包袱终于从心头卸了下来。她想该问问科亨小姐有关铜牌的事了。

科亨小姐欢快地说,"他这会儿正在往门柱上钉女王陛下像呢,他真的很厚道啊。"

"上面写了啥?"

"女装裁缝,入内详询。传承祖母宫廷裁剪技艺。"

莫莉崇拜得五体投地。父亲教过她要敬畏、尊重君王制,他深信皇室坚守着文明与无政府状态之间的界线。要是没有国王和帝国的护佑,他做梦也想不到会来到这个生番的国度。

"她真的是啊?你祖母,我说的是。"

科亨小姐默不作声,只是从拜克罗夫特饼干罐子里倒些衣扣在桌上,将它们分成不同的两堆,一堆是珍珠的,一堆是骨瓷的。

父亲喊莫莉下楼做午饭去了。莫莉叹了口气。"我得走了。我过会儿还能再来,帮你整理东西吗?"

科亨小姐说,"当然能了,那会帮上大忙的。"

莫莉又感叹道,"真不想去做这饭。莉莉在这里干过,从一个小岛来的,可父亲再也给她开不出工资了,也就走了。"

"哦。"

父亲又催促莫莉了。她下了楼,开始做饭。今天周六,午饭就吃冷肉、蔬菜、西米布丁和瓶装酸梅。她做了洋葱白酱汁,将牛奶和黄油掺进土豆泥再拌匀,又将卷心菜焯了水。父亲磨了剔骨刀,把冻羊肉切成薄片。

客人们都在长桌上坐好了。吉米·贝内特先生在科亨小姐耳边私语着什么。"当然不行!"她厉声说。

大家都看着他。父亲也瞅他一眼,算是个警告。吉米·贝内特说他只是问问愿不愿意给绅士们改改衣服,没必要动怒吧。

科亨小姐斩钉截铁地说,"我只给女士做衣服。"

男人们显得有些不自在了。这顿饭中间再没发生什么事,莫莉却增添了对科亨小姐的敬重之情。对她来说,就好像这些男人们的声音安静了好多,他们都尽力不掉饭菜粒,也不在木地板上蹭靴子了。吉米·贝内特先生尽可能安静地吃着饭,别人还没吃完他就走开了,说是镇上有件急事要办。

科亨小姐吃了些美味的西米布丁和几颗黑多丽丝酸梅。基布雷斯先生在桌上奉承她几句,等走时还帮她把椅子给摆正了。莫莉从橡木餐柜里拿出盛蔬菜的空碗，开始没完没了地洗刷碗碟。

三

莫莉高兴不起来。在寄宿店里干活要更卖力才行，父亲大部分时间都躲在办公室里生闷气，孔雀蓝衣服让人心烦。科亨小姐量过莫莉的尺寸，并帮她选好了式样，之后几周就再也没了动静。莫莉也不好意思自己去问个究竟。后来有一天，那块绸缎布料出现了，皱皱巴巴裹在假体模特上，莫莉是在打扫科亨小姐房间时发现的。就这样又过了几个周，它看起来非常诱人，闪着光泽，那种耀眼的蓝色在莫莉眼里燃烧着她无法实现的欲望。

有一天，她看见衣服摆到了桌上，几个颜色各异的饰针钉着些包装纸剪成的巴特里克式样。不是她选的那个样式。科亨小姐怎么会犯这种错误呢？她很想去问问她，但真要问了就显得有些不识抬举。她努力集中注意力，科亨小姐在给她演示如何使用裁缝专用粉笔勾画褶皱，如何把毛边处理成好看的来去缝①。当科亨小姐说到要防止剪过头就得在布料上画道虚线，还要把小暗扣做得足够专业时，她点点头。

"一定给你做最好看的，莫莉，"科亨小姐说。

可这件衣服太难看了，穿上后莫莉就觉得腰上卡得不舒服，褶边后面垂而前面翘。边线的缝合皱皱巴巴，袖子也太短，甚至都抬不起胳膊。奇怪的是科亨小姐似乎对她这件作品十分得意。她要莫莉周日晚饭时穿上，也让父亲欣赏欣赏。这下莫莉可害怕了，她怕父亲会对科亨小姐生气，甚至要嘲笑不止，但他却拍拍她的脑袋，对她说全国上下都陷入绝境的时候，能有这么一件漂亮的新衣服是很幸运的。

他整天忧心忡忡的；两位寄宿客已经丢了工作，被送到了荒石遍布的火山冲击平原上的工棚去了。尽管花了大价钱在《奥克兰星报》上做广告，房间仍然空着不少。基布雷斯先生想象着高纬度地区冬天凛冽寒风吹到脸上的样子，耳边还能听得到大靴子踩到黑乎乎的雪泥的声音，眼前浮现出自己背着一口袋松树苗攀爬荒丘的情景。

入秋后的一天上午，他把莫莉叫到办公室，紧接着就关上了门。她仔细瞅瞅他的脸，却不见他抬头。生气了吗？她再也读不出任何预兆了，已经与他隔阂得太遥

---

① french seam（缝纫术语）来去缝，具体做法是：先缉正面窄缝，修剪毛梢后，再次在反面缉一道线，使所有的毛边都包在缝里。

远了。

"我接到个投诉,"他说。

莫莉猛地一怔。"说我的?"

"不,是科亨小姐。"他对她讲,有位顾客打电话过来投诉,说是科亨小姐没能按照约定做完她的舞会装,当要商量这事该如何解决时她却骂骂咧咧的。

莫莉真是左右为难了,一方面倍感自豪的是他能向自己吐露这事,另一方面却又在替科亨小姐担心。"她尽全力了,客户也不能要求太高了。"

"这是她对你说的?"

"她和我讲了很多。"

"有没有对你说过,她已经欠我两个月的食宿费了?"

莫莉哑口无言了,战战兢兢地听完了父亲的打算。他要科亨小姐自行离开,说是已经厌倦了她哥哥在城里的影响力。因此,他就决定了不再为她提供饭菜,这一招很快就会令她不得不另寻他处的。再说,他确实负担不起欠费客人的伙食了,这是家寄宿店,不是施粥铺。

"可是,爸爸……"

"别的甭说了,你不许再分给她饭菜了。"

他要我出面办这件缺德事,莫莉心里说。

父亲避开她的眼睛。"你还年轻,不明白这些事;就按我说的去做好了。"

午餐时间对于莫莉来说是个巨大的考验。她不得不越过科亨小姐,去给别人送上花椰菜奶酪和汤。科亨小姐的脸颊绯红,似乎立刻明白了这一切。等别的客人都吃完了,她还坐在桌边,然后才一言不发地走开了。

莫莉简直不敢相信自己的眼睛,那天晚上科亨小姐照例坐到了桌旁。客人们都挤在一起,干了一天活累了、饿了、不耐烦了,吵吵嚷嚷的。刀叉起落之间盘子很快就见底了,而科亨小姐还坐在那里,摆弄着银色的圆形餐巾,眼睛直勾勾地看着前方。

男人们觉得有些不对了。基布雷斯先生哪里去了?莫莉不动声色,沉着冷静,科亨小姐面前没有一盘饭菜。吉米·贝内特先生还以为她在节食。别的人都不安地笑了起来。

莫莉洗完盘子,把厨房的地板扫了,然后再把一磅麦片放进大黑坛子里,泡一晚上明早好做饭。八点钟了,她给男客人们上了茶和饼干。没见到科亨小姐的影子。

莫莉提心吊胆地敲了敲办公室的门。"是我呀,爸爸,给你端茶来了。"

基布雷斯先生打开门,招呼她进来。"谢谢,亲爱的。"他把香烟放在大理石烟灰缸上,咽了一口茶。"如何?事办得怎样?"

莫莉没有回答。

"她明白咱的意思了吗?她走了吗?"

"晚饭时她又来了,只是坐在那儿。我啥也没给她吃。"

"真不要脸!好,只要她能撑得住,咱就奉陪到底,咱可不能让步啊。"

莫莉托起他的餐盘,走出房间,端着剩菜走进厨房。她很想砸点什么东西,便抄起一只大大的白色早餐杯——质量很好的那种,狠狠地摔了下去,故意砸到铜水龙头上,它齐整整地碎成光滑的三大片。心情马上就好多了。

她往围裙口袋里装了些饼干,悄悄地上了楼,轻轻敲开门,科亨小姐让她进来。"这些是给你的。"

"你真好,可我想喝点茶,一杯暖暖的好茶。"

莫莉又蹑手蹑脚地下了楼梯,烧了壶开水。她很小心地端着托盘上到科亨小姐房间,盘上面放着带羊毛保温罩的瓷壶,几只杯碟,一个雕花糖缸,还有个系着棉布珠子的银色牛奶杯。

她们一块儿喝茶,啃圆形酥油饼干。莫莉说起那位怒气冲冲的女士打来的电话,抱怨她的那件舞会装。科亨小姐站起身,走到窗边,哽咽了一下便咳嗽起来,双肩抖动着。莫莉吓坏了,以为是科亨小姐哭了。

"求求你,我不是有意让你伤心的。"

科亨小姐转过身来,眼泪顺着脸颊流下来,可她是在笑,不是哭。莫莉如释重负,也跟着笑了起来。很快她们拥抱在一起,那么无助,哽咽着,有点歇斯底里。

"问题是,"科亨小姐喘息着。"问题是……"

她们相互拥抱着。莫莉喜欢她衣服的丝滑,她脸上涂粉的香甜味道,她身体柔柔的感觉。

"问题是,我还啥也没做过呢。"

"你是说,一件也没做成?"

"一件也没做!"她抽泣着笑了。"不会做啊,我试过,压根儿就没指望。"

莫莉颇具外交口吻地说,"你做好了我的衣服呀。"

科亨小姐再次尖声大笑起来。"真他妈的难看!"她把手放在嘴上。"我请求你的原谅,你这话让我忘乎所以了。"她坐到桌旁,拿起块白色大手帕揩一下自己的嘴巴。

莫莉乐坏了,活到现在还没有和谁靠得如此近乎过呢。她又倒满了茶,接着聊。

科亨小姐告诉她,自己是如何跑到救助站想要点儿钱的,但有个讨厌的小办事员朝她笑笑,叫她去向家人求助,或者干脆找个老公得了。救济是专门留给男人的。

莫莉生气了。"他怎么敢这样!"

"像我这个样子,是走投无路了才去找他们的。"

"但你是个女装裁缝啊。"

"不,那只是最后一根救命稻草。别的我确实都尝试过了。"

"但你教过我好多好多怎么去缝线一类的活儿啊。"

"那都是从书上学的,书上看起来简单,但真要动手来做,我真的不行,不行啊。"她喝口茶,叹口气。

莫莉感到愧疚,热泪盈眶。"中午到晚上,我一点吃的都没给你。"

"你也是迫不得已。"

"爸爸坏到家了。"

"别为难他了,莫莉。他也有苦衷啊。记住我说的生存的重要性了吗?"

"还有个事儿要问你。"莫莉顿了顿。

科亨小姐摸了下她胳膊。"说吧,亲爱的。"

"既然你实际上不是个裁缝,那哪来这么多缝纫用的东西呀?"

"典当行的。我们生不逢时啊。我常想一个可怜的女人要是迫不得已放弃自己营生的器具,那将会变成个什么样子。"

"还有那尊维多利亚女王塑像呢?"

"也是典当行的。"

"这么说,你祖母的事有假了。"

"她确实是个裁缝,维多利亚女王在世时,就住在伦敦。她四处接些针线活,有的可能是宫里的。"

莫莉的脸颊上滑下泪珠来,科亨小姐用自己的手帕给她擦了。"咱俩私下说,我宁可她没干过才好呢。皇族都是些社会寄生虫而已。"

莫莉惊呆了,振奋不已。她以前还从没听人说过这样的话。"也就是说,你把女王带来,就是为了打动爸爸了?"

"差不多吧。"科亨小姐站起身,笑了笑。"我明天一早就走了。你爸爸可以留下我的缝纫机,算作补偿吧。"

她从高脚柜里取出些衣服,整齐地装进棕色皮箱里。"别这么严肃,莫莉。"

"我也不想啊。"

"生存才是王道,但有时候你真的别无所有了,还是可以去乐呵一下嘛。"

她抓过莫莉的手,拉她到楼下,在前廊里稍微一停,拿了个重重的铁刮靴板。外面,轻风拂过,秋叶零落,昏黄的街灯明灭可见。她俩跑到前门,科亨小姐朝着维多利亚女王的脑袋狠狠地敲了一下。

父亲的身影出现在办公室的窗框里。莫莉犹豫片刻,从科亨小姐手里拿过刮靴板,相互对视一下,什么也没说。她双手举起武器,一下又一下地对着铜像敲打个不停。四周的灯光闪起来了,金属撞击得叮当作响,火星乱飞。

科亨小姐呢,拍打着双手欢呼着,在落叶堆里跳起舞来,跳呀,跳呀……

2 弗莱彻的女性主义叙事艺术

贝里尔·弗莱彻的女性主义三部曲注重探索小说叙事的新形式。她的插章具有强烈的自我意识,不同于菲尔丁和爱略特的评论性插章以及海明威和斯坦贝克的故事性插章。弗莱彻融入电影叙事,赋叙述者话语权与视觉,实现了意识流叙事新的呈现形式。她还用多重叙事构筑了一个审美三角,使得叙述者在对话中走向权威。弗莱彻的叙事探索本质上是在现实主义传统中戏仿碎片化的现实,女性叙述者从无权最终走向自我赋权,从而建构了自己的权威。

当代新西兰女作家贝里尔·弗莱彻(Beryl Fletcher, 1938—   )所著的女性主义小说三部曲《烧词者》(*The Word Burners*, 1991)、《铁嘴》(*The Iron Mouth*, 1993)和《硅舌》(*The Silicon Tongue*, 1996)就像一张巨幅画布,浓墨重彩地描摹了20世纪新西兰女性的生活群像。她的小说叙事注重传承经典作家的写作传统,同时对叙事形式进行孜孜以求的探索,因而在弗莱彻的作品中我们不难发现古典与现代、继承与创新、阴柔与阳刚的独特交响。具体而言,《烧词者》在第十八章叙事停顿而出现一个插章,《铁嘴》将插章的数量进一步扩大的同时引入电影叙事,《硅舌》则采纳了多重视角叙事。凡此种种,都代表了作者苦心经营的叙事权威构建,从而循着赋予女性话语权这根主线,在不断探索中让女性发出她们自己的声音。

在插章中书写自我

热奈特在《叙述话语》中根据叙述时间与故事时间的比例划分了概述、场景、省略和停顿等四种时距,其中"只有故事外的叙述者为了向读者提供某些信息,从自己的视角而不是从人物的视角来描述人物外貌或场景,暂时停止故事世界里实际发生的连续过程时"[①]才会出现叙事停顿。热奈特对停顿的界定值得肯定,我们可以用来更好地区分叙述视角,辨别叙述与评论从而更好地把握叙事节奏;然而,他的这种区分只是停留在微观的段落层次上,至于更大范围内的停顿,如《汤姆·琼斯》第十三卷开篇一整节的祈祷文,甚至《八月之光》中横跨多章的回顾性叙述,他则没有涉及。同时,热奈特对停顿的目的概括不全,缺乏最为关键的作者评论这一项。美国女性主义叙事学家沃霍尔则弥补了这一缺憾。她在对乔治·爱略特《亚当·比德》的解读中发现,标题为"这里故事暂停"的第十七章中出现叙事停顿,叙述者为了"强化读者对她书写的世界的信任度,没什么能够比向小说中插入长长的评论这样的做法更为大胆的了"。沃霍尔称这一章为"所有现实主义观点的一个宣言"。[②] 事实上,无论是18世纪的《汤姆·琼斯》还是19世纪的《亚当·比德》,它们都无法摆脱现实主义创作传统,叙述者无形中成为隐含作者的代言人,从而可以对人物及事件进行评论与说教。这种叙事停顿构成一种评论性的插章。

进入20世纪后,随着现代主义思潮的兴起,英美小说界流行在求新旗帜下对小说叙事形式进行探索与革新。海明威的《在我们的时代里》(1925)尝试了插章的另一种表现形式:全书十五章中各包含一个短篇小说,但在每个故事开头又都安排了一篇短小精悍、自成体系的小品文(vignette)。这种叙事手法表面上看会造成一定程度的混乱,并因而招致众多非议;但从全局来看,正是这些小品文更好地串起

---

① 申丹、王丽亚:《西方叙事学:经典与后经典》,北京:北京大学出版社,2010年,第119—123页。
② Robyn R. Warhol, *Gendered Interventions: Narrative Discourse in the Victorian Novel*. New Brunswick: Rutgers University Press, 1989, pp. 129—130.

了每个故事,从而让整部书实现了"高度细微的结构统一、意义连贯、主题一致"①。无独有偶,斯坦贝克沿袭并发扬了这样的叙事手法,他的《愤怒的葡萄》(1939)全部的三十个章节可分为两种叙事风格:一种是总体叙述,涉及整体的社会生活大背景;而另一种则专注于描绘主人公乔德一家的具体遭遇。两种叙事章节交替出现,且总体叙述的插章多达十六章。布斯注意到了这种"看起来精明"②的叙事格局,但他只是简单地将乔德一家与那只慢行的乌龟并列起来,认为这只是一种平行叙述,没有看到两者间的包容关系。与18、19世纪的小说相比,现代主义小说家在作品中同样表达了自己对事件的评论,只不过不再是那种赤裸裸的"故事+评论",而是裹上另一层故事的外衣,成为"故事 x+故事 y"的格局,我们可以称之为故事性插章。

弗莱彻的处女作《烧词者》中第十八章同样是个插章,但这个插章中没有隐含作者的直接评论,也没有出现故事性叙述,而是一篇课程论文。该论文由一个虚构的第一人称异故事叙述者"阴道"(cunt)叙述,它显然提喻了整个女性群体。这样的叙述视角达到了两个基本目的:其一,以更具理论性的分析揭示小说主题;其二,具有强烈的修辞效果。这篇名为《阴道言说》的论文让弗莱彻在创作之时亦感颇为尴尬,在第二版后记中她描述当时的情景:"几个周的时间里,我每天肯定写了几十遍'阴道'这个词。我是在图书馆的波利尼西亚厅写的,那里经常有学生光顾,他们走过来时我就用桌边的那张大地图把正在写的东西盖起来。每天傍晚,我都会拣起随手丢掉的纸团,塞进我的包里。一旦有清洁工读到废纸篓里的文字的话,我不想让他们难堪。"③这在现在看来仍然是激进有余的言辞,是西方女性主义发展史上第二次浪潮的标志性特征。在继法国文学理论家西苏发现女性身体之美的《美杜莎的笑声》、澳大利亚维纳斯母体(VNS Matrix)组织的"网络女性主义宣言"和伊娃·恩斯勒宣扬"全世界阴道联合起来"的剧作《阴道独白》之后,本身就有社会活动家背景的弗莱彻在此潮流中显然占据了一席之地。

论文主要论述女性发出自己声音的必要性,认为主流社会文化中男性"根据自

---

① Robert M. Slabey, "The Structure of *In Our Time*," in Linda Wagner-Martin ed. *Earnest Hemingway: Six Decades of Criticism*. East Lansing: Michigan State University Press, 1987, pp. 65–76.

② Wayne C. Booth, *The Rhetoric of Fiction* (2nd Edition). Chicago: The University of Chicago Press, 1983, p.197.

③ Beryl Fletcher, *The Word Burners*. North Melbourne: Spinifex, 2002, p.308.

己的需求、自己的欲望、自己的想象塑造了[女性]的身份"①,对女性的看法存在三个自相矛盾之处:女性身体被物化的同时又遭道德的践踏,女性被圣化的同时又贬为罪恶之源,女性拿身体交换幸福但同时失却话语权。论文结尾,作者喊道:"阴道不再沉默,阴道开始言说。"②小说通过朱莉娅同事莉迪亚之口,表达了作者对这篇态度鲜明、观点激进、形式严谨的论文的支持:"这篇文章极佳地传达了马克思主义和女性主义理论的观点。虽然理论没有明确提及,但如若不是很好地掌握了当代关于语言与权力关系的有关著述,是写不出这样的东西来的。"③弗莱彻在第二次婚姻失败后选择了到怀卡托大学攻读社会学硕士。她熟谙西方女性主义理论,这篇论文中对男权文化的口诛笔伐便是明证,可以说这个插章大大加深了该小说的理论性。

弗莱彻在《铁嘴》中延续了插章的叙事手法,从数量上看将上部小说中的一章拓展为七章(占全书三分之一)。小说以传统的全知叙述者视角讲述了主人公克里斯将《伊利亚特》改编为充满女性关怀的电影的经历。每当克里斯创作受到挫折之时,小说便转入一个日志形式的插章,叙述视角也改为第一人称经验视角;插章末尾都有署名,在最后两篇日志的开头还出现了称呼,使这些颇具戏剧独白特色的日志覆上了书信的外衣。如此一来,弗莱彻的插章真正实现了海明威和斯坦贝克式的交替性:正常的叙事章节讲述克里斯及其周围女性的生活经历,而插章则深入到她的艺术创作实践,主要针对如何写好电影脚本这种纯艺术问题进行探讨,具体包括如何开头、重塑海伦形象、处理战争主题以及特洛伊战争中的舰船名录等等。弗莱彻假借叙述者阐述自己的文艺观念,特别是引用诸如当代德国文学家兼批评家克里斯塔·伍尔夫等人的观点,让该小说具备了某些元小说的特质。

插章的使用让叙事停顿,既充分表达了自己的观点与评论,又部分地保留了故事性成分,更为重要的是满足了作家的创作冲动:无论是温迪的论文,还是克里斯的日志,都是作家创作成果的缩影。通过插章的形式,作者实现了叙述视角的合法切换,克服了全知视角外露作者介入的缺陷,从而前景化了叙述者/隐含作者的艺术家身份。这种插章不妨称为自反性插章。正如兰瑟所指出,作家们都要实现一

---

① Beryl Fletcher, *The Word Burners*. North Melbourne: Spinifex, 2002, p.219.
② Ibid., p.230.
③ Ibid., p.232.

种"自我权威化",写小说并诉诸发表这种行为本身就是一种"对话语权威的含蓄诉求"。①

在镜头中反思自我

女作家手中的笔杆子到了第二部作品《铁嘴》中变成了摄像机镜头。电影作为"一种真实地呈现幻象或幻象式地表达真实的叙述方式"②,在弗莱彻笔下发挥出巨大的威力,在帮助她的叙述者发出自有声音的同时赋予她一双慧眼,能够更好地解剖现实,在艺术创作中反思自我。电影与文学因为都具有很强的叙事性,在理论上是可以互相改编的。电影自发明之初就对文学有强烈的依赖性。克里斯的电影改编存在一个预设的意识形态标的,即通过假想的摄像机镜头语言改编荷马史诗的英雄叙事,透视并拼贴社会现实,追求在影像而不是文字中实现女性关怀的最大化。

电影与文学还存在一大共通之处:即可以流畅使用意识流,对于现代主义小说来说尤其如此。意识流是一种典型的 20 世纪西方现代主义实验叙事艺术。内心独白、自由联想、时空倒错等手法在乔伊斯、普鲁斯特、伍尔夫和福克纳等著名作家笔下发挥到了极致。相比之下,电影因其独特的技术手段和镜头语言超越文字的局限,更能自由地运用意识流技巧③。在电影中"时间维度是强加在摄像中的空间维度之上的"④,蒙太奇的手法可以尽情发挥。弗莱彻在借鉴前人的基础上巧妙利用克里斯的电影创作实践,实现了同一人物视角下文字符码与电影语言的自由切换,突破了意识流小说的传统手法,艺术与现实间的不断闪回成为超越意识流叙事的径途。

简单看两个具体的例子。在小说第五章克里斯与父亲用餐的场景中,他们巧遇房客布里斯约会奥皮。正在她因意识到叔叔与布里斯的忘年恋而倍感尴尬之时,作者顺势将克里斯推到摄影机镜头背后,她的意识流便顺理成章地以电影脚本的形式展现:

---

① Susan S. Lanser, *Fictions of Authority*: *Women Writers and Narrative Voice*. Ithaca: Cornell University Press, 1992, p. 7.
② 王志敏:《电影学:基本理论与宏观叙述》,北京:中国电影出版社,2002 年,第 134 页。
③ 申丹、王丽亚:《西方叙事学:经典与后经典》,北京:北京大学出版社,2010 年,第 90 页。
④ Jakob Lothe, *Narrative in Fiction and Film*: *An Introduction*. Oxford: Oxford University Press, 2000, p. 12.

　　　　［切至］俯拍镜头，两盘热气腾腾的鲑鱼意大利面，飘着干奶酪和鸟榄的味道，擂而不是端上桌。
　　　　［切至］餐桌全景镜头。艾登招呼奥皮一起用餐。奥皮点头。布里斯穿着一身红衣裙，躲在奥皮身后默不作声。服务员搬来两把椅子。布里斯摆弄着裙子、手包和头发，不敢看克里斯。①

这个场景在小说中有双重意义。对克里斯而言，不自觉的意识流动是她进行电影创作的首次尝试，在现实中反思生活、改进创作。其次，艾登与奥皮兄弟二人由此开始了围绕布里斯的明争暗斗，仿佛是阿伽门农与阿喀琉斯内斗的翻版。在这次父女见面的最后，父亲提出要看克里斯剧本时遭拒，文字叙述再次切换到电影脚本：

　　　　［切至］一位男子的中景镜头，他身着绫罗绸缎，正在木碑上刻着密符。一种预言或邪恶感笼罩。威胁的声调。转入特写镜头：一只粗糙的手摸着木碑，接着恐惧地缩了回去；那些符号不断变换着，先是十三个字母，接着组成单词，而后成为图像。风经树林吹来，水芙蓉拂着黑岩，悬铃树上吊着一个女人。
　　　　［切至］摇摄长镜头，慢动作，指向一堵倒塌的城墙上。石块纷飞碎裂。戴面纱的妇女们从城墙上跳下，哭叫着，撕扯着衣服。面纱掉落，皮开肉绽，脑浆迸裂，血染岩石。②

这个场景用蒙太奇手法打破时空限制，随着剧作者的意识流将画面进行拼贴，从而再现男权和语言的暴力。第一个镜头中的男子即史诗中赫克托尔的父亲普里阿摩斯。这时的他家国不保、长子殒命，木碑上的十三个字母预示着特洛伊的沦陷，接下来女眷自尽的画面亦印证了上述预言。克里斯拒绝拿出剧本，概是联想到古来有之的父权压力，惧怕自己的苦心经营早早被父亲推翻，普里阿摩斯的木碑代表的正是能否定一切的语言的权威。史诗与小说的互文，影像与文本的互换，现实与艺术的叠加，都在小说与电影这两个不同的艺术媒介意识流般的切换中实现水乳交融。

《铁嘴》融合了当前女性主义叙事学研究的两个主战场——文学和影视文本，

---

①　Beryl Fletcher, *The Iron Mouth*. Wellington: Daphne Brasell Associates Press, 1993, pp. 32–33.
②　Ibid., p. 40.

两者的一大共性就是研究"谁在叙述"的问题,而这本质上看就是离析文本性别权力运作机制、建构新的意识形态的尝试。弗莱彻通过克里斯的视角,用电影媒介成功实现了对《伊利亚特》的颠覆与解构,并用嘲讽的口吻道出了现代社会的荒诞。总体而言,小说文本中融合电影脚本,用摄像机镜头语言改写第一人称叙事陈规,实现了意识流技巧运用的最大化,更能通过这种技术手段重现女性意识的真实流动。克里斯的电影改编还提供了一个绝佳的叙事视角,奠定了一个打造女性话语权和观看世界的平台,给读者以文字与图像阅读的双重体验。

应该看到,女性电影的崛起引发了电影艺术的深刻变革,制作人以女性的视角颠覆了以好莱坞电影为代表的电影传统,助推女性从被注视的审美客体走向能动的主体,这也是克里斯通过电影改编所刻意追求的。

在多重叙事中建构自我

《硅舌》区别于弗莱彻的前两部作品,首先在于她直截了当地使用了第一人称叙述。传统的全知叙事模式似乎给人以作家"只知道别人的情感和思想"的感觉,"这种间接的见解缺乏生动感和逼真感"①,所以作家们才要从自己的角度用第一人称去描写一切。在分析第一人称叙事时,研究者们遇到两种情形:一种是第一人称叙述者是旁观者角色,另一种是第一人称叙述者作为事件参与者。这里又要区分叙述自我和经验自我,也就是叙述者的叙述行为采取的是现在时态还是过去时态,经验视角还是回顾性视角。对于后一种叙述者来说,时间有着特别重要的意义,他可以自由地出入于过去和现在两个时空,造成叙述者过去与当前境遇的交叉与叠加,隐含作者从而可以更加从容地对权力话语与机制进行更加有力的批判。在弗莱彻的《硅舌》中,我们遇到的正是这样一位老年女性叙述者。

为了实现寻找真实自我的愿望,弗莱彻认识到一枝独秀是站不住脚的,所以她在缔造权威叙述者艾丽斯的同时,还加入了女儿乔伊和侄女伊泽贝尔这两位女性叙述者,构成一种多元的、颇具对话性的第一人称叙事作品。这种多声部、多视角的叙事作品可远溯到柏拉图时代的对话体,小说兴起之后它首次出现于柯林斯的《白衣女人》(1860)。当然,柯林斯小说中的这种叙事实验,其本意仍然是通过各色人物提供的书面材料模仿庭审的场景,从而最终实现现实主义小说追求终极真实

---

① 徐岱:《小说叙事学》,北京:商务印书馆,2010年,第304—305页。

性的目的①。在叙事学领域,我们把柯林斯这种从几个不同人物的眼光来反复观察同一事件的手法称之为多重式人物有限视角;但是,这种多重叙事模式造成的冗长赘述成为批评家们的诟病之处。不久之后,伍尔夫心理现实主义小说的出现成功克服了这一问题,其代表性作品《到灯塔去》采用变换式人物有限视角,从一个人物的有限感知转换到另一个人物的有限感知,从而不间断地推进故事向前发展②。弗莱彻承袭了伍尔夫这种手法,通过融合传统元素实现了对略显凌乱的意识流叙事的扬弃,让三种叙事声音奏响各自的旋律,最终汇成三位一体的交响曲。

《硅舌》中的艾丽斯是位 75 岁的沧桑老者。她的叙述主要采用第一人称回顾性视角,同时夹杂着对当前社会的道德与价值评判。艾丽斯有两大急需解决的问题:把自己的人生经历(从私生女到"被孤儿",再到与生母在新西兰奇迹般地团聚)流传下去;揭开女儿的身世之谜,这就涉及自己遭强奸并怀孕的经历。伊泽贝尔的同性恋女友温迪信誓旦旦地宣称可以通过录音将艾丽斯的人生经历整理出版,这才让她向这位陌生女人敞开了心扉。印刷出版本身就是一种权力机制,能够跻身精英文化的这座圣殿让艾丽斯信心百倍,所以当叙述至女儿重蹈自己未婚先孕的覆辙时,我们读到的是个高高在上的权威家长。在叙述层面上看,母女二人的讲述是交替进行的,母亲的叙述原点定位于 20 世纪初期的英格兰,而女儿则从世纪末期的新西兰、以找寻自己被收养的女儿开始。就这样,一开始母女二人思维就处于不同的时空,冲突还能避免吗?

叙述声音的交替暗合了母女二人人生观的迥异,从而让艾丽斯的家长/叙事权威被女儿的质疑一一解构。首先,姓名是个人身份最直接的标签,同时又带有家族乃至民族的文化印记,小说中艾丽斯母女对姓名截然不同的态度彰显代际间的思维差异。母亲在录音一开始即强调自己名叫艾丽斯·内利·斯莫勒库姆,使用外祖父而非父亲的姓氏似在刻意强调母性家族的传统继承,从大的层面上讲是英格兰民族身份的继承,所以在第一章结尾处我们会听到她斩钉截铁般的声音:"我名叫艾丽斯·内利·斯莫勒库姆,孩童时代、为人妻母、老态龙钟的时候都是,20 世纪的有用之人。我可以证明的。"③而在新西兰降生、身为第二代移民的乔伊,则对

---

① Wilkie W. Collins, *The Women in White*. Oxford: Oxford University Press, 1973, pp. XXIX-1.
② 申丹、王丽亚:《西方叙事学:经典与后经典》,北京:北京大学出版社,2010 年,第 96 页。
③ Beryl Fletcher, *The Silicon Tongue*. North Melbourne: Spinifex, 1996, p. 12.

母亲身上浓厚的英格兰气息很不以为然，所以尽管经历过两次失败的婚姻，尽管前夫丹尼斯让她债台高筑，但仍然坚持不改姓氏而是"想保持现在的样子"①。其次，年事已高的母亲沉迷于阅读小说，这构成乔伊质疑母亲最大的源泉，女儿怀疑其陈述多半是虚构，但遭艾丽斯多次驳斥："乔伊曾经指责我读了太多狄更斯的书，把自己伪装成奥利弗·特威斯特或者大卫·科波菲尔。我总是能从书本里找到安慰，但是说我挪用虚构性的经历而为己有是不对的。"②当然，最大的悖论存在于艾丽斯的寻亲与离弃上：她曾经千方百计地找到生母埃尔娃，却无情地拆散乔伊母女；在这一点上，艾丽斯不觉中再次导演了母女离散的人生悲剧。她碍于道德舆论评判的思维而不顾亲情的作为，反而给乔伊提供了有力理据。但是，毕竟血浓于水，母女二人或沉溺于过去，或寄望于未来，两代人以相同的寻亲半径从相反的角度画出圆弧，最终结果仍然勾勒出家庭团圆的整个圆环。

第三位叙述者所占篇幅虽然不大（全书十四章中的两章），但其重要性不可忽视。伊泽贝尔这位在《烧词者》中患有语言恐惧症的女性却帮助温迪完成那篇著名的课程论文。在本书中她俨然已经摆脱以往的心理困扰，即将出版处女作《语言恐惧症的酷儿化》。她的叙述出现于艾丽斯讲述完自己最黑暗的经历之际，此时温迪发现艾丽斯恰巧是女友的姑妈。对血缘关系的挖掘巩固了她俩的同性恋情，同时将这种姐妹情谊延伸至她的堂姐乔伊，伊泽贝尔架起了母女沟通的桥梁，成为艾丽斯母女冲突的陪审员，使冲突在对话中得以化解。叙事线条在血缘关系上出现了交叉，这样一来整部小说的叙事格局（艾丽斯六章、乔伊六章和伊泽贝尔两章）就构成了一个等腰三角形。结合艾丽斯自小珍爱的万花筒意象，我们发现《硅舌》的这种叙事架构完全可以具象化为一个万花筒意象，借助里面的斑斓世界艾丽斯记住了经历过的一切，这种具象化的艺术性叙事也让读者铭记住了弗莱彻。

女性叙事权威的构建要依赖于叙述声音，兰瑟的作者型、个人型和集体型叙述声音的划分很有借鉴意义。③弗莱彻三部曲中的叙述者既有《烧词者》插章中的作者型叙述者，又有《铁嘴》插章中的个人型叙述者克里斯，还有《硅舌》中的艾丽斯、乔伊和伊泽贝尔这三位集体型叙述者。从《烧词者》中女性声音的势单力孤，到《铁

---

① Beryl Fletcher, *The Iron Mouth*, Wellington: Daphne Brasell Associates Press, 1993, p. 204.
② Ibid., p. 25.
③ Susan S. Lanser, *Fictions of Authority: Women Writers and Narrative Voice*. Ithaca: Cornell University Press, 1992, pp. 15—21.

嘴》中的口眼并用,再到《硅舌》中多重叙事,这种"一、二、三"的叙事律动无疑构成一种阶梯递进性,昭示弗莱彻探索的是一条女性主体争取话语权的道路。正如《烧词者》中指出的,女性不再沉默,女性开始言说。当然,弗莱彻对话语权的追求置于对小说叙事的探索之中,把现实主义者频用的插章拿来反照创作者的现实,把电影叙事拿来改编亦真亦幻的真实,把多重叙事的冲突与对话拿来消解现实。总之,弗莱彻是在现实主义传统中戏仿碎片化的现实,女性叙述者能够最终从无权中走向自我赋权,建构自我的权威。

3 《铁嘴》:史诗框架与女性意识

新西兰小说家贝里尔·弗莱彻的《铁嘴》以《伊利亚特》为依托并对其进行了女性主义重写。小说中的各色人物大多都能在史诗中找到原型,但关注的重心从英雄纷争转移到女性对自由生活的追求上来,无论叙述视角还是情节结构都把女性的经历大大前景化。它继承并颠覆了个别场景中的男权叙事,把战争做了漫画式的处理,并将重心置换为女性经验的记录与发掘。此外,作者把战争荣耀的主题拓展到语言暴力的领域,探求女性话语权缺失的社会历史根源。整部小说在互文性框架下探索了提高女性主体意识的重要性。

以经典作品为依托是西方现代主义文学创作手法的一大特色,比如乔伊斯以《奥德赛》为基础创作的《尤利西斯》,简·里斯重写《简·爱》而成《藻海无边》,库切基于《鲁滨逊漂流记》写成的《福》等等,这些作品都在某种程度上继承同时又颠覆着经典的文学文本,新西兰著名女性主义小说家贝里尔·弗莱彻的《铁嘴》正是这样一部力作。该小说是弗莱彻女性主义三部曲中的第二部,它延续了前篇《烧词者》中女性主体意识探求的话题,主要人物和场景都围绕艾登赠给女儿克里斯的一幢房子展开,几位年轻的房客——布里斯、奥德丽、芬恩和伊莱娜——共同演绎了一段悲欢离合的人生情节剧。房东克里斯试图把《伊利亚特》改编为充满女性关怀的电影,但最终宣告失败,却在创作过程中偶遇失散多年的表姐,结识了志同道合的女友桑德,到小说结尾,一切传统的男权障碍得以排除,在深厚的姐妹情谊中几位女主人公开始了新的自由生活。

小说得名于英国著名战争诗人克里斯托弗·朗格历经 40 年研究《伊利亚特》的成果——五卷本诗集《战争音乐》,书中有"希腊人张着微笑的铁嘴"的诗行。弗莱彻同样沉醉于这部经典的英雄史诗作品,但她是从女性的角度看出了其中的反动:荷马以降的男权时代,"引人入胜的故事总是那些战争中的成者为王败者寇的故事,那些男人们为了争夺土地、女人和权利的故事"[①],女性成为财产和荣耀的符号,"由于女性被财产化,人格被褫夺,妇女被剥离得只剩下性的特征"[②]。这部男权叙事的经典在当代仍然没有过时,弗莱彻从中读出了现时意义,从而有了这部颠覆与重构并存的女性主义小说。《伊利亚特》既是主人公克里斯解构的目标文本,同时又是小说的潜在情节结构,对于理解弗莱彻的这部小说具有十分重要的意义。

英雄褪色与女性登场

从互文性的角度看,《伊利亚特》的重要性首先体现在弗莱彻小说中的各色人物大多都能在史诗中找到原型。史诗中斯巴达国王墨奈劳斯盛情款待来自特洛伊的王子帕里斯,但后者却倾心于女主人海伦的美貌并将其带走,从而挑起历时十年的特洛伊战争;《铁嘴》中的伊莱娜保留了海伦的倾国倾城之美貌,受到丈夫马尔康姆的虐待,又被丈夫的访客艾克赛尔所吸引。与海伦不同的是,伊莱娜是位高尚的母亲,她带着女儿主动逃离丈夫的暴力,同时她又是个反叛的角色——卷定前夫的一大笔存款,并在住进克里斯的公寓后开始幽会男友艾克赛尔。荷马史诗中的海伦在传统思维的审视下是战争的祸根、红颜祸水,在到达特洛伊后随遇而安,把原来的丈夫与女儿抛之脑后。而在弗莱彻的笔下,伊莱娜虽然仍未摆脱家庭暴力的阴影,却已经步入了重寻爱情与婚姻的轨迹,走上了用智慧去抗争的道路,并取得了决定性胜利:在小说的结尾,她利用丈夫的钱为姐妹们建起一座新的公寓楼,从而拥有了真正属于女性自身的家园,用伍尔夫的话说,即"一间自己的房间"。

在拨正了海伦的悲剧命运后,弗莱彻继续从荷马史诗的其他几位边缘女性人物切入。阿伽门农和阿喀琉斯是希腊联军的首领与战将,因在分配女俘问题上发生争执导致后者罢战,整部《伊利亚特》主要以两人对女性的纷争为诱因展开的。而在《铁嘴》中,布里斯(史诗中的布里塞伊丝)是奥皮(阿喀琉斯)公司的员工,两人日久生情,但是哥哥艾登(阿伽门农)在女儿克里斯(克鲁塞伊丝)选择独立生活后与妻子不和,竟然开始追求弟弟的情人,从而兄弟两个反目成仇。后来,奥皮在商战中拆亲生哥哥的台,并为了报复最终推倒了几位女主人公居住的公寓楼——艾

---

① Beryl Fletcher, *The Iron Mouth*. Wellington: Daphne Brasell Associates Press, 1993, p. 93.
② 孙绍先:《女性主义文学》,沈阳:辽宁大学出版社,1987年,第8页。

登财富的象征,尽管艾登已经与布里斯因生育问题而关系破裂,尽管艾登像阿伽门农一样许诺归还布里斯。弗莱彻把关注的重心从英雄的纷争转移到女性人物对自由生活的追求上来,不管是从叙述视角还是内容安排上都把女性的经历大大前景化,同时把《伊利亚特》中几乎失语的克鲁塞伊丝扶正为中心人物,通过大量引用其电影脚本来实现在女性视角下对经典男权叙事的纠偏与再造。

此外,小说中重塑了史诗中的另外两个女性人物——卡桑德拉和克鲁泰奈特拉。帕里斯的妹妹卡桑德拉是位先知,但因拒绝了阿波罗的引诱而遭到报复——无人听信其预言。《铁嘴》中艾克赛尔也有个双胞胎妹妹叫桑德,她自外于喧嚣人世,独居于沙滩上的船屋,并在作画过程中深刻认识到现实生活中女性处于屈从的社会地位,并引导克里斯走向主体意识的觉醒。桑德作为克里斯的好友,其先知与救世主的角色主要体现在两个方面:一是把克里斯从过去中解放出来,二是把她从父亲的庇护下解放出来。阿伽门农的妻子克鲁泰奈特拉一直遭到丈夫的冷落,尽管无论在美貌还是女红上她都异常出色,但这位国王"愿割爱"以"祈望军队得救,而不是它的毁灭"①,听信谗言令儿子杀死了她。弗莱彻把这个悲剧角色做了另外一番处理,艾登的妻子克洛伊是一位聪慧而不乏自主意识的女性,尽管出于家庭和睦的考虑克里斯向她隐瞒了父亲出轨的实情,但克洛伊对丈夫的不忠却心知肚明,并用智慧与真爱最终赢得了家庭的和美幸福。这种美满的结局在荷马史诗中是很难找到的。

现代社会是一个呼唤英雄的时代,威风凛凛的英雄早已作古,女权运动的波澜迭起将女性的经验推向社会和文学创作的前台,弗莱彻正是借此契机充分发掘了《伊利亚特》中的扁平人物,并对各自的生活经历与心路历程进行了浓墨重彩的描摹,从而演绎了一部女性版的史诗巨作。

战争场景的滑稽戏仿

战争历来是一个充满血腥与恐怖色彩的词汇,同时又理所当然地与男性和阳刚有着不可割舍的联系,战争无非是"男人们为了争夺土地、女人和权力的故事"。所以,一旦放诸女性的视角中审视,战争也就多了几分荒谬,而弗莱彻借助《伊利亚特》中的战争将这种心理趋向发挥到了极致。

荷马在描述斯巴达联军的人数之众、规模之巨时,曾无奈地感叹道:"我无法谈

---

① 荷马:《伊利亚特》,陈中梅译,北京:北京燕山出版社,2005年,第7页。

说大群中的普通一兵,也道不出他们的名字,即使长着十条舌头,十张嘴巴,即使有一管不知疲倦的喉咙,一颗青铜铸就的心。"①因而,诗人代之以走马观花的讲述,包括各个头领的简历及其舰队的规模,即使这样也在第二卷中占据了近三百个诗行的篇幅;在该卷的结尾部分,荷马还用稍短的篇幅介绍了特洛伊的兵将。由此可见战争元素在荷马心目中的分量。而据弗莱彻观察,"是史诗就要有清单,无非是战士、祖先、战利品、战马、英雄、牺牲品、有情人什么的"(220),所以《铁嘴》中克里斯要用电影再现的史诗场景也必然有这么一个清单,但为了满足"现代主义者对新奇性无底洞似的追求"(220),她选择了用汽车来代替原来的战舰,而且是在沙滩上开行的汽车!作者的辛辣反讽意味跃然纸上。来自新西兰土著民各个部落的阿特金斯(阿斯卡拉福斯)、安德森(小埃阿斯)、爱德华兹(厄勒菲诺尔)和温斯洛等首领,都耀武扬威地开着各式豪华汽车,后面尾随着一辆辆的面包车和公共汽车,组成庞大的汽车编队。弗莱彻通过克里斯的视角,对残酷的战争叙事进行了颇具滑稽意义的调侃,同时对主流社会创造的强势男权文化——无论是荷马的战舰,还是克里斯的豪车——均进行了强有力的反讽。

史诗第三卷中有一场墨奈劳斯和帕里斯这对情敌之间的决斗,该场景在《铁嘴》中被弗莱彻两次改写。第一次是一位古希腊士兵和一名现代穿着的男子之间的决斗;祭品、红酒、长矛、盾牌和魔法,《伊利亚特》中的战场要素一应俱全,只是结局滑稽得可笑——祭品羊被一位流浪女士宰割,遭其顺手牵羊的还有装饰精美的屠刀和一块肥硕的腰腿肉。作者的如此处理,把现代人之间的争斗戏剧化,尤其是流浪女士的出场,使现代人简直成了小丑般的人物。另一次对战争的改版,出现在艾克赛尔和"变色龙"——马尔康姆雇用的私人侦探之间的打斗中,弗莱彻在描绘这次决斗时使用了两种不同的手法:一种是夹杂了很多魔幻成分的打斗场景,另一种则颇具现实主义色彩,用伊莱娜和艾克赛尔的对话进行间接叙述。就这样,在以女性为中心的《铁嘴》中,战争场景被推至叙事的边缘,仅做轻描淡写的处理,而同时两个决斗的场景都融入了女性的参与,这与荷马的叙事策略截然不同。

荷马在表现英雄的阳刚之气的同时也不忘展现他们的另一面,第六卷中赫克托耳在出战前探望妻子和乳儿的一幕十分感人:他"抱起心爱的儿子,俯首亲吻,振

---

① 荷马:《伊利亚特》,陈中梅译,北京:北京燕山出版社,2005年,第45页。

臂摇晃"①，然后去和忧伤的妻子告别。《铁嘴》对这个感人的镜头做了蒙太奇处理，首先是复制荷马的赫克托耳和安德罗玛开，然后是现代社会即将远行的水手和妻子，到后来是快速切换的类似分别的场景。显然，作者发现了这类别离场景的共通意义，并上升到人类整体的高度来反思战争：从荷马时代到现在，战争的因素始终没有绝迹，"一个世纪接一个世纪，从子宫到子宫，我们生出的儿子都是些杀手。"(164)女性成为战争参与人的制造者，不觉中充当了战争的帮凶，弗莱彻的小说在为女性摇旗呐喊的同时又平添了超越女性主义的成分，从而让文学回归了人本位。

我们看到，弗莱彻对《伊利亚特》的女性视角下的再造，既继承了荷马作品中的精华及其合理性因素，同时又通过对史诗中部分场景与人物的改写，让女性在新的文本中找到合理的位置，发出自己应有的声音。当然，弗莱彻对荷马史诗的女性主义改写充满了滑稽论调，这种漫画式的戏仿是作者在饱经人世沧桑之后发自内心的呼唤，是一种对两性和谐的呼唤。

战争主题的拓展

战死沙场一直是千百年来战争叙事的焦点，也是对英雄志士来讲最高的荣耀，《伊利亚特》中的战将个个骁勇善战、为家国流汗流血，以殒命战场为荣，以临阵脱逃为耻，塑造了声名显赫的英雄传奇。弗莱彻在《铁嘴》中以十分理性的目光，透过克里斯的镜头生动再现了战争的惨烈：一位战士被投枪刺中肋部，却仍然不顾个人安危，挣扎着站起来向敌人进攻，他招来的只能是雨点般的石块的打击，"这时，他完成了自己的使命，不管他多么努力地站起来，保持喘息，让心脏继续跳动下去，他已然发觉自己的大限已到。他反抗的那光荣一刻，虚弱的臂膀仍然高举，双膝却慢慢软了下来，幽黑的夜遮住了他的双眼。"(36)弗莱彻的这段颇具震撼力的描述，引领小说中的克里斯去寻求战死疆场以外的荣耀：她躲在假想的摄像机镜头背后观察社会，思考人生——在多莉身上她看到了通过探索身体而发现自我的成功尝试，在表姐身上她找到了用智慧去与命运抗争的不竭动力，并最终在女友桑德的帮助下摆脱了依赖父亲的生活轨道，实现了自我意识的觉醒与超越。

不管是克里斯的电影载体，还是弗莱彻自己写的小说，都没有摆脱文字或者说语言的束缚。如果说披露战争的暴力是作者关注的重心，那么探索语言的暴力则是她潜意识中的不懈追求，弗莱彻的小说三部曲都或多或少地牵涉到了这一主题。

---

① 荷马：《伊利亚特》，陈中梅译，北京：北京燕山出版社，2005年，第149页。

荷马时代的英雄是不会写字的,书写一直是皇族的特权、精英的专长和普通百姓的禁区,在《伊利亚特》中仅有一处提到书写文字。伯勒罗丰忒斯被诬告勾引了王后,但是"王者没有把他杀掉,忌于惊恐自己的心肠,而是让他去了鲁基亚,带着一篇要他送命的记符,刻画在一块折起的板片上,密密匝匝的符记,足以使他送命客乡。国王要他把板片交给安忒娅的父亲,让他落个必死无疑的下场。"①这里的"记符"其实是一种统治者给犯人下达的死亡通知单,它的致命性足以影射书面语言的威力。弗莱彻结合对千百年来世界各地的妇女在阅读、写作或出版领域中遇到的重重阻碍的观察,挖掘出了依然潜藏于现代社会对弱势群体话语权的暴力与否定,在小说中至少有两处提到了书面语言的这种危险性。克里斯鉴于"视觉图像的强大力量"而决心从"把口头语言转换为图像"(21)开始电影创作的伟大工程,但她精心写就的剧本仍然因过激的语言与思想而最终遭电影协会拒绝。此外,在上文提到的第一个决斗场景中,那位现代人面对武装到牙齿的希腊士兵的发问"你的长矛在哪?",他的回答却是"我用不着那个,我有另一种武器",接着就开口大讲一通无人能懂的话,讲完后就立即消失了,而希腊兵的"盾牌上出现了凹痕"。(45)这个极富魔幻色彩的片段是对《伊利亚特》中情敌决斗场景的戏仿,爱神阿弗洛狄忒施给帕里斯的魔法助佑变成了弗莱彻笔下入木三分的语言的强大威力。

《铁嘴》就是这样一部反转英雄叙事、倡导女性自立自强的小说,只有在互文性的视域中,与《伊利亚特》对照阅读,才能发现作者的女性主义乃至对全人类的深切关怀。弗莱彻借用荷马史诗中的主要人物上演了一部后现代版的女性史诗,继承并颠覆了个别场景中的男权叙事,把战争荣耀的主题拓展到语言暴力的领域,通过互文性的创作手法,探索了女性提高自我认识、弘扬主体意识的重要性。她笔下的女性都通过各自的努力实现了新生,作者对女性经验模式的成功探索成就了这部著名的新西兰后现代主义小说。

4 《铁嘴》:双重意识与性别符码

贝里尔·弗莱彻的《铁嘴》将叙事聚焦的主体从传统的男性注视转向女性的内省与审视,实现了对《伊利亚特》的颠覆性重写。融合了西方女性主义文学批评与经典结构主义叙事学理论的女性主义叙事学成为解读《铁嘴》叙事结

---

① 荷马:《伊利亚特》,陈中梅译,北京:北京燕山出版社,2005年,第138页。

构意义编码的阿里阿德涅丝线。弗莱彻通过综合运用不同形式的人物自由话语,使史诗中边缘化的女性人物从审美客体上升为审美主体。叙述声音与视角在文学文本与电影脚本之间的频繁切换映射出弗莱彻固有的双重意识。借用书信插章,弗莱彻挑战传统的女性叙述规约。弗莱彻将文学文本与古典神话、生活现实与艺术创作、个体失落与民族身份拼接起来,从而在破碎的现实中走向艺术的本真,走向主体的解放。弗莱彻经由双重意识构筑的基于人物个体的叙述框架在小说叙事的进程中逐渐自我消解,导向基于姐妹情谊的女性集体力量。

卡尔维诺断言:经典是我们"正在重读"[1]的作品。不同种族、性别以及阶级背景的人从经典作品中源源不断地解读出与传统、与他人截然不同的观点与看法,这种巴特意义上的"把文本从重复中解救出来"[2]的审美阐释行为在后结构主义思潮的烛照中得以放大,[3]作为西方文学源头的荷马史诗正是这样一部不断被重读的经典作品。在荷马研究领域内,当代女性主义荷马批评被认为是"相当激进和推陈出新"[4]的一派,她们认为:两部史诗充斥着男权文化的诸多元素,而英雄主义主题又是其作为男性经典文本的必然标贴,这就使其理所当然地被锁定为解构的目标文本。在文本研究的外围,还活跃着一大批深受荷马影响的作家。他们以荷马史诗为前文本(pretext)并加以创新性改写,其中女性主义作家仍然占据了较大比重,当代新西兰女作家贝里尔·弗莱彻(Beryl Fletcher, 1938—)女性主义三部曲[5]之《铁嘴》(*The Iron Mouth*)便是向《伊利亚特》开战的典型作品。

如同乔伊斯在《尤利西斯》中"通过格调高雅的艺术形式来烘托现代社会中平

---

[1] 伊塔洛·卡尔维诺:《为什么读经典》,黄灿然、李桂蜜译,上海:译林出版社,2006年,第1页。

[2] 《罗兰·巴特随笔选》,怀宇译,天津:百花文艺出版社,2005年,第164页。

[3] 以波伏娃的《第二性》为例,女性主义文学批评从社会性别建构的角度出发,在颠覆与解构经典文学文本的过程中不断积聚能量,对风起云涌的文化研究浪潮产生了极大的影响。很多西方当代作家循着波伏娃的路径,不断对经典文本发起挑战。单就荷马史诗的影响文本而言,比较著名的有加拿大玛格丽特·阿特伍德(Margaret Atwood,1939—)的《珀涅罗珀记》(*The Penelopiad*,2005)、德国克里斯塔·沃尔夫(Christa Wolf,1929—2011)的《卡珊德拉》(*Kassandra*,1983)等等。也有学者将阿特伍德等人的作品划归为由英国著名出版人杰米·拜恩发起的"重述神话"运动的一部分。

[4] 陈戎女:《当代女性主义荷马批评》,《外国语文》2009年第2期,第34—41页。

[5] 弗莱彻女性主义三部曲即《烧词者》(*The Word Burners*,1991)、《铁嘴》(*The Iron Mouth*,1993)、《硅舌》(*The Silicon Tongue*,1996),均侧重于对女性身份以及话语权问题的探讨。《铁嘴》的主人公克里斯站在女性经验的立场上,尝试将《伊利亚特》的故事改编为充满女性关怀的电影,她周围的很多人物都可以在史诗中找到原型,《铁嘴》可以说是一次荷马史诗的现代版演绎。

淡无奇的东西,使历来受人轻视的人物恢复其应有的地位"①一样,弗莱彻把荷马史诗中几位边缘化的女性人物塑造为主要角色,将叙事聚焦②的主体从传统的男性注视转向女性的内省与审视,从而实现了对《伊利亚特》的颠覆性重写。弗莱彻对经典文本扬弃与重建的尝试即巴赫金所谓的一种再普通不过的意义重构过程:"每一个时代都依照自己的意思,变换不久前作品的语气侧重。典范作品的存在历史,实际上就是它在社会和思想意识方面不断出现语气转换的过程",从而每个时代,经典都能在与社会背景的对话中"展现新的文意"。③《铁嘴》与《伊利亚特》中的人物形象既有平行,更不乏交织,使其成为弗莱彻所有作品中"最强有力的编码之一"。④ 既然作者赋予该小说的叙事结构以大量的意义编码,读者如何才能成功走出这个精心建构的艺术迷宫呢?融合了西方女性主义文学批评与经典结构主义叙事学理论的女性主义叙事学或可以成为我们手中的一条阿里阿德涅丝线。

  自由话语:跨越主客体鸿沟

  传统女性主义文学批评的一个短板就在于,过于重视意识形态领域内的政治批评,而忽略对小说人物话语层面的美学分析。女性主义叙事学对这一倾向进行了纠偏,不仅侧重于探究文学文本中叙事结构和叙述技巧的性别政治,而且对叙事话语的不同表现形式所传达的主题意蕴有着十分浓厚的兴趣。通常,一位故事人物同一内容的话语可以通过直接引语、间接引语、自由直接引语、自由间接引语等几种不同的语言引述形式来表达⑤。因此,"变换人物话语的表达方式成为小说家用以控制叙述角度和叙述距离,变换感情色彩及语气的有效工具"。⑥ 根据实际需

---

① 李维屏:《英美意识流小说》,上海:上海外语教育出版社,1996年,第52页。
② 法国叙述学家热奈特(Gérard Genette)主张区分叙述声音与叙述眼光,充当叙述视角的眼光可以来自叙述者,也可以来自故事内的具体人物。他反对采用"视角""视点""视野"等专门的视觉术语,而采用"聚焦"一词来指称"视角"。原因在于,"聚焦"更精准地传达出观察角度之意。笔者在此无意做更细化的理论区分,然而由于克里斯创作的电影脚本充斥小说文本,谈及它时,着重使用"聚焦"一词。
③ 《巴赫金全集》第三卷,白春仁、晓河译,石家庄:河北教育出版社,1998年,第213页。
④ B. Hurrelbrink, "Intertextuality in Beryl Fletcher's Trilogy—*The Word Burners*, *The Iron Mouth*, and *The Silicon Tongue*". Osnabrück: University of Osnabrück, 1999, p.41.
⑤ 在叙述学上,对于话语的研究始终是一块އ地,一般不再区分言语和思想,但英国文体学家利奇和肖特则坚持此种区分。笔者采纳申丹的观点,鉴于二者在表达形式上基本相同,故可合二为一。而所谓的"自由",即引述话语摆脱了转述动词和引号的文体形式制约,从而使作者在运用上更加自如。正因为这一点,不少研究者将自由直接引语与自由间接引语统称为"自由话语"。
⑥ 申丹:《叙述学与小说文体学研究》,北京:北京大学出版社,2004年,第295—297页。

要,小说家可以对人物意识进行重新编码。从形式上看,转述词语与引号的使用与否左右着话语的归属类别,同时决定着作者(或隐含作者)对人物话语的干预程度,正是这种干预度彰显了现当代作家们,尤其是女性作家对人物话语权的关注与追求。进入 20 世纪后,在崇尚自我、非理性的现代主义思潮影响之下,自由话语成为颇受小说家们推崇的话语形式,弗莱彻本人对话语权又有着很强的自觉意识,从而能够积极探索自由话语应用于女性主义小说创作实践的有效途径。《铁嘴》与《伊利亚特》首要的不同之处即是,克里斯及其表姐伊莱娜这两位主要人物具备了自由意志,赢得了话语权,从荷马史诗中受人奴役并且失语的客体角色走向了小说叙事的中心地带。弗莱彻通过综合使用不同形式的人物自由话语,盘活了这两个女性角色,让她们从荷马史诗的幕后走向当代新西兰社会的前台,经历了一个从审美客体上升为审美主体的蜕变过程。

对伊莱娜这个以海伦为原型的人物,作者在保留了史诗中她的美貌、性感与情欲的同时,对其原有的被动性进行了彻底的颠覆——她携带着女儿和巨额财产,主动逃离婚姻的围城。无家可归的母女二人逃难般地躲进救助站,伊莱娜办完申领救济款手续后,"真想离开这里":

> 她们驶进车流。海浪翻滚,雨雾中有座灯塔在闪烁,船夫一桨一桨划过。我被俘虏了吗? 我怎么会和一头死牛一起漂在海上,而且手腕还死死绑在一起。我想回家。①

弗莱彻将故事人物所处的环境与其无意识的梦境并置,使用的就是第三人称故事外叙述者和第一人称故事内人物的自由话语,由"她们"到"我"的自然过渡不仅仅体现在人称上,还实现了人物描写中由外围到内心的转换。自由直接引语可以灵活地记录人物的心理真实,在弗莱彻的文本中,只要跟随(隐含)作者的步伐,就可以一步步走入伊莱娜的内心世界。弗莱彻有效避免了传统意识流小说中自由无序联想的杂乱性,有意识地通过叙述者的话语转换,突出人物的内心感受,从而让人物心理上升到主导地位。第一章末尾伊莱娜"我想回家"这句发自肺腑的呐喊响彻整部小说,表现出她离家出走之后漂泊无着、缺乏心灵归宿的内心感受,同时又折

---

① Beryl Fletcher, *The Iron Mouth*. Wellington: Daphne Brasell Associates Press, 1993, p.9. 所有出自该小说的引文均为笔者自译,后文中以圆括号标示出页码,不再另注。

射出当代不少女性仍然无法实现经济上独立与解放的社会现实。作者因势利导，安排作为房东的克里斯慷慨接纳伊莱娜母女，为构筑女性之间的姐妹情谊做了心理层面的铺垫。

　　自由间接引语因为兼容了直接引语和间接引语的特性，既能够克服间接引语无法复现说话方的音高、语调等因素的缺陷，又可以摒弃直接引语既有的时空阈限，从容转入引述者意识控制之下的另一个综合时空语境之中。自由间接引语通过消弭说话方原有的意识形态倾向，在说话方与转述者中间确立一种态度鸿沟，从而造成话语内部形式上的断裂，形成一种双重的话语结构。具体到女性文本，作家往往具备较强的性别意识，而来自外部的、多为男性掌控的话语或多或少地潜藏着性别政治倾向，很多作家就自然而然地诉诸自由间接引语这一话语模式，以传达作家自身的抵触乃至反叛情绪。这一点在伊莱娜于出租屋中安顿下来后的一段心理描写中表现得较为突出：

　　　　真不知道我是否已经安全到家。我必须留意芬恩了。他看我时候的样子，有时让我闪回到过去，那时就曾感觉自己不过是一幅单维的图画而已，生来就是让男性受用的。

　　　　我无法忍受那种感觉了。他们为什么要如此厌恶我，难道仅仅是无法自持吗？(A)马尔康姆对我说过是如此爱我，以致都能够动杀人的念头。(B)谁要是敢动我一根指头，我就让他成为历史。(C)他们死定了，死定了。(63)

伊莱娜的内心独白（或说自由直接引语）从(A)这句间接引语开始发生了变化，后面紧跟其丈夫马尔康姆的自由直接引语(B)和自由间接引语(C)。利奇和肖特认为，间接引语和自由间接引语部分地被叙述者控制，而自由直接引语则完全不受叙述者控制。① (B)被(A)和(C)两句叙述者干预痕迹较为明显的话语形式包夹，男性人物的话语权威以及由此辐射出的语言暴力从而得以大大削减，尤其是(C)句经过叙述者意识的自觉过滤后，屏蔽掉了男性人物更为肮脏下流的语汇。这样，一来可以拉开叙述者与说话方之间的心理距离，二来则能够实现话语层次上女性叙述者的主动权。弗莱彻有意通过自由间接引语的使用，将故事中的人物分为男女两大阵营，通常在引述男性话语时，更多地使用这一话语表现形式，从而凸显作者操

---

① 申丹：《叙述学与小说文体学研究》，北京：北京大学出版社，2004年，第292页。

控话语权的努力。从内容上看,马尔康姆的这番话是为了捍卫、独占妻子的美貌而发出的一种要挟,被要挟的对象只能是那些可能心怀不轨的男性。他的这种劣根性其实是《伊利亚特》中阿喀琉斯与阿伽门农因女奴而起内斗的翻版;而这种争斗在克里斯看来是男性独有的,因为"我们的海伦永远都不会背叛自己的同类"。(43)

自由话语因为摆脱了文体形式的诸多制约,可以更灵活地嵌入叙述流程,取得更好的叙事效果。自由直接引语在所有引语形式中是叙述者干预程度最轻的,像弗莱彻这样的女性作家在描绘女性人物时更喜欢使用;而自由间接引语的叙述者干预痕迹浓厚,有故意操纵语言为叙事自身服务之嫌,从而具有较强的讽刺性。总体而言,自由话语为女作家追求更多的话语主动权提供了作者干预的广阔空间,并能够成功地对敌对群体的话语进行整合与置换,因而广受她们的好评与拥戴。当然,这种自由是以牺牲文本内部的意义连贯为代价的。也就是说,自由话语的使用造成了文本形式上的裂缝,而这种裂缝只有通过读者积极的审美努力去填充,才能够形成意义完整的格式塔。

自由话语背后潜藏着的另外一种含义便是,作者游刃有余地处理话语表现形式的行为或可以理解为叙事过程中必要的叙述视角切换,上述伊莱娜逃离的场景即是从全知全能的第三人称外视角转换为第一人称内视角。这种转换除了在叙述人称上有所体现,还出现于前后相邻的章节中不同叙述声音的交替出现:《铁嘴》中有七章全部为第一人称叙述,其余章节总体上则属于第三人称叙述。① 这种"交替叙事"作为"女性主义美学的组成部分",暗示着女主角对自我持有"既作为主体又是客体的不安看法"。② 《铁嘴》的主人公克里斯就是这样一位主、客体合而为一的人物,她能够在自己的书信中信笔讨伐社会弊病,俨然是位颇具权威的第一人称叙述者;而在其他时候,则多是处于被人注视的客体角色上,叙述者自然而然地转换为第三人称,就好似克里斯迫于外部社会现实的强大压力才为自己戴上了一张

---

① 这种章节间出现不同叙述声音——一般是第一、三人称交替出现——的现象,多见于当代以女性为主要角色的女性主义小说中,最典型的当数莱辛(Doris Lessing,1919—2013)的《金色笔记》(The Golden Notebook,1962)。一般而言,第一人称叙述者通过使用人称代词"I"(我)把主人公呈现为主体,而在另一章节中这个"我"则被叙述者称之为"she"(她),也就是说,成了叙事客体。从全篇来看,在有些章节中主人公会信心满满地自称"我",而在其余章节中,则表现出相对被动的一面,就好像另有一双眼睛在注视着她的一举一动,主人公最终将自己异化为"她"。关于章节层面上的交替叙事,详见本文第三部分。

② Ellen Peel, "Subject, Object, and the Alternation of First- and Third-Person Narration in Novels by Alther, Atwood, and Drabble: Toward a Theory of Feminist Aesthetics," Critique 2 (1982), pp. 107–123.

"她"的面具。不妨把这里的"她"泛化为整个女性群体的标签,也就是把克里斯一个人反抗男权的经历推演到每位女性身上,读者才能够看到,原来七个插章中的单一的女主人公到了第三人称叙述章节中拓展到除克里斯之外的伊莱娜、布里斯以及奥德丽等人身上,同时还衬托着克里斯由《伊利亚特》出发思索整个女性群体命运的审美探险历程。叙述声音的被迫转换其实影射的是女性客体地位的被动性,也诠释着克里斯重写《伊利亚特》所面临的重重阻力并最终落败的真正原因——当现实的阳光照进艺术的象牙塔之时,即是其崩塌之日。从而,女性主体的理想便只能局限于艺术王国,成为一种难以实现的"自由"。

事实上,交替叙事更多地出现于电影作品中。作为一种视觉语言呈现,电影必须由多架摄像机进行多角度拍摄才能够摄制完成,任何一部电影都很难自始至终使用单一的,尤其是第一人称叙述者成功地完成故事讲述,弗莱彻的主人公借用的正是这一点;这便是克里斯所具备的双重叙事媒介——既有文本中的人物视角,又辅以电影脚本中的镜头聚焦——的优越性。

双重聚焦:拼接电影与文学叙事

在交替叙事中,虽然不同人称的叙述承载着截然不同的主、客体意念,但是这种分析多是基于故事内部人物之间的关系之上得出的。叙述学关注的不仅仅是叙述者和受述者的关系,同时还应包含(隐含)作者与读者之间的相互关系。研究不同的叙述眼光,可以打开作者寄托于叙述者身上的密码锁,从而将意义阐释的空间拓展到文本之外的作者之上。众所周知,第三人称全知叙述为隐含作者打造了上帝式的叙述权威。随着女权主义的兴起,特别是20世纪以来,它却意外地遭到许多女性小说家的抵制。她们的理由是,这种叙述经由大多男性经典作家滥用,本身固有较强的男权意识。在伍尔夫看来,必须打破包括具体的话语与叙述模式在内的男性作家创作传统:"男性所创造的句式,由一位妇女来使用,它就显得太松散、太笨拙、太夸张了……必须找到一种普通、惯常类型的句式,来把读者轻快自如地从一本书的这一点带到另一端。而这就是一位妇女必须为她自己所做的工作:把当代流行的句式加以变化和改编,直到她写出一种能够以自然的形式容纳她的思想而不至于压碎或歪曲它的句子。"[1]这种专属女性的句式在理查逊开创的意识流文学中初露端倪,其中最为典型的便是内心独白中交替叙事出现。弗莱彻承袭了

---

[1] 转引自瞿世镜:《伍尔夫研究》,上海:上海文艺出版社,1988年,第589页。

这一创作传统,将叙述声音和视角的频繁切换发挥得淋漓尽致。因为这种叙事策略"不仅合乎人类意识的活动规律,而且还能真实地揭示人物的性格与特征。"①从根本上说,意识流小说是一种叙述眼光的胜利。

《铁嘴》中主要人物的内心独白从文体形式上看,是一种没有引号的自由话语。随着叙述声音从客体转换为主体,叙述眼光亦从第三人称外视角切换为第一人称内视角。弗莱彻并未简单地利用一个全知全能的女性叙述者置换经典叙事学视野中具有绝对权威的男性叙述者,而是以女性作家特有的敏锐,对叙述视角与眼光进行了严格的限定与重整。与伍尔夫意识流经典作品《到灯塔去》(To the Lighthouse, 1927)中的叙事策略相似,弗莱彻在小说中主要采用了变换式人物有限视角,即在第三人称叙述的框架下,将叙事眼光在不同人物之间切换,从一个人物的有限感知转换到另一人物的有限感知。② 也就是说,既然小说将重心放在克里斯和伊莱娜这两位女性人物身上,当需要她们出场时,作者就会放弃全知叙述而让人物内视角登场,且不吝笔墨。从叙事结构上看,这就构成文本叙述眼光的断裂与双重性,正是这种断裂与双重性支撑起了文本叙事的强大张力。

在弗莱彻的小说文本内部,叙述眼光的变换很多时候体现于不同艺术介质——文学文本与电影脚本——之间的来回转换。在借鉴前人的基础上,弗莱彻利用克里斯的电影创作实践,实现了同一人物叙述眼光之下文字符码与电影语言的切换,克里斯视角下的人物世界充满了由自我人物眼光与电影镜头的自由拼贴。例如,男房客芬恩在得知女友遇险身亡后悲痛至极,打算到事发地点一探究竟。针对这样一件身边之事,作者用第三人称的眼光叙述了基本情况后,转入克里斯电影的想象:

[切至]两只猎狗在灌木中穿行的远景镜头。芬恩跟行其后。他们到达一片空地。

[切至]一位武士的中景镜头,下半身埋在土里。他一手持华丽的盾牌,一手持木棍。退出到全景,九个身着战服的人厉声吼叫着,奔向武士。他们高举着的剑,镶满了珠宝。

[切至]回到空地。一个裸着身子的小男孩披散着肮脏的头发,倚靠在一棵大树旁。芬恩的两条狗正与野狗打斗在一起。男孩并不害怕,芬恩跑过去

---

① 李维屏:《英美意识流小说》,上海:上海外语教育出版社,1996年,第231—232页。
② 申丹、王丽亚:《西方叙事学:经典与后经典》,北京:北京大学出版社,2010年,第96页。

把一件斗篷披在他光溜溜的身上。孩子叫着:"爸爸,我等你很久了。"

[切至]武士。他坐了起来。一位金发少年身着金光闪闪的长袍,把武士的长发编成几条细长的辫子。(84)

在克里斯眼中,芬恩俨然就是一位英雄,他为了女友毅然铤而走险,所以女艺术家才将他与古希腊战场上的勇士拼贴在一起,才有了现代与古典画面的并置与交替切换。不容否认的是,克里斯在这里为我们展现了她双重的生活状态:一方面苦思冥想进行电影改编,另一方面又以一种类似职业病的审美习惯,用电影镜头来观察周围的生活。由此,小说文本中以剧本形式呈现的内容既有史诗事件与人物,有时又能碰到主人公身边的人和事,还有些段落是两者的融合。如此看来,克里斯艺术想象的交错映射了弗莱彻固有的双重意识,这种双重性在小说文本中至少具有三重意蕴:艺术与现实的分裂、写作与生活的重叠、社会现实与民族文化心理归属的对立。

熟谙西方文化的读者不难发现,弗莱彻小说中的克里斯等主要人物其实是在重复着荷马史诗中失语女性群体的命运轨迹,只是故事背景置换成了20世纪的新西兰,从而女性意识的真正自我解放幻化为漂浮的能指留存于艺术王国。作者这种看似两张皮的叙事层次安排旨在说明,千百年来女性在艺术内外依然遭受着奴隶式的命运,经典源文本与重构文本之间既有断裂,又通过互文很好地弥合在一起。克里斯的镜头聚焦不停游走于神话与文本现实之间,这表明她追求的电影艺术理想与社会生活现实之间的巨大差距。而现实生活中偶遇挫折,她就会选择遁入艺术理想之门。正是这一差距为其电影改编的失败埋下伏笔:艺术可以反映现实,但难以拯救现实,艺术在小说家生活中只能作为一种可望而难及的理想。

作家的艺术创作与自身生活实际之间存在着巨大的鸿沟。写作是一项孤独的事业,客观上要求作家拥有一个私密的个人空间,同时需要平衡好与家庭、社会等方方面面的关系,对于弗莱彻这样一位受着传统角色困扰的女性作家来说尤其如此。正如她在回忆录中所指出的,当代社会环境下作家的思维出现"多轨化":出身工薪家庭的她自幼生活拮据,父母带着五个孩子拥挤在一栋小房子里,狭小密闭的生活空间塑造了弗莱彻不得不同时聆听三四组不同人的谈话并做出必要回应的本领。① 这种多轨化在女性主义电视叙事研究者那里得到了佐证,莫德斯基认为,肥

---

① Beryl Fletcher, *The House at Karamu*. North Melbourne: Spinifex, 2003, p.23.

皂剧具有一种"插曲式的多重叙事结构",与家庭主妇的生活节奏十分吻合,非常适合边照看孩子、边做家务的妇女观看,碎片化的剧情片段映衬出女性经验中碎片化的现实。① 一旦条件允许,写作便成为家庭主妇们逃避现实的一种手段,而生活本身为她们历练了这种彼此兼顾的双重意识。

由英属殖民地蜕变而来的新西兰,在地理位置上虽与欧洲相隔遥远,但二者的历史文化渊源却极其深厚,以致很多历史学家认定,新西兰在民族文化上有着浓重的"恋母情结"②。也正因为如此,新西兰新兴民族文学中的一大母题就是寻根,在弗莱彻的这部《铁嘴》中,能够看到作者那种潜在的回归西方文化源头的诉求。最显见的是她对神话人物的借用,除了颠覆希腊神话中的女奴形象外,弗莱彻还把凯尔特神话中菲奥纳骑士团(the Fianna)领袖芬恩这一角色改造为儿女情长、深陷情欲享乐而找不到精神归宿的迷茫人物。这与产生于荒原式文化土壤的西方现代主义文学是一脉相承的,小说中唯一的男主角芬恩的迷惘与沉沦又成为弗莱彻反击男权文化的一记重拳。

诸多双重性在叙事形式上统一于文本语言与电影语言的整合与融通,其实二者在其符号性上是一致的。米特里的影像符号美学认为,单独的影像除了再现事物外,并不指称任何意义。"只有通过与其相关的事实整体",才能够具备表意能力,并"赋予整体以新的意义"。③ 弗莱彻文本中散见的电影脚本是与其叙事语境密切融合在一起的,并由此生发出了"新的意义",即小说人物不仅以自己的眼光(其中包括第一人称叙述者的主体视角和第三人称叙述者的客体面具)观察现实,还借用影像(也就是摄像机镜头聚焦)来叙述现实、进行艺术创作,从而以克里斯为代表的主要女性角色拥有了双重的"眼睛"——肉眼与镜头。克里斯以技术工具为跳板,进入到日常生活与艺术创作中鲜有人问津的深层,发现他人无法找到的艺术与现实的断层,可以说,是在破碎的现实生活中向彻底的真实迈出了关键的一步,站在女性的立场上颠覆了以好莱坞电影为代表的电影美学传统,助推女性从被注视的审美客体走向能动的主体。女性主义电影批评家穆尔维一再批判传统电影中

---

① 郑大群:《女性主义美国学派——女性主义叙事学简论》,《吉首大学学报》(社会科学版)2007年第1期,第50—54页。
② 菲利帕·梅因·史密斯:《新西兰史》,傅有强译,北京:商务印书馆,2009年,第190页。
③ 李显杰:《当代叙事学与电影叙事理论》,《华中师范大学学报》(人文社会科学版)1999年第6期,第18—28页。

"女性的形象，男性的目光"这种美学定式，"解放摄像机镜头的观看，让它拥有时间和空间上的物质性自由"。① 弗莱彻很好地做到了这一点，摄像机镜头成功幻化为一种"有色眼镜"，让主人公更清晰地观察社会现实、进行艺术创作、寻找真实自我。从麦克卢汉"媒介即信息"的角度看，电影作为一种艺术媒介在传达信息的同时，其实是拓宽了人们认识周围世界的渠道与视野，尤其是当女性拿起这一武器的时候。按照麦氏的逻辑，机器——在这里表现为摄像机镜头——同样可以成为一种"人的延伸"②。如果说麦克卢汉还停留在以人为体、机器为用的人类中心主义范畴的话，哈拉维的赛博格理论③则走向了后现代社会人类身份的混杂性，更大程度上受用的是像弗莱彻这样的女性主义者。哈拉维认为，以赛博格为表征的人打破了人与动物、人与机器乃至身体与非身体的诸多界限，可以借助机器实现更为强大的个体功能。机器在我们的想象中演变为"假肢式的器具、关系密切的组成部分、友好的自我"，人便具有了一种融合有机体与机器的杂糅身份。"科学技术提供新鲜的力量之源"，在其帮助下，写作便成为"掌握工具来标记世界"的事业，而这个世界此前曾把女性标记为他者。④ 从穆尔维的主体意识觉醒到麦克卢汉的人体延伸，再到哈拉维的人机杂糅，一条女性主体从分裂走向统一的坦途逐步显现。弗莱彻以克里斯的形象向世界宣称，她正走在这条大路上，到了其第三部作品《硅舌》中，身份追寻的触角直接探至赛博空间。

  总体来看，弗莱彻在《铁嘴》中展现了女性经验中生活现实与理想、艺术以及文化身份之间的裂缝。通过艺术创作，就可以成功地弥合这些缝隙，能够融现实性、艺术性与整体性于一身，而艺术家自身则通过技术工具向主体解放更近了一步。电影文本的闯入让小说中本就喧嚣的叙事之湖涟漪不断，那么，投进另一颗叫作"插章"的小石子后又会如何呢？

---

 ① Laura Mulvey, "Visual Pleasure and Narrative Cinema," *Screen* 3 (1975), pp. 6—18.
 ② 克里斯托夫·霍洛克斯：《麦克卢汉与虚拟实在》，刘千立译，北京：北京大学出版社，2005年，第88页。
 ③ "赛博格"音译自英语中的"cyborg"一词，由"cybernetic(控制论的)"和"organism(有机体)"两个单词融合得来，指的是人体借由机器等工具能够强化自身的机能，学界还有"电子人""自控体"等译法。唐娜·哈拉维(Donna Haraway)1985年发表的论文《赛博格宣言：二十世纪晚期的科学、技术与社会主义女性主义》引起轰动，直接导致了后女性主义思潮中比较活跃的一个分支——赛博女性主义(cyberfeminism)的兴起。
 ④ Donna Haraway, *Simians, Cyborgs, and Women*. London: Free Association Books, 1991, pp. 165—178.

书信插章:挑战女性叙述规约

西方小说发展史告诉我们,小说这一文学体裁"由非虚构性的叙述形式即书信、日记、回忆录或传记以及编年纪事或历史等一脉发展而来"①,在现代小说中融入书信等元素更能体现小说叙事的真实性。与其他叙事形式相比,书信体②"与女性叙述有着更为紧密的联系"③。单就弗莱彻对书信体的借用而言,克里斯不具备回顾性叙述所要求的权威性,而是着重于创作场景的真实再现;同时,在传统的章节叙述中穿插书信的这种做法在无意识中安插了一个编辑角色的隐形作者,大大满足了女性作家追求出版权的心理诉求。弗莱彻的隐含作者在文本中安插的几封书信打破了传统的现实主义小说的章节安排模式,构成了七个独立的插章④,它们往往出现于克里斯电影改编受挫之时,来表白女艺术家的创作之难。无论是书信抑或是插章的叙事形式,作者似乎有意识地在章节安排上让常规与变异交替出现,体现了一种人为制造的断裂——故事叙述的连续性遭到破坏,断裂本身系作者创作哲学中的双重意识的直接反映。

弗莱彻在《铁嘴》中对书信的使用不仅是对书信体小说的改造,更是她承自伍尔夫女性意识流小说叙事的表现形式。前几封信以内心独白的方式记录了克里斯电影创作的诸多片段,主要针对如何写好电影脚本这种纯艺术问题进行讨论,采纳第一人称的体验视角,有意识地对艺术创作的过程进行不间断的擦除与重建。弗莱彻假借叙述者之口阐述自己的文艺观念,尤其是通过引用当代德国文学家兼批

---

① 勒内·韦勒克,奥斯汀·沃伦:《文学理论》,刘象愚等译,南京:江苏教育出版社,2005年,第252页。
② 18世纪,以理查逊的《帕梅拉》为代表的书信体小说大受欢迎,为小说这个文学体裁的发展与成熟奠定了坚实的基础。之后随着批判现实主义小说家的纷纷崛起,书信体小说逐步走向衰落,但并未就此销声匿迹,在各国现当代文学中时有出现。日本大江健三郎的《同时代的游戏》、美国女作家沃克的《紫色》,乃至近期印裔英国作家阿迪加的《白老虎》等作品的陆续出版、获奖与畅销,都昭示了书信体小说持久的生命力。
③ Alison A. Case, *Plotting Women: Gender and Narration in the Eighteenth- and Nineteenth-Century British Novel*. Charlottesville: University Press of Virginia, 1999, p.30.
④ 作为小说叙事中一种比较重要的技法,插章(interchapter)在学界一直没有受到足够的重视,国外在该领域的研究主要集中于斯坦贝克《愤怒的葡萄》、海明威《在我们的时代里》以及帕索斯的美国三部曲等现代主义作品。其实,插章的历史可以远溯至18世纪小说发展的初期阶段,很多作家倾向于在章节开头的题记中引用名家的睿语,以期达到画龙点睛、借力前人的效果,可以说是插章的雏形。19世纪现实主义小说中频频出现叙事停顿,由隐含作者站出来进行一番说教或评论,这些插入性话语在当时及后来均受到诟病,被贬以破坏叙事连贯与完整的罪名。进入20世纪后,插章技法在现代主义作家那里出现更多表现形式,更好地融入小说文本的总体叙事结构,有助于作者建构立体叙事模型,凸显叙事作品的结构张力,同时将意义的生成转嫁给读者。

评家克里斯塔·沃尔夫观点的做法，赋予该小说元叙事的某些特质。意识流作品中的内心独白以逼真摹写人的意识自由流动为终极目的，以片段化和碎片性为基本特征，这在克里斯的前几封信中体现得十分明显。克里斯的改编脚本几经推敲，本来就具有很大的不确定性，反应在文本中句式的选择上，就是否定和疑问句的频频出现：

> 据说她（海伦）点燃了有权有势男人的欲火，让他们在不断的决斗中相互残杀。她的绝世美貌必须保留；如果我不这么做，这样的循环还会开始。但我又不想让这个神话不朽，不想让绝世美女危害到整个男性秩序的健康与安宁。
> 我很迷惑。是她自己堕落，还是有人逼她？她是抛舍一切跟随帕里斯私奔，还是被偷偷带走的？《伊利亚特》是不是活脱脱一个强奸和诱拐的故事？是不是那些伟大的勇士们冒死拼争，就为了一件俗不可耐的家务纷争？(41)

这种否定与疑问遍布的碎片化叙事其实是克里斯创作心态的缩影，在其结识桑德之后旋即发生了变化，写信者以更多的肯定句关注生活现实，而不是艺术探索：

> 我开始解放我自己，决定就从源头——克洛伊和艾登（克里斯的父母——笔者注）那里开始。正当我以为有所进展之时，昨天晚上布里斯到我房里，告诉了我个令人震惊的消息，艾登要她与奥皮重归于好！据他说，再等几天，流言蜚语没有了，他俩也就可以重聚了。恐怖的是，布里斯竟然真思考了一两分钟。"我早就有种强烈的预感，我被强迫做他喜欢的事。我感觉欠他的，因为我造成了他们兄弟阋墙。"(245—246)

布里斯的境遇其实是伊莱娜面对芬恩目光一幕的再现，是女性在男权社会中缺乏自主权的再次演绎；当然，这一幕依然是由克里斯眼光观察得出的。读者发现了一个更加坚定、更有信心的克里斯。正是桑德的出现，结束了克里斯书信中原有的否定与质疑，让她彻底走出了纯艺术的囹圄，以理性的眼光看待现实。事实上，克里斯在插章中表现出的犹豫与矛盾是女性走向独立的道路上不可避免的彷徨与踌躇，也是作者双重意识的投射。与经典作品中女性叙述者的势单力孤不同，弗莱彻更为重视女性整体的力量，所以才有了《铁嘴》中克里斯通过好友桑德的帮助最终走出幽闭的囹圄，女主角在同性姐妹的帮助下统一了分裂的自我意识，走向完整的女性主体。

弗莱彻这种基于姐妹情谊的女性集体力量还体现于她对书信体小说施行的改

造过程中收信人的模糊身份上。克里斯的前几封信中收信人被称呼以"亲爱的女孩",它存在极大的不确定性和抽象性。与其说这个"女孩"是单个的女性个体,不如说她是一个集体或者抽象的概念,具有普遍意义。这里揭示出书信体小说本身存在的一个悖论,它能够"绕开公共与私人话语的分界":书信具备隐私性,反而可以进入小说正式出版,成为一种公开的秘密。① 兰瑟曾经指出,经典叙事学家多从叙述者与故事的关系出发,简单划分为故事内外两种叙事者,不考虑受述者在叙事建构中的重要作用。在深入分析大量女性文本的基础上,兰瑟从受述者与文本世界的结构关系出发,区分了公开型与私下型两种叙事声音。公开型叙述是面向文本世界外的受述者讲述故事,也就是说,受述者可以等同为普通读者;而私下型叙述则是面向故事内部一个明确的受述者,普通读者只能"通过文本中人物的面具",②对故事内容进行解读。这种基于受述者位置关系而划分的叙述层次在兰瑟看来意义重大,尤其是针对女性文本进行叙事分析时。由于女性传统上难以找到自己的话语权,所以在公共空间公开陈述己见几乎成为一种奢求的情况下,她们只能诉诸姐妹之间的私下讲述,从而间接实现对话语的自我赋权。书信顺理成章地演变为闺蜜之间传达真情实感的工具,使她们暂时相安于男性话语霸权之外的这片领地;然而,书信固有其信息传递功能,自有其默认的完整性。具体到弗莱彻《铁嘴》之中,便是克里斯和桑德两位艺术家之间的飞鸿传书——她们对艺术创作颇有见地的探讨在七封插章式的书信中完成,其中很多涉及介于同性友谊与恋情之间的细节是很难见诸公众的。借用书信插章的叙事形式,弗莱彻更为自如地书写女性人物碎片式的内心独白,更加坚定地塑造人物的女性主体意识。

其实,书信一旦进入小说文本,便丧失了其特有的私密性。如果考虑受述者的位置关系,兰瑟所谓的私下型叙述只能是暂时的,小说叙事最终还是要向读者开放的,书信的叙述形式是无关乎叙事走向公共空间的。但必须强调的是女性写作本身的重大意义,既然受述者最终要走向大众,那么叙述者通过作者(或隐含作者)付梓出版的文学作品走上了一条公众化道路。这时公共与私下的二元划分不仅成就

---

① Susan S. Lanser, *Fictions of Authority: Women Writers and Narrative Voice*. Ithaca: Cornell University Press, 1992, p. 45.
② Susan S. Lanser, "Toward a Feminist Narratology," in Robyn R. Warhol and Diane Price Herdl eds. *Feminisms: An Anthology of Literary Theory and Criticism* (Revised Edition). New Brunswick: Rutgers University Press, 1997, pp. 674—693.

了文本生产的一般环境,而且超越了社会性别本身,因为写作行为一旦面向公众,她们就等同于为男性而写、专门写给男性看的。因此,《铁嘴》中以第三人称叙述者呈现的、除插章之外的章节,就可以看成是公开型叙述,看成是专门写给男性读者看的。这些章节关注的不是克里斯书信中单方面探讨的如何进行电影改编的内容,而是她生活、工作于其中的社会大环境、周围的人与物,这不正是公开与私下的对立吗？表面看似折裂的章节安排蕴藏着弗莱彻匠心独运的叙事手法,公与私的鲜明对比更加显示了主人公艺术尝试成功的不可能性,以及意识形态内部话语权斗争的不可调和性。

从更广义意义上看,《铁嘴》文本中对传统的公共与私下空间的僭越,代表了一种超越传统的性别二分以及小说文本镜像中的不同性别叙述者的本质分野。弗莱彻通过对克里斯电影改编经历的叙述,印证了贯穿于18、19世纪以来英美经典小说叙事中的一种基本规约:女性叙述者无法把自我的经历讲述为一个连贯而有意义的故事①。根据凯斯的分析,因为历来受到意识形态中性别偏见的压制,现实生活中的女性一般被认为处于被动的他者位置,缺乏话语权威,导致小说叙事中的女性叙述者也基本接纳这样的角色。她们不是自我经历的权威叙述者,而只是见证者,把编织情节的任务拱手交给异性叙述者,由此引起的信息沟就需要读者通过认知能力进行自我桥接。当这个叙述规约得到作者的遵从时,大多数读者也是赞同的,至少在无意识层面;相反,如果作者有意背离了这个规约,读者也能从对其长期的内化中将女性叙述者拉回到固有的审美他者位置上。反映到《铁嘴》中,克里斯给海伦平反的努力已经在内容上大大背离传统意识形态的束缚,而在叙述形式上却能看到克里斯支离破碎的人物聚焦、电影脚本、书信插章等等,在一定程度上又契合了女性叙述的基本条框。不可否认的是,作为一名女性作家,弗莱彻无法彻底自外于这些传统规约,只能通过既有违约又可媾和的中庸立场,才能更为深刻地打动新时代的读者,才能为其小说文本找到一个更为理想的心理坐标。

到目前为止,《铁嘴》是弗莱彻实验性最强的作品。从叙事层面上看,小说文本中叙述声音交替多变,叙述者兼容主体与客体,叙述眼光聚合了人物与镜头,章节安排常规与插章交替,叙事层次兼具公开与私下。其中,交替叙事基本上是语句层面的,叙述眼光的变换大多基于段落层次,而章节层面上除了佩尔意义上的交替叙

---

① Alison A. Case, *Plotting Women: Gender and Narration in the Eighteenth- and Nineteenth-Century British Novel*. Charlottesville: University Press of Virginia, 1999, p. 13.

事外,还可以视为公开与私下的区分。凡此种种二元对立,均是作者双重意识的集中体现,是弗莱彻小说文本意义生成的基石。放诸文艺批评家弗莱的体裁批评关照之下,弗莱彻在小说中对诸多体裁成功地进行了拼贴:对当代新西兰社会的真实反映实现了小说的基本美学功能,基于《伊利亚特》的情节和人物酷似古典传奇的套路,自由话语、电影脚本、书信形式的插章则完成了自白体和解剖体的美学任务。① 她秉承首作《烧词者》以来别具特色的女性意识流叙事风格,将矛头直指经典史诗叙事和现实生活中的性别政治,叙说女性构建主体意识的必要性与迫切性。弗莱彻将文学文本与古典神话、生活现实与艺术创作、个体失落与民族身份通通拼接起来,从而在破碎的现实中走向艺术的本真,走向主体解放。

　　弗莱彻隐藏在叙述者的背后,或静观其变,或随声附和,但作品中仍然透露出较强的自我意识,这与其早年的女性主义活动家经历是分不开的。她始终是一位女性主义的坚定支持者,通过小说创作将个人的观念渗透进叙事层面,从而将叙事形式与其主题意义很好地贯通起来。"女性实验小说传统的存在与延续,不仅是对传统文学和叙述方式的颠覆……而且实质上也是对父权社会结构和菲勒斯中心的反抗,由此又与女权主义结盟。"②女性叙事实验的传统与女性主义思想在弗莱彻身上得到了完美的融合,必将拓展、改进和丰富女性主义文学批评,同时推动女性主义叙事学向前发展。弗莱彻在小说中探索女性小说呈现的新形式,结合自身强烈的女性主义意识,使女性复归应有的话语权空间,建构新的女性形象。对实验叙事作品进行深入分析具有重要价值,一则可以验证女性主义叙事学的理论方法,二则能够传承奥斯丁以来西方女性写作积累的深厚历史传统。在洛奇看来,文学中的这些叙事实验是作者完成"陌生化"这个永恒任务的一种激进手段③,而实验叙事本身即承载着深厚的主题意义。《铁嘴》叙事上的独到安排让读者体味到了弗莱彻女性主义的审美诉求,这种诉求又成为其政治旨归的有效代言。

　　弗莱彻经由双重意识构筑的基于人物个体的叙述框架,在对立与统一中凝聚了多元的意义,同时还应该看到,它在小说叙事的进程中逐渐消解了自我,导向姐妹情谊上的和谐与融通。到了小说的最后,原来碎片化的人物内心独白大大减少,

---

① 诺斯洛普·弗莱:《批评的剖析》,陈慧等译,天津:百花文艺出版社,2006年,第467页。
② 李军:《英美女性实验小说传统及其先验创作的特征》,《求是学刊》2008年第2期,第119—124页。
③ 戴维·洛奇:《小说的艺术》,王峻岩等译,北京:作家出版社,1998年,第117页。

交替叙事更是不复存在，取而代之的是大量使用第一人称复数叙述。克里斯的改编剧本虽然遭到审查者拒绝，却最终与桑德合作成功出版了融文字与图像于一体的叙事作品，肉眼与镜头的区分沉淀进印刷出版物。克里斯的最后一封书信几乎成了所有人的狂欢，告诉人们她们取得的胜利：建造了属于她们自己的公寓楼。弗莱彻的几位新女性由此结束了波伏娃曾批判的"女人从未构成过一个封闭的、独立的社会"①的那种散居状态，实现了平等共居与共融。这就是弗莱彻借由古希腊人的"铁嘴"讲述的有关女人的故事，"我们自己的故事，一个我们为之生活过、抗争过的故事，一个我们最终赢得权利去讲述的故事。"(273)

二 福克纳初入中国及其非线性艺术叙事

1 福克纳译介在中国的发生

福克纳初入中国之时正值新文学遗产保护意识萌生的历史时刻。当时，本土文学内部既已滋生革新的诉求，后又借力清末民初以来的翻译文学大潮，丰硕成果亟须进一步制度化。《现代》杂志把大量西方现代主义作家带到中国，其中就有福克纳，正是赵家璧、《现代》杂志以及良友公司等的集体发力，确保这些先锋作家在中国扎根。此外，福克纳从诗人转型为小说家的经历，客观上为进入中国创造了条件，呼应了赵家璧编纂《世界短篇小说大系》的计划。福克纳译介的发生表明，中国新文学作家及其媒介杂志的诗学理念与同时期的西方现代主义思潮从根本上说是一致的，翻译文学进而参与建构了中国文学的现代性。

1934年6月，鲁迅《拿来主义》一文号召文艺工作者在面对外国文学时，应"运用脑髓，放出眼光，自己来拿"，同时告诫我们要"沉着，勇猛，有辨别，不自私"②。鲁迅赞同中国文学界学习借鉴外国同仁的必要性，但应态度端正、方法正确，不盲从、不自卑，这样才能有新文艺，也才能塑造新人才。威廉·福克纳（William Faulkner，当时译为"福尔克奈"）在中国的译介发轫于同一年，他以新颖的意识流

---

① 西蒙娜·德·波伏娃：《第二性》，陶铁柱译，北京：中国书籍出版社，1998年，第673页。
② 《鲁迅杂文选集》，北京：人民文学出版社，1996年，第382—383页。

创作手法、小说叙事形式的创新实验以及对美国南方历史与现实社会的真实描摹，很快赢得了不少中国作家的关注，自此真正进入中国知识分子的视野，融入他们对文学现代性的执着探索和本土文学的创作实践中。而充当这个重大文学事件助产士的，便是良友图书公司编辑赵家璧，当然，福克纳在中国译介的发轫绝非空穴来风，而是诞生于一场酝酿与传承已久的域外小说译介大潮之中。

晚清民初小说译介的文化语境

中国知识界开眼看西方的努力，早在鸦片战争前后即已发生，到了世纪之交，中国对外国文学尤其是小说的译介有了明确的指导方向。先是严复和夏曾佑在 1897 年发表长文《本馆附印说部缘起》，强调小说在启蒙民智上的重要性；第二年，梁启超在《译印政治小说序》中尊"小说为国民之魂"[1]，进而于 1902 年的《论小说与群治之关系》一文中正式提出"小说界革命"一说，因为"欲新一国之民，不可不先新一国之小说"[2]。这场"革命"是在晚清内忧外患的社会困局中由知识分子自觉发起的，具体而言是由维新派牵头，革命派与无党派进步人士广泛参与的一场"文学革新运动"[3]。在梁启超看来，中外文学具备通约性，小说在提高国民素养、革新社会面貌、振奋民族精神等方面发挥着积极而重要的作用，但同时应看到国内传统的旧小说早已失势，所以翻译小说任重而道远。首先应从本土文学传统出发，希望借助他山之石来实现国家或民族文学的革新，即翻译文学[4]应秉承美学导向；同时，小说尤其是政治小说的翻译应该着眼于国内历史与政治现实，充分发挥文学服务社会的功能与价值，即翻译文学不可忽略其政治导向。可以说，中国翻译文学在五四时期及三四十年代的发展轨迹，就是围绕美学和政治这两个导向同时展开的，两者并重并举。

当然，外来的文学经验与素材能不能快速融进译入语的文化语境，还要看这个接受体文化自身的内生动力。《马关条约》的签订"在年轻知识分子当中激起了改

---

[1] 梁启超：《饮冰室合集》3，北京：中华书局，2003 年，第 35 页。
[2] 梁启超：《饮冰室合集》10，北京：中华书局，2003 年，第 6 页。
[3] 付建舟：《小说界革命的兴起与发展》，北京：中国社会科学出版社，2008 年，第 12 页。
[4] 翻译文学在中国文学史上的地位与合法性群体曾存在争议，但鉴于译作对原作的普及推广、价值提升、价值重估等的重要意义，以及对特定时代文化语境的忠实记录，笔者完全赞同翻译文学作为中国文学的组成部分的提法。参见谢天振：《译介学导论》，北京：北京大学出版社，2007 年，第五章"翻译文学的性质与归属"（第 123—150 页）；《王向远著作集（第 8 卷）：翻译文学研究》，银川：宁夏人民出版社，2007 年，《中国文学翻译九大论争》第八章"翻译文学国别属性之争"（第 407—421 页）。

良主义思潮,使得 1895 年成为中国文学史上一个重要的年头",同年出版的《熙朝快史》以及此后陆续推出的《花柳深情传》(1897)、《海上名妓四大金刚奇书》(1898)、《南朝金粉录》(1899)等小说"通过将作者与叙述者统一并使叙述情境戏剧化"等特点与传统小说区别开来,形成小说创新的第一次浪潮①。此类写作技巧上的创新为翻译小说的到来铺垫了良好的阅读环境与读者认知基础,同时营造了更为强大的阅读期待,尽管此类本土小说还未被梁启超等精英人士所看重。这种求新求变的创作思路已经构成现代性的一种向度,正如王德威所谓的"被压抑的现代性",即"中国文学传统之内一种生生不息的创造力"②。中国文学在走向五四文学革命之前,已经做好了内在的自我调整,浸润着由林纾为代表的翻译文学阵营带来的欧风美雨的洗礼,为即将到来的新生铺垫了道路。

译介外国文学在清末民初蔚然成风,并在五四前后取得扩大之势,成为新文化人士追求事业成功的重镇,甚至幻化为一种生活方式。茅盾在 1920 年就指出,"翻译家若果深恶自身所在的社会的腐败、人心的死寂,而借外国文学来抗议,来刺激将死的人心,也是极有益的事。"③显然,这是一种当时知识分子的典型心态,在外部环境与自己的社会理想相差悬殊时,他们多会选择一种退避做法;一旦在外国文学的宝库里发现知音,并进而迷恋开来,他们很快便能够在知识分子团体内部形成一种新的流行做法,形成一种新的传统——"外国文学被用来支持中国新作家自己的形象和生活方式"④,即通过外国知名作家及其创作的文学人物形象(如拜伦)为参照物,痛快淋漓地抒发对文豪乃至虚构形象的狂热崇拜,并以自己颇具才华的翻译产品塑造一种个人认同,展示不羁的个性。这是一种弗洛伊德所说的现实性焦虑之下人们做出的自觉选择——迫于现实的压力而将视野投向海外寻找新的"斗争"武器,以外国文化为导向的思维模式很快就获得了相当的话语权威。但从根本上说,翻译文学工作者们先是怀着对外来文学的热爱乃至仰慕之情,最终可能陷入无法摆脱的"自我殖民"困境⑤。这也是中国与西方、与其他民族的文学现代性的

---

① 韩南:《中国近代小说的兴起》,徐侠译,上海:上海教育出版社,2004 年,第 2—38 页。
② 王德威:《被压抑的现代性——晚清小说新论》,宋伟杰译,北京:北京大学出版社,2005 年,第 25 页。
③ 赵乐甡、车成安、王林:《西方现代派文学与艺术》,北京:时代文艺出版社,1986 年,第 735 页。
④ 李欧梵:《现代性的追求》,毛尖译,北京:三联书店,2000 年,第 224 页。
⑤ 刘禾:《跨语际实践:文学、民族文化与被译介的现代性(中国,1900—1937)》(修订译本),宋伟杰等译,北京:三联书店,2014 年,第 270 页。

不同之处。

具体到中国福克纳译介的初始语境,五四以来文学内部破旧立新的指导思想,以及外部紧张的社会政治环境催生的道德性焦虑与现实性焦虑,两者合流,福克纳能够进入新文化人士的视野也就成为历史的必然①。

赵家璧译介福克纳

赵家璧在大学求学(1928—1932,上海光华大学英国文学系)期间,经常光顾上海南京路附近的几家外文书店,迷恋上了规格统一、设计精美、内容丰富的系列书籍,向往着"能为中国文学出版事业,编辑这样规模的成套书,来满足我国的文学读者"②。就这样,半工半读的他凭借着对外国文学的热衷与职业敏锐,在1931年"九一八"事变之前,经由良友公司成功推出《一角丛书》,二十种图书到年底时销量已达十余万册,取得了编辑事业上的初步成功。第二年春,被夏志清称为"对促进独立的严肃文学,有很大贡献"的《现代》杂志创刊,准备吸纳来源广泛的作者群体,杂志主编施蛰存在《创刊宣言》中就提倡"给全体的文学嗜好者一个适合的贡献"③。此外,主编还坚持兼收并包的客观中立立场,既发表很多鲁迅、茅盾等左翼作家,以及巴金、老舍等进步作家的文章,还译介了不少日本新感觉派、法国象征派及其他西方现代主义作品;另外,还刊登不少用意识流手法写成的作品,成为心理分析小说的"发表基地"④。这样一种以本土为着眼点、偏重审美现代性的文学杂志,成为福克纳作品在中国理想的着陆点;即将大学毕业的赵家璧开始写文章投稿,成为中国知识界审视美国文学的先行者。

在中国发表的第一篇介绍福克纳的评论出现于1934年5月《现代》杂志第五卷第一期,是由赵家璧翻译英国评论家华尔德曼(Milton Waldman)名为《近代美国小说之趋势》的论文,其中一节专论"福克纳的美国小说"。⑤ 文中论及福克纳可能受到的来自普鲁斯特、乔伊斯和斯泰因等作家的影响,意识流的写作手法在当时

---

① 朱振武:《福克纳的创作流变及其在中国的接受和影响》,北京:人民文学出版社,2015年,第168—169页。
② 赵家璧:《编辑忆旧》,北京:三联书店,2008年,第14页。
③ 转引自张生:《时代的万华镜——从〈现代〉看20世纪30年代初中国文学的现代性》,上海:同济大学出版社,2008年,第2页。
④ 赵家璧:《编辑忆旧》,北说:三联书店,2008年,第21页。
⑤ 陶洁:《福克纳研究》,上海:海外语教育出版社,2013年,第336页。赵家璧将作家原译为"福尔克奈",这里从现在通行译法,改为"福克纳"。其他出自《现代》的文章,一同如此替换。

不被广大读者接受的事实及其原因,以及地方主义色彩等内容,特别指出他的小说是"十足的美国的",并且"已经进展到一种将来会在美国产生的小说的纯粹艺术路上去"。由此看来,华尔德曼与译者赵家璧十分强调福克纳的美国身份,倾向于把福克纳颇富创新性的现代主义形式实验与美国英语独特的身份等同起来,值得注意的是,将小说中的黑人对话视作"写得最好的一部分",即是在表明美国语言与文学上的相对独立性①。不难看出,赵家璧在这里对写作方法乃至语言的强调,是有所暗指的,那就是新文化运动以来国内对白话文的倡导;同时,施蛰存对意识流以及心理分析写作手法由衷的热爱,并与鲁迅、郁达夫等人积极进行创作实践。他后来回忆道:"三十年代,西欧文学,正在通行心理分析,内心独白,和三个'克':Erotic, Exotic, Grotesque(色情的,异国情调的,奇怪的),我也大受影响,写出了各式仿制品。"②这样一来,有域外作家的经验提供镜像参照,中国现代作家们更为自信、更富激情地探索中国文学现代性的大业。

然而,此时上海的文化氛围极度紧张,外有日本侵略者在虎视眈眈,内有国民党的高压政策,新文化运动开创的文学生态出现危局:"有人开始否定'五四'文学革命","出版界大量翻印古书,弥漫起了复古的空气"③。在这样的社会环境中,赵家璧仍然不遗余力地通过《现代》译介外国文学的优秀作品与最新成果,他关注到的国家或民族除了美国,还包括第五卷第二期上的德国、第三期上的西班牙、第五期上的英国等。在考察了一圈之后发现,中国新文学与美国文学的发展经历与处境有着较大的相似之处——两者均带有后殖民文学的某些特征,所以等到了第六期,他索性回到美国这个原点,推出"现代美国文学专号"。施蛰存在导言中惊呼:美国文学"对于我们的这个割断了一切过去的传统,而在独立创造中的新文学,应该是怎样有力的一个鼓励啊!"④

在这期专号中,涉及福克纳的文章有三篇:赵家璧《美国小说之成长》、凌昌言《福克纳———一个新作风的尝试者》以及江兼霞翻译的短篇小说《伊莱》。赵家璧一文其实是华尔德曼文章那样的对美国文学发展脉络的梳理,只是范围更广,从殖民

---

① 密尔顿·华尔德曼:《近代美国小说之趋势》,赵家璧译,《现代》第 5 卷第 1 期,第 108—115 页。
② 转引自张生:《时代的万华镜——从〈现代〉看 20 世纪 30 年代初中国文学的现代性》,上海:同济大学出版社,2008 年,第 132 页。
③ 张志强:《赵家璧编辑思想初探》,《编辑学刊》1992 年第 2 期,第 85—90 页。
④ 施蛰存:《现代美国文学专号导言》,《现代》第 5 卷第 6 期,第 834—838 页。

地初创时期一直介绍到20世纪30年代。赵家璧开篇即强调美国文学在很长一段时期内一直囿于英国传统的阴影里,虽然实现了政治上的独立,文化上对母国亦步亦趋,仍然没有摆脱殖民地文学的姿态,甚至"奴性"十足;进入20世纪,美国完全摆脱了"殖民地的意识,在创造着自己的文学"。在"新近的悲观主义者"一节,赵家璧将海明威和福克纳这对文坛冤家进行并列分析,在"写实"这个大的框架之下,强调福克纳的叙事结构"无计划中有一个计划",将其贴上了福克纳专有的标贴,同时宣告"他的故事和思想,也是写实地美国的"。赵家璧总结道,福克纳以一种"痛恶愤疾的人生观"书写着"在这疯狂的世界中挣扎着的现代人的悲哀"。应该说,在福克纳经典小说《押沙龙,押沙龙!》(1936)和《去吧,摩西》(1942)还未出版之前,赵家璧能够对福克纳的创作主题有如此深刻的认识,着实不易。当然,我们要强调的是,福克纳只是赵家璧引介外国文学大业中的一颗棋子,他的着眼点是民族文学的革新,是通过翻译文学构建一种被译介的现代性。

凌昌言的文章可以算得是真正的第一篇福克纳专题研究论文。他认为福克纳之所以成功,是因为"无论在内容上或形式上都适应了现代的要求"——追求新奇,但同时又无法理解福克纳对社会罪恶话题的执着探讨,遗憾地得出作家"在神经上也许有某种不健全的处所"的推论,并断言"这个时代是跟福克纳本人一样的不健全",所以他成功了[1]。虽然观点未免偏颇,但该文更为重大的贡献在于它对福克纳1926年开始截至1932年期间出版的七部长篇小说(即《士兵的报酬》《蚊群》《沙多里斯》《喧哗与骚动》《我弥留之际》《圣殿》和《八月之光》)进行了详细的写作手法与主题上的分析。文末,作者对赵家璧在资料与思想上的帮助表示感谢,由此可见赵家璧在《现代》杂志译介外国文学,尤其是美国文学方面,在这个以翻译外国文学为目的的译介共同体中,发挥了一位总设计师兼总工程师的作用。

这位总设计师在那一年还有一项更加宏伟、并于翌年得以实现的计划,就是那个学生时期即已萌生的要出版"五四以来文学名著百种"[2]的志向,最终由良友公司出版的十卷本《中国新文学大系》(1917—1927)。在蔡元培作的"总序"《中国的新文学运动》一文中,我们看到了这位文化名士信心饱满的期待:"对于第一个十年先作一总审查,使吾人有以鉴既往而策将来,希望第二个十年与第三个十年时,有

---

[1] 凌昌言:《福尔克奈——一个新作风的尝试者》,《现代》第5卷第6期,第112—114页。
[2] 赵家璧:《编辑忆旧》,北京:三联书店,2008年,第172页。

中国的拉飞儿①与中国的莎士比亚等应运而生呵!"②可能赵家璧自己也不会想到,他个人的事业宏愿竟与国家与民族的文学文化事业紧紧地联系在了一起,个人理想的实现也直接促成了五四文学经典化、体制化的诞生。

此后,赵家璧把编辑的视野转向了外国短篇小说,正是这个转向把他和福克纳更加紧密地衔接了起来。

福克纳、赵家璧与短篇小说

福克纳本人没有到过中国,但是他与中国有着深厚的个人情缘。福克纳在写作生涯的早期创作了不少诗歌,献给曾经魂牵梦绕的情人艾丝黛拉(Estelle Cornell),可是并未如愿,眼睁睁地看着她婚后随夫于1921年底前往上海开始了为期三年的生活。据康奈尔夫妇回忆,初来乍到时感到仿佛进入了另一个世界,到处"嘈杂混乱,有电车、黄包车、花轿、手推车、自行车以及蒙古马拉的车,人们说着十几种方言,还有洋泾浜英语。"③这里,大都市的生活如此交织着传统与现代、东方与西方的元素,甚至当时一家报纸对于康奈尔夫妇的到来还进行了专门的报道。平时,丈夫忙于法律事务,艾丝黛拉则利用闲暇广泛参与在上海的美国同胞组织的文化活动,也接触到了当时很多的贫穷、犯罪、性别歧视、贩卖妇女儿童等社会问题,并开始尝试写作短篇小说,以致"她的写作促成了福克纳在1925年2月突然且颇富戏剧性地从诗人转变为小说家"。④ 当然,此时的艾丝黛拉还没有成为福克纳夫人,但是不难推测,随着创作情诗热情的消退,福克纳放弃诗歌创作也势在必行,当得知对方竟然写起小说时,骨子里的铮铮傲气督促他与诗歌发生了决裂。我们是否可以说,是上海客观上促成了福克纳这一华丽的转身呢?如果没有艾丝黛拉的上海之行,或许世界文坛就会错失这样一位诺贝尔奖天才小说家。

在福克纳看来,"每个小说家都先想着写诗歌,发现自己不是那块料,就转向写短篇小说,形式要求之高仅次于诗歌。当他再次失败后,才会开始进行小说创作"⑤。由此可见,他更为看重短篇小说,虽然多次表示找不出自己真正满意的作

---

① 即拉斐尔。
② 蔡元培等:《中国新文学大系导论集》,长沙:岳麓书社,2011年,第8页。
③ Judith L. Sensibar, *Faulkner and Love: The Women Who Shaped His Art*. New Haven & London: Yale University Press, 2009, p. 409.
④ Ibid. , p. 417.
⑤ James B. Meriwether and Michael Millgate, eds. *Lion in the Garden: Interviews with William Faulkner, 1926—1962*. Lincoln and London: University of Nebraska Press, 1968, p. 238.

品。福克纳从名不见经传到后来摘得诺贝尔文学奖的桂冠,他的文学道路历经诗歌、短篇小说和小说三种文类的探索,短篇小说始终伴随着他的写作生涯,且确实创作出了像《献给爱米丽的玫瑰》和《烧马棚》这样的传世名篇。此外,在杂志首发和文选结集这"两次出版生命"之外,短篇小说在福克纳这里还获得了另一种存在形式——系列短篇小说①。福克纳善于将自己曾经发表过的短篇小说进行回锅、返炼与重铸后,纳入小说成为其组成部分,比较典型的就是1931年发表的短篇小说《花斑马》在添加一节、改变叙述者之后进入1940年的小说《村子》。因此,短篇小说可以作为走出福克纳创作迷宫的阿里阿德涅丝线,其中很多代表作已经经典化,自身就是该文类的典范之作,有研究者声称:即使福克纳没有那些脍炙人口的小说,单凭其短篇小说依然可以跻身经典作家的行列。福克纳坚持不懈地在短篇小说这块田地里耕耘着,仅仅在他与中国读者相遇的那一年之内,就在美国各类文学杂志上发表了十一篇之多②,江兼霞翻译的那篇《伊莱》就发表于当年二月号的《短篇小说》杂志,其余较为知名的还有《沃许》及《马丁诺医生》等。

  1935年七八月间,赵家璧带着《中国新文学大系》去拜见蔡元培,后者鼓励其出版续编,并"举了周氏兄弟(鲁迅与周作人)在日本编印的《域外小说集》作例,向我说明鲁迅在文学创作方面的巨大贡献外,在介绍国外短篇小说方面,也是功不可没;而鲁迅创作的第一篇小说《狂人日记》,就是在深受外国小说影响下写成的。"赵家璧深受启发,分析得出五四新文学创作的繁荣首先反映在短篇小说上,而外国作品译介上也是短篇小说远远超过其他文类的数量,同时从近百年世界文学发展来看短篇小说"截取人生的一个片断加以剖析描绘,最能反映近代和现代人的生活

---

① 系列短篇小说(short story cycle),又称为短篇小说序列(short story sequence)、故事型小说(novel in stories)和复合式小说(composite novel),目前在国内主要译法有"短篇小说成套故事"(缪春旗:《短篇小说成套故事:一种独特的文学样式》,《盐城师范学院学报》(人文社会科学版)2004年第1期)、"插曲式小说"(黎明:《威廉·福克纳和他的"插曲式小说"》,《西南民族大学学报》(人文社科版)2006年第6期)、"故事环"(《母女情深——论〈喜福会〉的故事环结构与母女关系主题》,《四川外语学院学报》2003年第6期)和"环故事"(《从失控到把控——从〈鸽疫〉看厄德里克"环小说"叙事的多声部发展》,《外文研究》2014年第1期)等。相比之下,"系列"二字更能突出它处于短篇小说与小说之间、各故事既相互依存又可独立成篇的特性,故暂译为"系列短篇小说"。福克纳本人未对这个名词发表过意见,不过对《去吧,摩西》初版时题名后由出版商加了"和其他故事"十分愤怒,他坚持认为属于长篇小说。(陶洁:《福克纳研究》,上海:上海外语教育出版社,2013年,第290页)

② 米歇尔·格里赛:《福克纳年表》,李文俊编:《福克纳的神话》,上海:上海译文出版社,2008年,第381—382页。

和思想"。① 就这样,一幅同样宏大的工程蓝图诞生了——《世界短篇小说大系》,计划编选法、俄、英、德、日本、北欧、南欧、苏联、新兴国家与美国的短篇小说共十卷,分别物色好了编译者;但令人遗憾的是,随着日本侵华战争的爆发,这个鸿篇巨制终归流产。不过,仅就这个设计而言,外国文学的译介在当时起着十分重要的作用,而且译介者本身很多都是著名的作家或学者,翻译文学已经进入中国文学史并占据着十分重要的位置。进而,这种"要把中国文学放在与外国文学即使不能相提并论,至少也是可以互相比较的关系上"②的文化自信,随着五四文学的经典化与体制化,使中国文学现代性基本成形。"赵家璧们"真正做到了将"福克纳们"有效"拿来",为我所用,同时我们不得不承认文学译介始终是把双刃剑,福克纳进入中国之后,在世界文学上的地位与影响力大大地拓展与夯实了。

一部翻译文学史,通常浓缩了本土文学与国外文学的互涉、互动与互文关系。1934年中国文坛上的福克纳小说译介,与其说是学习西方为目标,不如说是以提高自己为本,也就是一个将外来诗学理念不断本土化的过程。福克纳的现代主义书写烛照着美国南方民众的心理现实与文化困境,同时也是美国文学中的地方主义、去殖民地化并走向本土文学传统建构的成功案例,这些都与中国五四运动以来对民族文学新表现方式的探索,从根本上说是一致的。所以,当在美国本土并未获得一致认可的福克纳踏入中国文坛的时候,本着中外文学具备通约性的理念,赵家璧等人秉持对异域文学文化的极大热情,主动担当起了向中国文学译介现代性的重任,将翻译文学与本土文学既有成果有机结合起来,成功保存了中国现代新文学的宝贵遗产,保持了新文学永续发展的动力。对福克纳的译介客观上契合了中国意识流小说出现与发展的大势,当然因为各种社会及历史因素,中国的意识流文学的真正繁荣要到现代派大讨论兴起的20世纪80年代,到了王蒙、莫言等当代作家手里。

2 福克纳:非线性艺术叙事的艺术

福克纳意识流小说中的叙事复杂多变,但其不少经典文本具有独特的具象化叙事范式,这种具象化的非线性叙事可称为艺术性叙事。在《纪念爱米丽

---

① 赵家璧:《编辑忆旧》,北京:三联书店,2008年,第255页。
② 刘禾:《跨语际实践:文学、民族文化与被译介的现代性(中国,1900—1937)》(修订译本),宋伟杰等译,北京:三联书店,2014年,第270页。

的一朵玫瑰花》《我弥留之际》和《八月之光》中,福克纳选取了各不相同的叙事范式,同时又将每个范式分别具象化为窄口瓶、棺材和瓮的意象,这些意象承载着特定的主题意义。更为重要的是,这种非线性叙事实现了向传统与理性的回归。艺术性叙事形象性强,兼顾了故事性和艺术性,达到了形式与内容的艺术性统一,因而具有极高的审美价值。

英美现代主义小说打破了传统的亚里士多德式单一、线性的叙事模式,因循一种非线性叙事路线,根据内容与审美需求自由地支配物理时间和逻辑空间,威廉·福克纳便是其中的标志性人物。作为一位现代派文学大师,福克纳擅长使用时空并置等意识流技巧,同时又积极探索文学叙事的各种表现形式,如《喧哗与骚动》和《我弥留之际》的多角度叙事,《修女安魂曲》中杂糅的多种文体,《下去吧,摩西》和《八月之光》中多线索的情节结构。米尔盖特指出,"他的十九部长篇小说中,在形式特征上找不出完全相同的两部作品来。"[1]这种叙事艺术可以称之为艺术性叙事,它看似意识流叙事,但本质上又有着很大的不同,是一种带有具象的非线性叙事范式。本文拟以《纪念爱米丽的一朵玫瑰花》(后简称《玫瑰》)、《我弥留之际》和《八月之光》为例,探讨福克纳作品中非线性叙事的基本范式及其审美价值。

福克纳的非线性叙事范式及其艺术性

传统的线性叙事模式在现代主义小说家那里受到了极大的挑战,尤其是在意识流小说中,意识的无序绵延几乎完全成为非理性主义的代名词。在福克纳一系列极富代表性的意识流小说中,《玫瑰》算得上他最知名的作品,国内外从各个角度进行的研究可谓汗牛充栋,但是作品的形式研究比较欠缺[2];王敏琴分析出了以父亲之死为转折点的两条线索,但是其"回"字形结构[3]值得商榷。福克纳为了渲染一种浓厚的历史感与神秘性,让重置的自然时间随叙事的笔锋任意游走于五个相对独立的小节中,按照一种多时空并置的策略把爱米丽安放于二维空间。笔者对伍德沃德整理的时间表[4]略做改动,将主要事件整理如下(其中个别为模糊时间):

---

[1] Michael Millgate, "Introduction", in Michael Millgate ed., *New Essays on Light in August*. Beijing: Peking University Press, 2007, p. 3.
[2] 刘立辉、王江:《时间意义的生成机制》,《解放军外国语学院学报》2007年第6期,第92页。
[3] 王敏琴:《〈献给艾米丽的玫瑰〉的叙事特征》,《外国语》2002年第2期,第67页。
[4] 程锡麟:《献给爱米莉的玫瑰在哪里》,《外国文学评论》2005年第3期,第71—72页。

第一节(1934)爱米丽去世;(1894)沙多里斯免税;(1924)征税团造访
第二节(1894)撒石灰除臭;(1890)爱米丽身材苗条;(1892)父亲死亡
第三节(1893)遇到荷默;(1894)购买砒霜
第四节(1894)牧师和堂姐妹造访,荷默消失;(1900)开瓷器彩绘课;(1934)爱米丽去世
第五节(1934)爱米丽葬礼,发现荷默尸骨与爱米丽的灰发。

可以看出,叙事以爱米丽的死亡与葬礼为起讫点,前后首尾相连,大致成环形发展轨迹;确定的最远时间追溯到1890年,这个最远点也是整个叙事路线的转折点,叙述者主要回顾了沙多里斯免税、征税团造访和撒石灰除臭等主要事件后,似乎回归了传统的线性叙事模式。读者直线阅读形成的结构如图1:

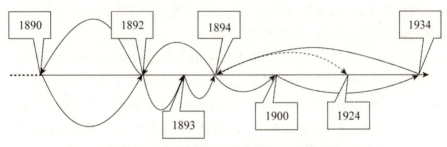

图1 《纪念爱米丽的一朵玫瑰花》的叙述路线

图中除了起点(1890年)外,叙事有交织或重复的地方依次为:1892年(父亲死亡)、1894年(荷默死亡)和1934年(爱米丽死亡),整个故事围绕三个死亡事件构成了一个大回环。作为事件与艺术手法相结合的产物,这种结构在福克纳此后的长篇小说中得到了更好的发挥与完善。

《我弥留之际》中娴熟而高超的多角度叙事构成了福克纳"对文学惯例确凿性的最强烈抗议"[①],他以15个性格各异的人物共59段碎片般的内心独白,讲述了穷苦白人本德仑一家在母亲死后按其遗愿送棺至娘家安葬前后10天的经历。福克纳本人在谈及这部小说时兴奋不已,不仅仅是因为这部小说他写得最顺手、修改最少,更是由于他创造的一个"神品妙构"[②]。整部小说采用第一人称,本德仑家人的

---

① Harold Bloom, "Introduction", in Harold Bloom ed., *William Faulkner*. New York: Chelsea House Publishers, 1986, p.3.

② 肖明翰:《威廉·福克纳研究》,北京:外语教学与研究出版社,1997年,第276页。

内视角(除第 57 章精神错乱后的达尔采纳第一人称外视角叙述)与旁观者(邻居、医生、牧师、镇民和药商等)的外视角并用,在两个群体的交叠中展开抑扬顿挫的叙事,正如钢琴上的黑白键,两者相辅相成从而弹奏出了最动听的复调。该小说的魅力也就在此,叙事本身不提供权威性的全知视角,"这些风格不同、长短不一的意识片段像一个个有意味的图案最终拼出一幅完整而又精彩纷呈的画面。"[①]多角度叙事文本的特征之一就是叙述者的不可靠性,这种不可靠性源自第一人称内聚焦的主观性与外聚焦的片面性,客观上要求读者完全进入文本并积极赋予其意义,这构成了对传统线性叙事的极大挑战。正如米勒所说,"小说是一种善意的口技,小说家以不同人物的身份出现,为他们说话或者扮作他们说话,然而,这种装扮愚弄不了任何人。"[②]在多人物、多角度叙事的背后,是一条永恒不变的时空线索,从艾迪与安斯的爱情到安斯的续娶,从法国人湾到杰弗生镇。这种叙事形式上的非线性和情节上的线型发展聚合了强大的艺术张力。

《八月之光》的多情节结构标志着福克纳的叙事艺术达到了一个新的顶点;但正如米尔盖特所指出的,"它仍然是最令人困惑的、最难纳入理性思辨或美学透视的小说之一。因此,它还是一部远未读懂的小说。"[③]早期的很多评论家认为它故事结构松散,仿佛是把几个毫不相干的故事硬性拼凑在一起,而小说的真正魅力也正是在于这"毫不相干"的故事中:作者勾勒了莉娜和乔两条平行的明暗主线,而邦奇和海托华则是类似作者与读者关系的垂直线索。张莉只注重《八月之光》的"三明治"式艺术结构[④],但乔和莉娜构成了"各色人物行动和回应的中心"[⑤],并非处于边缘地位。前四章中叙述者只是通过镇民的视角对乔进行走马观花式的引入,而此后的八章才是对他的本色刻画,现时情节在追忆历史中完全停滞:第五章中意欲行凶的乔,直到第十二章结尾才"稳步地登上楼梯,走进卧室"[⑥]并完成谋杀。取代

[①] 仝志敏、杨大亮:《试析福克纳意识流小说的叙事风格》,《上海电力学院学报》2004 年第 1 期,第 82 页。
[②] J. 希利斯·米勒:《解读叙事》,申丹译,北京:北京大学出版社,2002 年,第 117 页。
[③] Michael Millgate. "'A Novel: Not an Anecdote': Faulkner's *Light in August*". in *New Essays on Light in August*, Beijing: Peking University Press, 2007, p.31.
[④] 张莉:《论〈八月之光〉"滴答滴"的叙事律动》,《四川外语学院学报》2008 年第 4 期,第 37 页。
[⑤] Olga W. Vickery, *The Novels of William Faulkner*. Baton Rouge: Louisiana State University Press, 1964, p.80.
[⑥] 福克纳:《八月之光》,蓝仁哲译,上海:上海译文出版社,2004 年,第 201 页。

某事叙事的是对其悲惨凄苦的人生经历的追述。从外视角转入内视角,反映了福克纳在探索舆论的影响与身份内省;而从第十三章开始转入内外视角混合的更为宏大的叙述,似乎有意去印证前部分中乔的身份追寻,以及他与外界的斗争中遭遇的不可避免的失败。拜伦就像是海托华(隐含的读者)的导游或侦探,通过有限的视角逐步揭开了事实的真相;叙事的方向基本是因果倒置的,从逻辑上看是从本质到现象的。海托华与邦奇这两条垂直线索就像他的名字(Hightower 即"高塔")所揭示的,孑然矗立于明与暗、生与死对立的世界中。如把各线索看成叙事平面,并通过两两相对连成立体,将文本意义圈于中心,如下图:

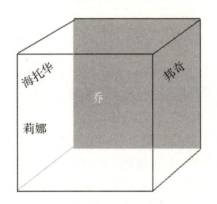

图 2 《八月之光》的叙事线索立体图

正是这样一种叙事结构,使得几条在情节上彼此区别又相互分离的叙事线索既同时根据内在的逻辑能够自由扩展又能不断地相互影响,并且每一个新的序列和人物的出现都非常及时,在动作的关键点上实现了其意义的最大化。这也是非线性叙事的最大优势所在。福克纳的叙事范式恰恰可以对应为极富艺术性的具象,且都可以升华为济慈笔下的"瓮"。

福克纳非线性叙事作品不同于传统的意识流叙事,而是潜藏着一种艺术性特质。乔伊斯与福克纳的意识流小说都以物理时间为框架,"用有限的时间展示无限的空间"[①];然而,乔伊斯的意识流作品以经典作品的结构为依托,如《尤利西斯》,但却没有内在的深层叙事结构,这正是福克纳艺术性叙事见长之处。《我弥留之际》和《八月之光》虽然没有逃脱物理时间的框架,但读者在建构文本意义的过程中

---

① 李维屏:《英美意识流小说》,上海:上海外语教育出版社,1996 年,第 54 页。

却收获了非线性叙事的具象,而且还可以把非线性叙事回归到理性与传统的欣赏模式上来,如《玫瑰》中的环状叙述路线、《我弥留之际》中的多角度的琴键式叙事以及《八月之光》中多线索的立方体叙事格局,都可以作为艺术性叙事典型的范式。福斯特把这种形象的情节结构称为图式,指出"图式诉诸读者的审美感,它使读者感到小说的整体美"①。此外,乔伊斯的意识流叙事结构虽与主题有一定联系但不够丰富,而意识流流派中的艺术性叙事通过具象化的叙事范式更好地实现了形式与内容的艺术性统一。这种实物意象,加上小说叙事范式本身的美学意义,构成了艺术性叙事的本质特征。

艺术性叙事的主题意义与具象性

上述三个具象化的非线性艺术叙事范式具有怎样的主题意义呢？福克纳研究总是避不开对作家历史情节的探察,《玫瑰》的大回环叙事范式彰显了他对过去的偏爱,《我弥留之际》的琴键式范式反证了历史的诠释意义,而《八月之光》的立方体则影射了种族主义的阈限。

《玫瑰》的整个叙事结构已经通过那些退伍老兵的视角显现了出来,他们与爱米丽同时代,甚至有些还曾经追求过她,"在他们看来,过去的岁月不是一条越来越窄的路,而是一片广袤的连冬天也对它无所影响的大草地,只是近十年来才像窄小的瓶口一样,把他们同过去隔断了。"②这里,不仅是爱米丽,还包括这些老兵都沉浸于"过去的岁月"而不能自拔,这种对历史的迷恋造就了他们对现时代的顽固的免疫力。爱米丽的悲苦人生经历浓缩了20世纪美国南方人的失意、挫折与虚无感:"近十年来",自从新一届政府征税团造访爱米丽府邸后,就再也没有人得到过有关爱米丽的消息;黑人家仆托比是她与外界唯一的联系,直到最后爱米丽宅邸大门洞开,托比的使命也告结束。退后一步看,这个窄口的瓶子不正是叙事路线的翻版吗？爱米丽的死亡与葬礼是个瓶口,她生命最后的十年作为瓶颈,而叙述者时刻放不下的历史成为大大的瓶身,这样一个窄口瓶的意象使其大回环的叙事范式彻底形象化了。

《我弥留之际》全程记录了从艾迪弥留到送葬队伍艰难走过的40英里路程,家

---

① 申丹等:《英美小说叙事理论研究》,北京:北京大学出版社,2005年,第167页。
② 福克纳:《纪念爱米丽的一朵玫瑰花》,杨岂深译,见 H. R. 斯通贝克选,《世界文学》编辑部编:《福克纳中短篇小说选》,北京:中国文联出版公司,1985年,第111页。

人与旁观者的多角度内外结合的叙述构成一个宏大的黑白琴键式结构,在十天的叙事时间框架内交织着现时与过去的无限对话;然而滑稽的很,作品中本应成为叙事中心的现时时间内发生的事件,只能在过去、在人物封闭的心理环境中才能得到翔实的注解。本德仑一家以现时时间为轴心,不断沉降于过去的泥沼,就像钢琴上跳跃的黑白键,就像洪水中或隐或现的艾迪的棺材。其实,该意象在第 20 章塔尔的内心独白中福克纳给完整地描画了出来——一个前部宽大、后部窄小的棺材①。要看清人物的真实面目,就必须逆流而上,追溯作者没有明确提及的历史亦即棺材的头部去。福克纳文本描绘的是一个封闭自足的世界,就像那口棺材,历史在静止的现实中跳动,自身的过去足以诠释混乱的现实。

  这种叙事范式的容器化延续到《八月之光》中则幻化成了更为直观的瓮。里德注意到该小说情节结构的立体化,并把主要人物都看成独立的"中国匣"②,结合图 2 中的立体图,我们可以进一步推演出济慈笔下那个融合了美与真的瓮。福克纳的"瓮"表面同样有"绘画",亦即美丽的莉娜③,而乔想象中的没有一个"完整无缺,不是裂了口便是破了缝"④的瓮则昭示着他灵魂的过度扭曲与早亡。读者看到的是瓮美丽的外表(莉娜),瓮的背面(乔)是处于阴影中的,两壁则是带领我们完成阅读历险的邦奇与海托华;莉娜分娩与乔遭杀害这两个事件构成瓮的最高点,生与死在那里交汇,而走出加尔文教徒式生活的邦奇和因拯救乔而被彻底洗脑的海托华,同样将走向新生。这样,一个美丽的瓮的意象就串起了《八月之光》中所有繁复的叙事平面,向着一个内聚力更强的美学意象推进。这个美学意象承载着作品繁复而深刻的主题意义,烛照着福克纳黑暗晦涩的文本世界,形式与内容在此达到了高度的契合。

  不要忘记,济慈在《希腊古瓮颂》中歌咏的那个瓮是用来装骨灰的,瓮身刻画的则是爱情与婚姻的场面,这是一种弗洛伊德意义上的生死本能冲突,一种生与死的悖论。死亡作为一种向大地母亲的回归,蕴含着双重的意义:它既是生命的终结和归宿,又是生命孕育和再生的起点。《玫瑰》中父亲死亡后爱米丽短暂的新生以及

---

① 福克纳:《我弥留之际》,李文俊译,上海:上海译文出版社,2004 年,第 72 页。
② Joseph W. Reed, Jr., "*Light in August*", in Harold Bloom ed., *William Faulkner*. New York: Chelsea House Publishers, 1986, p. 66.
③ 福克纳:《八月之光》,蓝仁哲译,上海:上海译文出版社,2004 年,第 4 页。
④ 同上书,第 133 页。

《八月之光》中乔的死亡与莉娜的分娩,都聚合着这种回归的辩证法。在神话思维中,此类中空的容器形象往往作为大地母亲的子宫的象征物,德国心理学家纽曼将"容器=(女性)躯体"的等式进一步扩展为人类史前文明的普遍象征公式——女人=躯体=容器=世界。① 从象征美学的角度看,福克纳文本中的容器意象及其特有的艺术性叙事范式暗合了西方现代社会中的回归思想,这与作者对南方历史的深厚情结完全吻合。福克纳生活在新旧势力并存的美国南方,20世纪前期那里处处渗透着北方工业文明的印记,同时代表农业文明的旧势力依然倔强地存在着,像爱米丽的乡邻、科拉以及杰弗逊的其他镇民。而作为小说家的福克纳,他对整个南方及其家族光辉过去的迷恋,投射于小说中便演化为一种强烈的回归欲望——回归农业文明、回归原始、回归人性的本真状态。在小说艺术的王国,作家自外于喧嚣的尘世,用超然的叙事艺术描绘着20世纪人类荒原般的精神家园,书写一股向往过去、回归原始的思想潜流。

艺术性叙事的审美价值

艺术性叙事超越了传统意义上的意识流叙事模式,以其几近完美的图式从看似杂乱的表层叙事中脱颖而出,并通过具象的提炼完成了叙事形式与小说内容的内在统一,具有极高的审美价值。

首先,艺术性叙事强化了艺术美的形象性,丰富了读者的审美体验。文学是一种想象的艺术,需要读者借助以文字为主的物质媒介,通过自己的想象进入艺术世界;而眼睛作为人的主要审美器官,善于捕捉具有外形美的审美对象,文学作品中具体的审美意象可强化美的直接可感性,从而丰富主体的审美体验。艺术性叙事文本的一大特色就是拥有自己的图式,而它又对应内在的叙事范式,借助于此读者便可从无序中发现有序,在荒诞中发掘意义。从这个意义上说,艺术性叙事一方面突破了亚里士多德以来传统的文学整体观,强调阅读本身就是"寻找文本的缝隙,对其进行解构和摧毁"②;而另一方面又要求读者从表层叙事的非线性中重构小说的连贯性与整体性,回归传统的线性叙事与认知模式。同时,不羁的形式规约了文本的终极价值,要求读者"在这混乱与荒诞中追寻生命的意义,重建文化的秩

---

① 叶舒宪:《高唐神女与维纳斯》,西安:陕西人民出版社,2005年,第90—119页。
② 刘月新:《从整体到碎片》,《国外文学》2001年第2期,第3页。

序"。① 福克纳《玫瑰》对各色人物死亡的后果浓墨渲染，但其最终关怀总是指向不在场的未来，就像题目中那只缺席的玫瑰，召唤读者赋予其意义。

其次，艺术性叙事兼顾了故事性与艺术性，从根本上满足了人们对小说趣味性与可读性的期待。讲好故事是成为小说家的基本条件，传统的情节观念要求作家处理好故事的开头、中部与结尾的每一个环节；而艺术性叙事在碎片与裂隙之间暗示读者，要结合自身已有的背景知识与信息弄清故事的原委。《我弥留之际》中艾迪的婚恋经历必须由读者在综合了家庭内外不同视角的叙述后才能够清晰可辨，看清安斯的丑恶嘴脸、艾迪的红杏出墙以及后来的向死而生。这样，故事并不是讲述而是显现出来的，读者的猎奇心理与原型的期望得到极大的满足。此外，叙事框架的重建过程中的意外收获便是美学形象的挖掘，《玫瑰》中作家在故事结尾部分勾勒的窄口瓶，让读者主动联想叙事重心的前移，这可以作为对其经历迷宫式阅读体验的补偿和回馈。

最后，艺术性叙事实现了内容与形式合一的艺术自足律，有助于读者更好地把握作品的主题意义。福克纳小说的一个主题就是在回顾过去中反思现实：《玫瑰》中的爱米丽不顾世俗偏见，以谋杀的方式挽留已经褪色的恋情，将爱情的魅力推向极致；《八月之光》中混血儿乔的悲惨遭遇，把种族主义的贻害暴露无遗。作家打破了国别与地区的阈限，在文本叙事的背后倾注了自己对人类前途与命运的关切，站在诺贝尔文学奖的领奖台上福克纳说："人是不朽的，并非在生物界唯独他留有绵延不绝的声音，而是由于他有灵魂，他又能够同情、牺牲和忍受的精神。写出这些东西是诗人和作家的责任。"②这里，我们看到的是一幅与命运搏斗、在黑暗中摸索走向光明的现代人类图景，是一个对未来充满信心的福克纳。以人为中心的创作理念是现代西方哲学走向的一种影射，从伍尔夫开始，意识流小说家转向小说人物的内心世界，强调对主体意识的现实主义摹写；究其根本原因，这得益于尼采以来西方现代哲学的重心从认识论向主体论范式的转型，弘扬生命意识、探索人类自身构成了现代主义文学的一股洪流。

福克纳认为《八月之光》的结构"头重脚轻"③，它呈献给读者的现时事件远远

---

① 刘月新：《从整体到碎片》，《国外文学》2001年第2期，第5页。
② 朱振武：《在心理美学的平面上》，上海：学林出版社，2004年，第282—283页。
③ Martin Kreiswirth, "Plots and Counterplots: The Structure of *Light in August*", in *New Essays on Light in August*, Beijing: Peking University Press, 2007, p.55.

"轻"于其背后厚重的历史感;其实,在福克纳所有作品中,过去比当下更有意义,更值得去探索。30年代初期,福克纳追求的两大目标之一就是"探索小说文体和结构技巧的最广阔领域,积极推动小说形式走向可能的极致"①。而本文考察的三个文本正出现于30年代前期,是福克纳进行写作试验最集中、成就也最显著的阶段,可以看出他的艺术性叙事技巧在《八月之光》中已经历练得炉火纯青:它融合了各种意识流技巧和对位性结构,以及《我弥留之际》中的多角度叙事,同时开发出更多的叙事线索。在屡遭出版商拒绝后,福克纳从《喧哗与骚动》开始了真正为自己、为艺术而创作的阶段,正如他所说,"现在我可以为自己制造一个花瓶,就像那老罗马人放在床边并用亲吻来将其瓶口慢慢磨损掉的那样的花瓶一样。"②福克纳就像这个罗马老人皮格马利翁那样,用灵巧之手与恒久之心最终感化了艺术自身。

花瓶意象上承福克纳早年迷恋浪漫主义和唯美主义诗歌的学徒期,下启20世纪30年代的几部长篇力作,是济慈美学中瓮意象的变形;《希腊古瓮颂》一诗在福克纳笔下有着持久的生命力:诗中的瓮曾化作不同的器物,如《玫瑰》中的窄口瓶、《我弥留之际》中的棺材和《八月之光》中的瓮。这种互文性的背后凝结着作者对艺术与生活两者关系的不懈探索,瓮是抽象的艺术创作的化身,更是文本中艺术性叙事的美学化身。在美学的框架中,福克纳的叙事范式融合了形式与内容上的相似,最终导向作者深厚的人文关怀;艺术性叙事超越了普通的意识流,超越了小说的整体性与艺术性,其本质是理性的回归,深层结构是具有美学意义的具象,彰显了主体性哲学思想,因而具有很高的审美价值。

三 文坛新秀、新作与新声

1 《时代》2008年度人物中的作家

自2004年起,美国《时代》周刊开始推出年度世界百大影响人物的评选活动,每年约四五月间公布入选名单,迄今已是第五届。2006年首度在网上开放票选。

---

① Michael Millgate, "Introduction", in *New Essays on Light in August*, Beijing: Peking University Press, 2007, p. 5.
② Ibid., p. 3.

2008年的得奖名单于5月1日公布,并于次日的《时代》杂志上登载。在今年上榜的21位艺术家和演艺人员中有四位文学家,他们是卡勒德·胡赛尼(Khaled Hosseini)、伊丽莎白·吉尔伯特(Elizabeth Gilbert)、史蒂芬妮·梅尔(Stephenie Meyer)和汤姆·斯托帕德(Tom Stoppard)。

卡勒德·胡赛尼在2003年凭借小说处女作《追风筝的人》(*The Kite Runner*)轰动了世界,四年后当所有的读者都还沉浸于这个自我救赎的故事中时,胡赛尼携《灿烂千阳》(*A Thousand Splendid Suns*)卷土重来,以两个平凡的阿富汗女性的苦难经历再一次触动了全世界的神经。美国总统夫人劳拉介绍说,没有几个人仅凭处女作就大红大紫,更少有人能够用创作改变世界,而这两点胡赛尼都做到了。她接着说,胡赛尼的小说改变了后"9·11"时代很多人对阿富汗的看法,现在人们看到了,除了战争和男人之外,还有躲在布卡背后可爱的阿富汗女性,看到了她们对未来的憧憬和对爱情的渴望。胡赛尼的小说已经被翻译成为四十多种语言(两书中文版均已由上海译文出版社出版)。

伊丽莎白·吉尔伯特在31岁时随丈夫移居纽约郊区准备怀孕,但随即发现自己既不想要孩子也不想要丈夫,所以三年后离了婚,开始周游世界各地,花了整整一年的时间通过旅游来疗愈心灵的创伤,写成了一部回忆录式的女性时尚小说《一辈子做女孩》(*Eat,Pray,Love*),用108个小故事讲述了作者在意大利、印度、印度尼西亚三个不同国度之间的自我找寻之旅:到意大利品尝美食,灵魂就此再生;在印度,瑜伽涤荡了她混乱的心灵;在印尼巴厘岛上,她寻得了身心的平衡。最后,她终于发现:"拯救我的人,并非王子,而是我自己操控我,拯救我。"这部被称作美国女人"疗伤圣经"的励志之作迅速风靡美国、席卷全球,已经被翻译为二十多种文字出版,并将由著名影星朱莉娅·罗伯茨近期搬上银幕(该书中文版已由陕西师范大学出版社出版)。

美国著名畅销书作家史蒂芬妮·梅尔有着与《哈利·波特》作者罗琳相似的传奇经历,四年前的她还是一位全职家庭主妇,但正是她根据自己做的一个关于美男子吸血鬼爱上年轻女孩的梦写成了《暮色》(*Twilight*),从而彻底改变了梅尔的生活。她写的故事真实感人,从不阻碍读者去想象;在浪漫、奇幻故事盛行的时代,梅尔的黑暗主题无疑深化了作品的内涵。这位虔诚的摩门教徒,曾经连吸血鬼小说的开山之作《德拉库拉》都不敢读,却完成了吸血鬼三部曲《暮光之城》。该系列丛书先后荣膺亚马逊网站近十年来最佳图书、《纽约时报》畅销小说排行榜冠军、《出版人周刊》年度最佳好书、美国图书馆协会十大青少年最喜爱读物之首等各大奖项。加上新近推出的完结篇《破晓》(Breaking Dawn),该系列总销量已经突破一千万册,大有赶超《哈利·波特》之势,美国媒体已经把梅尔列为罗琳的继承人(吸血鬼系列首部《暮色》中文版已由接力出版社推出)。

与以上三位畅销书作家不同,汤姆·斯托帕德的入选则代表了严肃文学一派。斯托帕德生于捷克,长于新加坡,成名于伦敦——1966年的剧作《罗森克兰茨和吉尔登斯敦之死》被誉为"六十年代最光辉的开始";1998年凭借《莎翁情史》荣膺奥斯卡最佳原创剧本奖,成为当代英国唯一获此殊荣的剧作家。他始终不懈地对戏剧艺术进行执着探索和大胆创新,作品带有鲜明的唯美主义倾向,被称作王尔德的继承者;他的剧作中思想与娱乐并重,追寻荒诞闹剧和浪漫情事下掩藏着人生的悲凉况味,同时又让作品保留开放式结尾。这位年过七旬的老头仍然活跃在戏剧创作的舞台上,仍然用一颗好奇、灵活并极富同情的心在聆听着世界。2007年,他的长达八小时的史诗剧《乌托邦彼岸》(The Coast of Utopia)在美国上演。

2 西德尼·谢尔顿:"故事大王"的传奇人生

一代畅销小说之王美国通俗小说家西德尼·谢尔顿(Sidney Sheldon)于2007年1月30日在加利福尼亚去世,这时距离他90岁生日还有不到半个月的时间。这位曾经叱咤风云的畅销小说家就此谢幕,留给世人的是18部长篇小说、28部电影剧本、8部百老汇舞台剧以及3部电视连续剧,他的人生轨迹记录着美国电影、电视与出版业的兴起与繁荣。在1997被《吉尼斯世界纪录大全》收录为当今世界上被翻译成外文最多的作家——他的小说被翻译成51种语言,在一百八十多个国家畅销不衰,创下三亿册的销售量。

谢尔顿可谓天才,从来没有读过书的父亲很早就看出儿子的出众才华,从谢尔顿十岁时写的诗中拿出一首便卖了十美元,后来这位文盲父亲培养出了家里的第一个高中毕业生。离开中学后,谢尔顿拿到进入西北大学的奖学金,但经济大萧条让这位雄心勃勃的年轻人不得不辍学,开始闯荡百老汇、好莱坞。二战中,他在美国空军服役,当过飞行员。谢尔顿在百老汇、好莱坞以及电视编导的圈子里都有不俗的表现,获得过电影、歌剧和电视界的最高奖——奥斯卡奖、托尼奖和艾美电视奖提名。直到年过半百他才转向小说创作,在通俗文学领域可谓大器晚成。凭借着在电影电视创作上积累的丰富经验,1969年的处女作《裸面》(The Naked Face)对他而言并不是很成功,只卖出一万七千多本,但出版商是知足的,因为该书被《纽约时报》评为当年"最佳处女作侦探小说",并获得爱伦·坡小说奖。据他本人回忆,当他确信自己没有小说家的天赋时,却完成了这样一部小说已经是引以为荣的事情了,毕竟当时还有两千万的观众在看他的电视剧。

谢尔顿年逾古稀仍然笔耕不辍,2004 年出版《你怕黑吗?》(*Are You Afraid of the Dark?*)时已经 87 岁高龄,但小说的魅力丝毫不减当年。据他的经纪人介绍,他的小说之所以能够长销不衰,原因就在于他会讲故事,能把故事讲得活灵活现,是名副其实的"故事大王"。小说中出现过的地方,都是他花大量时间去亲身体察过的。谢尔顿曾经说过,"如果我写了某道印度尼西亚菜,那我肯定在哪家餐厅吃到过这道菜。我不想欺骗读者。"就是凭借着对读者如此忠诚,谢尔顿走遍了九十多个国家,每到一个地方就会雇位司机在那里转悠个够。有次夜里奔行在瑞士的一条偏僻的山间公路上,谢尔顿忽然向司机问起哪里会是个埋死尸的好地方,结果当时对方脸上惊恐的表情就像烙印一般铭刻在这位小说大师的记忆中。在被问及自己为什么能够成为吉尼斯世界纪录保持者时,他说,"如果说我的成功有秘诀可言的话,那就是我创造的人物对我来说是真实的。"他提到这样一件事:在小说《天使的愤怒》(*Rage of Angels*, 1980)中一个小男孩死了,结果出版后作家就陆续收到表示仇恨的邮件,东部有位女性来信硬是要他解释清楚他为什么让那个男孩死亡,否则她是睡不着觉的。

在众多谢尔顿的忠实读者中,像上面这位女士这样如此痴迷他小说的人比比皆是,尤其是女性读者。这在很大程度上是因为,他的小说中几乎总有一位或几位坚强而富有个性的女主人公,她们在逆境中与命运进行着不懈的抗争,并最终在充满敌意的世界里占得上风。"之所以我的女主人公们都有着坚强的意志和迷人的个性,那是因为她们都是我生命中认识的女性的真实写照,"他在一次访谈中这样说。这一点得到了周围的女性的证实,让他的小说在某种程度上改变着读者的命运。有次谢尔顿收到一封来自一位 21 岁姑娘的信件,她本来已经患上严重的心脏病不久将永别人世,被丢弃在她病床上的一本《午夜情》(*The Other Side of Midnight*, 1974)彻底扭转了她悲观厌世的情绪,重新燃起了她对生命的渴望。

谢尔顿所创作的 18 部长篇小说,大多都从公众关注的焦点切入,揭露美国现代社会的黑暗面,其中工业巨头、商业大亨、影视圈、政府与军方的智囊团、黑社会等势力云集,他从而被称为"美国隐私的暴露者"。也有评论家进而指出,他的小说已经打破了通俗文学与纯文学之间的界线,应该定性为严肃的通俗小说。例如,

《午夜情》以二战为背景,讲述一位法国娱乐圈中的妙龄女郎秘密策划惩罚始乱终弃的美国飞行员的故事;而他最后一部长篇小说《你怕黑吗?》则揭露了美国军方的智囊团利用高科技手段操纵天气变化的丑闻,他们为一己私利杀害科学家,并通过对先进技术的垄断来要挟弱小民族,最后只能落得个身败名裂的结局,使科技沦为满足人类无底欲望的工具。

谢尔顿的小说向来以故事情节惊险刺激、人物命运跌宕起伏见长,悬念迭生,令读者爱不释手。在1982年的一次访谈中他说:"我尽心写书,为的就是不让读者放下。当他们读完一章后,我要让他们能够迫不及待地去读下一章。"和其他作家不同,谢尔顿写小说的方法有点像失明后坚持创作的弥尔顿(John Milton,1608—1674),每天要对着他的秘书或录音机口授五十页,第二天先拿出来修改然后再口授五十页,直到累积到1200到1500页时,"再总体上修改几遍"然后发表,可以说他是在不断重写小说。

2005年,谢尔顿出版了他的个人自传《我的另一面》(The Other Side of Me),完成了他年轻时代就怀有的一个夙愿。令人称奇的是,这位"故事大王"拿自己的传记和读者开了一个不大不小的玩笑——他从17岁在芝加哥的生活写起,本来风华正茂的他却郁郁不可终日,甚至都动了自杀的念头。作者自己解释说,他确实有过自杀的想法,不想隐瞒事实。这本传记题献给了他的外孙女们,他想通过这样的方式让她们懂得外公是如何开始人生行程的。书中也提到他最珍重的东西是纸和笔,这正是他每次遭遇突变之时带走的唯一东西,好让他能够时时刻刻写下去。回首自己传奇的一生,谢尔顿仍把人生中最大的满足归结于写作。写小说与创作剧本是完全不同的,在小说写作过程中他找到了更大的自由,身心得到了全面的解放,从而是幸福的。

在我国,他的作品于20世纪八九十年代翻译介绍过来,译林出版社从80年代开始就在国内介绍并出版谢尔顿的小说,《天使的愤怒》和《假如明天来临》(If Tomorrow Comes,1985)等为中国读者所熟知,使这位"故事大王"拥有了世界上使用人数最多的语言——汉语的版本。此外,贵州人民出版社和宁夏人民出版社也都陆续有专门的系列丛书出版。有评论家把他和《教父》(The Godfather,1969)作者马里奥·普佐(Mario Puzo)与《航空港》(Airport,1968)作者阿瑟·黑雷(Arthur Heiley)并称为中国当代"通俗小说之父",由此可见谢尔顿对中国通俗文学发展的先驱性影响,是他给中国读者带来了一道美味的通俗文学大餐。

3 阿迪切:尼日利亚内战史诗的谱写者

2007年6月6日,在英国皇家节庆大厅,专为女性设立的"奥兰治宽带小说奖"(Orange Broadband Prize for Fiction)最终揭晓,来自尼日利亚29岁的姑娘奇玛曼达·诺孜·阿迪切(Chimamanda Ngozi Adichie)凭借其第二部小说《黄日初现》(Half of a Yellow Sun)一举夺魁,捧得三万英镑现金大奖。该奖项是由英国奥兰治个人通信设备有限公司设立,从1996年设立开始,该奖致力于促进女性写作的发展,只要是用英语进行创作的女性小说家,不论其国籍、年龄、写作题材,都可以参加当年的奥兰治奖评选。因此,该小说奖的女性特色和国际性在世界文坛越来越引人关注。

该奖项的入围者全部由出版商推荐产生,交由五位女性专家组成的评委会进行评审。今年3月19日,"奥兰治宽带小说奖"的20位初选名单公布,最后的入围名单于4月17日在伦敦图书博览会上产生,其中有去年曼布克奖得主姬兰·德塞(Kiran Desai)的《失去的遗产》(The Inheritance of Loss)、阿迪切的《黄日初现》、简·哈里斯(Jane Harris)的《观察》(The Observation)、华人电影人兼作家郭小橹的《简明中英情人字典》(A Concise Chinese-English Dictionary for Lovers)和雷切尔·库斯科(Rachel Cusk)的《阿灵顿公园》(Arlington Park),以及安妮·泰勒(Anne Tyler)的《掘向美国》(Digging to America)。最终,阿迪切凭借其"感人至深且重要之至"的《黄日初现》获奖。以穆里尔·格雷为首的评委会一致认为,阿迪切的小说能够以其"力量、雄心与技巧"使每位读者折服,她获奖当之无愧。阿迪切也成为该奖项十余年的历史上最年轻的获奖者,比去年的札迪·史密斯还要小两岁。接受颁奖时,阿迪切说,"我现在只能说的是,内心无比的高兴。接下来,我该给尼日利亚挂个电话了。"

其实,在此之前阿迪切已经是小有名气,可以说是该奖项的热门人选。刚刚在6月13日获得第二届曼布克国际奖的阿契贝,曾经这样称赞自己的同胞:"我们通常不会把智慧与刚刚出道者联系在一起,但确实有这样一位新生作家具备了古人讲故事的天赋。阿迪切知道什么岌岌可危,更知道如何去做。她是无所畏惧的,否则就不会去写尼日利亚内战这样棘手可怖的话题。阿迪切来了,几乎是完美无瑕。"来自尼日利亚的文坛双星,一个算是泰斗,另一个当属新秀,将注定成为今年尼日利亚乃至全非洲人最受瞩目的人物。因此,《华盛顿邮报》称才女阿迪切是"阿契贝 21 世纪的女儿",非洲写作传统在阿迪切这里得到了新的延续。

　　阿迪切 1977 年 9 月 15 日出生于尼日利亚南部城市埃努古,祖籍阿南布拉州,父母都是国内第三大部族伊博人,父亲是全尼日利亚第一位统计学教授,而母亲则是首位女教务长。阿迪切姐妹共六人,她排行第五,童年就在久负盛名的阿契贝曾经住过的房子里度过。阿迪切在恩苏卡大学城里长大,在那里读完了小学与初中,并简单学了一些医学与药剂学基础知识,后来考入尼日利亚大学深造,在校期间她编辑出版了《指南针》杂志。19 岁时,她获得费城卓克索大学的奖学金,赴美攻读传播学硕士学位,后来转到东康涅狄格州立大学继续修传播学,辅修政治科学。在康涅狄格期间,她和在大学附近开诊所的姐姐伊格玛住在一起。2001 年,阿迪切以"最优等学生"(summa cum laude)的称号毕业,后来在巴尔的摩拿到了约翰霍普金斯大学创作学博士学位。从懵懂学童到博士毕业,阿迪切实现了学术上的跨越,同时也为她的文学创作奠定了扎实的基础,并不断给予新鲜的营养。

　　21 岁时,阿迪切已经出版了一本名为《决定》的诗集和剧本《为了对比亚法拉的爱》。到东康涅狄格州立大学求学后,阿迪切便开始着手小说处女作《紫槿花》(*Purple Hibiscus*)的创作,并于 2003 年 10 月出版。该书以一位 15 岁女中学生的视角探究家庭、宗教、政治与宽容的主题,出版后广受赞誉,入选过 2004 年的"奥兰治宽带小说奖"最终决选名单和布克奖初选名单,并获得赫斯顿莱特奖金和英联邦作家最佳处女作奖。此外,阿迪切在短篇小说方面也是笔耕不辍而收获颇丰,作品散见于《格兰塔》《展望》和《衣阿华评论》等文学杂志。她此次的获奖小说《黄日初现》即是改编自 2002 年 12 月发表于《文学杂烩》上的同名短篇小说。也是在 2003 年,她因为在短篇小说上的成就而获得了欧·亨利奖。在 2005 至 2006 学年,阿迪切以霍德研究员身份任教于耶鲁大学,教授小说导论。现在,她在耶鲁大学做一个非洲研究项目的工作,奔波于美国与尼日利亚之间。

　　阿迪切的第二部长篇小说《黄日出现》,2006 年 8 月首先在英国,尔后相继在美国和尼日利亚出版,书名来自比亚法拉共和国的旗帜上的图案,小说讲述了一个发生在 20 世纪 60 年代的尼日利亚的故事。当时,东南部的比亚法拉省分离主义者蓄谋独立而发起内战,于 1967 年 5 月 30 日建立共和国,但很快于 1970 年 1 月 15 日灭亡。阿契贝曾把此次战争期间罹难的一百多万同胞称为"富有激情精神的微小碎片",而该小说就是以内战为背景,三位主人公的生命历程交织展现在战争这块画布上。乌格伍是个来自乡下的 13 岁男孩,被一位怀有满腔革命热忱的大学教授雇为仆童;奥兰娜是个年轻的中产阶级妇女,主动放弃优越的生活来到这个脏兮兮的大学城,投奔这个充满魅力的理想主义者教授,并成为他的情妇;理查德是个腼腆的英国大男孩,拜倒在奥兰娜双胞胎妹妹凯妮的石榴裙下,但凯妮是个谜一般的人物,一个拒绝接受他人的装在套子里的人。随着尼日利亚部队的推进,他们被卷入一系列的纷争,由此各自不得不为了自己的前途和命运各奔东西,但又以一种最难以预料的方式让他们聚在一起。战争让他们的理想得到了考验,同时他们对彼此的信任也得到了验证。

这是一部关于非洲的小说,关于道德责任、祖国伤痛、阶级种族冲突的小说,也是关于爱情如何让以上因素混杂中生长的小说。战争是阿迪切作品中一贯的主题,早在她1998年出版的《为了对比亚法拉的爱》一剧中就叙述了年轻的伊博女性阿道比及其家庭成员在60年代后期尼日利亚内战期间的悲惨遭遇,大屠杀、疾病与饥荒毁掉了这个家庭,比亚法拉共和国之梦因而破灭。作者出生并成长于内战的阴影中,她"对如此兽行总是感到深深的恐惧,同时又对种种的非正义而恨之入骨",其艺术创作反映出战争彻底地,也许是永久性地影响着世代伊博人的身份认同。剧中主人公在英国的一段话明显反映出他们的这种心态:"我是个比亚法拉人,过去是,现在是,将来永远都是,不要再叫我什么尼日利亚人了。"在被问及为什么要写战争题材的小说时,阿迪切言语中有些激动:"那是因为我想写写爱情与战争,因为我就成长在比亚法拉的阴影中,因为在那次战争中我失去了祖父和外祖父,因为我想用历史解读当今,直到现在很多导致内战的问题仍然悬而未决,因为父亲一谈起他丧父依然两眼泪汪汪,因为母亲说到难民营中我祖父去世仍然不能自已,因为残酷的殖民占领让我愤慨,因为人类的自私与冷漠而造成无辜百姓的死难让我愤怒,因为我从未想过忘记这段历史。"以史为鉴,可以说是人类从过去之中学到的最宝贵的经验,而这也正是阿迪切的睿智所在。

阿迪切说,她的下一个主要目标就是,用文学再现在美国的尼日利亚人的移民经历。她创作的另一个主题,就是身在美国和英国的尼日利亚移民所遭受到的挫折和痛苦。在诸如《身在美国》《母亲,疯狂的非洲人》《新任丈夫》和《陌生人的忧伤》等短篇小说中,阿迪切便探讨了第一代移民们面临的虐待、贫穷、语言和身份认同等诸多危机。她仅仅把自己当作一位作家,而不要加上诸如"黑人"或是"非洲"的修饰语,阿迪切认为那些称呼都负载有某种价值观色彩,而成为作家的一种心理包袱。谈到创作,阿迪切坦言:"我并未有意识地去追求写作,而是在到了能够拼读的年龄时就已经开始了,只要能坐下来写点什么,我就有种无尽的满足感。"

4　卡勒德·胡赛尼:揭开阿富汗的苦难面纱

卡勒德·胡赛尼(Khaled Hosseini)又来了,这次带来的是同样扣人心弦的《灿烂千阳》(*A Thousand Splendid Suns*)!当所有的读者都还沉浸于他4年前的处女作《追风筝的人》(*The Kite Runner*)中阿米尔艰难的自我救赎中时,胡赛尼用两个平凡的阿富汗女性再一次触动了全世界的神经,难怪亚马逊网站把2007年度畅销小说的头把交椅毫不吝啬的让给了这位阿富汗裔美国医生、联合国难民署亲善大使以及2006年度联合国人道主义奖获得者。

在接受联合国的颁奖时,胡赛尼说,"在每个布满灰尘的面孔背后都有一个灵魂",他便是这些灵魂中的一个,同时他愿意在自己的作品中刻画这些不幸的灵魂。在他第一部、也是整个阿富汗第一部用英语写成的小说中,"追风筝的人"哈桑是阿米尔的同父异母兄弟,尽管中间隔着主仆的鸿沟,但哈桑对主人忠心耿耿。1975年冬天的风筝大赛中,阿米尔打败了所有的竞争者,根据规则只要捡到了最后一只掉落的风筝就获胜;哈桑为阿米尔追到了它,但在回家途中遭到阿塞夫堵截并鸡奸,在一旁观望的阿米尔却因为胆怯而没有出手相助,这成了他日后最大的心结。获胜的阿米尔自然得到了父亲的赏识,但同时与哈桑却产生了巨大的隔阂,直到多年后重返故乡试图弥补其过失。阿米尔为了忏悔自己当年的懦弱,在哈桑去世后把他的儿子索拉博带到了美国。哈桑对主人的真挚情感让阿米尔无地自容,故事中的父子亲情与主仆友谊,曾经让无数的读者为之潸然泪下。

胡赛尼医生在新作中继续以饱受战争之苦的阿富汗为画布,揭开阿富汗的神秘面纱,诉说一个更加真实的阿富汗;只不过,这次浓墨渲染的不再是一个苦苦探索自我救赎之路的他乡游子,而是两个土生土长的阿富汗女性30年间凄婉悲凉的人生经历以及情同手足的姐妹情谊。

"玛丽雅姆第一次听到了'哈拉米'这个词时才五岁",故事就这样开始了。哈拉米在法尔西语中是私生子的意思,当时的她无法真正理解其内涵,她想着的只是每周四盼望父亲亚里尔能来看她,幼小的心灵中因而充满了父爱的阳光。命运女神如此安排,她注定将成为一个备受冷落的边缘人。母亲娜娜曾是亚里尔的女佣,在遭其蹂躏并怀孕后被他抛弃,她是一位忍辱负重的传统女性。但玛丽雅姆要求上学,要求去看父亲的电影院,15岁生日刚过就不顾母亲以死相逼偷偷跑去亚里尔的大宅找他,结果吃了闭门羹并在大街上睡了一夜,第二天被父亲遣送回家。就在到达家门口时,司机"突然在她面前停了下来,赶紧上来捂她的眼睛,把她往回推",原来他发现了已经上吊的娜娜!就连富商的司机对玛丽雅姆都这么关心体贴,读者的心上温暖了许多。

玛丽雅姆被父亲接到家里同住后,依然沉浸于丧失母亲的悲痛与自责中,娜娜的话不绝于耳:"在这个世界上我是你的一切,玛丽雅姆!一旦我走了,你就什么都没有了,你什么都不是。"尽管亚里尔对这个私生女有些好感,但还是被自己三个老婆说服,一周以后就迫不及待地把她嫁给了远在首都喀布尔的中年鞋匠拉希德。拉希德的前妻和儿子相继去世,求子心切的他最初对玛丽雅姆还比较体贴,还鼓励她去公共浴室洗澡。15岁的玛丽雅姆穿上了阿富汗传统女性的行头——布卡,真正的主妇生活随即开始了:各种家务自然落在她的头上。但四年间经历了六次流产,最终让她无法生育,在家中的处境江河日下,频遭丈夫的冷遇与暴力。家庭与社会的压力让她早已失去反抗的念头,丈夫的暴打就那样"程序化且习以为常地进行着。没有诅咒,没有喊叫,没有哀求,更没有意料中的尖叫,只剩下蛮有条理性的殴打与被打"。当初颇有反抗精神的小姑娘最终成了母亲那样逆来顺受的羔羊,任凭男人宰割。

玛丽雅姆19岁时,莱拉在邻居家降生,生在一个知识分子家庭,父亲是大学教授。莱拉在父亲的熏陶下学习知识,立志成为对祖国有用的人,同时也深爱着自己的青梅竹马情人塔里克。战争夺去了她两位哥哥的生命,继而又要驱走她的恋人。为躲避战乱塔里克要离开她,这消息如晴天霹雳,14岁的莱拉"用手捂着脸,一阵恐惧涌上心头,"然而却坚强的"要他发誓不说再见,悄悄离去。她倚在门上,背后是他雷动的拳头,浑身抖着,一只手臂盖着肚子,另一只手紧捂嘴巴",直到"听不到恋人那不均匀的脚步声"。这样的生离死别,也许只有在阿富汗这样的战乱迭起的国家才能遇到。塔里克走后十几天,莱拉在战火中被火箭弹击伤,父母双双罹难,而她被好心的玛丽雅姆夫妇收养;两位女主角正式相遇,后来拉希德把莱拉娶为妻子,她们站在了同一个舞台上。

胡赛尼的叙述有些福克纳的影子,比如小说第二部分前几章从九岁的莱拉写起,几次通过她的目光描述了亚里尔的近况,并最终在即将结束这部分时,成功地把读者关注的目光引向玛丽雅姆身上;在莱拉中弹之后,恍惚中眼前闪现过几个模糊的人影,胡赛尼的手法很容易让人想起福克纳笔下的昆丁在与伙伴打架昏迷后意识错乱的场景;拉希德得知莱拉的旧情人塔里克来访时,故事的叙述是在拉希德对儿子的质问和塔里克的苦诉之间交叉进行的,就像本来两列并行的火车——一列驶向暴怒,一列驶向温情——但最终在莱拉的交叉点上发生碰撞一样。而结果就是两个女人(尤其是玛丽雅姆)的幡然醒悟,对家庭暴力的反抗终于火山般爆发了——玛丽雅姆用铁铲结束了拉希德的性命,从死神手中夺回了自己的姐妹莱拉,并最终承担了一切的罪责,把生的希望留给了莱拉和她的两个孩子。即使是在步入刑场的路上,她仍然"希望能够再见到莱拉,希望听到她银铃般的笑声,繁星满天的夜里再和她坐一起喝杯茶、吃点剩菜",然而她把生命中最后的美好回忆与憧憬都留给了自己的姐妹莱拉。这也许正是书名中的那一千个太阳的真正内涵吧,两位姐妹映照下的是阿富汗千千万万灾难深重的女同胞,她们曾经在塔利班当政时期如若在大庭广众下笑就有挨打的危险。

从绝境中看到希望,这正是胡赛尼通过这两位坚强的女性身上发现的最亮点。在 30 年战乱不断的阿富汗,作者还是引领我们看到了可以燎原的希望之火——从偷偷脱下布卡去动手术的女大夫,到暗地里教授女童知识的孤儿院老教师,再到莱拉在巴基斯坦躲避一年后毅然选择了回归阿富汗,因为"人们说,我们需要喀布尔再绿起来"。除了思乡或者怀旧之外,莱拉最关心的就是玛丽雅姆的下落了,不像《追风筝的人》中暂时回归的阿米尔,她是凭着自己深厚的姐妹情谊和一腔爱国热情回到阿富汗的。这也正是比《追风筝的人》的高明之处:阿米尔为忏悔童年时的懦弱而把哈桑的儿子带到了美国,期望在那里实现他们的美国梦,这成为不少评论家指责其沦为"美国宣传机器"的根源所在。当然,这种美国情结在新作的部分人物身上还是得到了一定的体现,比如莱拉的父亲曾经说过"美国人是个慷慨的民族。他们会暂时给人们提供钱财与食物,直到他们能够自立为止。"

《出版商周刊》在评价《灿烂千阳》时说它是关于"不可宽恕的时代,不可能的友谊以及不可毁灭的爱"的力作。伴随着胡赛尼对阿富汗战争伤疤的揭开,读者在经历一种但丁在《神曲》中的地狱历险,幸而希望像贝雅特里齐一样指引着人们走向光明的未来,因为前方有一千个太阳!胡赛尼在小说后记中说,阿富汗的难民危机是全球最严重的问题之一,最多时有 800 万人到国外避难,至今仍有 200 万难民滞留巴基斯坦;联合国难民署为此做了大量的人道主义工作,但形势依然严峻。所以他向全世界呼吁,都来帮帮像小说中人物这样的难民!胡赛尼的人道主义已然完全超越了国界,他在信心十足地告诉世界:《灿烂千阳》揭开的是别样的阿富汗历史,而读者收获的,绝不仅仅是眼泪!

5 大卫·康斯坦丁:现代"奥德修斯"的释惑者

2013年7月1日,第九届弗兰克·奥康纳国际短篇小说奖揭晓,69岁的英国作家大卫·康斯坦丁(David Constantine)凭借其第四部短篇小说集《米德兰的下午茶》(*Tea at the Midland and Other Stories*)击败包括乔伊斯·卡罗尔·欧茨在内的各路好手,成为首位获此殊荣的英国作家。该奖由位于奥康纳的故乡——爱尔兰芒斯特省科克市的芒斯特文学中心于2005年设立,是一年一度的弗兰克·奥康纳国际短篇小说艺术节的重要组成部分,2013年的颁奖典礼于9月18日至22日奥康纳艺术节期间举行。

对于康斯坦丁来说,这次获奖可谓实至名归。三年前,他曾经凭借《茅屋》(*The Shieling*)入围该奖项,而本次获奖的同名短篇小说早在2010年即已赢得英国广播公司(BBC)国家短篇小说奖。借用《卫报》记者的话说,常年隐居的康斯坦丁尽管"写法不同于其他人",显然已经"走出边缘"[1],得到越来越广泛的认可。《星期日泰晤士报》认为,"康斯坦丁是在为他的生命而写作。每段每句都塑造得紧张且有内涵,漂亮但不突兀,那些自然界中的意象深深烙印在读者的脑海里。"拜厄特对康斯坦丁亦赞扬有加,称读他的小说会"经历一系列短促的,又满心嫉妒的愉悦感。"

现为自由撰稿人的康斯坦丁自认为"首先是位诗人,也写些小说"。他的写作生涯开始于1980年的诗集《投下阴影的光亮》(*A Brightness to Cast Shadows*),其后陆续出版了《守候海豚》(*Watching for Dolphins*,1983)、《茜草》(*Madder*,1987)、《诗选》(*Selected Poems*,1991)、《加斯伯·豪塞尔》(*Caspar Hauser*,1994)、《黄蜂皮》(*The Pelt of Wasps*,1998)、《关于鬼魂》(*Something for the Ghosts*,2002)、《诗集》(*Collected Poems*,2004)以及《九寻深》(*Nine Fathom Deep*,2009)等多部诗集。在他的不少诗作中,古典神话和圣经典故频频出现,容易让人联想起但丁、布莱克以及罗伯特·格雷夫斯的写作风格,而很多怪诞的意象又似乎表明他在向玄学派前辈们致敬。《我们的血液分开之时》一诗中就有这样的诗行:"时钟将万

---

[1] Liz Bury. David Constantine comes in from the periphery to win Frank O'Connor award. http://www.guardian.co.uk/books/2013/jul/01/david-constantine-frank-o-connor-award

物啄进骨缝／狂风从房屋上的／破眼和裂开的嘴巴穿过／把壁炉里的灰烬吹散。"显然,经过多年的磨炼,康斯坦丁已经形成了自己独特的风格。用《泰晤士报文学增刊》的评论者史蒂芬·奈特的话说,康斯坦丁"在各种时髦的运动和流派中统统缺席",①我们不能简单地给他定性一个单一的标贴。

康斯坦丁曾经在牛津大学执教德语语言文学30年,对德国诗歌有着浓厚的兴趣。截至目前,他翻译出版了荷尔德林、歌德、布莱希特、克莱斯特、米修等多位诗人的作品,其中1990年的《荷尔德林诗选》为他赢得了欧洲诗歌翻译奖,近年来康斯坦丁投身于《浮士德》的翻译工作。另外,康斯坦丁还与妻子海伦合作编辑出版文学研究杂志《现代诗歌翻译》(Modern Poetry in Translation)。康斯坦丁的创作还包括专著《早期希腊旅行者与希腊化理想》(Early Greek Travellers and the Hellenic Ideal, 1984)、赢得南部艺术文学奖的长篇小说《戴维斯》(Davies, 1985),以及传记作品《火场:威廉·汉密尔顿爵士传》(Fields of Fire: A Life of Sir William Hamilton, 2001)等等。

短篇小说是康斯坦丁创作的又一重镇,在这个领域内,他取得了不俗的成绩。从1994年的《回到顶峰》(Back at the Spike)到2005年广受好评的《坝下》(Under the Dam),再到入围奥康纳奖的《茅屋》,康斯坦丁努力延续着爱尔兰悠久的短篇小说创作传统,同时将这种文学形式发挥到了新的高度。在很多短篇小说中,康斯坦丁着力描摹身体与精神、光与暗、存在与虚无、睡与醒等的辩证对立,将现实与人生的不确定性刻画得十分生动。康斯坦丁倾向于将诗歌中使用的古典神话与宗教意象引入短篇小说,通过简单的场景,同时利用开放式的结尾,充分激发读者丰富的想象。《米德兰的下午茶》这个集子中的人物大多身处一场力挽狂澜却注定要失败的拼争,像每次读诗都要换上自己最好的西装的巴娄先生,却依然不能阻挡孤独的岁月如潮水般袭来;年老志未衰的阿尔方索逃出养老院,骑单车去往巴黎,谁知他的生命只剩下短短六个月的时间;即将离职的教士在圣诞夜遇上前额有角状残留的流浪儿苟特,故事却在颇具娈童色彩的两人脱衣舞蹈中戛然结束。

本次获奖的短篇小说《米德兰的下午茶》中,男女主人公喝茶的这家酒店位于英格兰西北海岸的摩可湾附近,初建于1933年,曾经因经营不善而被迫关张,后来被曼彻斯特一家地产公司收购并于2008年重新开张。著名的雕刻艺术家埃里

---

① http://literature.britishcouncil.org/david-j-constantine

克·吉尔（Eric Gill，1882—1940）参与了酒店早期的艺术装饰，重新装修后的米德兰酒店保留了吉尔的几部作品，包括正门外墙上的两个海马雕像、圆形楼梯顶端的大奖章式海神图案以及最有名的这幅位于酒店大堂前台的浅浮雕《欢迎奥德修斯远航归来图》。吉尔的灵感来自于奥德修斯落难舍利亚岛后被公主瑙西卡救助的故事，浮雕上三位女仆手捧水果、美酒和衣物来接待几乎裸体的奥德修斯。而裸体正是吉尔作品不断重复的关键词，同时也是他一生宗教信仰虔诚、艺术造诣深厚的光鲜外衣遮盖下的混乱私生活的内核，很多人在他身上找到了 D·H. 劳伦斯性观念的影子。他不仅有婚外情，竟然和幼女包括自己的女儿发生性关系，他的性伴侣中还有亲姐妹乃至动物！直到 1989 年菲欧娜·麦卡锡的《埃里克·吉尔传》将他的这一性取向公之于众后，世人尽为之哗然。

《米德兰的下午茶》被认为是"大师级作品"①，故事的核心话题是围绕着吉尔的浮雕以及私生活而进行的一次争吵。海面上有不少年轻人自在冲浪，酒店内男女主人公悠闲地喝着茶，但女士不时将关注的目光抛向外面的冲浪者，这让对面的男友非常气愤。他仿佛不满于两人幽会的地点，由一句"恋童癖就是恋童癖"②开始将心中的愤懑倾泻于雕刻家吉尔身上。女主人公则对他的这番表态表示反对，认为前台那幅浅浮雕非常美，加上手里捧读的正是一本《奥德赛》，受到奥德修斯受助于瑙西卡等章节的触动，她竟然感伤地落下泪来。而男主人公显然是个很自以为是的家伙，他对吉尔嗤之以鼻，自己却堂而皇之地瞒着妻子出来幽会偷情，而且无端地夸大为之付出的"牺牲"，完全不解女人为他流下的泪水。争辩无果，男人愤然离去，女士留下来买单，他们这段婚外情就像当时天空预示的那样走到了尽头："大风撕裂了冬日下午的天空，一缕金色的阳光从缝隙中洒落。"故事结尾，女主人公看到浮雕前面有位男士正在给一个小姑娘讲述奥德修斯的故事，她不失时机地加了一句："[瑙西卡]很想嫁给他，但他在家乡已经有了妻子。于是，他们划船送他回家。"总的来说，作品揭示女主角在困难面前进行抗争的故事，就像加缪倡导的那样通过抗争以获取对人类共有痛苦的认识，康斯坦丁曾在《卫报》撰文表达他对加缪的敬意，称其为"我的英雄"，"我反叛，故我们存在"。

---

① Alfred Hickling, "Tea at the Midland by David Constantine," http://www.guardian.co.uk/books/2012/dec/14/tea-at-midland-david-constantine-review
② 大卫·康斯坦丁:《米德兰的下午茶》，乔修峰译，安妮宝贝主编:《大方 O-PEN 新文艺》2011 年第 2 期，第 91—93 页。本文中所有出自该作的引文均系乔修峰的译文。

短篇小说最后这句神来之笔为"米德兰"一词覆上了另一层内涵。英语中"midland"有"中部地方"之意,曾用来专指英格兰中部地区,显然这与摩可湾的地理位置是不相符的。康斯坦丁这里使用的是双关语,意指男主人公已然迈进人生与婚姻的中部地带,就像面临诸多诱惑的奥德修斯的处境一样,这次下午茶仿佛是一个十字路口,向左走还是向右走?男人显然背离了古典神话宣扬的夫妻忠贞,选择了埃里克·吉尔一般跟着肉欲走的道路,而女人则以瑞西卡的方式成全了别人的家庭幸福而放弃了追求自身情欲的机会。作者的高明之处就在于此,把一个简单的口角之争摆在那里,其余的意义全部由读者自己去建构,这是一种雷蒙德·卡弗极简主义式的写作手法。康斯坦丁坦言,"表面看,这篇小说是关于一场争吵的故事,实际上讲述了其他的东西。"① 其实,《米德兰的下午茶》探讨的是文学里的核心关注之一——艺术与现实的关系问题,那位女士可以躲在《奥德赛》里潸然落泪,并相信通过自己的绵薄之力可以为周围的世界带来些许美好,而男主人公则绕到美丽的孔雀开屏的背后,纠缠于吉尔丑陋的私生活,为读者揭开人性阴暗的另一面。

需要指出的是,康斯坦丁通过埃里克·吉尔的私生活,似乎是在影射英国广播公司已故主持人吉米·萨维尔(Jimmy Savile)被爆性侵未成年少女这一丑闻。巧合的是,广播公司总部大楼入口处,矗立的正是埃里克·吉尔的裸体雕塑《普洛斯彼罗和阿瑞尔》。结合近期国内外频发的娈童事件,我们不禁要问:这个社会到底怎么了?尼采宣布上帝之死以来的一个世纪,是信仰缺失、物欲纵流的时代,忠贞不渝的奥德修斯已难再现,人们期待着理性的早日回归。《米德兰的下午茶》中道貌岸然的无名男主角,以及文末那位"搂着一个小女孩的肩膀"的高大男子,均是人性正在走向堕落深渊的明证。神圣的婚姻纽带已经变得弱不禁风,我们将何去何从,康斯坦丁期待读者自己去发掘答案。

6 玛格丽特·德拉布尔的近作《千金宝贝》

英国作家德拉布尔创作的 17 部长篇小说好评如潮,本人也荣誉等身,然而却在 2009 年突然宣布从此告别小说创作。四年后,年逾古稀的她以长篇小说新作《千金宝贝》(The Pure Gold Baby)复出,在带给世人颇多惊喜之余,也让我们对这

---

① 吴文婷:《康斯坦丁获 BBC 短篇小说奖》,出版商务周报,转引自凤凰网 http://book.ifeng.com/gundong/detail_2010_12/06/3369138_0.shtml

位以"文人小说"见长的资深女作家充满了更多的期待。

新作以德拉布尔标志性的小节而非章节的形式呈现,继续叙写知识女性在婚恋、职场、家庭、育儿、社交等方面所处的困局,依然散发着强烈的时代气息与浓厚的文化底蕴。故事时间开始于20世纪60年代,女主人公杰茜当时是一位人类学专业的研究生,与导师交往慎密,不久便产下一私生女婴。或许是为了逃避婚外情的恶名,导师很快便携家眷远走高飞,只留给杰茜母女二人一套房产。安娜的降生为初为人母的杰茜带来莫大的喜悦与安慰,她不得不暂时搁置自己的事业,一心照顾孩子,因为在她看来"母性没有终结的可能"。安娜非常爱笑,但人们很快发觉她有些异样——"身处那样一个时代,大多数小孩子都变得占有欲极强,很贪心,而安娜总是愿意把玩具递给别人","好像对于被人推搡与突然摔跤毫不怨恨",关键是她"有点手脚不协调",经常失手掉东西、洒果汁,再就是不断重复些无意义的词句。邻人们觉得这些只是认知与发育上的问题,"她的友善与渴望参与意识"更令人赏识;真相直到安娜三岁时才揭开,她经医生确诊为轻微的唐氏综合征患儿。尽管深受打击,但杰茜并未放弃希望,在经历了两次失败的教育经历后,她下定决心独自抚养教育孩子。从此,杰茜坚持在家工作,成为自由撰稿人,拒绝了所有异性朋友到家拜访,即使再婚后也是很快与丈夫比尔分居,安娜就这样"拴在母亲的围裙带子上"过了四十余载。小说结尾,杰茜在丈夫的帮助下带领女儿安娜到非洲观光,完成了自己的参观非洲某土著部落平底锅形坟墓的夙愿,与开头杰茜19岁时在非洲班韦乌卢湖畔的考察遥相辉映。

德拉布尔精心打造的这部《千金宝贝》,在很大程度上为其现代主义写作手法唱尽赞歌,尽管她一再声称自己宁愿站在现实主义潮尾而非现代主义潮头。初读《千金宝贝》,读者可能会被这部小说貌似混乱的叙述视角所迷惑。首先,德拉布尔将第三人称与第一人称叙述视角相杂糅,利用第三人称的全知特质有效弥补了故事内人物视角的有限性。其实作者早在《人到中年》(*The Middle Ground*,1980)中已经尝试了这种叙述手法,至今运用更加娴熟。其次,隐含作者一方面通过叙述者的面具冷眼观察,一方面又经由19世纪现实主义小说中常见的直呼受述者、添加括号进行解释等形式直接跳出来发布自己的评论、与自身境遇进行比较,甚至邀请读者参与意义建构等。再者,叙述者有意强调主体身份,非常在意自己的言说策略,开篇讲婚前的女主人公人类学家杰茜在非洲部族进行田野考察的情景,俨然是一个第三人称全知视角的故事外叙述者;但接下来,叙述声音转换为"我"和"我们",读者的期待很快就被打乱,我们发现讲故事的人与杰茜同住一个社区,与其交往非常密切,了解她很多个人生活的细节,就这样叙述者作为杰茜密友的角色逐渐显现。颇具兴味的是,叙述者以第三人称讲述完安娜的降生后随即转入第一人称,叙述自我开始出现,其主体身份随之诞生。但不无吊诡的是,文本中两次提到叙述者的真姓实名,都是通过男性角色实现的,一是她父亲不无调侃的那句"奈丽,你可别变老啊",另一次是从杰茜夫妇手机通话中读者得知叙述者叫"埃莉诺"。最后,叙述者多次使用了第一人称复数形式"我们",这种叙述在一定程度上可以看成是女性主义叙事学家苏珊·兰瑟在《虚构的权威》中指出的"集体型"共言叙述者,似在说明杰茜这一代人非常在乎社区的集体身份,或者说是姐妹情谊。然而,叙述者埃莉诺对于主要人物杰茜的了解又非彻头彻尾,叙述者在小说结尾处就坦言其叙述中有很多杜撰的成分,甚至宣称"我无权"讲述这个故事。如此看来,叙述视角的切换、隐含作者的评论以及叙述者的集体身份,都意在阐明话语及其建构的主体的不确定性,从另一个角度看亦即记忆或历史具备的文本化与可塑性。

德拉布尔新作的另一典型特征就是意识流写作手法的运用。具体而言,《千金宝贝》从60年代开始写起,直到新千年伊始之后的第一个十年,前后横跨四十多年的物理时间,但文中并未出现明确指涉时间之处,全部为叙述者绵延不绝的心理时间,前者仅仅作为作者预设的起讫点而存在,为心理时间圈定了一个颇类巨形容器的心理空间。也正是如此,《旁观者》上书评作者邓尼森断言德拉布尔"试图抛弃情节"①。那么,叙述者埃莉诺是如何完成这项艰巨任务的呢?总的来看,她是一个位于故事内部的旁观者角色,从其不确定的语气来看,与福克纳《献给爱米莉的一朵玫瑰花》中的镇民非常类似,观察对象大部分时间处于叙述者的知情与认知范围之外;不过,叙述者除了观察之外,还夹杂了大量的基于个人层面的感悟,这又像是《了不起的盖茨比》中的尼克。也就是说,叙述者以安娜有恙为核心关注点,其他所有的故事事件均属于离题,都是基于安娜成长这个"缺席的在场"的离心时间叙事,属于意识流叙事中典型的发散式叙述模式。文本中作者基于女主角人类学的知识框架,多次谈到英国人在非洲的殖民存在,较为典型的就是19世纪苏格兰传教士兼探险家大卫·利文斯通,正是他发现了维多利亚瀑布,而杰茜在非洲考察的一个目的地就是在其墓畔的一番思索。从这个意义上说,德拉布尔的这部小说在关注

---

① http://www.spectator.co.uk/books/9087241/pure-gold-baby-by-margaret-drabble-review/

20世纪知识女性的生活境遇之外,还具有更为悠久的历史维度和广阔的地域视野,这是在作者前期小说作品中并不多见的。

历史其实就是社会参与者对于生活事件的记忆,利文斯通之所以能够载入史册,其实还要归结于主流意识形态的自觉记忆。德拉布尔的这部小说截取安娜生命中的一段经历,企图还原以杰茜为代表的女性群体拥有的独特记忆,也就是她们眼中自己的历史。归根结底,记忆表述的仍然是时间问题。时间就像指缝中的细砂,不经意间悄然不知所踪,但杰茜社区的居民们,依然坚定不移地关注着命运多舛的母女二人。岁月在安娜身上没有留下多少痕迹,四十多岁的她依然像小时候那样依赖母亲,无法自立,而叙述者也只有慨叹岁月如梭的份儿,"我们现在老了,""我们正走向死亡,一个接着一个",类似的话语在小说结尾反复出现。这里,我们看到的是作者自己的影子,七十多岁的德拉布尔显然早已褪去了《夏日的鸟笼》和《磨砺》中女主角的青春活力,也已经走过了《空床日记》七位女性人物的中年困惑,而是更多地对生命与死亡进行形而上的哲性思辨。小说中讲到杰茜等人参加社区水暖工吉米葬礼之后,杰茜重读《天路历程》中多忧先生横渡死亡之河的情形,他那句"再会吧夜晚,欢迎你白昼!"虽然尽显男儿的悲壮,但其女儿那些"无人能够理解"的话语怎样解释,以及多忧夫人如何接受丈夫与女儿双双罹难的事实?这些疑问构成班扬作品中的意义空白,也为德拉布尔新作中女性人物不让须眉的思维路径提供了注脚。对于参悟生命与死亡,令叙述者埃莉诺比杰茜本人更加揪心的一个问题便是:一旦母亲有所不测,可怜的安娜会如何生存下去呢?其实,这个疑问背后隐藏的是杰茜一代人对于自己曾经的青春岁月流露出的无限眷顾,一种对杰茜伟大母性的间接肯定,是对未来社会的潜在质疑。

小说中另外一个值得关注的问题是围绕安娜患病而展开的疾病叙写。这是一个在当代英国小说中比较常见的话题,小说家们穿行于桑塔格所说健康与疾病的两大王国,"用一种反常的逻辑表达自己的心声"[①],同时又是基于个体肉体痛楚之上的对当下社会病症的一种隐喻。疾病在德拉布尔笔下首先作为强化女性人物生活困境的一种手段而出现,尤其是在突出单亲妈妈抚养孩子之难上。新作中的安娜罹患唐氏综合征,这给杰茜带来巨大的生活压力,内心渴望一双摸治麻风的耶稣之手,同时也为杰茜的女性朋友们带来不小的挑战与负担,从而谱写了一曲伟大母

---

① 杨金才:《当代英国小说研究的若干问题》,《当代外国文学》2008年第3期,第64—73页。

性的颂歌。其次,叙述者经常联想到文人笔下的疾病形象,比如华兹华斯诗歌和贝娄《雨王亨德森》中的白痴,作者意在说明疾病作为一种生命状态,已经在文学作品中取得了持续性的生命力,这为杰茜提供一定心理缓冲的同时,也代表了德拉布尔利用安娜形象欲将该作经典化的一种尝试。同时,安娜的病原在小说中被归结于父亲家族的基因遗传,作者从根本上将大多男性人物边缘化,正像英国殖民者留给非洲的疾病遗产一般。在杰茜的非洲部落考察中,不少儿童患有先天性缺指(趾),以及多地常见的天花、梅毒、麻风等等,叙述者将非洲部落的疾病多发常常与英国人的殖民存在并置,描述非洲地貌自然美景的同时又在深入发掘当地民众悲惨的日常生活,似在说明正是英国殖民者的非人统治造成了非洲民众的体质现状与社会现实。就这样,英国殖民统治与男权政治不约而同地合流,成为德拉布尔笔伐的标靶。

小说题目来自于西尔维娅·普拉斯的名诗《女拉撒路》,诗中有这样的句子:"我是你的作品,/我是你宝贵的/熔化为一声尖叫的/纯金的婴儿。"普拉斯极尽死亡愉悦之能事,但这里的婴儿意象又意味着重生,与圣经中耶稣唤醒拉撒路的故事叠合,可以看出诗人强烈的生命意识。德拉布尔正是借用此意,在"千足真金"(pure gold)两词上颇费匠心,一方面再现了安娜心地善良的性格特征,同时又描摹了杰茜一代人曾经年轻的黄金岁月——"杰茜年华渐渐老去,但对于步入中年的小女儿安娜而言,她仍然是位年轻的妈妈。"叙述者因此可以骄傲地说,"我们曾经生活于纯真的世界",言说了一部德拉布尔版本的《纯真年代》。

四 译文

父亲的眼泪

[美]约翰·厄普代克

原载《纽约客》2006年2月27日

现在想来,看到父亲哭还只有一次。那是在奥尔顿火车站,当时还有火车经过。我要赶往费城去坐火车,回在波士顿的学校。早已迫不及待了,家庭和父母在我看来已经变得有点不实在起来,而学校则不然,那里有课上,也就有了盼头,还有我在大二时认识的女朋友,学校里每学期都给我更真实的感觉。但是当父亲和我握手告别时,看到他的眼里闪着泪花,我惊呆了,着实乱了阵脚。

都怪那次握手:十八年来,父亲和我都没有机会去搞这种仪式,这种很男人的接触,只是这几年我们才试探着去握。他个子比我高,尽管我并不比人矮,暖暖的手抓着我的手他想笑,这时我才意识到他和我有着不同的感受:我要外出,而他在送我走。我自以为已经长大,可对他来说我是越长越小了。从前没意识到,他一直爱着我,这在以前根本不用说,现在他的眼泪吐露了一切。

破旧的奥尔顿车站正是他待的那种地方,人来车往,是个城市生活中偷闲的去处。在这里我买了生平第一包烟,报亭里那人没有任何异议,尽管我当时年纪轻轻,只有十五岁。他只是找给我零钱,给我一盒带有阳光牌啤酒广告的火柴,那可是奥尔顿当地的牌子。奥尔顿是个中等大小的工业城市,自从纺织机潜入南方它就萧条不堪;与此同时,整齐的街道和丰盛的菜肴依然带给市民们地道的享受,还有种幸福的幻觉。记得当时我划着根买来的火柴,即使我不会抽,也兴奋异常:人行道似乎飘忽过来,周围的一切都轻飘飘的。从那天起,社交上我赶起了时髦,赶上了那些早我抽烟的更有风度的同伴们。

就连我足不出户的母亲,她读书不少但行路不多,也与这个车站有着些许联系,因为这里是城里唯一可以买到《美国信使》和《大西洋月刊》的地方。沿富兰克林大街走两个路口就是州立卡耐基图书馆,和那里一样,里面也是个让人有安全感的地方。它本来是座教堂,那时铁路刚进入我们的生活,是座大理石地面的方形花岗岩殿堂,高高的屋顶上镀金的镶板在一团煤烟中闪着光芒,里面高背的候车长凳庄重得像是教堂里的长椅。暖气管叮当作响,墙壁在私语,像是要把人们的声音返回去一样,日夜如此。报亭和咖啡店通常很热闹,候车厅里总是暖暖的,我和父亲已经不止一次在冬夜发现了这一点。我俩来往于同一所中学,他是老师我是学生,驾驶的二手车曾经不止一次的打不着火,要不就是困在风雪之中。那时我们就会坚持走到车站,那里是肯定开门的。

我们站在月台上,当半英里外的信号钟敲响时,我坐的车要进站了,那时并不知道用不了十年,到费城的客车会停运,和所有东部的车站一样,最终这个车站就会挂锁歇业。它空荡荡的,偌大一英亩柏油停车场就像一个超大的陵墓。曾经拥有的生机都会沉寂于静默,剩下的大半个世纪里,它都在这个发展缓慢几近停滞的城市里,不光彩的等待着。

但是,父亲眼光中的闪烁告诉我,他确实预见到了岁月不待人——孩提时代的我如果说还没死的话也正在走向死亡,我们之间的沟通越来越少。我已经走出了他的生活圈,现在又要悄悄溜走。车来了,发动机,以及闪光的长联动轴和高大的钢轮,与承载的渺小软弱之躯很不成比例。我上车了,父母在我的透视中越来越小。透过脏兮兮的玻璃,我们无力的挥着手。还没有出奥尔顿多砂的郊区,我翻开书——《约翰·弥尔顿诗歌全集》。

坐了一整天的行程,我提前一站在百克湾站下了车,而不是波士顿南站,这样离剑桥更近一些,那里女友在接我。不是吹牛,读上一天的弥尔顿,读着《复乐园》里枯燥难记的五音步诗行真是过瘾;其他本科生也下车了,有人来月台接并拥抱真好,而且是个女孩——不,是个女人——穿着件灰布外套,帆布网球鞋,扎个马尾辫。也就是放春假,要不黛是不会来的,假期太短了她不能回圣路易斯老家。相反,她只能在这里等了我一星期。新英格兰漫长的冬季里她穿的很少,而我则是厚厚的冬装,腰带扣着毛茸茸的衬里,这些都是父母给买的,让我有点窘,但不会在新英格兰患上感冒。

我们先坐地铁绿线再换乘红线回哈佛广场,中间她对我说起了一周来她的遭遇。先是突然下了场暴风雪,直到现在周围还脏兮兮;在她兼职做服务员的那家饭馆,由于所学专业的问题,她被分派到地下室做统计,而其他服务员则把小费都揣进了自己的腰包,这都快把她气哭了。我跟她说,在费城的这一周所能记起的不多,除了那个定格的细节,像闪烁的碎片一样——父亲的眼泪。我的眼睛发痒,火辣辣的疼,毕竟在咣当响的火车上看了一天的书,只是火车过纽伦敦附近时才抬眼观赏了一番闪亮的水流。

新婚几年没有孩子,每年夏天我和黛都会和双方父母待上一个月。她父亲是位有名的唯一神教派教长,在华盛顿大学校园附近的一座灰色新哥特式教堂里讲道。每年六月,他带全家从林德尔大街上宽敞的砖砌牧师公寓中搬出来,到佛蒙特一座废弃农舍里去住,那是他在一九三几年花不到五百美元买下的宅子。有几年,我和黛提前住进来,她父亲有些教区事务无法脱身,其余家庭成员(妻子和另两个女儿)也就过不来。这里有基本的冷水供应但没电,在一条弯曲的土路上看煞是显眼,方圆半英里之内能看到的唯一的房子由另一个唯一神派教长住着:这么个凄冷荒凉的地方,让我强烈地感到多亏了我的蓝眼新娘,能住到一个新的更高更宽敞的地域。

浴室是单独的,占据了狭长的一间房,塑料墙和木地板光秃秃的,里面经常有道小而清晰的彩虹。一天到晚太阳斜射进来,照到药柜上的那面镜子,边缘出现的不同角度让彩虹在墙壁间移动。我们费了好大劲儿,在煤油炉上烧够热水想在白天洗个澡时,这棱镜产生的虹让我们洗浴时不再孤单;即使房间里颤动着脚步声或呼吸声,它也会抖动会忽升忽降。对我来说,这个爱丽尔①似的现象是唯一神派朴素生活的魔力之子,象征着一种崇高的态度——寻求原始的农舍作为装备完善的城市生活享受的解脱。我知道,根据新近受到的教育,它定是关于理想主义的,有关爱默生和梭罗的,有关自立和以自然的名义看待自然的。农舍的侧房很大,刚好超出煤油炉狭小的供热圈,里面有个大的织布机架子,看来房子初建时就在里面了,有一本过时的百科全书,还有套书脊褪色的、破旧但少有人问津的《世界哲学大师作品集》。当我打破先例取下本来看时,它精致的凹凸布面给我的手指带来几分不悦的刺痛感。这一本收录了不少爱默生的散文。"一切自然事实都是精神事实的象征,"②我读起来,"万事都是有点秘密组成的","每一位英雄最终都让我们讨厌"③,"我们在不同的温度沸腾"。

黛占了这间房,和外边爬满葡萄藤的门廊,用来细心作油画和淡水彩画。阳光明媚,用煤油炉烧缸水一定麻烦多多,我们就到离这儿没几步路的山间小河去洗澡,那里有个水塘,大坝还是她父亲设计建造的呢。我想用自己的鹰眼相机拍她几张裸照,但被婉言谢绝。有一天我还是躲在老桥上偷拍了几张,当快门声响起她惊叫起来,她赶忙淌下水一个猛子扎了下去。

就是在佛蒙特,在别人还没有到来的日子里,在怀旧中推算,我们不经意间怀上了第一个孩子,丝毫不觉遗憾。这件发生在新娘身体里极小的事情,在我脑海里与浴室墙裙上那道小彩虹结了缘,我们那个折射的小淘气鬼。

当她父亲真正来到时,我非常不适应。我老爸尽管有足够的谋生本领,仍让人觉得是个弱者,不管在学校还是别处,他每天都要经历一系列的麻烦与窘境。车子发动不起来,学生不听话什么的,他离不开人,要从人的困境中求得刺激。惠特华斯牧师喜欢佛蒙特,就因为与圣路易斯比起来,这里没几个人。他好几周都不出家门一次,而是让我们其他人开车走两英里的土路去最近的居住点,那里仅有的一栋

---

① Ariel:爱丽尔,莎士比亚戏剧《暴风雨》中的精灵,会施展魔法,是所有精灵中最聪明最乖巧的。
② 选自《爱默生演讲录》,孙宜学译,北京:中国人民大学出版社,2004年,第187-188、260页。
③ 同上。

楼是杂货铺，是五金店，又是邮局，也只有同一个老板，他还开着当地的锯木厂。我们会带回来当地人闲聊的话题和晚一天的报纸，而岳父只是侧着脑袋一脸怪笑地听我们侃侃而谈外面的世界，以至于我们怀疑他根本就没听进去。他有的是事做：砌砖墙、修缮大坝和日间休息，这当中我们是要闭口不言才行的。

他很英俊，一头短薄的头发花白了不少但丝毫不减浓密，但在缅因州还是孩童时就患上了风湿热，至今身子骨虚弱。乡下的平静，林间的静谧，过堂风吹过燃烧的灯芯，打着灯走在房间中的时候，煤油灯光的摇曳不定，这些是他不可或缺的，而非城市的喧嚣。在山顶度假的这段日子里，他在我们——他妻子、三个女儿、女婿和嫁不出去的小姨子——之间穿行，犹如一个脱离了万有引力定律的星球。

他和家人的交流主要通过游戏，当然每次都是他技高一筹而胜出——下午打门球，晚上"红心大战"，生上煤油炉，桌上点盏纱罩灯，气氛很好。这是盏特殊的灯，纱罩聚拢了闪烁的火焰，灯也就更白亮，圆锥形的网状灯头是如此纤小，即使是不经意间托着玻璃底座向桌子上猛的一放，都有可能熄灭。惠特华斯牧师对于手到之处总是故作仔细，我对此很烦，正如我胸口无法平息的年少时的愤恨，我反感他拿着烟嘴大惊小怪的样子，先压实后点火再吸几口，我厌恶他严格遵守的午睡，他标准的蓝眼睛（这遗传给了黛），他与世无争的唯一神派信仰。然而在我们费城附近，蓝眼睛是如此稀缺以至成了怪物——淡褐和鸢尾花色都是从基本的棕色转化而来，而棕眼睛是威尔士和德国南部的移民带到舒尔基尔谷地来的。

对于唯一神教派而言，一切看来都混浊不堪，自以为是的模糊和回避，是一种无可辩驳且毫无特征的对基督教的稀释，正如我在路德教派中发现的一样。它的整体由无法厘清的、多彩而慰藉的部分组成：道成肉身和东方三贤，圣诞颂歌和圣诞老人，亚当和夏娃，裸露和区分善恶的智慧树，毒蛇和堕落，花园中的背叛和十字架上的救赎，"为什么你遗弃我？"和洗手的彼拉多以及第三日的复活，死后在上房中的晚餐和多疑的托马斯以及耶路撒冷背阴的郊区经常出没的天使，给门徒的教义和保罗在去大马士革的路上被撞下驴子以及门徒间说着没人能懂的话语（这种事在奥尔顿及周边那些呆头呆脑的常去教堂做礼拜的人是不干的）。上学时，每天都以读经和祈祷开始，老师、银行家、殡仪员和邮差都说自己是地道的基督徒，我一直以为对他们有足够好处的东西对一位神信徒同样有足够的好处。我读克尔凯郭尔、巴斯和乌纳穆诺够多的了，懂得信仰的飞跃，惠特华斯牧师还没达到那种飞跃，他只是小睡，要不就是砌砖墙。在他卧室里我看到可能是本软面的蒂里希的《存在的勇气》，但从没见过他读过，也可能是本《世界哲学大师作品集》。唯一一次让我感到他那么神圣，是在他和三个女儿中的一个柔风细雨的讲话时，偶然使用了"汝"或"尔"，这可是他孩提时代从教友派那里学到的。

  他一生就是这样的卑微，丝毫不顾什么脸面。阿尔茨海默氏病与其说是侵入他的大脑，还不如说是加深了那些一直萦绕他的绝无恶意的糊里糊涂和先入之见。妻子死于癌症，在追悼会开始前，他满脸堆着友善但迷惑的笑容对我说，"哎，詹姆斯，我不太明白发生了什么，可我想一切会明了的。"他竟然没意识到自己是在悼念45岁的妻子。

  妻子走后，他很快就垮了下来。最终，我们把他送到了疗养院，在登记处他就开始呜咽了，身体来回摆动，好像在裤子里弹什么东西。我知道他要撒尿，可我就少那种男人气——马上把他领到洗手间，解开裤扣掏出阴茎，他也只好尿裤子了，地板都湿了。和黛离婚的前几年，我是大女婿，像是这个大家庭里的大副；我没有尽好自己的职责，尽管依然有点自傲。让我好奇的是，从待在佛蒙特的那几年夏天起，岳父总是对我信任有加——相信我能给他女儿以幸福，相信我能帮他搬石头砌墙，当时我完全可以夹他一根指头，或是石头砸到他脚上。

  说实话，我爱他。和父亲一样，他不会伤害你，对周围的人要求并不高。现在看来他午休时要静一点的要求根本不算什么，但当时却让我愤愤不已。他的宗教信仰，或说是没有信仰看来是个心胸开阔之见，让我由衷的感激。他的宇宙观几乎退去了迷信的雾团。他站在"通往西方的门户"①，教区中有些大学存在主义者，他们一些时髦的哲学信条擦亮了他那过时的超验主义布道，那可是他忐忑不安地以一种优美的声音来讲述的。黛与我同床时说过，尽管属于唯一神派，他是有神论一枝的，希望调和我们。记得我不失优雅的常与他争吵，但他并未忽视我在哈佛接受的新正教，还有艾略特式惊慌的潜流。

  在佛蒙特，我要做的家务就是每天把废纸烧掉，屋后斜坡上有只桶，朝着我们取水的那眼泉烧就可以了。二十英里的山林谷地一眼望去，便是格林岭上的另一道梁。惠特华斯牧师的保佑，带我进入了另一个世界，那里有广阔的风景，可以冬泳，还有新英格兰的沉默寡言。显然，他是个好人，对自己却将信将疑。喜欢逝去的人容易，难的是如何去爱他们，当他们就活生生站在你眼前的时候。

---

 ① 圣·路易斯市的别名。

我和黛都不愿回费城,但各有苦衷。我们一开始就不顺利,初次带她回家见父母就下错了站。费城来的火车是辆市郊车,离奥尔顿7英里的山间小镇有一站,也在舒尔基尔附近,这里比奥尔顿到我们的乡间农舍要近上几英里,那是战后在母亲的鼓动下我们才搬进去的。一同下车的没几个人,月台上很快就空了,只留下两旁几成隧道形的树木。没人接我们,本想尽量让父母少跑点路,脑子里明明是这样打算的,可他们还是去了奥尔顿。

真想不通没有手机的年代里我们是如何联系的。但那时候再小的车站也是有人值班的,或许是站长把我们的境遇拍电报到了奥尔顿,然后通过大站上的扩音器找着父母;也可能是通过心电感应,那在过去的落后地区完全行得通,没见我们下车父母就猜出了缘由便开车赶了过来。我是个年少的乡野情郎,而黛已经完全习惯了圣路易斯或剑桥的生活,来到我家乡很是迷茫。家乡原始的生活让她不断碰壁,而我总是不能为她独当一面,所以不知者无罪,她一再做着傻事。

我们当时还没结婚,但她已经把我那些臭袜子脏内衣和她的一起洗,然后干干净净的放进皮箱。有次母亲在客房里闲荡,看能不能帮上点忙,注意到了这种错位,她一反常态大动肝火,一阵毫不留情的痛发脾气之后,她额头上眉宇间气出一道红色的V字,她的吵闹声响彻整座砂石房,从楼上到楼下。小时候住的房子,在奥里格镇上,坐电车很容易就到奥尔顿;那是座狭长的砖屋,有个长长的后园,所以用父亲调侃的话说就是当母亲"突然制造气氛"时,我们好有地方躲躲。但是到了新房子里,夜里谁在床上翻个身都能听到,连屋外有昆虫在嗡鸣杂草在窸窣,仍不是母亲心理升温时我们的藏身之所。我的成长时刻不离她的愤愤不平,这种情绪通常是由我看不见听不到的大人们的冲突引起的。她的火发起来要几天才消,直到我从学校或伙伴家回来奇迹般发现已经烟消云散为止。她的脾气成了我成长的一部分,就像费城湿热的天气和热浪,那些住在密不透风的排屋里的老人能热死,大街上的钢轨能胀到电车脱轨。

小声地,我试着向黛道歉,就因为这样的氛围;而母亲生着闷气,一家人在餐桌上都闭口不言,她的坏心情从楼上卧室迅速蔓延到了楼下客厅。她咔的一闩门,像是雷鸣在我们头顶回荡。"不是你的错,"我向黛保证,尽管寻思着惹恼母亲就是错了,是个根本性错误。我怪黛不该把我们的内衣混放,她该是预料到了这种事情及其内涵。"她就这样。"

"唉,她睡一觉就什么都忘了。"黛说到,声音高得怕是楼上听得到。我惊讶地发现，她对母亲的雷霆大发了解得没我深刻。

我们坐在沙发边上，父亲在旁边的摇椅里批改着数学卷子就上了愁，"米尔德丽德真是胡说八道。是她的女人味出了毛病。"

对于他性别歧视这一代而言，女人味说明了一切，也证实了一切，对我则不然，这种局促让我很受伤。可能也是那一次，黛自认为做件好事，星期天早晨起来就去后门廊边的一畦三色堇地里除草，母亲种上的后来就不管了。她光着脚惬意地站在松软的泥地里，就像《火山边缘之恋》里的英格丽·褒曼，当我解释说这里星期天是没人干活的而去教堂时，她一脸的不解。"好蠢啊，"黛说，"我爸爸每年夏天都会在星期天砌他的墙或是干别的。"

"他是另一个教派的嘛。"

"吉姆，我真不敢相信。难以置信。"

"嘘——！她进来了，正四处摔盘子呢。"

"哼，摔吧。反正是她自己的。"

"我们该准备去教堂了。"

"我没带礼拜服啊。"

"就穿火车上你穿的鞋子和衣服得了。"

"真晦气，那我可出丑了。我宁愿待在这里拔草。你爷爷奶奶不去，对吧？"

"奶奶不去，爷爷是去的。没看到他天天坐在沙发上读圣经吗？"

"真不知道美国还有这么个地方。"

"哎——"看到我无话可说，她瞪着那双蓝蓝的眼睛接过话茬，"我终于明白了你哪来么多废话，还对爸爸那么的不敬。"

意识到唱母亲的反调是可能的，我既感愤慨又有些激动。那天黛最终和奶奶留在了家里，和一个残疾的因为帕金森氏病而不能说话的人待在一起。我对惠特华斯牧师不敬也得了报应，那是在我们的长女，也是他的大外孙女，受洗时。大体商量了一下，仪式按照唯一神派家庭模式，但家里有她信仰路德派的外公外婆，他在"圣水"上开了个小小的玩笑——水是从我们自己的泉里打来的，在屋子的下方而不是按佛蒙特那里的说法从上方打来的。我母亲为此生了一天的闷气，不停地说我们的孩子凯瑟琳是个"没有受洗的宝贝。"又有三个孩子相继出生，我和黛搬到了马萨诸塞，那里是我们相识相恋的地方，作为适当的补偿，我们加入了公理会。

我们被圣水包围着，水——我们化学意义上的母亲——都是神圣的。从波士顿坐飞机到纽约，我习惯坐在机舱右侧，但前些日子我坐到了左边，果然没白坐那里。上午十点钟的阳光普照着康涅狄格州的水面，不仅有河流、海湾，还有小池塘、泳池和沙沙的细流，闪闪银光倏地映入我的眼帘。父亲的眼泪在光影中显现，当初我见到的就是这样。他死了，我和黛也离了。为什么？很难说清楚。爱默生说过，我们的沸点不同；和我沸点相同的女人才有缘分。有趣的是，我偷拍她的那几张裸照，她也在分手时要回。在我看来应归我，毕竟是我照的，但她说身体可是她自己的。

　　离婚后，母亲对我说起父亲，"他打你第一次领她进家门时，就为你俩担心，觉得她对你女人味不够。"

　　"他把女人味看得太重了。"我说，对她的话将信将疑。人死了，怎么说怎么是。

　　是我提出离婚，但第一反应总是护着黛。这让我大吃一惊，那是在中学同学聚会上，老同学想起来说他们非常喜欢我的第二任老婆。确实，西尔维娅真的和他们打成了一片，这要换了黛是干不出来的，她总是扭扭捏捏。但黛会想，他们是我过去的一部分，虽是抛之脑后但每五六年会聚一次；而对于晚年才相识的西尔维娅来说，她意识到我就从没离开过费城一步，那里有我珍藏的自我，尽管尘封已久。最近一次相聚，该是第55次了吧，可能会让黛失望：都七十来岁的人了，大多数还住在离出生地很近开车很快就到的乡下，甚至还住在那些半独立式房子里，他们可是在那里长大的。有坐轮椅来的，有的病得开不了车，就让也已中年的子女开车送过来。节目单北面的过世同学名单又长了些；想当年的班花都成了丑老太婆，胖瘦不一；不管是当年班里的体育腕儿还是好静一族，都离不了心脏起搏器和假膝才能行走，在我们的父辈大多识相地离世的年纪，他们才退休赋闲在家。

　　但我们看待自己就不那样了，既不瘸也不老。我们看到的是幼儿园里的小朋友——同样的圆脸蛋，同样的杯子耳和长睫毛眼。我们听到的是小学课间休息时欢快的嬉闹声，听到中学舞会上小夜曲响彻蓝色的体育馆，土包子爵士乐队奏出的诱人的萨克斯和柔和的小号。我们彼此看出了小镇那历久弥新的朴素，在大萧条时期保持了原貌，后来的世界大战中也是如此：炮弹没有砸向我们，尽管限量配给、玩具坦克和空袭演练的确有过。同学中老账新算的求同存异了，旧情复燃的降格成为大众爱情。班干事亲爱的安·马龙，曾经一头浓密的栗色卷发，现在却白得赛过漂白的衣服。她拿起麦克风给大家来了个小测试，重温往日的记忆——老师们的绰号啦，早已不见踪影的小吃店和冰淇淋店啦，初高中时演的话剧啦，三年级时

"收集废钢铁运动"的头名啦——到处喊声四起,答案频出,没有一件琐事能难住我们。后来我们又聚拢在一起,老婆老公们(其中就有西尔维娅)则好意的鼓掌,为的是这种珍藏已久的无用知识。

这些不仅是我的同学,也是父亲的学生,他们依然记着他呢。在安·马龙的测试里,他的名字——"魏雷先生!"——作为正确答案出现了好几次。库奇·本,那个因为学分不够降入我们班的留级生,大我们一岁,现在已患上了阿尔茨海默氏病,在饭后的闲谈中几次走向我,眼睛像是遇到强光而眯缝着,声音有点沙哑,很热情地问我,"你爸爸,吉姆博——他还在吧?"事实他早已搞不清了,但知道说"健在"犹如"死亡"这个字眼一样,是不老到的。

"不在了,库奇,"每次我都说,"他1972年死于第二次心脏病发作。"也怪了,叫一位74岁拄着带齿拐棍的老人库奇一点都不觉得荒唐可笑。

他点着头,表情凝重,又有点纳闷儿。"对不起,"他说。

我答道,"真不该说给你,"尽管我父亲会活到一百岁,在疗养院花上一大笔钱。

"你母亲呢,吉姆?"库奇又问。

"她比爸爸多活了17年,"我对他说,有点失礼,憎恶这事实似的。"她的晚年过得很开心。"

"她可是位很威严的贵妇,"他慢吞吞地说,点着头,觉着说得在理。我很感动,他还记着我的母亲,他说得终究是对的,她与外界的联系就是那样。她表面上看一直很威严,年轻时很漂亮,或者用她有次对我说的就是"不是十分漂亮",当时父亲死后她越来越感到孤独难熬。

父亲去世时我和黛在意大利。我们是和另一对陷入困境的夫妇一起去的,就是要看看能不能让婚姻"死灰复燃"。在佛罗伦萨住的旅馆很小,可以看到阿诺河;从菲耶索莱看了那小小的罗马运动场和同样小巧的博物馆回来,我们四个一时决定下午在旅馆楼上的咖啡馆喝点什么,而不是回自个儿的房间待着。这里空荡荡的,角落里有些德国人在喝啤酒,还有些意大利人站在吧台那儿品着蒸馏咖啡。即使我听到了电话铃响,也没想到过和我有什么关联。但服务生还是从柜台里出来朝我走过来说,"是魏雷先生?有电话找。"谁会知道我在这?

是母亲,声音很小,还有些噼噼沙沙的,"吉米吗?玩得开心吗?真不想打扰你。"

"你能找到我,真是感动。"

"接线员帮我查的,"她解释道。

"怎么了,妈妈?"

"你爸爸住院了,心脏病又犯了。"

"很严重吗?"

"啊,我开车送他到奥尔顿时还能够坐在车里。"

"哦,那么还不是太糟糕。"

她那边中断了一会儿,跨海电缆就他妈的误事。她最后说,"我也拿不太准。"只有打电话时,我才发觉母亲带有浓浓的费城口音,可当面讲话时,她的声音和我的一样清晰易懂。"他早晨起来一般都感觉胸闷,通常也就凑合着过去了。今天不行了。这里都中午了。"

"那你是要我回来啦,"我没好气地说。我知道父亲不会为难我的,我们还约好明天去乌菲兹呢。

她长叹一口气,海底电缆里发出噼啪声。"吉米,我看你还是回来吧。当然和黛一起,除非她宁愿待那里继续欣赏艺术。舍克大夫可不喜欢听流言,你也知道要打动他有多难。"

那是在心脏切开和血管修复手术之前,医生能做的也就是拿听诊器听听,然后开点硝化甘油。门房查到了下一趟去罗马的火车,那对夫妇送我们到了佛罗伦萨车站,刚好在梅迪契教堂外,那可是我们一直想看但始终未能如愿的地方。在罗马,出租车司机帮我们找着家正营业的航空售票处,我怎么也忘不了那位年轻的航空公司职员,非常有礼貌有耐心,说着一口教科书式英语,硬是把我们下周飞波士顿的机票改签成了第二天去费城的。只能多转几次机了。我们傍晚飞到伦敦,不得不在那里过夜。离伦敦不远在希斯罗机场的另一端,那里有的是招待过往乘客的全新高层宾馆。我们住进去时已经午夜。我给母亲打了电话,费城那边正是晚饭时间,得知父亲已经死了。对母亲而言,这是几小时之前的事了。她不无疲倦地回想起那个下午,坐在奥尔顿医院里等着越来越不祥的消息传来。她说,"舍克大夫已经尽全力了。只能这样。"

我挂断电话,把这噩耗告诉了黛。她躺在床上搂着我说,"哭吧。"虽然这是哭的时候,也应该这样,可我不会哭的。父亲早已透支了我的眼泪。

参考文献

Allott, Miriam Farris. *The Brontës: The Critical Heritage*. London: Routledge and Kegan Paul, 1974.

Barker, Juliet. *The Brontës*. London: Abacus, 2010.

Bauer, Margaret Donovan. *The Fiction of Ellen Gilchrist*. Gainesville: University Press of Florida, 1999.

——. *William Faulkner's Legacy: "What Shadow, What Stain, What Mark"*. Gainesville: University Press of Florida, 2005.

Birden, L. M. "Frank and Unconscious Humor and Narrative Structure in Anne Brontë's *The Tenant of Wildfell Hall*." *Humor* 24. 3 (2011): 263—286.

Blamires, Harry. *The Victorian Age of Literature*. London: Longman, 1988.

Bloom, Harold. *William Faulkner*. New York: Chelsea House Publishers, 1986.

Booth, Wayne. C. *The Rhetoric of Fiction* (2nd Edition). Chicago: The University of Chicago Press, 1983.

Brontë, Anne. *The Tenant of Wildfell Hall*. Beijing: Foreign Languages Press, 1993.

——. *Agnes Grey*. Hertfordshire: Wordsworth, 1998.

Case, Alison A. *Plotting Women: Gender and Narration in the Eighteenth- and Nineteenth-Century British Novel*. Charlottesville: University Press of Virginia, 1999.

Ciuraru, Carmela. *Nom de Plume: A (Secret) History of Pseudonyms*. New York: Harper Perennial, 2011.

Collins, Wilkie W. *The Women in White*. Oxford: Oxford University Press, 1973.

Dickens, Charles. *David Copperfield*. Beijing: Foreign Language Teaching and Research Press, 1993.

——. *Great Expectations*. Beijing: Foreign Language Teaching and Research Press, 1994.

Eagleton, Terry. *Myths of Power: A Marxist Study of the Brontës*. Basingstoke & New York: Palgrave MacMillan, 2005.

Faulkner, William. *Novels 1936—1940*. New York: The Library of America, 1990.

——. *Novels 1926—1929*. New York: The Library of America, 2006.

Fletcher, Beryl. *The Word Burners*. North Melbourne: Spinifex, 1991.

——. *The Iron Mouth*. Wellington: Daphne Brasell Associates Press, 1993.

——. *The Silicon Tongue*. North Melbourne: Spinifex, 1996.

——. *The House at Karamu*. North Melbourne: Spinifex, 2003.

Gaskell, Elizabeth. *The Life of Charlotte Brontë*. London: Penguin, 1997.

Genette, Gérard. *Paratexts: Thresholds of Interpretation*. Trans. Jane E. Levin. Cambridge: Cambridge University Press, 1997.

Gilchrist, Ellen. *The Annunciation*. Boston: Little, Brown and Company, 1983.

Gwynn, Fredrick L. and Joseph L. Blotner. *Faulkner in the University: Class Conferences at the University of Virginia, 1957—1958*. Charlottesville: University of Virginia Press, 1959.

Hamblin, Robert W. and Charles A. Peek. *A William Faulkner Encyclopedia*. Westport, Conn.: Greenwood Press, 1999.

Hardy, Thomas. *Jude the Obscure*. London: Cox & Wyman Ltd., 1994.

Haraway, Donna. "A Cyborg Manifesto: Science, Technology and Socialist-Feminism in the Late Twentieth Century," in Robert Con Davis & Ronald Schleifer, eds. *Contemporary Literary Criticism: Literary & Cultural Studies*. London: Longman: 1986.

——. *Simians, Cyborgs and Women: The Reinvention of Nature*. London: Free Association Books, 1991.

Hawthorne, Susan and Renate Klein. *CyberFeminism: Connectivity, Critique and Creativity*. North Melbourne: Sphinx, 1999.

Hooper, Brad. *The Fiction of Ellen Gilchrist: An Appreciation*. Westport, Conn.: Praeger, 2005.

Hubbrelbrink, B. "Intertextuality in Beryl Fletcher's Trilogy—*The Word Burners*, *The Iron Mouth*, and *The Silicon Tongue*," Osnabrück: University of Osnabrück, 1999.

Isham, Howard. *Image of the Sea: Oceanic Consciousness in the Romantic Century*. New York: Peter Lang, 2004.

Jacobs, Carol. "On Looking at Shelley's Medusa," *Yale French Studies* 69 (1985): 163—179.

Jacobs, Naomi M. "Gender and Layered Narrative in *Wuthering Heights* and *The Tenant of Wildfell Hall.*" *Journal of Narrative Technique* 3 (1986): 204—219.

Kartiganer, Donald M. and Ann J. Abadie. *Faulkner at 100: Retrospect and Prospect*. Jackson: University Press of Mississippi, 2000.

Kermode, Frank. *Selected Prose of T. S. Eliot*. London: Faber and Faber, 1975.

King, Richard. H. *A Southern Renaissance: The Cultural Awakening of the American South, 1930—1955*. Oxford: Oxford University Press, 1980.

Knox, Melissa. *Oscar Wilde: a Long and Lovely Suicide*. New Haven: Yale University Press, 1994.

Kokernot, Walter H. "'Where ignorant armies clash by night' and the Sikh Rebellion: A Contemporary Source for Matthew Arnold's *Night-Battle Imagery.*" *Victorian Poetry* 1 (2005): 99—108.

Lanser, Susan S. *Fictions of Authority: Women Writers and Narrative Voice*. Ithaca: Cornell University Press, 1992.

Lawrence, D. H. *The Symbolic Meaning: The Uncollected Version of Studies*, in Armin Arnold, ed. *Classic American Literature*. London: Centaur Press, 1962.

Lothe, Jakob. *Narrative in Fiction and Film: An Introduction*. Oxford: Oxford University Press, 2000.

Luo, Changbin. *John Updike and Others*. Zhengzhou: Henan People's Publishing House, 1997.

Ma, Jianjun. *A Course Book on Greco-Roman Mythology*. Guangzhou: Guangzhou People's Publishing House, 2004.

Meriwether, James B. and Michael Millgate. *Lion in the Garden: Interviews with William Faulkner, 1926—1962*. Lincoln and London: University of Nebraska Press, 1968.

Millard, Kenneth. *Contemporary American Fiction: An Introduction to American Fiction since 1970*. Beijing: Foreign Language Teaching and Research Press, 2006.

Millgate, Michael. *New Essays on* Light in August. Beijing: Peking University Press, 2007.

Minter, David. *William Faulkner: His Life and Work*. Baltimore: John Hopkins University Press, 1980.

Moreland, Richard C. *Faulkner and Modernism: Rereading and Rewriting*. London: The University of Wisconsin Press, 1990.

Morris, James. *Pax Britannica: The Climax of an Empire*. New York: Harcout, Brace &

World, Inc., 1968.

Morrison, Toni. "Faulkner and Women." in Doreen Fowler and Ann J. Abadie, eds. *Faulkner and Women: Faulkner and Yoknapatawpha, 1985.* Jackson: University Press of Mississippi, 1986.

Mulvey, Laura. "Visual Pleasure and Narrative Cinema." *Screen* 3 (1975): 6—18.

O'Hara, Glen. *Britain and the Sea.* Basingstoke: Palgrave, 2010.

Peel, Ellen. "Subject, Object, and the Alternation of First- and Third-Person Narration in Novels by Alther, Atwood, and Drabble: Toward a Theory of Feminist Aesthetics." *Critique* 2 (1989): 107—123.

——. "Semiotic Subversion in 'Désirée's Baby.'" *American Literature* 2 (1990): 223—238.

Pinter, Harold. *The Caretaker.* London: Eyre Methuen, 1960.

Plant, Sadie. "The Future Looms: Weaving Women and Cybernetics." *Body and Society* 3—4 (1995): 45—64.

——. "On the Matrix: Cyberfeminism Simulations," in Rob Shields, ed. *Cultures of Internet: Virtual Spaces, Real Histories, Living Bodies.* London: Sage: 1996.

——. *Zeroes and Ones: Digital Women + the New Technoculture.* London: Fourth Estate, 1997.

Pugh, Tison. *Queer Chivalry: Medievalism and the Myth of White Masculinity in Southern Literature.* Baton Rouge: Louisiana State University Press, 2013.

Raby, Peter. *The Cambridge Companion to Oscar Wilde.* Shanghai: Shanghai Foreign Language Education Press, 2001.

Raizada, Kristen. "An Interview with the Guerrilla Girls, Dyke Action Machine (DAM!), and the Toxic Titties." *NWSA Journal* 1 (2007): 39—58.

Richardson, Brian. *Narrative Dynamics: Essays on Time, Plot, Closure, and Frames.* Columbus: The Ohio State University Press, 2002.

Rollyson, Carl. *Uses of the Past in the Novels of William Faulkner.* Lincoln: iUniverse, 2007.

Ross, Stephen M. and Noel Polk. *Reading Faulkner: The Sound and the Fury.* Jackson: University Press of Mississippi, 1996.

Sensibar, Judith L. *Faulkner and Love: The Women Who Shaped His Art.* New Haven & London: Yale University Press, 2009.

Showalter, Elaine. *A Literature of Their Own: British Women Novelists from Brontë to Lessing.* Beijing: Foreign Language Teaching and Research Press, 2004.

Smith, Allen Lloyd. *American Gothic Fiction*. New York: Continuum, 2004.

Smith, Margaret. *Selected Letters of Charlotte Brontë*. Oxford: Oxford University Press, 2007.

Stevenson, Robert Louis. *Treasure Island*. Stockholm: The Continental Book Company, 1946.

Strachey, Lytton. *Queen Victoria*. New York: Harchout Brace Jovanovich, 1949.

Sze, Amy Chan Kit. "When Cyberfeminism Meets Chinese Philosophy: Computer, Weaving, and Women." *Gender, Technology and Development*, 2003, (3): 379—397.

Trevelyan, George Macaulay. *A Shortened History of England*. New York: Penguin, 1963.

Trible, Phyllis. "Eve and Adam: Genesis 2—3 Reread." in Kristen. E. Kvam, et al, eds. *Eve and Adams: Jewish, Christian, and Muslim Readings on Genesis and Gender*. Bloomington: Indiana University Press, 1999. pp. 431—43.

Varty, Anne. *A Preface to Oscar Wilde*. Beijing: Peking University Press, 2005.

Vickery, Olga W. *The Novels of William Faulkner*. Baton Rouge: Louisiana State University Press, 1964.

Volpe, Edmond L. *A Reader's Guide to William Faulkner*. New York: The Noonday Press, 1964.

Wagner-Martin, Linda. *Ernest Hemingway: Six Decades of Criticism*. East Lansing: Michigan State University Press, 1987.

Warhol, Robyn R. *Gendered Interventions: Narrative Discourse in the Victorian Novel*. New Brunswick: Rutgers University Press, 1989.

—— and Diane Price Herndl. *Feminisms: An Anthology of Literary Theory and Criticism* (Revised Edition). New Brunswick: Rutgers University Press, 1997.

Weinstein, Philip M. *The Cambridge Companion to William Faulkner*. Shanghai: Shanghai Foreign Language Education Press, 2000.

Wheeler, Otis B. "Faulkner's Wilderness." in Louis J. Budd & Edwin H. Cady, ed. *On Faulkner: the Best from American Literature*. Durham: Duke University Press, 1989.

Wilde, Oscar. *The Complete Works of Oscar Wilde*. London: Collins, 1984.

——. *The Picture of Dorian Gray*. Beijing: Foreign Language Teaching and Research Press, 1989.

——. *The Plays of Oscar Wilde*. Herfordshire: Wordsmith, 2000.

Yaeger, Patricia. *Dirt and Desire: Reconstructing Southern Women's Writing, 1930—1990*. Chicago: The University of Chicago Press, 2000.

Zhang, Zhongzai et al. *Selective Readings in 20th Century Western Critical Theory*. Beijing: Foreign Language Teaching and Research Press, 2002.

Zuo, Jinmei, et al. *Contemporary Western Literary Theory*. Qingdao: Ocean University of China Press, 2005.

———. *An Introduction to English and American Romantic Poetry*. Qingdao: Ocean University Of China Press, 2006.

D. 博廷:《航海的人们·海盗》,卢龙译,北京:海洋出版社,1984年。

J. 希利斯·米勒:《解读叙事》,申丹译,北京:北京大学出版社,2002年。

W. J. T. 米歇尔:《图像理论》,陈永国、胡文征译,北京:北京大学出版社,2006年。

阿尔伯特·莫德尔:《文学中的色情动机》,刘文荣译,上海:文汇出版社,2006年。

艾勒克·博埃默:《殖民与后殖民文学》,盛宁、韩敏中译,沈阳:辽宁教育出版社,1998年。

爱德华·W. 萨义德:《文化与帝国主义》,李琨译,北京:三联书店,2003年。

奥斯卡·王尔德:《道连·葛雷的画像:快乐王子》,荣如德、巴金译,上海:上海译文出版社,2003年。

《巴赫金全集》第三卷,白春仁、晓河译,石家庄:河北教育出版社,1998年。

勃兰兑斯:《十九世纪文学主流:英国的自然主义》,徐式谷等译,北京:人民文学出版社,1984年。

卜卫:《生活在网络中》(下篇),北京:中国人民大学出版社,1997年。

蔡基刚:《英语写作与抽象名词表达》,上海:复旦大学出版社,2003年。

蔡元培等:《中国新文学大系导论集》,长沙:岳麓书社,2011年。

车文博主编:《弗洛伊德全集》(第4卷),长春:长春出版社,1998年。

陈兵、牛振宇:《〈金银岛〉:西方人的"东方幻象"》,《安徽大学学报》(哲学社会科学版)2008(2):79—83。

陈戎女:《当代女性主义荷马批评》,《外国语文》2009(2):34—41。

陈月华、郑春辉:《生成的身体与身体意象——影视传播中的虚拟人物》,《山东社会科学》2007(2):79—83。

程锡麟:《献给爱米莉的玫瑰在哪里?——〈献给爱米莉的玫瑰〉叙事策略分析》,《外国文学评论》2005(3):67—73。

《大学英语教学大纲(修订本)》(第二版),上海:上海外语教育出版社,高等教育出版社,1999年。

戴维·洛奇:《小说的艺术》,王峻岩等译,北京:作家出版社,1998年。

都岚岚:《西方文论关键词:性别操演理论》,《外国文学》2011(5):120—128。

恩斯特·卡西尔:《人论》,甘阳译,上海:上海译文出版社,1985年。

——:《神话思维》,黄龙保、周振选译,北京:中国社会科学出版社,1992年。

范谊:《英语学习方法指津》(第一版),上海:上海外语教育出版社,2002年。
菲利帕·梅因·史密斯:《新西兰史》,傅有强译,北京:商务印书馆,2009年。
付建舟:《小说界革命的兴起与发展》。北京:中国社会科学出版社,2008年。
傅修延:《济慈评传》,北京:人民文学出版社,2008年。
甘均良:《试论理工院校开展人文素质教育的途径和方法》,《中国高教研究》2005(8):10-11。
《高等学校英语专业英语教学大纲》,北京、上海:外语教学与研究出版社,上海外语教育出版社,2000年。
高秀丽:《走向完美:超越诗歌功能的文化建构——文本〈多佛海滩〉的实验分析》,《外语学刊》2007(5):91-93。
古斯塔夫·施瓦布:《希腊古典神话》,曹乃云译,南京:译林出版社,1995年。
顾子欣:《英诗300首》,北京:国际文化出版公司,1996年。
关世杰:《跨文化交流学——提高涉外交流能力的学问》,北京:北京大学出版社,1995年。
韩南:《中国近代小说的兴起》,徐侠译,上海:上海教育出版社,2004年。
荷马:《伊利亚特》,陈中梅译,北京:北京燕山出版社,2005年。
侯维瑞:《英国文学通史》,上海:上海外语教育出版社,1999年。
《华兹华斯抒情诗选》,黄杲炘译,上海:上海译文出版社,2000年。
黄鸣奋:《赛博女性主义:数字化语境中的社会生态》,《吉首大学学报》(社会科学版)2008(5):91-97。
黄铁池:《当代美国小说研究》,上海:学林出版社,2000年。
蹇昌槐:《西方小说与文化帝国》,武汉:武汉大学出版社,2004年。
江枫:《雪莱精选集》,北京:北京燕山出版社,2004年。
姜守明、洪霞:《西方文化史》,北京:科学出版社,2004年。
蒋洪新:《大学的理想与英美文学教学改革》,《外国文学》2005(1):104-107。
蒋荣昌:《消费社会的文学文本:广义大众传媒时代的文学文本形态》,成都:四川大学出版社,2004年。
杰弗雷·乔叟:《坎特伯雷故事》,方重译,上海:上海译文出版社,1993年。
金莉、王炎:《当代外国文学纪事(1980—2000)·美国卷》,北京:商务印书馆,2015年。
瞿世镜:《伍尔夫研究》,上海:上海文艺出版社,1988年。
凯特·肖邦:《德西蕾的孩子》,陈亚丽译,《外国文学》2010(5):11-13。
克里斯托夫·霍洛克斯:《麦克卢汉与虚拟实在》,刘千立译,北京:北京大学出版社,2005年。
克里斯托弗·哈维·科林·马修:《19世纪英国:危机与变革》,韩敏中译,北京:外语教学与研究出版社,2007年。

拉曼·塞尔登编：《文学批评理论：从柏拉图到现在》，刘象愚等译，北京：北京大学出版社，2003年。

勒内·韦勒克、奥斯汀·沃伦：《文学理论》，刘象愚等译，南京：江苏教育出版社，2005年。

李赋宁、何其莘：《英国中古时期文学史》，北京：外语教学与研究出版社，2006年。

李建群：《西方女性艺术研究》，济南：山东美术出版社，2006年。

李军：《英美女性实验小说传统及其先验创作的特征》，《求是学刊》2008(2)：119－124。

李欧梵：《现代性的追求》，毛尖译，北京：三联书店，2000年。

李维屏：《英美意识流小说》，上海：上海外语教育出版社，1996年。

李维屏等：《英国女性小说史》，上海：上海外语教育出版社，2011年。

李文俊：《福克纳的神话》，上海：上海译文出版社，2008年。

李杨：《欧洲元素对美国"南方文艺复兴"本土特色的构建》，上海：同济大学出版社，2015年。

李银河：《我看木子美现象》，http://www.xie-tong.com/lx/2005/8785.html。

连淑能：《论中西思维方式》，《外语与外语教学》2002(2)：43－49,66－67。

梁启超：《饮冰室合集》3，北京：中华书局，2003年。

——：《饮冰室合集》10，北京：中华书局，2003年。

列维-布留尔：《原始思维》，丁由译，北京：商务印书馆，1981年。

凌昌言：《福尔克奈——一个新作风的尝试者》，《现代》第5卷第6期：112－114。

刘禾：《跨语际实践：文学、民族文化与被译介的现代性（中国，1900—1937）》（修订版）宋伟杰等译，北京：三联书店，2014年。

刘宏伟：《中国恋情——赛珍珠的故事》，北京：中国青年出版社，1992年。

刘建洲：《我消费，我存在——影像生存及其问题》，《当代青年研究》2004(1)：27－33。

刘立辉、王江：《时间意义的生成机制》，《解放军外国语学院学报》2007(6)：92－96。

刘龙：《赛珍珠研究》，昆明：云南人民出版社，1992年。

刘守兰：《英美名诗解读》，上海：上海外语教育出版社，2003年。

刘月新：《从整体到碎片》，《国外文学》2001(2)：3－9。

《鲁迅杂文选集》，北京：人民文学出版社，1996年。

《罗兰·巴特随笔选》，怀宇译，天津：百花文艺出版社，2005年。

《罗念生全集》第二卷，上海：上海人民出版社，2007年。

骆晓戈：《女性学》，长沙：湖南大学出版社，2004年。

马丁·艾斯林：《荒诞派戏剧》，华明译，石家庄：河北教育出版社，2003年。

马修·阿诺德：《文化与无政府状态》（修订译本），韩敏中译，北京：三联书店，2008年。

孟建、祁林：《网络文化论纲》，北京：新华出版社，2002年。

密尔顿·华尔德曼:《近代美国小说之趋势》,赵家璧译,《现代》第 5 卷第 1 期:108—115。
南帆:《影像时代》,《南方文坛》2000(6):4—8。
诺曼·霍兰德:《后现代精神分析》,潘国庆译,上海:上海文艺出版社,1995 年。
诺斯洛普·弗莱:《神力的语言》,吴持哲译,北京:社会科学文献出版社,2004 年。
——:《批评的剖析》,陈慧等译,天津:百花文艺出版社,2006 年。
钱青:《英国 19 世纪文学史》,北京:外语教学与研究出版社,2006 年。
曲金良:《海洋文化概论》,青岛:中国海洋大学出版社,1999 年。
任生名:《现代西方悲剧论稿》,上海:上海外语教育出版社,1998 年。
赛珍珠:《大地》,王逢振、马传禧译,桂林:漓江出版社,1998 年。
申丹:《叙事、文体与潜文本》,北京:北京大学出版社,2009 年。
申丹:《叙述学与小说文体学研究》,北京:北京大学出版社,2004 年。
申丹、王丽亚:《西方叙事学:经典与后经典》,北京:北京大学出版社,2010 年。
申丹等:《英美小说叙事理论研究》,北京:北京大学出版社,2005 年。
盛宁:《文学:鉴赏与思考》,北京:三联书店,2003 年。
施蛰存:《现代美国文学专号导言》,《现代》第 5 卷第 6 期:834—838。
苏珊·桑塔格:《疾病的隐喻》,程巍译,上海:上海译文出版社,2003 年。
孙绍先:《女性主义文学》,沈阳:辽宁大学出版社,1987 年。
孙有中:《英语教育与人文通识教育》,北京:外语教学与研究出版社,2008 年。
唐钠德·辛德尔:《镜头前的女性——生活在屏幕》,戴维·冈特利特编:《网络研究:数字化时代媒介研究的重新定向》,北京:新华出版社,2004 年。
陶家俊:《他者的表征——析两部维多利亚小说中的殖民话语》,《外国文学》2001(5):65—70。
陶洁:《福克纳研究》,上海:外语教育出版社,2013 年。
王德威:《被压抑的现代性——晚清小说新论》,宋伟杰译,北京:北京大学出版社,2005 年。
《王尔德全集》第三卷,杨烈、黄杲炘等译,北京:中国文学出版社,2000 年。
《王尔德全集》第六卷,常绍民、沈弘等译,北京:中国文学出版社,2000 年。
王敏琴:《〈献给艾米丽的玫瑰〉的叙事特征》,《外国语》2002(2):66—70。
王文华:《动静之间》,《中国翻译》2001(2):44—47。
王志敏:《电影学:基本理论与宏观叙述》,北京:中国电影出版社,2002 年。
威廉·福克纳:《纪念爱米丽的一朵玫瑰花》,杨岂深译,《世界文学》编辑部编:《福克纳中短篇小说选》,北京:中国文联出版公司,1985 年。
——:《八月之光》,蓝仁哲译,上海:上海译文出版社,2004 年。
——:《我弥留之际》,李文俊译,上海:上海译文出版社,2004 年。

威廉·莎士比亚:《李尔王》,朱生豪译,北京:中国国际广播出版社,2001年。
维维安·贺兰:《王尔德》,李芬芳译,上海:百家出版社,2001年。
吴学平:《同性恋损害了王尔德的艺术才华》,《外国文学研究》1995(3):66—69。
——:《作家的人格与作品的解读——从〈道林·格雷的画像〉谈起》,《烟台师范学院学报》(哲社版)1996(1):73—75。
吴主助:《海洋文学名作选读》,北京:人民交通出版社,1992年。
西蒙娜·德·波伏娃:《第二性》,陶铁柱译,北京:中国书籍出版社,1998年。
肖明翰:《大家族的没落——福克纳和巴金小说比较研究》,桂林:广西师范大学出版社,1994年。
——:《威廉·福克纳研究》,北京:外语教学与研究出版社,1997年。
修昔底德:《伯罗奔尼撒战争史》,谢德风译,北京:商务印书馆,1985年。
徐岱:《小说叙事学》,北京:商务印书馆,2010年。
徐晓望:《妈祖的子民——闽台海洋文化研究》,上海:学林出版社,1999年。
徐颖果、马红旗:《美国女性文学:从殖民地时期到20世纪》,天津:南开大学出版社,2010年。
杨金才:《当代英国小说研究的若干问题》,《当代外国文学》2008(3):64—73。
叶舒宪:《高唐神女与维纳斯》,北京:中国社会科学出版社,1997年;西安:陕西人民出版社,2005年。
伊塔洛·卡尔维诺:《为什么读经典》,黄灿然、李桂蜜译,南京:译林出版社,2006年。
殷企平:《夜尽了,昼将至:〈多佛海滩〉的文化命题》,《外国文学评论》2010(4):80—91。
余凤高:《呻吟声中的思索》,济南:山东画报出版社,1999年。
——:《飘零的秋叶——肺结核文化史》,济南:山东画报出版社,2004年。
余光中:《余光中谈翻译》,北京:中国对外翻译出版公司,2002年。
虞建华:《英美文学论丛》(第三辑),上海:上海外语教育出版社,2002年。
——:《美国文学大辞典》,北京:商务印书馆,2015年。
袁曦临:《潘多拉的匣子——女性意识的觉醒》,上海:上海译文出版社,2005年。
约翰·厄普代克:《马人》,舒逊译,北京:外国文学出版社,1991年。
乐黛云:《比较文学与比较文化十讲》,上海:复旦大学出版社,2004年。
曾艳兵:《西方现代派文学研究》,天津:天津人民出版社,1993年。
张宏等:《跨越太平洋的雨虹——美国作家与中国文化》,银川:宁夏人民出版社,2002年。
张生:《时代的万华镜——从〈现代〉看20世纪30年代初中国文学的现代性》,上海:同济大学出版社,2008年。
张首映:《西方二十世纪文论史》,北京:北京大学出版社,1999年。
张中载:《当代英国文学论文集》,北京:外语教学与研究出版社,1996年。

赵慧珍:《简论安妮·勃朗特及其代表作〈怀尔德菲尔山庄的房客〉》,《社科纵横》1997(2):76—78、80。
——:《重读〈房客〉话女权——论海伦的离家出走》,《四川外语学院学报》2006(1):60—64。
赵家璧:《编辑忆旧》,北京:三联书店,2008年。
赵乐甡、车成安、王林:《西方现代派文学与艺术》,北京:时代文艺出版社,1986年。
赵毅衡:《论"伴随文本"——扩展"文本间性"的一种方式》,《文艺理论研究》2010(2):2—8。
周宪:《读图,身体,意识形态》,汪民安主编:《身体的文化政治学》,开封:河南大学出版社,2004年。
周小仪:《唯美主义与消费文化:王尔德的矛盾性及其社会意义》,《外国文学评论》1994(3):95—101。
——:《消费文化与审美覆盖的三重压迫——关于生活美学问题的探讨》,申丹、秦海鹰编:《欧美文学论丛》(第三辑 欧美文论研究),北京:人民文学出版社,2003年。
周志强:《我点击,我存在:网络》,昆明:云南人民出版社,2004年。
朱红:《文明的隐私——弗洛伊德与精神分析法》,太原:北岳文艺出版社,2005年。
朱寿桐:《文学与人生十五讲》,北京:北京大学出版社,2006年。
朱桃香:《副文本对阐释复杂文本的叙事诗学价值》,《江西社会科学》2009(4):39—46。
朱振武:《在心理美学的平面上》,上海:学林出版社,2004年。
——:《福克纳的创作流变及其在中国的接受和影响》,北京:人民文学出版社,2015年。
庄陶:《维多利亚小说的阶级属性问题》,《外国文学研究》2001(6):35—39。
左金梅:《〈千亩农庄〉的生态女权主义思想》,《外国文学评论》2004(4):99—103。

后 记

"学为人师,行为世范"一语凝练着社会对我们教师这个职业的诸多期待:校园理应成为纷繁世界里的一方净土,这里盛产专修学术的思想大师、求贤似渴的学界伯乐、孜孜以求的青年学子。古往今来,智者贤达均以此为人生信条,心甘于师,业精于勤,行胜于言,功大于名。那么,在物质文化飞速发展的21世纪,如何做好一名高校教师呢?依我们愚见,应尽量做到以下三"多"。

多思师德的修道院。在欧洲漫长的中世纪,曾经有不少虔诚的基督信徒,主动放弃舒适安逸的生活,进入荒凉偏僻的边缘地带,为了崇高的宗教理想去过苦行僧式的隐士生活,那里就是风靡千余年的修道院。今天,我们无须那样刻意地去归隐与静修,但在思想深处,要坚持以高尚的道德情操与宽广的仁者情怀精心打造一块远离喧嚣、拒绝尘染的心境家园,方能正己言行,一身正气,两袖清风,淡泊名利,志存高远。同时,要以高尚的人格魅力和学识风范教育感染学生,进而引领社会风尚,为社会的发展进步贡献绵薄之力。子曰德不孤必有邻,教师的榜样力量应在社会的底版上无限放大,描摹一幅精神文明建设的美丽画卷。

多进思想的裁判所。裁判所曾经是天主教会负责侦查、审判和裁决异端的法庭,科学史上的布鲁诺、哥白尼、伽利略等人都因为坚持个人的学说曾经在那里受到裁决。在第三次产业革命之后,学科门类高度分化,知识体系飞速更新,我们一方面要解放思想、大胆创新,坚持走在学科研究的前沿地带;同时,应该始终警惕高悬我们心头的慵懒怠惰这柄达摩克利斯之剑,严防逆水行舟不进则退。倪萍的《姥姥语录》中有句话说得好:没有人的时候,把脑子拿出来在太阳底下晒晒,浑身会轻快好多。我们要敢于对自己陈旧的教案说拜拜,将过时的教育理念与教学模式送上断头台,紧跟时代之风,常响戒怠警钟。此外,"为学不争一家胜,著述但求百家鸣",我们要与同道学友多交流、常沟通,不死守一块自留地,不嫉妒他人高产田,在互通有无中求得共同进步。

  多做文化的传教士。传道授业解惑是教师的天职,传道的前提必然是教师具备足够的"道",那么通达此处的唯一路途只有读书学习,读书是前进的基础,学习乃进步的阶梯。独窗则神不浊,默坐则心不浊,读书则口不浊。在慵懒的午后,窗外或是梧桐细雨,或是大雪纷飞,静心读上一两页既是一种心境,更是一种活法。学贵根底,道尚贯通,通古今之变方成一家之言。当然我们无以胸怀林语堂"两脚踏东西文化,一心评宇宙文章"那样的霸气,但至少学贯中西、博古通今、文理兼备的人生与治学理念应当成为我们追求的目标。让我们从饱蘸先进文化的教师做起,倡导优秀文化文学作品的正能量,张扬现代大学的学术职能,更好地实现自我价值。

  知识分子是社会的良心,"为天地立心,为生民请命,为往圣继绝学,为万世开太平",宋代学人张载的这句话铭刻着中国知识分子的所有梦想与最高担当。作为高校里的普通青年教师,我们愿为自己量身定做一所师德的修道院、思想的裁判所,砥砺自己成为文化的传教士,为学生输送知识,为社会培养人才,为国家贡献力量。

本书作者
2017 年 5 月于山海花园